KB060099

빌리 린의 전쟁 같은 휴가

BILLY LYNN'S LONG HALFTIME WALK
by Ben Fountain

Copyright ⓒ 2012 by Ben Fountain
All rights reserved.

Korean translation copyright ⓒ 2017 by MUNHAKDONGNE Publishing Corp.
Korean translation rights arranged with International Creative Management, Inc., New York, N. Y. through EYA(Eric Yang Agency), Seoul.

이 책의 한국어판 저작권은 EYA(Eric Yang Agency)를 통해
International Creative Management, Inc.와 독점 계약한 (주)문학동네에 있습니다.
저작권법에 의해 한국 내에서 보호를 받는 저작물이므로
무단 전재와 무단 복제를 금합니다.

이 도서의 국립중앙도서관 출판예정도서목록(CIP)은
서지정보유통지원시스템 홈페이지(http://seoji.nl.go.kr)와
국가자료공동목록시스템(http://www.nl.go.kr/kolisnet)에서 이용하실 수 있습니다.
(CIP제어번호: CIP2017026981)

빌리 린의 전쟁 같은 휴가

BILLY LYNN'S LONG HALFTIME WALK
BEN FOUNTAIN

벤 파운틴
장편소설

민승남 옮김

문학동네

일러두기

1. 본문의 다양한 형태와 글씨체는 모두 원서에 따른 것이다.
2. 주석은 모두 옮긴이주이다.

부모님을 위해

BILLY
LYNN'S
LONG
HALFTIME
WALK

—

차례

시작

브라보 대원들은 춥지 않다. 찬바람이 휘몰아치는 쌀쌀한 추수
감사절이고 오후 늦게 진눈깨비와 얼음비가 내린다는 예보도 있지
만, 그들은 몸이 후끈거린다. 풋볼 경기일의 지독한 교통체증과 리
무진 미니바 덕에 잭코크*에 얼근하게 취한 것이다. 사십 분 동안
잭코크 다섯 잔은 좀 과하지만, 빌리는 기분 전환이 필요하다. 조
금 전 호텔 로비에서 숙취에 시달리는 그에게 카페인을 과다섭취
한 레슬링팀 같은 시민들이 고마움을 전한답시고 덤벼들었다. 특
히 어떤 남자 하나가 끈질기게 따라붙었는데, 희멀건 트윙키 스펀
지빵 같은 몸을 빳빳한 청바지와 멋진 카우보이 부츠에 억지로 구
겨넣은 듯한 모습이었다. "난 군대 안 갔어요." 남자가 몸을 흔들
면서, 거대한 스타벅스 컵을 든 손으로 제스처를 취해가며 고백했

---

* 위스키 잭 대니얼스에 콜라를 섞은 칵테일.

다. "하지만 진주만 전투에 참가했던 우리 할아버지가 하나도 빠뜨리지 않고 다 이야기해줬죠." 그는 전쟁과 신과 국가에 대해 장황하게 떠들기 시작했고, 그의 말들이 빌리의 머릿속에 어지러이 소용돌이치며 굴러다녔다.

테에에에러리스트

자유

악

구우일일*

구우일일

구우일일

군대

용기

_____

*9·11.

지지

                                        희생

                    부시

        가치들

신

   운도 지지리 없어 이따 빌리는 텍사스 스타디움에서 통로 쪽 자리에 앉게 될 것이다. 그건 오후 내내 그런 인간들의 목표물이 되어야 한다는 뜻이다. 목이 결린다. 어젯밤 잠을 설쳤다. 잭코크가 한 잔씩 들어갈 때마다 그는 구멍 속으로 더 깊숙이 떨어진다. 하지만 아까 호텔 앞에 서는 고급 리무진을 보았을 때는 초조한 갈망들이 솟아올랐다. 한쪽에 문이 여섯 개씩 달리고 프라이버시를 최대한 보호하기 위해 창문을 검게 코팅한, 보트 같은 새하얀 허머 리무진. "바로 이거라니까!" 다임 하사가 리무진 안의 미니바로 달려들면서 외쳤다. 모두 화려한 리무진에 탄성을 내지르지만, 숙취에서 곧 회복되리라는 희망이 사라진 빌리는 은밀하고 비뚤어진 두려움에 빠져든다.
   "빌리, 지금 나 엿먹이는 거지." 다임이 말한다.
   "아닙니다, 하사님. 댈러스 카우보이스의 치어리더들을 생각하고 있었습니다." 빌리가 즉시 대답한다.

"좋아." 다임이 술잔을 들더니, 누구에게랄 것도 없이 말한다. "맥 소령은 게이야."

홀리데이가 날카롭게 외친다. "야, 다임, 소령님 여기 계시잖아!"

정말로 맥로린 소령이 뒷좌석에 앉아 얼음 위의 가자미처럼 다임을 바라보고 있다.

"내 말 한마디도 못 들어." 다임이 웃는다. 그러고는 맥 소령을 향해 고개를 돌리고 저능아처럼 천천히 말한다. "맥로오오린 소령니임! 홀리이데이 하사가 그러는데 소령님이 게이래요."

"이런, 씨발." 홀리데이가 신음처럼 내뱉는다. 하지만 소령은 눈만 날카롭게 번뜩이다가 주먹을 내밀어 결혼반지를 보여준다. 왁자하게 웃음이 터진다.

플러시천을 씌운 리무진 좌석에는 모두 열 명이 앉아 있다. 브라보 분대의 남은 병사 여덟 명과 공보부에서 나온 호송관 맥 소령, 그리고 영화 제작자 앨버트 래트너. 앨버트는 지금 몸을 웅크린 채 블랙베리를 들여다보는 중이다. 불쌍하게도 전사한 슈룸과 중상을 입은 레이크를 포함해 브라보 분대는 은성훈장 둘, 동성훈장 여덟을 받았지만 그 모든 게 제대로 설명이 안 된다. "전투중 무슨 생각을 했습니까?" 털사에서 예쁜 TV 리포터가 물었다. 빌리는 설명하려고 애썼다. 그가 애쓴 걸 하느님은 아신다. 그는 끊임없이 애쓴다. 하지만 그것은, 도무지 말로 표현할 수 없는 그것은 자꾸만 스르르 미끄러져 빠져나간다. 자꾸만.

"잘 모르겠습니다. 운전중 화가 날 때와 비슷했던 것 같습니다. 사방에서 폭탄이 터지고 적들이 아군을 쏘고, 그래서 무작정 싸웠습니다. 정말 아무 생각도 하지 않았습니다." 그가 대답했다.

총격전이 시작되던 순간까지 그가 가장 두려워한 것은 실수였다. 군생활이 그렇게 비참하다. 실수를 저지르면 위에서 소리를 질러대고 그러면 더 허둥대고 그러면 더 소리를 질러댄다. 그 작고 사소하고 어리석고 근본적으로 미리 예정된 모든 실수 위에는 인생을 조저버릴 수도 있는 실수의 가능성이 늘 어른거린다. 너무 엄청나서 도저히 구제받을 가망이 없는 실수. 그 전투가 끝나고 이틀 뒤 자갈길을 걸어 식사를 하러 가던 중 빌리는 끔찍한 짐을 던 듯한 유예감 내지 해방감을 느꼈다. 이제 그냥 평범하게 숨만 내쉬면 될 것 같았다. 아아아! 하는, 자신에게 희망이 있는 것 같은 기분? 어쩌면 자신이 그저 소모품은 아닐 수도 있다는 기분. 그때쯤 폭스 뉴스 영상이 인터넷을 통해 급속도로 퍼지고 있었고 브라보 분대가 집에 간다는 소문이 돌았다. 정신 똑바로 박힌 군인이라면 감히 믿지 못할 헛된 희망에 부푼 이야기였지만, 이야호, 브라보 분대는 두 시간 전 통보를 받아 비밀리에 바그다드로 이동했고, 그다음 바다를 건넜다. 승전여행이었다.

한 나라, 두 주週, 여덟 명의 미국 영웅. 사실 엄밀히 따지면 브라보 분대라는 건 없다. 브라보 중대 2소대 1분대고, 분대는 알파와 브라보 두 팀으로 이루어져 있다. 그런데 폭스 방송국 종군기자가 브라보 분대라는 이름을 붙이는 바람에 그들은 그렇게 세상에 알려지게 되었다. 여행 막바지에 이르니 빌리는 물렁해지고 포만감에 차 있으며, 흐리멍덩하고 피로에 찌들고 과잉생산한 기분

을 느낀다. 점점 더 슬퍼지고 처음이 그리워진다. 그들은 날로 고
조되는 긴축 분위기에서 한밤중 급히 C-130 수송기에 실려 바그
다드에서 이륙했다. 슈룸도 국기를 덮은 관 속에 누워 뒤에 같이
탔다. 람슈타인까지 가는 동안 브라보 대원이 둘씩 교대로 그 곁을
지켰다. 하지만 지금 빌리가 생각하는 건 다른 사람들이다. 수송기
를 함께 타고 온 다양한 피부색과 말씨의 스무 명쯤 되는 민간인.
스파이는 아니었다. 그러기엔 너무 뚱뚱했다. 그들은 세상의 근심
거리에 무심한 미소를 지으며 비행기가 이륙하자마자 신나게 파티
를 벌였다. 고급 위스키를 꺼내고, 여남은 개나 되는 휴대용 카세
트 라디오로 요란한 음악을 틀고, 수없이 많은 쿠바산 시가에 불을
붙였다. 마녀의 가마솥에서 피어오른 듯한 연기가 금세 기내에 가
득찼다. 알고 보니 그들은 특급 요리사였다. 누구를 위한? 그들은
그저 미소만 지었다. "연합군이죠." 그들은 프랑스인, 루마니아인,
스웨덴인, 독일인, 이란인, 그리스인, 스페인인이었다. 그 국적에
서 딱히 패턴이나 의미가 보이지는 않았지만, 모두 친절하고 인심
도 좋아서 군인들에게 술과 담배를 열심히 권했다. 필시 이라크에
서 돈을 많이 번 모양이었다. 스웨덴인 요리사가 송아지가죽 서류
가방을 열더니 빌리에게 바그다드에서 모은 금붙이를 보여주었다.
전부 수백 돈은 되어 보이는 금줄과 금화였는데, 순도가 높아서 금
색보다는 오렌지색에 가까웠다. 시가 연기와 흥겨운 웃음소리가
퍼져가는 가운데 빌리는 금줄 하나를 집어 무게를 가늠해보았다.
열아홉 살인 그는 자신의 전쟁에 그런 물건이 포함되어 있을 줄은
몰랐다. 그리고 그후 이 주 동안 그 전쟁이 승리로 끝나지 못한 것

은 그와 브라보 대원들에게 얼마나 안타까운 일인가!

"그래요." 앨버트가 휴대전화에 대고 말한다. 그가 일본에서 특별히 구입한 제품이다. 휴대전화 경쟁에서 남들보다 이 년은 앞선 것이다. "그녀한테 말해요. 이 영화가 상처를 줄 거라고 말해도 돼요. 하지만 보상도 줄걸요." 그는 잠시 침묵한다. "칼, 나라고 도리 있겠어요? 이건 전쟁영화예요. 다 살아남을 순 없다니까." 한편 크랙은 〈댈러스 모닝뉴스〉 스포츠면에 실린 '아메리카스 라인' 제공 배당률을 소리 내어 읽어준다. 홀리데이와 어보트가 돈을 걸 수 있게 하기 위해서다. 이 경기에 돈을 걸 방법은 이백 가지가 넘는다. 동전 던지기에서 앞면이 나올까 뒷면이 나올까, 데스티니스 차일드는 하프타임 때 첫 곡으로 어떤 노래를 부를까, 중계방송에서는 몇 쿼터 때 처음으로 부시 대통령을 언급할까.

크랙은 조리법을 읽는 투다. "드루 헨슨의 첫 패스는—성공 마이너스 200, 실패 플러스 150, 인터셉트 플러스 1,000."

"실패." 홀리데이가 수첩에 적으며 말한다.

"실패." 어보트도 자기 수첩에 표시하며 동조한다.

"비욘세가 몇 쿼터 때 내 얼굴에 앉을까." 사이크스가 말한다.

"그럴 일 없다." 홀리데이가 곧바로 응수한다.

"백만 년 내에는." 어보트가 마찬가지로 무표정하게 덧붙인다. 사이크스가 아 좋다고, 자기도 거기 걸겠다고 말하는데 앨버트가 휴대전화를 탁 덮는다.

"좋아, 힐러리 스웽크가 공식적으로 관심을 보이는 것 같아."

우아, 누구? "힐러리 스웽크는 계집애가 왜 관심을 보입니까?"

로디스가 흥분해서 말한다.

"그건……" 앨버트는 강조해서 말한다. 그는 이 대답이 브라보 대원들을 얼마나 흥분시킬지 알고 있다. "저 친구 역을 맡고 싶으니까." 그러면서 빌리를 가리킨다. 브라보 대원들이 야유와 환호성을 보낸다.

"잠깐, 잠깐만요." 빌리도 같이 웃지만 한편으로는 슬그머니 걱정이 된다. 전 세계적으로 망신살이 뻗칠 것 같은 예감이다. "여자인데 어떻게—"

"사실 힐러리는 빌리와 다임 역을 함께 고려하고 있지. 두 역할을 하나로 합쳐서 힐러리가 주인공을 하는 거야." 앨버트가 말한다.

다시 야유가 터진다. 이번에는 다임을 향해서이고, 그는 지극히 만족스러운 듯 고개만 끄덕인다. "그래도 난 이해가……" 빌리가 웅얼거린다.

"여자라고 그 역할을 못할 건 없지. 맥 라이언도 이 년 전 덴젤과 함께 나온 헬리콥터 영화에서 주인공을 했으니까. 남자로 나와도 되고. 힐러리는 남자를 연기해서 오스카상도 받았잖아. 사실 남장 여자 역할이었지만 뭐든 어때. 중요한 건 힐러리는 예쁜 얼굴을 내세우는 여배우가 아니란 거지." 앨버트가 말한다.

앨버트는 올리버 스톤, 브라이언 그레이저, 마크 월버그, 조지 클루니와도 이야기중이다. 영화는 영웅 이야기이고 비극적인 요소도 없지 않다. 비극으로 숭고해지는 영웅 정신. 이라크 관련 영화들은 흥행 성적이 '저조'하다는 게 문제지만 브라보에게는 문제가 안 된다고 앨버트는 말한다. 이라크 전쟁은 도덕적 모호성이 걸림돌이지만 브라보의 승리가 그 문제를 극복할 수 있다. 브라보 이야기는 구조담이다. 구조담은 강력한 심리적 효과를 낸다. 사람들은 그런 이야기에 깊이 감동받는다고 앨버트가 말해주었다. 사람은 누구나 걱정을 안고 살고 기본적으로 늘 조금은 불행을 느끼며 심지어 가장 부유하고 성공적이고 안정적인 삶을 누리는 사람도 겨우 버티고 있는 듯한 불안 상태를 벗어나지 못한다. 절박함은 인생의 일부이므로 어떤 형태의 안도감이든, 빛나는 갑옷을 입은 기사들이든 불타는 모르도르 산비탈로 돌진해 내려오는 컴퓨터그래픽 독수리들이든, 아니면 푸른 하늘 저편에서 날아온 미군 정찰헬기든 인간의 심금을 울린다. 확증, 구원, 죽음의 문턱에서 구한 생명, 이 모든 것이 강력한 소재다. 강력한. "자네들이 그곳에서 한 일은 인간이 얻을 수 있는 가장 행복한 결과야. 그 일은 우리에게 희망을 주지. 우리가 삶에 희망을 품을 수 있게 해준다고. 지구상에 돈 주고 그 영화를 보러 가지 않을 사람은 하나도 없어." 앨버트는 그렇게 브라보 대원들에게 확신을 주었다.

앨버트는 오십대 후반으로 골격이 크고 살집도 좋다. 거의 백발이 된 구름 같은 머리는 제멋대로 뻗쳐 있고, 중간 길이의 구레나룻이 억센 산울타리처럼 자랐다. 그리고 동그란 검은 테 안경을 썼다. 늘 껌을 씹는다. 손이 크고 마디도 굵다. 귀에는 검은 털이 무성하게 자라 삐져나와 있다. 오늘 그는 목단추를 푼 흰 와이셔츠와 선명한 주홍색 안감을 댄 남색 블레이저, 검은 캐시미어 코트와 캐시미어 목도리, 부드러운 초콜릿바로 만든 듯한 매끈하고 우아한 단화 차림이다. 그런 부스스함과 세련됨의 십자포화는 빌리를 한

없이 매료시키지만 한편으로는 브라보 대원들을 아침식사로 먹고 뼈까지 삼켜버릴 수 있는 속된 기운도 느끼게 한다. 이 남자는 앨 고어, 토미 리 존스 같은 사람들에게 직통전화를 걸고, 벤 애플렉, 카메론 디아즈, 빌 머레이, 오언 윌슨, 볼드윈 형제 넷 중 둘 같은 흥행 스타들이 나오는 영화를 만들었다. 안타깝게도 이 스타들은 모두 이미 스케줄이 잡혀 있거나 여러 배우가 비슷한 비중으로 나 오는 앙상블 영화에는 관심이 없다.

"이걸로 〈플래툰〉 만들 거야. 앙상블 더하기 스타. 그래, 먹힌다 니까. 힐러리가 눈독들이고 있어." 앨버트가 다음 통화에서 말한다.

브라보 대원들은 잠시 귀기울인다. 할리우드 말씨. 할리우드에는 그들만의 언어가 존재한다. 상대를 깔아뭉개는 언사, 창피를 주기 위한 질타, 고의적인 모욕, 혹평이 매우 다양한 어조로 구사된다.

"말도 안 돼. 그 인간이랑 영화를 만드느니 차라리 테레사 수녀 랑 자겠다."

브라보 대원들이 실실 웃는다.

"아 그럼. 그건 소변줄 꽂고 관장까지 하는 꼴이라니까."

눈이 휘둥그레진 대원들은 콧물까지 훌쩍이며 낄낄댄다.

"전투가 겨우 하나라고? 이봐, 래리, 〈블랙 호크 다운〉도 전투는 딱 하나였어. 그래, 이게 전쟁영화라는 건 나도 아는데, 인간적인 공감을 좀 불러일으킬 수 있는 감독이 필요해."

침묵.

"관장은 참을 수 있는데 소변줄까진 못 참아."

다시 콧물 웃음이 터진다. 안전벨트를 매지 않았다면 로디스는 좌석에서 굴러떨어졌을 것이다.

"이봐, 래리, 이틀이라니까. 이틀 후면 우리 브라보 대원들은 다시 떠날 거고 그다음엔 접촉하기가 아주 힘들어. 자네 변호사들이 낙하산 메고 교전지역에 뛰어내릴 각오가 되어 있다면 몰라도."

"오오케이, 드루 헨슨이 인터셉트 당한다—예, 마이너스 120, 아니요, 플러스 105." 크랙이 신문지를 부스럭거리며 다시 읽는다.

"예." 홀리데이가 말한다.

"아니요." 어보트가 말한다.

"비욘세가 내 얼굴을 깔고 앉아 가슴을 보여준다." 사이크스가 내기를 걸고 흑인 여자의 가성을 흉내내 쇳소리로 노래하기 시작한다. 난 군인이 필요해, 군인이, 필요해, 군인, 군인……

"조용. 앨버트 통화하잖아." 다임이 으르렁거린다. 그 말을 신호로 나머지 대원들도 사이크스에게 소리친다. 닥쳐, 멍청이, 앨버트 통화하잖아! 조용, 똥자루, 앨버트가 이야기하고 있잖아! 그때 옆 차선의 SUV가 바싹 붙더니 여자들이, 진짜 여자들이 창밖으로 고개를 내밀고 허머 리무진을 향해 외친다. 여대생이거나 그보다 두어 살 많은 듯하다. TV 리얼리티 프로그램에서 밤마다 미쳐 날뛰는 풍만한 미국 미녀들의 전형적인 모습이다.

길이 막혀 기어가다시피 하는 차에서 미녀들이 외친다. "저기요, 창문 좀 내려봐요! 거기, 누군진 몰라도 혹시 그레이 푸폰* 있

---

* 겨자씨에 백포도주를 섞어 만든 소스로, 도로에서 옆 차에 탄 사람에게 이 소스를 빌리는 TV 광고가 방영되었다.

어요? 우후, 아자아자 카우보이스! 창문 좀 내려봐요!"

오, 세상에, 미녀들인데다 한껏 몸이 달아 머리칼을 자랑스러운 전투 깃발처럼 휘날리며 소리를 질러댄다. 브라보 대원들이 제일 좋아하는 꿈에 나오는 흥분한 뜨거운 여자들이다. 사이크스와 어보트가 그쪽 창문을 빨리 못 내리고 어물거리자 대원들이 사정없이 욕을 퍼붓는다. 그러다 그들은 빌어먹을 창문에 잠금장치가 걸려 있다는 걸 깨닫고 운전기사에게 일제히 고함을 지른다. 운전기사가 잠금장치를 풀고 창문이 내려가자 여자들은 실망한다. 아, 군인들이네. 해병대. 여자들은 아마 그렇게 생각할 것이다. 그들에게는 이 두 가지가 같은 말이니까. 록스타도, 고액 연봉을 받는 프로 운동선수도, 영화배우도, 타블로이드판 신문을 장식하는 유명인도 아닌 해병대. 어느 갑부가 군대를 지지한답시고 제공한 리무진을 탄 해병대. 브라보 대원들이 애를 쓰지만 미녀들은 이제 예의만 지키고 있을 뿐이다. 어보트가 외친다. 우리 유명해요! 우리 이야기로 영화를 만든대요! 미녀들은 미소지으며 고개를 끄덕이고는 더 나은 상대를 찾는 듯 고속도로를 앞뒤로 훑어본다. 사이크스가 창밖으로 윗몸을 전부 내밀고 외친다. "그래, 베이비, 난 술 취했고 결혼도 했어! 그래도 당신을 사랑할 거야. 아침에 흉한 꼴일 때도!" 그 말에 미녀들이 웃음을 터뜨려 잠시 희망이 보이지만 빌리는 벌써 그들의 눈빛이 시들해지는 것을 느낀다.

빌리는 뒤로 기대앉아 휴대전화를 꺼낸다. 어차피 그녀들은 처음부터 장난이었을 것이다. 차렷! 캐스린 누나에게서 온 문자다.

그거 권총집에 그냥 둬라

그다음은 다른 누나의 거친 남편 피트에게서.

치어리더 하나 따먹어

그다음은 빌리를 가만 놔두지 않는 릭 목사의 문자.

나를 귀하게 여기는 자를 내가 귀히 여기고

이게 전부다. 문자는 이것뿐이고 전화도, 아무것도 없다. 젠장, 아는 사람이 이렇게 없나? 어쨌든 그는 유명인이라고 할 수 있다. 사람들이 계속 그렇다고 말하니 그렇게 생각할 수밖에. 차가 움직이고 화끈한 미녀들은 브라보 대원에게서 떠나가지만 이제 지평선에 스타디움이 모습을 드러낸다. 교외의 드넓은 초원에 사마귀로 뒤덮인 채 부어오른 하현달 같은 스타디움이 떠오른다. 브라보 대원들은 오늘 전국 TV 방송에 나간다. 자세한 내용은 미정이고, 실제로 어떤 행진이 될지는 아무도 모른다. 대본이 있을 수도 있다. 인터뷰를 할 수도 있다. 하프타임 공연에 참가한다는 이야기도 있어서 데스티니스 차일드를 직접 만날지 모른다는 희망이 샘솟지만. 주최측에서 그들을 구슬리고 꼬드기고 압박해서 엄청 당혹스럽고 꼴사나운 짓을 시킬 가능성도 있다. 데스티니스 차일드를 만날 가능성보다 크지는 않더라도. 그동안 지역 TV도 충분히 끔찍했다. 오마하에서는 막대기처럼 뻣뻣한 브라보 대원들이 동물원의 갓 조성한 원숭이 사파리에서 '교감하는' 장면이 방영되었고, 피닉스에서는 스케이트보드 공원에서 촬영하던 중 맹고가 엉덩방아를 찧어 저녁 뉴스거리를 제공했다. 일반인이 TV에 나가면 망신살이 스토커처럼 따라붙지만, 빌리는 망신당하지 않겠노라 결심한다. 오늘만은, 전국 TV 방송에서만은, 싫다, 절대, TV에 나가서 멍청이처럼 구는 건 정중히 사양한다!

그런 가능성들을 생각하다보니 핀에 찔린 구멍으로 공기가 빠지듯 마음속에서 불평이 새어나온다. 그는 TV에 나가고 싶기도 하고 나가기 싫기도 하다. 망신만 당하지 않는다면 나가고 싶다. 여자를 꼬시는 데 도움이 될 테니까. 하지만 데스 스타* 규모로 점점 커지며 다가오는 스타디움을 차창 너머로 바라보고 있으려니 정말로 오늘 행사를 감당할 준비가 되어 있는지 의심스러워진다. 지난 이 주 동안 자신감을 잃지 않으려고 발버둥쳐야 했다. 깊이가 키를 훌쩍 넘는 물 위를 걷는 기분이었다. 그는 너무 어리다. 아직 모르는 게 너무 많다. 아버지가 진행을 맡았던 시시한 드래그 레이스** 말고는 프로스포츠 경기장에 가본 적도 없다. 댈러스에서 서쪽으로 고작 130킬로미터 떨어진 스토벌에서 자랐는데도 전설적인 텍사스 스타디움은 구경조차 못해봤다. 삭제의 매체인 TV로만 보았을 뿐이다. 실제로는 처음 보는 텍사스 스타디움은 역사적인, 적

---

* 〈스타워즈〉 시리즈에 나오는 거대한 전투용 인공위성. 텍사스 카우보이스 스타디움의 별명이기도 함.
** 특수 개조한 자동차로 짧은 직선거리를 달리는 경주.

어도 그렇게 되려고 애쓰는 인상이다. 빌리는 정말로 관심과 흥미를 갖고 스타디움을 자세히 살펴보며 그 규모, 유머의 결여, 삭막함과 돌이킬 수 없는 흉측함을 평가한다. 오랫동안 TV로 접한 텍사스 스타디움은 카메라 위치를 신중하게 선정해 촬영한 모습이어서 미스터리와 로맨스, 주州와 국가에 대한 긍지, 대규모 공공건축물이라면 어김없이 간직한 장대하고 내세적인 분위기가 어렴풋이 깃들어 있었다. 그래서 그의 마음속 텍사스 스타디움은 기성품 형태의 대중적 초월에 이르는 통로나 입구, 직접적인 탭인*이었던 데비해, 실물의 초라함은 고약한 실망감을 안겨준다. 큰 규모는 인정하더라도 어설프고 허접해 보인다. 어울리지도 않는 타일들을 이어붙인 지붕은 조잡한 퀼트 같다. 중년의 몸처럼 어딘가 축 처지고 늘어진 건물은 물렁한 올챙이배나 흐물흐물한 전립선, 해변에 떠밀려와 중력으로 무너져내린 고래의 사체 덩어리를 연상시킨다. 빌리는 스타디움이 처음 지어졌을 때 반짝거리던 모습을, 희망에 가득차 있던 모습을 상상해보려고 애쓴다. 삼십 년 전? 사십 년 전? 그에게 과거는 늘 불확실한 모습이지만, 지금 스타디움을 바라보며 느끼는 기분과 가족을 떠올릴 때 감정은 은밀히 연결되어 있다. 둘 다 똑같이 무겁고 무기력하고 우울하다. 그 구역질날 정도로 달콤한 낙담은 진실을 암시하고 있다는 점에서 거의 즐겁기까지 하다. 슬픔이 삶의 진실이라도 되는 것처럼? 빌리는 깊이 생각해보지도 않고 상실이 삶의 기준탄도라고 믿게 되었다. 운이 따

---

* 공을 골문이나 홀 가까이에서 살짝 건드려 넣는 것.

른 덕분에 새로운 것―이를테면 아기, 자동차, 집, 특별한 재능을 보이는 사람―이 세상에 생겨나고 막대한 정성을 쏟아 한동안 그것을 유지시킨다 해도, 결국 그것은 궁극적으로는 사멸한다. 이것은 잔인하리만치 자명한 진실이어서, 세상 사람들에게 더 널리 인식되지 않은 것이 불가사의다. 이런 이유로 그는 불행이 닥칠 때마다 충격과 분노에 휩싸이는 대중이 경멸스럽다. 전쟁이 좆됐다고? 저런. 9·11사태? 완행열차가 오고 있다.* 적이 우리의 자유를 증오한다고? 그들은 우리의 모든 것을 증오한다! 빌리는 미국인들이 내심 이 모든 걸 알면서도 청소년 드라마, 짓밟힌 순수에 관한 과장된 연극, 자신을 정당화하는 연민의 진흙탕에서 뒹구는 재미에 빠져 헤어나지 못하고 있다고 생각한다.

"젠장." 누군가의 웅얼거림이 침묵의 과속방지턱 역할을 한다. 처음 스타디움을 봤을 때의 뜨거운 흥분은 사그라지고 언어의 마비 상태가 이어진다. 다들 기분이 가라앉은 건 어쩌면 음울한 초겨울 날씨 탓인지도 모른다. 행사에 대한 불안감, 아니면 그냥 피로 탓인지도 모른다. 오늘 해야 할 일이 많다는 걸 알고 부담스러워서. 브라보 대원들은 침묵과는 어울리지 않는다. 실없는 소리, 헛소리를 주고받는 게 그들의 스타일이다. 그들에게 걸린 자기성찰적 두려움의 주문을 마침내 깬 것은 길가 전신주에 붙은, 정성껏 만든 커다란 손글씨 팻말이다. 이라크에서 항문강간을 중단하라! 그

---

* Slow train coming. 1979년 밥 딜런이 발표한 앨범 제목. 세상의 종말에 이루어질 예수의 재림을 의미한다.

밑에 누군가 이렇게 휘갈겨놓았다. 맙소사. 브라보 대원들은 폭소
를 터뜨린다.

보병대 이등병

그들은 경기 시작 두 시간 전에 도착하고, 아무도 그들을 어떻게 할지 모르는지 일단 좌석에 앉혀놓는다. 홈팀 40야드 라인 지점 7열이다. 곧바로 사이크스와 로디스가 이런 거지같은 좌석의 소매가가 얼마쯤이고 자기들이라면 얼마에 이베이에 내놓을지 떠들어댄다. 400달러, 600달러, 가격은 계속 올라간다. 순전히 받고 싶은 대로 붙이는 가격이다. 멍청한 대화라 빌리는 귀담아듣지 않으려고 애쓴다. 그는 통로 쪽 좌석이고 왼쪽에 맹고가 앉았다. 어젯밤에 대해, 그리고 바이퍼 기지에서 귀에 들어간 모래를 털어내는 대신 여기 있다니 얼마나 근사한지 둘이 잠시 이야기를 나눈다. '어보트'*로 불리는 히버트가 맹고 왼쪽에, 그 옆에는 '데이'로 불리는 홀리데이가, 그 옆에는 '컴 로드'** '헐떡대는 로드' 또는 그냥 '로

---

* A-bort, 실패, 좌절, 중단을 뜻한다.

드'로 불리는 로디스가, 그 옆에는 '석스'***라는 별명을 피할 수 없는 사이크스가, 그 옆에는 '크랙'****으로, 쭈그려앉아 엉덩이가 살짝 드러났을 때는 '크랙 킬스!'*****로 불리는 코크******가, 그다음에는 다임 하사가, 그다음에는 앨버트의 빈자리가 있고, 그다음에는 맥 소령으로 알려진 영원한 수수께끼의 인물이 앉았다. 모두 춥다고들 하는데 빌리는 별 느낌이 없다. 오후 늦게 진눈깨비와 얼음비가 내린다는 예보가 있고, 스타디움의 열린 돔 사이로 날씨가 험악해져가는 것이 보인다. 하늘의 구름마루가 거대한 브릴로 철수세미 같다. 아직 시간이 일러 반쯤 빈 관중석에서 바닥 광택기나 회전식 선풍기 같은 것이 낮게 웅웅대는 소리가 들린다.

"로드!" 다임 하사가 소리친다. "풋볼 경기장 길이가 얼마냐?"

로디스가 코웃음 친다. 너무 쉽다는 뜻이다. 그는 확신이 진짜 멍청이의 증표라는 걸 하루에 적어도 열 번은 증명해야 직성이 풀린다.

"100야드입니다."

"틀렸다, 병신아. 빌리, 풋볼 경기장 길이가 얼마냐?"

"120야드입니다." 빌리는 애써 절제된 목소리로 대답하지만 다임이 브라보 대원들의 환호와 박수갈채를 유도한다.

** Cum과 Load는 정액을 뜻하는 속어다.

*** Sucks, 형편없다는 뜻의 속어.

**** Crack, 코카인 마약의 한 종류.

***** Crack kills, 엉덩이가 보인다는 뜻의 속어.

****** Koch, 코카인의 약자인 coke와 발음이 같다.

후아*, 빌리, 좋았어. 빌리는 다임이 계속 이런 식으로 자신만 지목하며 편애하고 칭찬하는 것이 불편하고 조심스럽다. 다임은 다른 대원들 앞에서 노골적으로 빌리를 감싸고돈다. 욕할 테면 욕하라는 식이다. 도대체 누구를 벌하려는 건지 모르겠지만, 아무튼 교육적 공격은 다임의 특기다. 안 돼. 다임이 호통을 치고 있다. 사이크스가 소액으로 베팅 좀 하게 해달라고 조른 것이다. 사이크스가 포르노를 보느라 신용카드 한도를 초과한 뒤로 다임은 그를 무섭게 쥐어짜고 있다.

"하사님, 50달러만요."

"안 돼."

"그동안 돈을 모아놨어요—"

"안 돼."

"전부 아내한테 보낼게요—"

"당연히 그래야지. 그래도 베팅은 안 돼."

"제발요, 하사님—"

"석스, 오늘은 아침에 닥쳐 안 챙겨먹었지?" 다임은 그렇게 말한 뒤 아랫줄 의자를 타넘어가서 빈 좌석들 앞을 옆걸음으로 지나 줄 끝까지 가서 묻는다. "신사분들, 뭐하나?"

"그냥 멍때리고 있습니다." 맹고가 대답한다.

"그럼 멍들면 막대기에 꽂아서 망고 막대사탕이라고 팔아야겠다. 로디스는 아직도 풋볼 경기장 길이가 100야드라고 우기고 있어."

---

* '알겠다' '이해했다'라는 뜻의 미군 구호.

"맞다니까요! 아니, 언제부터 엔드 존까지 경기장으로 친 겁니까." 로디스가 저쪽에서 외친다.

"하사님, 이번 딱 한 번만요—" 사이크스가 징징댄다.

"닥쳐!" 다임이 소리친다. 그가 자기유도 회전력으로 목을 꺾어버릴 기세로 고개를 홱 돌린다. 그의 눈길이 빌리에게 꽂힌다. 그 눈길. 다임의 눈길이 고정사격을 가해오자 빌리의 초라한 자아는 무참히 압도당한다. 최근 이런 일이 잦았고 빌리는 겁에 질린다. 다임의 고요한 회색 눈은 가장자리에 사나운 에너지가 요동치는 듯해 폭풍의 눈 속에 들어와 있는 기분이다.

"빌리."

"예, 하사님."

"힐러리 스웽크 건을 어떻게 생각하는지 말해봐."

"모르겠습니다, 하사님. 여자가 남자 역할을 하는 게 좀 이상한 것 같습니다."

"빌리, 이상한 것은 새로운 정상이다, 그런 말 못 들어봤나." 다임은 경기일의 활기에 취해 팔을 흔들고 가벼운 페인트 동작을 취하듯 엉덩이를 씰룩거린다. "그리고 여자 역할로 나올지도 모른다고 앨버트가 그랬잖아. 널 계집애로 만드는 거지. 그건 어때? 그럼 평생 사람들이 이렇게 말할 거야. '저기 봐, 빌리 린이다. 그 영화 만들 때 자기를 여자로 바꾸는데도 가만히 있었지.'"

"힐러리 스웽크는 하사님 역할도 하고 싶어합니다. 하사님은 어쩌실 겁니까?"

다임이 웃는 것처럼 입술을 씰룩인다. "나는 말이야, 힐러리 스왱크가 이 주만 사귀어준다고 하면 넘어갈 것 같은데."

이제 그는 정말로 웃는다. 영리하고 싫증 잘 내는 사람의 짓궂은 천진함을 내보이며 낄낄거린다. 스물네 살인 데이비드 다임 하사는 노스캐롤라이나 출신의 대학 중퇴자다. 〈월스트리트 저널〉 〈뉴욕 타임스〉 『맥심』 『와이어드』 『하퍼스』 『포춘』 『다이스 매거진』을 정기구독하고 책도 일주일에 서너 권씩 읽는다. 대개 유별나게 열성인 누나가 채플 힐에서 보내주는 역사와 정치 중고 교과서다. 골프 장학생으로 대학에 들어갔다는 이야기도 있지만 본인은 아니라고 한다. 고등학교 때 스타 쿼터백이었다는 소문에 대해서는 기억이 안 난다지만, 어느 날 바이퍼 기지에 풋볼공이 보이자 순간 옛 시절의 향수가 오랫동안 잠들어 있던 근육의 기억을 일깨운 듯 60야드 스파이럴*을 던졌고, 그 공은 데이의 머리 위를 지나 배차용 주차장으로 날아갔다. 아프가니스탄에서 명예전상장과 동성훈장을 받은 그는 하사들 사이에서 '염병할 자유주의자'라는 별명으로 불린다. 브라보 분대의 특별한 점은, 빌리는 그 기적 같은 사실을 깨닫는 데 시간이 좀 걸렸지만, 최고의 용사가 하나가 아닌 둘이라는 것이었고, 두 용사 다 지배적 정설을 무시했다. 체니 부통령이 위문차 바이퍼 기지를 방문했을 때는 다임과 슈룸이 하도 요란하게 환호하는 바람에 트립 대위조차 그것이 조롱이라는 걸 알아차렸다. 우우우우, 예이, 딕! 적에게 본때를 보이자! 덤벼라! 우우우우, 아랍 놈들을 쳐부수자! 소대원 모두 오줌을 질금거릴 정

---

* 나선형으로 회전하며 날아가는 공.

도로 낄낄댔고, 참다못한 대위가 다임에게 '당장 소리 낮춰'라고 쓴 쪽지를 보냈으나 체니 부통령은 열렬한 환호에 흡족한 듯 보였다. 부통령은 엘엘빈 카키바지와 목까지 지퍼를 올린 NASA 바람막이 재킷 차림으로 주머니에 두 손을 찔러넣은 채 무대에 서서 바이퍼 대원들의 투지를 치하하고 전쟁에 관한 희망적인 소식을 전했다. 의심의 여지 없이…… 최신 정보로는…… 우리 전투 지휘관들이…… 조절된 발신음 같은 체니의 목소리 때문에 모든 말이 너무도 그럴싸하게 들렸다. 그래서 그가 뭐라고 했지? 아, 그래. 이라크 반군이 패망 직전이라고 말했다.

"앨버트!" 다임이 큰 소리로 부른다. "빌리가 그러는데 힐러리 스웽크가 이상하대요."

"아, 아닙니다." 빌리는 그렇게 말하면서 고개를 돌린다. 앨버트가 서부 멋쟁이의 어정쩡한 미소를 지으며 계단을 내려오고 있다. "저는 그냥 힐러리 스웽크가 남자 역할을 하고 싶어하는 게 이상하다고 한 겁니다."

"힐러리는 괜찮은 여자야." 앨버트가 부드럽게 말한다. "사실 할리우드에서 제일 인간성 좋은 여배우 중 하나지. 그리고 그 문제라면, 빌리"—젊은 병사는 앨버트가 성이 아닌 이름으로 자신을 부를 때마다 깜짝깜짝 놀란다. 앨버트에게 그럴 필요 없다고, 내 이름까지 기억할 필요 없다고 말해주고 싶다—"배우에겐 남자가 여자, 여자가 남자 역할을 하는 것이 최고의 도전이지. 힐러리가 왜 관심을 보이는지 난 알아."

"빌리는 여자가 자기 역을 하는 게 싫답니다. 사람들이 자기를 여자 같다고 생각할까봐 겁이 나는 모양이에요." 다임이 말한다.

"앨버트, 하사님 말 믿지 마십시오."

앨버트가 낄낄 웃는다. 그 모습을 보자 빌리의 머릿속에 또다른 쾌활한 뚱보인 산타클로스가 떠오른다. "진정들 하지. 그런 걱정을 하기엔 아직 갈 길이 머니까." 앨버트가 말한다.

앨버트의 목표는 브라보 대원 한 사람 한 사람의 인생 이야기에 계약금을 10만 달러씩 받아내고 온갖 불가사의한 보수와 수수료와 수익배당, 그리고 그에게 믿고 맡길 수밖에 없는 다른 난해한 것들까지 챙기는 것이다. 지난 이 주 동안 그는 승전여행에 합류했다 빠졌다 했다. 워싱턴 DC에서 브라보 대원들과 만나고 빠졌다가 다시 덴버에서 만나고 또 빠졌다가 피닉스에서 만나고 또 빠지고, 여행의 종착지인 이곳 댈러스에서 다시 합류했다. 이 주 전 그가 추수감사절까지는 계약이 성사될 거라고 했고 다 잘되어가는 것 같은데도 빌리는 열기가 식기 시작하는 기분이다. 열기를 지키려고 앨버트가 애쓰는 기색이 어렴풋이 느껴진다. 다른 대원들은 아무 말 없는 걸 보면 빌리의 예감이 틀렸는지도 모른다. 아마 그럴 거다. 제발 내 예감이 틀렸기를. 이번 일로 조금 부자가 되면 그 돈은 전부 가치 있게 쓸 것이다. 포트후드*에서 소대에 입대했을 때 다임과 슈룸은 불량배, 깡패, 비행소년이라고 하루 24시간 일주일 내내 빌리를 놀려댔다. 애정 어린 장난이 아니었다. 무슨 이유에선지 그들은 그에게 악감정이 있었다. 배치 날짜가 코앞인데

---

* 텍사스의 미군 기지.

다 군복무 기간이 삼 년 반이나 남아서 그들의 괴롭힘에서 벗어나지 못하면 인생 조지는 거나 마찬가지였다. 어느 날 빌리가 체육관에서 역기를 들고 있는데 또다시 그들이 나타나서 똥자루라느니 개망나니라느니 불량아라느니 놀려댔다. 빌리는 로비로 그들을 따라나가 아주 정중하게 말했다. 다임 하사님, 브림 하사님, 저는 비행소년도 불량배도 불량아도 아니니까 제발 그렇게 부르지 마십시오. 저는 소대와 중대의 자랑이 되기 위해 몸 바쳐 노력하고 있습니다.

아니, 넌 깡패 불량배 새끼다. 남의 차를 부수는 건 깡패나 하는 짓이니까. 슈룸이 말했다.

젠장 어떻게 알았지, 빌리는 그렇게 생각하며 그들에게 말했다. "누구 차인지에 따라 다릅니다."

누구 차인데?

제 누나의 약혼자 차입니다. 파혼한 약혼자.

이 말이 그들의 관심을 끌었다. 무슨 차인데? 다임이 물었다.

사브요. 컨버터블, 5단 기어, 흑연합금 바퀴테에 출고된 지 석 달 된 겁니다. 빌리가 대답했다. 이제 그들은 빌리의 이야기를 들어줄 준비가 되어 있었다. 그래서 빌리는 캐스린 이야기를 시작했다. 집안의 스타 둘째 누나. 엄청 예쁘고 착한데다 똑똑하기까지 해서 텍사스 크리스천 대학교에 부분 장학금을 받고 들어갔다. 거기까지는 아주 좋았다. 경영학을 전공했고, 여학생 클럽에 들어갔고, 매학기 성적 우수자 명단에 올랐다. 모든 게 좋았다. 경영대학원에 다니는 삼 년 선배와 약혼도 했다. 약혼자는 고지식하고 남자

답지 못하고 제 잘난 맛에 사는 인간이었지만 그래도 괜찮은 편이
었다, 그럭저럭, 어느 정도. 빌리는 속으로 그 인간을 싫어했지만.
그러다 캐스린이 2학년 말이던 5월에 일이 터졌다. 그녀는 블린 보
험회사에서 안내데스크 직원 겸 수습 보험중개인으로 일하고 있었
고 모든 것이 좋았다. 어느 비 오던 날 아침 캠프 보위 대로에서 빗
길에 미끄러진 메르세데스가 그녀의 차 옆구리를 들이받기 전까지
는. 시커멓고 거대한 물체가 그녀를 향해 풍차처럼 회전하며 돌진
해왔고, 그녀의 기억에 가장 선명하게 남은 것은 소리였다. 차체가
빙글빙글 도는 위잉 위잉 위잉 하는 소리, 죽음의 천사의 날갯짓 같
은 소리. 다음 순간 그녀는 길바닥에 누워 있었고 머리가 희끗희끗
한 멕시코인 셋이 주위를 둘러싸고 서서 판지로 비를 가려주고 있
었다. 이 대목에 이르면 그녀는 늘 울음을 터뜨린다. 비에 쫄딱 젖
은 세 남자가 겁에 질려 눈이 휘둥그레져서는 스페인어로 속삭이
며 공물이라도 바치듯 세심하게 판지를 들고 있던 광경을 묘사할
때면 어김없이 허물어진다.

그 사람들한테 고맙다는 인사도 못했어. 나중에 캐스린이 말했
다. 그냥 그 사람들을 올려다보고만 있었어. 말을 할 수 없었지. 사
실 의사들 모두 그녀가 살아난 건 기적이라고 했다. 골반 골절, 다
리 골절, 비장 파열, 폐허탈, 거기다 내출혈까지, 심각했다. 얼굴과
등에 복잡한 봉합수술을 했다. 목 아래로 170바늘, 위로 63바늘을
꿰맸다. 좋아질 거예요. 다음날 성형외과 의사가 그녀에게 말했다.
한 이 년 걸리겠지만 결국 해낼 거예요. 내가 늘 하는 일이니까. 하
지만 남자답지 못한 약혼자는 감당하지 못했다. 사고 삼 주 후 그

가 스토벌로 차를 몰고 와서 약혼을 깼고, 착한 캐스린은 약혼반지를 그의 얼굴에 던졌다. 손에 기어가는 달팽이나 거미를 떨어내듯. 하지만 빌리가 생각하기에는 그보다 더 적극적인 반응이 필요했다. 그의 누나가, 가족의 명예가, 인간의 존엄성이, 그리고 더 많은 것이 걸린 아주 중요한 문제니까. 빌리는 포트워스로 차를 몰고 가 남자답지 못한 그놈의 아파트에 주차된 사브를 찾아냈고, 가던 길에 트루밸류 철물점에 들러 구입한 쇠지레로 해체 작업에 들어갔다. 차 지붕에 올라가 맨 먼저 앞유리창을 힘껏 내리칠 준비를 할 때 신성한 평온함이 찾아들었다. 나에게는 할 일이 있다. 그것이 그 순간 그가 한 생각이었다. 권위와의 갈등, 스스로 자초한 숱한 실패로 점철된 사춘기를 보내며 지친 그는 이 일을 바로잡아야 한다는 결의에 차 있었다. 그는 신중하게 공격지점을 골라가며 쇠지레를 침착하게 휘둘렀다. 즐거운 일이었다. 도난경보장치가 요란하게 울려댔지만 집중력은 흐트러지지 않았다. 꽤 오래전부터 뭔가 극단적인 일이 일어나길 바라는 마음이 자라고 있었는데 드디어 때가 된 것이다.

빌리는 졸업을 이 주 앞두고 있었다. 학교 이사회에서 몇 차례 회의를 열어가며 공식적으로 괴롭히더니 졸업장은 주되 우편으로 보내겠다는 결정을 내렸다. '졸업행진', 그러니까 다른 졸업생들과 함께 줄지어 연단으로 올라가 졸업장을 받는 건 허락하지 않겠다는 뜻이었다. "졸업행진은 못한다." 학교 이사장이 교회에서 질책하듯 어둡고 음산한 목소리로 선언했을 때, 빌리는 웃음을 참느라 목구멍이 터질 것만 같았다. 내가 그딴 거 신경이나 쓸 것 같아?

아아아아, 졸업행진을 못한다고? 아아아아, 내 인생은 끝났어! 이 럴 줄 알아? 학교 이사회와의 협상에 성공한 변호사는 빌리를 감옥에 보내지 않기 위해 더 열심히 뛰어야 했다. 자동차 파손보다 주차장에서 남자답지 못한 그놈을 쫓아간 일이 더 큰 문제가 되었다. 손에 쇠지레를 들고 말이다. 그는 변호사에게 이렇게 털어놓았다. "해칠 생각은 없었어요. 놈이 도망치는 꼴을 보고 싶었을 뿐이에요." 사실 그때 그는 정신없이 웃느라 추격전을 벌이기는커녕 똑바로 서 있기도 힘들었다.

지방검사는 빌리가 군에 입대하는 조건으로 중죄 혐의를 기물파손으로 감해주는 데 동의했다. 이왕 쫓겨날 바에야 군대만한 데도 없고, 감옥에 가서 밤마다 '전도사'나 '좆대가리' 같은 이름을 가진 놈들에게 강간당하는 것보다 나았다. 그래서 빌리는 열여덟 살 나이에 군인이 된 것이다. 졸병 중의 졸병 보병대 이등병.

그래, 누나는 어때? 이야기가 끝나자 슈룸이 물었다.

좋아졌습니다. 의사들도 괜찮아질 거라고 합니다. 빌리가 대답했다.

그래도 넌 비행소년이야. 다임이 말했다. 하지만 그후로 그들은 빌리를 심하게 괴롭히지 않았다.

그건 주로 정신의 문제이지만
우리에게는 치유책이 있다

조시가 애드빌* 좀 얼른 가져왔으면. 빌리는 생각한다. 다섯 잔이나 마신 잭코크 때문에 숙취가 더 심해졌지만 이제 마시지 않으니머리가 더 아프다. 다임은 앨버트와 함께 통로에 서서 어제 있었던슈룸의 장례식에 대해 이야기한다. 그 어떤 장례식보다 엄숙하게치러졌어야 하는데, 도道에 대한 글과 앨런 긴즈버그**의 「위치타 보텍스 수트라」***를 낭독하고 지역 크로 부족 원로의 기도로 고인의 영성을 기렸어야 하는데, 기독교 꼴통들의 기괴한 쇼가 되고 말았다.교회 밖에서는 하느님은 너희를 미워하신다 데살로니가 후서 1장 8절,미군은 지옥에 떨어진다 같은 피켓을 든 작은 무리가 낙태와 죽은 아기들과 미국에 내려질 하느님의 저주에 대해 외쳐대고 있었다.

---

* 진통제 상표명.
** 비트족의 비순응주의를 대표하는 미국 시인.
*** 앨런 긴즈버그의 반전 시.

미쳤군. 앨버트가 혐오와 분노를 보이며 말한다.

"앨버트, 그거 영화에 꼭 넣어요." 크랙이 외친다.

앨버트는 고개를 젓는다. "누가 믿겠어."

하늘에서는 굿이어 비행선이 폭풍 속 쾌속범선처럼 걷잡을 수 없이 흔들리며 힘겹게 나아간다. 전광판에서는 고인이 된 '총알' 밥 헤이스[*]의 추모 비디오가 나오고, 위쪽 특별석 가장자리에는 카우보이스 '명예의 반지'를 받은 선수들 이름과 등번호가 걸려 있다. 스타우백. 메러디스. 도싯. 릴리. 분명 최고의 경기다. 오늘 전 세계에서 이보다 큰 스포츠 대회는 없다. 브라보 대원들은 그 거품 낀 한복판에 들어와 있다. 그들은 이틀 후면 이라크에 재배치되어 남은 11개월의 복무를 마쳐야 하지만, 지금은 온갖 미국적인 것이 자궁처럼 안전하게 그들을 감싸고 있다. 풋볼, 추수감사절, 텔레비전, 여덟 종류는 되는 경찰과 보안요원, 그리고 3억 명의 호의적인 국민. 클리블랜드에서는 한 노인이 몸을 떨며 이렇게 말했다. "자네들이 바로 미국이야."

빌리는 국민들의 그런 감정이 고맙다. 그게 어떤 의미인지는 알지 못하지만. 지금은 토하면 기분이 나아질지 모른다는 생각을 하고 있다. 그가 화장실 좀 가야겠다고 말하자, 맹고는 혹시 다임이 지켜보고 있는지 살핀 다음 소곤거린다. "맥주 한잔 할까?"

좋지.

그들은 한 번에 두 단씩 계단을 올라간다. 관중석에서 몇 사람이

---

[*] 올림픽 육상 단거리 금메달리스트 출신의 풋볼 선수.

그들을 소리쳐 부르지만 빌리는 손만 흔들 뿐 올려다보지 않는다. 그는 무진 애쓰고 있다. 수면 아래 빠른 물살처럼 그를 빨아들이려는 거대하고 공허한 스타디움 공간에 대항하며 필사적으로 계단을 오르고 있다. 지난 이 주 동안 그는 거대함—이를테면 급수탑, 고층빌딩, 현수교 같은 것—에 불안을 느끼는 자신을 발견했다. 차를 타고 워싱턴 기념비 옆을 지나갈 때도 그 건축물이 주위의 무정한 하늘에서 날카로운 통곡을 끌어내는 듯해 다리 힘이 풀렸다. 그래서 지금은 고개를 숙이고 앞으로 나아가는 데만 집중한다. 일단 중앙홀에 이르자 기분이 나아진다. 화장실을 발견하고 토하는 건 관두고 오줌을 눈 다음 파파존스에서 맥주를 산다. 원칙적으로 군복 차림으로는 술을 마실 수 없지만 걸려봐야 무슨 벌을 받겠는가. 이라크로 돌아가는 거? 하지만 그들은 콜라컵에 담아달라고 부탁한다. 맥주를 마시기 전 빌리는 맹고에게 컵을 맡기고 중앙홀에서 잽싸게 팔굽혀펴기 쉰 개를 한다. 몸이 물렁해진 걸 견딜 수가 없다. 이 주 동안 비행기와 자동차, 호텔방에서만 지내다보니 운동할 시간이 없었고 몸도 마음도 풀어졌다. 브라보 대원들은 계집애처럼 나약해져서는 지치고 신경질적인 상태로, 그만큼 효율성이 떨어진 상태로 전쟁터로 돌아가게 될 것이다.

　팔굽혀펴기를 하고 일어서자 머리가 지끈거리지만 몸은 나아진 기분이다. "팔굽혀펴기가 비어 체이서*군." 맹고가 말한다.

　"바로 그거야."

---

* 맥주를 마시는 중간에 곁들여 마시는 독한 술.

그건 주로 정신의 문제이지만 우리에게는 치유책이 있다 39

"맥주에 물 타는 것 같지 않아?"

"짜식, 맛을 봐."

"물을 안 탄다지만 탄다는 걸 알 수 있지. 맛이 다르거든."

빌리는 고개를 끄덕인다. "그래도 우리는 마시고 있잖아."

"그래도 마시고 있지."

벽에 기대서서 맥주를 마시며 그들은 지나가는 사람들을 흡족하게 바라본다. 다양한 모습이 마치 자연 다큐멘터리의 이주 장면 같다. 다양한 생김새, 나이, 몸집, 피부색, 소득수준. 하지만 영양 상태 좋은 백인이 지배적 인구집단을 이룬다. 그들을 위해 전선에 나가 싸우는 빌리는 늘 그들에 대해 궁금하다. 저 사람들은 무슨 생각을 하고 있을까? 뭘 원할까? 자신들이 살아 있다는 걸 알까? 충만한 삶을 살기 위해서는 장기간 죽음 가까이 노출될 필요라도 있는 것처럼.

"저 사람들 무슨 생각을 하고 있는 것 같아?"

맹고는 주저하다가 길쭉한 입술로 코요테 미소를 짓는다. "심각한 거. 신, 철학, 삶의 의미 같은 거." 두 사람은 웃음을 터뜨린다. 맹고가 다시 입을 연다. "아냐, 개자식아. 잘 봐. 저 사람들은 경기 생각을 하고 있어. 자기 팀이 이겨서 베팅에서 돈을 따게 될까. 자기 좌석에 비가 떨어질까. 뭘 먹을까. 다음 월급날까지 얼마나 남았나. 그런 시시한 것들이지."

빌리는 고개를 끄덕인다. 맞는 말 같다. 그런 평범한 생각을 한다고 비난하고 싶진 않다. 하지만, 하지만…… 전쟁은 그에게 영양 상태 좋은 반추동물의 헤벌어진 입과 멍한 시선보다 좀더 나은

걸 바라게 한다. 오 나의 국민들, 나의 미국인들이여! 선지자의 눈
으로 세상을 보라! 사실상 모든 사람이 이런저런 카우보이스 복장
을 갖추고 있다. 푸른 별 로고가 찍힌 파카와 모자, 특대 사이즈 유
니폼 셔츠, 후드티, 은색과 푸른색이 배합된 스카프, 길게 늘어진
귀걸이 같은 카우보이스팀 장신구들. 뺨에 작은 카우보이스 헬멧
을 그린 사람들도 있다. 빌리는 그들이 이토록 열렬히 팀에 대한
애정을 드러내는 데 감동한다. 경기일에 어울리는 스타일로 꾸미
는 데는 여자가 남자보다 더 소질을 보인다. 남자들은 카우보이스
유니폼 셔츠가 코트 자락 아래로 내려오고 바지가 부츠 굽까지 늘
어진 상태로 어기적거리며 돌아다닌다. 그런 차림이 키를 치명적
으로 축소시켜 마치 거대한 열두 살짜리 아이들처럼 보인다.

　오 나의 국민들. 두 병사는 성공적으로 임무를 수행하는 태도로
맥주컵을 비우고 좌석으로 돌아간다. 빌리는 얼굴을 할퀴는 무無
를 외면하며 통로 계단에 단단히 시선을 못박는다. 그곳에 매달린
무시무시한 허공이 공포스럽다. 광막한 허공의 중심에 진공 같은
것이 생겨나 모든 중력이 돔의 거대한 바람구멍을 향해 역방향으
로 작용하는 듯하다. 빌리는 진땀을 흘리며 좌석에 도착한다. 브라
보 대원들은 휴대전화로 문자를 보내거나, 경기장을 멍하니 바라
보거나, 껌을 씹거나, 컵 안에 침을 뱉고 있다. 맹고가 조심성 없게
요란한 소리로 트림을 한다. **맥주!** 하고 외치는 것이나 다름없는
짓이다. 다임이 피냄새를 맡은 상어처럼 몸을 확 돌린다.

　"맥 소령님은 어디 계십니까?" 빌리가 재빨리 묻는다. 다임의
주의를 돌리기 위한 그 어설픈 수작이 통한다. 다임이 인상을 쓰면

서 좌우를 둘러본다.

"맥 소령님 어디 있어?" 그가 대원들에게 묻는다. 대원들은 단체로 버블헤드 인형*처럼 머리를 깐닥거리고는 웃음을 터뜨린다. 야! 맥 소령이 사라졌다!

"빌리! 맹고! 가서 맥 소령님 찾아봐."

빌리는 다시 계단을 오르며 그 끔찍한 허공에 저항해 어깨를 웅크린다. 스타디움은 거대하다. 그리고 기형적이다. 그것은 인간 정신의 뒤틀림이다. 빌리와 맹고는 곧장 파파존스로 가서 맥주를 두 컵 더 산다. 이번에는 빌리가 팔굽혀펴기를 할 때 구경꾼 몇 명이 모여들어 횟수를 세고 팔굽혀펴기가 끝나자 환호를 보낸다. "또 해요!" 누군가 외치지만 빌리는 맥주컵을 들어 인사하고 마신다. 그와 맹고는 걷기 시작한다.

"쉽게 찾을 거야."

"맞아. 그런데 여기 사람이 8만 명이나 있는 건 어쩌지?"

"네가 맥 소령이라면 어디로 갈 것 같아? 언제?"

"짜식, 어쩌면 모선母船으로 돌아갔는지도 모르지."

그들은 웃음을 터뜨린다. 맥 소령은 말이 없고 거의 먹지도 마시지도 않으며 용변 보러 가는 모습이 눈에 띈 적도 없다. 그래서 브라보 대원들 사이에서는 그가 피부의 땀구멍을 통해 먹고 배설하는, 인류의 새로운 형태일지도 모른다는 억측이 나돈다. 다임 하사가 은밀한 비공식 경로를 통해 알아낸 바로는, 맥 소령은 전쟁에

---

* 목이 용수철로 되어 있어서 작은 충격에도 머리가 흔들리는 인형.

나간 첫날 폭탄에 맞았다. 그것도 한 번이 아니라 두 번이나. 그 결과 청력이 심각하게 손상되었지만 아직 확진은 내려지지 않았다. 군에서는 그를 어떻게 처리할지 결정이 날 때까지 임시로 공보부에 배정했다. 맥 소령은 조각 같은 얼굴과 가운데가 쏙 들어간 턱, 강철 등뼈를 지닌 남자로, 어느 모로 보나 이상적인 군인의 모습이다. 어쩌면 그래서 완전히 귀가 먹은데다 걸핏하면 넋이 나가 있는데 지금껏 군에서 버티고 있는지도 모른다. 넋이 빠져 있을 때는 세상 다 산 것처럼, 뇌졸중으로 쓰러진 것처럼, 마약에 취한 것처럼 보인다. 볼장 다 본 모습. 그런 그의 초점 없는 눈을 다임은 프로작*의 먼산바라기라고 부른다.

맥 소령을 찾아다니는 건 군대를 지금 이 꼴로 만드는 백만 가지쯤 되는 무의미한 임무 중 하나지만 빌리는 죽치고 앉아 있는 것보다 이렇게 돌아다니는 게 더 즐겁다. 게다가 맹고가 옆에 있어서 기분이 좋다. 라틴계 친구를 두는 것이 요새 청소년들의 유행이기 때문만이 아니라, 맹고가 풍기는 침착하고 다정한 분위기 때문이기도 하다. 맹고는 전투중에나 평소에나 바위처럼 흔들림이 없다. 지독히도 강인해서 불평이란 걸 할 줄 모르고, 173센티미터의 다부진 체구에 많은 살을 달고 다닌다. 또 통계자료와 연대기적 사실을 카메라로 찍은 듯이 기억하는 능력이 있어서 미국 대통령뿐 아니라 부통령 이름까지 줄줄이 외운다. 그걸 들으면 불법체류자니 뭐니 하는 말은 쏙 들어갈 수밖에 없다. 빌리는 맹고가 무너지는

---

* 우울증 치료제의 상표명.

모습을 딱 한 번 보았다. 그것은 박격포나 로켓 공격을 당했을 때도, 저격을 당했을 때도, 길가에서 폭탄에 당했을 때도, 심지어 험비* 포탑에서 폭탄을 맞고 떨어져 "내 머리에서 끈적거리는 거 나와?"라고 물었을 때도 아니었다. 그런 때조차 그는 의연했다. 어느 날 자동차 폭탄으로 3소대 검문소가 날아가버려 브라보 분대가 그곳 경계 임무에 차출되었다. 어느 기준으로 보나 끔찍한 날이었지만, 아군의 시신을 수습하기 위해 모두 흩어져 절단된 사지를 찾기 시작했을 때 그는 털썩 무릎을 꿇고 엉엉 울었다.

하지만 지금 그들은 걷고 있다. 순전히 의지의 힘으로 전쟁을 지나쳐 걸어갈 수 있다면 얼마나 좋을까. 빌리는 휴대전화를 확인한다. 캐스린에게서 문자가 와 있다. 뺨에 흉터가 파인 누나. 너 어딨어. 그는 스타디움이라고 답장을 보낸다. 그러자 엄마는 너 추울까봐 걱정이라는 문자가 오고 빌리는 몸에서 김 나라고 답한다. 캐스린이 스마일 이모티콘을 보내온다. 그와 맹고는 예쁜 여자가 지나갈 때마다 끙하고 앓는 소리를 낸다. 다들 옷을 두껍게 껴입고 있어서 얼굴만 겨우 보이지만.

"어젯밤 그 여자들, 도저히 안 믿기지?" 맹고가 말한다.

"진짜 말도 안 돼. 다들 스트립 클럽은 댈러스가 최고라더라고." 빌리도 맞장구친다.

"장난 아냐. 감각 과부하가 걸린 것 같더라니까. 그 여자들 다 어디서 온 거지? 거기 말이야, 마지막으로 간 데 말고 그전 클럽,

---

* 미군의 고기동 다목적 차량.

케이지 안에서 여자들이 춤추던 데……"

"베이거스 스타즈."

"—베이거스 스타즈. 씨발, 그 여자들한테 왜 이런 데서 일하냐고 묻고 싶더라니까? 다들 모델 뺨치던데. 진짜 모델 말이야. 스트립 호스티스 말고."

맹고는 자기 힘으로는 막을 수 없는 비극을 보고 있는 것처럼 진심으로 괴로운 듯하다.

"모르지. 미녀가 너무 많아서 경쟁이 심한지도." 빌리가 말한다.

"하지만 그건 옳지 않아."

빌리는 웃음을 터뜨리지만, 젊고 활기찬 몸뚱이와 인육시장, 소위 냉혹한 수요와 공급의 법칙까지 생각이 미친다. 엄격히 말해 우리는 사회에 필요치 않은 존재인지도 모르지만 그래도 대개는 자신의 쓰임새를 찾아내기 마련이다.

"본인들이 원해서 거기 있는 건지도 모르지. 우리 같은 멋진 남자를 만나려고." 빌리가 말한다. 그냥 아무렇게나 지껄여대는 말이다.

맹고는 웃는다. "분명 그럴 거야. 돈 때문이 아니라. 그 여자들 우리한테 진짜로 반했어."

그건 사이크스가 뒤에서 프라이빗 댄스*를 보고 와서 했던 말이다. 그 여자 나한테 진짜로 반했어. 돈 때문이 아니라니까. 어제 오후 슈룸의 장례식이 끝난 뒤 충격에서 헤어나지 못한 브라보 대원들

---

* 돈을 더 주고 칸막이 공간에서 개인적으로 댄서를 불러 춤을 감상하는 것.

은 호텔에서 사복으로 갈아입고 곧장 술을 퍼마시러 갔고 밤이 무르익으면서 모두 취해버렸다. 그 여자 나한테 반했어는 어젯밤 유행어가 되었지만, 오늘 그 기억은 빌리를 우울하게 한다. 그 말이 마치 숙취처럼, 욕조에 낀 거품때처럼 마음에 남아 있다. 빌리는 오럴섹스는 그 자체가 엿같다고 결론을 내린다. 아, 가끔은 괜찮다. 아니, 대개는 끝내준다. 하지만 요즘은 그 이상에 대한 욕구를 뚜렷이 느낀다. 열아홉 살이나 되었는데 아직 총각 딱지를 떼지 못해서라기보다는 마음속 깊은 곳의 허기, 그의 최고의 것이 존재해야 하는 부분이 지방흡입기에 빨려들어가버린 듯 공허한 느낌 때문이다. 그에게는 여자가 필요하다. 아니, 여자친구가 필요하다. 몸과 마음을 나눌 대상이 필요해서 지난 이 주 내내 여자친구를, 누군가에게 홀딱 반하기를 기다렸다. 그 이 주 동안 우리의 이 위대한 나라를 여행했으니까. 그 많은 도시를 돌고 신문에도 멋지게 났으니까, 국민들의 애정과 호의를 듬뿍 받았으니까, 웃으며 환호하는 군중을 만났으니까. 그러니까 지금쯤은 누군가를 만나야 한다.

미국이 개같거나 아니면 자신이 그런 것이다. 빌리는 시린 가슴과 시간이 줄어들고 있다는 조바심을 안고 중앙홀을 걷는다. 오늘 밤 22시에 포트후드로 들어가야 하고 내일은 짐 싸는 날이다. 그리고 모레 스물일곱 시간의 비행과 함께 전투가 재개될 것이다. 대원 누구라도 아직 살아 있는 것이 빌리는 그야말로 기적 같다. 브라보 분대는 슈룸과 레이크를 잃었고, 겨우 둘이라고 말하는 사람도 있겠지만 그동안 모든 대원이 간발의 차로 죽음을 피해온 사실을 감안하면 전사율은 간단히 100퍼센트를 찍을 수도 있었다. 사람 미치게 만드는 건 염병할 무작위성이다. 식사하러 가다가 군화 끈을 묶으려고 몸을 숙이거나 화장실에서 넷째 칸이 아닌 셋째 칸에 들어가거나 고개를 오른쪽이 아닌 왼쪽으로 돌리는 것 따위의 사소한 일에서 생과 사, 끔찍한 부상이 판가름나기도 한다. 무작위. 그 염병할 것 때문에 정신이 뒤틀린다. 처음 철조망 밖으로 나갔을 때 빌리는 그것의 엿같은 가능성을 느꼈다. 슈룸이 두 발을 옆으로 나란히 두지 말고 앞뒤로 두라고, 그래야 IED*가 험비 아래서 터질 경우 두 발 다 잃지 않고 한쪽은 지킬 수 있다고 충고했던 것이다. 두어 주 동안 발을 앞뒤로 두고, 양손을 방탄복 속에 넣고, 보안경을 착용하는 등 모든 안전수칙을 지키다가 슈룸을 찾아가서 어떻게 미치지 않고 버티는지 물었다. 그러자 슈룸은 그것이 대단히 합리적인 질문이라도 되는 양 고개를 끄덕이더니, 어디선가 읽었다며 이누이트족 주술사 이야기를 들려주었다. 그 주술사는 상대를 보면 그 사람이 죽을 날을 알 수 있지만 절대 말해주지 않는다는 것이었다. 자기 일도 아닌데 나서는 건 주제넘고 무례한 짓이니까. 슈룸은 킥킥거리고는 덧붙였다. 소름이 쫙 끼칠 거야, 응? 주술사의 눈을 보고 그가 안다는 걸 알게 되면.

"저는 그 주술사 만나고 싶지 않습니다." 빌리는 그렇게 대꾸했지만 슈룸의 말뜻을 이해했다. 총알이 널 맞힌다면 그 총알은 이미 발사된 것이다.

빌리는 맹고가 오 분 동안 말이 없다는 걸 깨닫고 그도 전쟁 생

---

* Improvised Explosive Device, 급조 폭발물.

각을 하고 있음을 눈치챈다. 전쟁 이야기를 꺼내고 싶지만, 사실 이것저것 다 빼면 무슨 말을 하겠는가? 일단 입을 열면 멈출 수 없을 것이다. 결국엔 하나, 앞으로 11개월을 어떻게 견딜지 한탄하는 데 이를 테지만.

"너 지금까지 운이 좋았던 거지, 맞지?"

캐스린이 뒷마당에서 맥주를 마시며 빌리에게 한 말이었다.

그런 것 같아. 빌리가 대답했다.

"그럼 계속 운이 좋아야 해."

가끔은 그게 운이 좋아야 한다는 걸 기억만 하면 되는 쉬운 일처럼 느껴진다. 그런 생각을 하며 빌리는 스타디움 중앙홀에 늘어선 패스트푸드점을 바라본다. 타코벨, 서브웨이, 피자헛, 파파존스. 매장에서 고기 굽는 연기가 구름처럼 피어오른다. 냄새들이 거의 똑같다는 건 미국 요리의 특징을 말해준다. 텍사스 스타디움은 기본적으로 거지 소굴 같다. 춥고, 모래 먼지가 날리고, 외풍도 심하고, 더럽다. 사람들이 구석에 오줌을 갈기는 공장 창고의 일반적인 매력을 다 갖추고 있다. 희미한 지린내가 스타디움 전체에 배어 있다.

"심하다." 맹고가 놀라며 소리 죽여서 말한다.

"뭐가?"

"여기 그링고*가 수천 명인데 맥 소령은 없으니 말이야."

빌리가 코웃음 친다. "우린 그 새끼 절대 못 찾아. 애도 아닌 어른을 이렇게 찾아다니는 것도 우습고."

---

* 라틴아메리카에서 미국인을 비하해 부르는 말.

"자기가 어디 있는지 정도는 알겠지."

"그거야 네 생각이지."

그들은 마주보며 웃음을 터뜨린다.

"돌아가자." 빌리가 말한다.

"돌아가자." 맹고도 동의한다.

우선 그들은 스바로에 들러 피자 두 조각을 산 다음 종이접시에 담긴 피자를 선 채로 우적우적 씹으며 이 순간만은 사람들이 알아보지 못하는 데 만족한다. 브라보 대원들은 이따금 찬양과 과도한 칭찬 세례에 녹초가 되는 준*유명인으로 살고 있다. 집회나 쇼핑센터 행사 때, TV 촬영이나 라디오 녹음이 진행될 때는 고마움을 전하려는 열의에 찬 국민들이 떼 지어 달려드는 바람에 곤욕을 치르지만, 그럴 때가 아니면 투명인간이 된 기분이다. 사람들은 그들을 빤히 보면서도 아무 반응이 없다. 빌리와 맹고는 거기 서서 입이 델 정도로 뜨거운 피자를 먹으며 자신들의 명성이 자신들 것이 아님을 실감한다. 이 역시 대체로 웃어넘길 수 있는 일이다. 주위의 모든 사람을 지배하는 맥락과 신호의 거대하고 흐늘거리는 홀로그램, 브라보 대원들도 그 지배를 받지만 자신들이 이용당하고 있다는 걸 알기에 얼마간의 우월감을 느끼며 웃을 수 있다. 그들은 자신들이 이용당하고 있다는 걸 당연히 안다. 조종이 그들이 숨쉬는 공기이고 기본요소니까. 높으신 분들의 졸*이 되는 것 말고 군인의 일이 무엇이겠는가?

이거 입어라, 저거 말해라, 거기로 가라, 그들을 쏴라, 그리고 물론 그다음에는 최후의 궁극적인 명령이 기다리고 있다. 전사해라.

브라보 대원은 모두 강제학 박사다. 빌리와 맹고는 피자를 다 먹고 걷기 시작한다. 뱃속에 음식이 들어가니 기운이 난다. 그들은 충동적으로 '카우보이스 실렉트'에 들어간다. 카우보이스 의류와 브랜드 상품을 파는 현장 판매점 중 가장 고급스럽다. 아찔한 고급 가죽 냄새와 불을 환히 밝힌 텍사스 로토복권 자판기가 문가에서 그들을 맞아준다. 벽에 걸린 평면 TV들에서는 에이크먼 시절의 하이라이트 영상이 나오고 있다. 살짝 활기가 돌아 가게 구경을 하기에 적합해진 빌리와 맹고는 금세 요란한 웃음을 터뜨린다. 진열대에 걸린 부티나는 옷과 멋진 장신구, 액자에 든 수집용 공식 기념품이 다가 아니다. 체스 세트, 토스터 오븐, 고성능 제빙기, 개인용 산소발생기, 레이저 당구채에까지 카우보이스 상표를 박아넣은 배짱 두둑한 마케팅에, 그 투지에 감탄하지 않을 수 없다. 야, 이것 좀 봐! 카우보이스 주방용품까지 다 있어. 두 브라보 대원이 점점 소란스러워지자, 다른 손님들이 슬금슬금 피하기 시작한다. 적어도 빌리와 맹고에게는 그 가게가 박물관이나 마찬가지다. 그곳의 물건을 구경만 할 수 있을 뿐 살 형편이 되지 않는 그들은 굴욕감에 약간 거칠어진다. 커플용 테리천 목욕가운 세트, 400달러. 진짜 경기 유니폼, 159.95달러. 캐시미어 스웨터, 크리스털 크리스마스 장식, 토니 라마 한정판 부츠. 수치심과 모욕감이 커지면서 두 브라보 대원은 서로에게 난폭해진다. 야, 인마, 이것 좀 봐, 거지같은 항공재킷이야. 679달러밖에 안 돼, 개새끼야.

가죽이야?

무슨 개소리야, 당연히 가죽이지!

개새끼, 내가 보기엔 아니거든. 인조가죽이야.

병신, 인조가죽이래!

이런 상병신. 빈민가 놈이라 진짜 가죽인지 인조가죽인지 구분도 못하고—

그들은 갑자기 맞붙어 싸운다. 서로 어깨를 움켜쥐고 술집의 주정뱅이들처럼 느릿느릿 움직이며 끙끙거리고 욕하고 머리로 들이받는다. 둘 다 하도 심하게 웃어대서 서 있기조차 힘들다. 서로 귀를 쥐어뜯다가 베레모가 날아간다. 귀가 아파서 더 심하게 웃어댄다. 그들은 헐떡거리며 욕을 지껄인다. 개년, 똥자루, 잡년, 호모. 맹고가 매서운 어퍼컷을 연신 날리자, 빌리는 맹고의 겨드랑이에 주먹을 찔러넣는다. 그들은 중심축이 왼쪽으로 기울어진 채 도자기를 빚는 녹로나 바닥에 떨어져 구르는 냄비처럼 빙글빙글 돈다. 도와드릴까요! 누가 옆에 얼쩡거리며 소리친다. 신사분들! 이봐요, 손님들, 도와드릴까요? 그만들 하세요!

빌리와 맹고는 떨어져서 시뻘게진 얼굴로 웃는다. 점원—지배인인가? 머리숱이 줄어가는 중년의 백인 남자다—도 함께 웃지만 그에겐 심각한 상황이다. 미치광이 둘을 처리해야 할 판이니. 다른 사람들, 그러니까 직원들과 도망치지 않고 남아 있는 몇 안 되는 손님들은 멀찌감치 떨어져 있다.

"이거 가죽입니까?" 빌리가 진열대에서 항공재킷의 소매 한쪽을 들어올리며 묻는다. "여기 이 멍청이가 인조가죽이라고 해서요."

"오, 아닙니다, 손님. 진짜 가죽이에요." 지배인이 대답한다. 두 사람이 자신을 놀리고 있다는 걸 아는 그는 껄껄 웃는다. 하지만 유사 이래 병들고 우스꽝스러운 세상에 질서를 부여해온 스트레이트 맨*의 태도로 그레인 양가죽 항공재킷에 대해, 제품의 뛰어난 품질은 물론 가죽의 특별한 태닝과 염색 공정 등에 대해서까지 감미롭게 설명을 늘어놓는다. 아하, 아하, 아하, 브라보 대원들은 팝콘 튀기는 모습을 구경하는 원시인처럼 황홀한 표정으로 끝까지 듣는다.

"거봐, 병신아"—빌리가 맹고의 어깨를 툭 친다—"내가 가죽이랬잖아."

"패션에 대해 아는 척하기는. 속옷도 안 입는 주제에—"

그들은 서로 때리다가 다시 맞붙어 싸우기 시작하지만 지배인이 워워! 소리치며 말린다.

"그래서 이거 많이 팔려요?" 빌리가 항공재킷을 만지며 묻는다.

"게임당 대여섯 벌씩 팔립니다. 이기는 날은 더 많이 나가고요."

"젠장. 형씨들 돈줄 잘 잡았네."

지배인은 미소짓는다. "그렇게 말할 수도 있겠지요."

브라보 대원들은 고맙다고 인사하고 그곳을 떠난다. "씨발, 679달러래, 빌리." 가게 밖으로 나오자 맹고가 말한다. 그러고는 덧붙인다. "빌어먹을." 그들이 그것에 대해 한 말은 그게 전부다.

---

* 코미디에서 진지한 역할로 등장하는 조연 연기자.

인간적인 반응

빌리와 맹고가 좌석으로 돌아와보니 앨버트가 한창 이야기를 하는 중이다. "1,500만. 개런티 1,500만 달러에 총수익의 15퍼센트. 잘나가는 스타는 그 정도 받지. 힐러리는 요새 아주 잘나가고. 개런티 없이는 에이전트가 힐러리한테 보여주지도 않을걸."

"뭘 보여줘요?" 사이크스가 묻는다. 앨버트의 시선이 천천히 그쪽으로 움직이고 그의 머리도 뒤따른다.

"대본, 케네스."

"하지만 대본이 없다면서요."

"맞아. 하지만 트리트먼트*는 있어. 작가도 있고. 힐러리가 관심을 보이니 그녀의 마음을 끌도록 방향을 잡을 수 있지."

---

* 시놉시스와 대본의 중간 단계로, 기획 의도와 세부 줄거리, 캐릭터 설명이 포함된 문서.

"난 앨버트가 저렇게 말하는 게 좋다니까." 다임이 말한다.

"사실 대본은 문제가 아니야. 자네들 이야기가 정말 흥미진진한 대본이 될 거라는 사실을 알리기만 하면 돼. 그 빌어먹을 것을 힐러리 손에 쥐여주는 게 어렵지."

"힐러리 스웽크와 아는 사이라면서요." 크랙이 지적한다.

"그래, 아는 사이야! 두 달 전 제인 폰다 집에서 같이 진탕 마셨다니까! 하지만 이건 일이잖아. 힐러리는 에이전트가 건네는 대본만 읽고, 에이전트는 영화사에서 확실하게 제안하는 대본이 아니면 절대 안 보여줘. 그래야 힐러리가 오케이 했을 때 거절당할 일이 없거든. 영화사에서 먼저 제안한 거니까."

"음, 그럼 우린 영화사 있어요?" 크랙이 묻는다. 그 정도는 알고 있어야 한다는 걸 본인도 알지만 이 일은 하나부터 열까지 너무 막연하다.

"없어, 로버트. 다들 관심은 대단한데, 스타가 들어오기 전에는 움직이려 들지 않아."

"하지만 힐러리 스웽크도 영화사 제안 없이는 움직이지 않는다면서요."

앨버트가 미소지으며 대답한다. "바로 그거야." 브라보 대원들은 아아아 감탄사를 내뱉는다. 그 패러독스는 너무 완벽해서, 현대적인 방식으로 너무 완벽한 순환구조를 이루고 있어서 모두가 알수 있다.

"지랄 같네요." 크랙이 말한다.

"그래. 아주 지랄 같지." 앨버트가 동의한다.

"그럼 어떻게 일을 성사시켜요?" 어보트가 묻는다.

"필연으로 만들어야지. 자연의 힘처럼. 다른 영화사에서 하려고 하는 것처럼 잔뜩 겁을 줘서 자기네가 안 하고는 못 배기게 만드는 거야."

"애들아, 앨버트가 지금 뭘 하고 있는지 난 이제 알 것 같다." 다임이 선언한다.

빌리와 맹고가 줄 끝에 앉아 있고 그다음이 크랙, 앨버트, 다임, 데이, 어보트, 사이크스, 로디스, 그리고 맥 소령의 빈자리다. 빌리는 앨버트가 다임 곁에서 떨어지지 않으려 하는 걸 알고 있다. 브라보 대원들은 자신들의 분대장이 얼마나 특별한 인물인지 익히 알고 있기에 그들에겐 군이 그걸 증명해줄 필요가 없지만 앨버트가 즉시 다임에게 매료되었다는 사실이 그 증거가 된다. 앨버트는 다임에게 반했다는 것이 빌리의 결론이다. 성적인 의미로는 아니고. 다임이 앨버트의 관심을 끌고 있다. 인간 다임, 군인 다임, 공정하고 의심할 줄 모르는 하나의 세계에 풀려나온 다임이라는 현상 전체. 앨버트의 관심의 신전에서 최우선은 다임이고, 홀리데이는 일등과 격차가 많이 벌어진 이등을 차지하고 있다. 그나마 관심에 근접했다고 할 수 있는 조건적이고 보완적인 것, 다임이라는 흰 둥이 양陽에 종속된 검둥이 음陰의 기능. 데이는 자존심이 상해 짐짓 자신의 이등 자리를 무시하는 척한다. 지금도 앨버트와 다임이 머리를 맞대고 열띤 대화를 나누는 동안 좌석 등받이에 걸터앉아 높은 왕좌의 아프리카 왕이 천한 종들을 내려다보듯 경기장을 살피고 있다. 나머지 대원들은 말하고 걷고 맥주나 진탕 마셔대는,

많고 많은 지분일 뿐이다. "다임이 자산이고 나머지는 그냥 상품에 불과해." 데이가 어젯밤 술에 취해 평소답지 않게 분노에 찬 속내를 드러내며 빌리에게 중얼거린 말이다.

그럼 슈룸은 뭐가 되는 거지? 슈룸과 레이크, 그들도 상품인가? 요새 브라보 대원들은 그저 돈 이야기뿐이다. 돈돈돈. 뇌 속의 벌레처럼, 쳇바퀴 돌리는 햄스터처럼 그들의 대화는 제자리에서 엄청난 속도로 빙글빙글 돈다. 빌리는 다른 화제로 넘어가고 싶지만 대원들에게 그걸 요구할 생각은 없다. 그들은 거액의 돈이 단순한 구매력 이상을 의미하기라도 하듯, 은행 잔고가 두둑하면 전쟁에서 무사히 살아남을 수 있기라도 하듯 돈에 집착한다. 그런 심리적 논리가 직관적으로는 이해되지만 빌리에게는 그 공식이 거꾸로 작용한다. 돈이 들어오는 날, 그의 수표가 실제로 결제되는 날, 바로 그날 그는 총에 맞을 것이다.

그래서 빌리는 확연한 심적 갈등을 안고 영화 이야기에 응한다. 브라보 대원들이 앨버트에게 질문을 퍼붓는다. 조지 클루니는 어때요? 올리버 스톤과는 어떻게 됐습니까? 로버트 다우니 주니어를 데려올 수 있다고 말한 사람은 어떻게 됐습니까? 그러자 앨버트 뒤에 앉은 기품 있는 신사가 그에게 몸을 기울이더니 혹시 영화일을 하느냐고 묻는다.

앨버트는 경직된다. 희귀하고 경이로운 새의 울음소리라도 들은 것처럼 고개를 갸웃한다. "아, 예. 영화 일 합니다." 그가 상냥하게 대답한다.

"감독인가요? 아니면 작가?"

"제작자요." 앨버트가 말한다.

"LA?"

"LA에 있습니다."

"나는 변호사입니다. 화이트칼라 범죄 전문이라 법정 스릴러 영화에 쓸 아주 좋은 소재가 있는데 들어보시겠습니까?"

앨버트는 좋다고, 단 이십 초 내로 이야기해야 한다고 대답한다. 한편 카우보이스 선수 스무 명 정도가 필드로 나와 몸을 풀기 시작한다. 앨라배마 주 남동부에서 일 년 동안 대학 풋볼 선수로 뛴 크랙이 저건 진짜 몸 푸는 게 아니고 몸을 더 많이 풀어야 하는 선수들이 예비로 몸을 푸는 거라고 설명한다. 빌리는 카우보이스 펀터*에게 곧장 관심이 간다. 경사진 어깨, 달덩이 같은 얼굴, 올챙이배. 게다가 머리도 거의 다 빠졌다. 슈퍼마켓 정육코너에서 흔히 볼 수 있는 모습이다. 하지만 남자는 공을 흔적도 없이 멀리 차 보냈다가 돌아오게 할 수 있다. 퍽. 그가 공을 찰 때마다 그 질척한 소리가 빌리의 뱃속에 울려퍼진다. 공은 로켓처럼 가파른 궤도를 그리며 하늘 높이 올라가고 또 올라간다. 구경꾼의 시선은 공이 떨어지기 시작할 만한 지점에서 머뭇거리지만 공은 더 높이 올라간다. 보이지 않는 기폭장치의 힘으로 까마득한 돔지붕을 향해 똑바로 날아가는 듯하다. 빌리는 절대최고점을, 중성부력** 상태에 이른 공이 낙하를 가늠하듯 실제로 잠시 멈춰 공중에 떠 있는 순간을 포착하

---

* 양손으로 든 공을 떨어뜨려 지면에 닿기 전에 발등으로 차는 펀트 전문 선수.

** 중력과 부력이 동일한 상태.

려고 애쓴다. 공은 로켓 머리처럼 나른하고 우아하게 회전하며 낙하를 시작하고, 거기에는 굴복이, 중력의 운명에 따르는 감사 어린 단념이 있다. 펀터가 일고여덟 번 공을 차올린 후에 빌리는 내적 증발이, 자의식의 희석 혹은 완화가 일어나는 것을 느낀다. 그는 차분해진다. 공을 차는 펀터의 모습을 지켜보니 마음이 평안해진다. 공이 절정에 이르는 순간 그는 격렬한 기쁨을 느낀다. 공이 포물선을 그리며 날아올라 정점에서 잠시 머물며 영원의 강 하류의 냄새를 맡을 때, 무념무상의 낙원의 보드라운 아랫배를 어루만질 때, 그는 약한 벼락이라도 맞은 듯 머리가 쭈뼛 선다. 빌리는 지금 슈룸이 저기에 있으리라 상상한다. 슈룸은 중성부력의 영역에 존재한다. 좀 유치하고 감상적인 상상이지만, 슈룸이 어딘가에 존재한다면 저기 있지 못할 이유가 무엇인가? 브라보 대원들이 잘 팔리는 상품으로 전락한 지 오래라 해도 이제 슈룸에게는 마케팅의 긴 팔이 미치지 못한다.

펀트를 지켜보는 건 마치 선禪과 같다. 장식용 연못에서 헤엄치는 금붕어를 구경하는 것처럼 몰입하게 된다. 오후 내내 즐거운 마음으로 펀트를 지켜볼 수도 있었는데 뒤에 앉은 풋볼 팬들이 빌리의 등을 두드리며 외친다. 저기 봐요! 저기 봐! 전광판 봐요! 전광판에 브라보 대원 여덟 명의 모습이 실물보다 크게 비친다. 뿌듯한 새아버지처럼 웃고 있는 앨버트의 모습도. 여기저기서 박수가 터진다. 브라보 대원들은 남자답게 태연한 자세를 취한다. 다들 전광판에 비친 자기 모습을 보지 않으려 하지만, 흥분한 사이크스는 큰 소리로 떠들면서 갱스터 제스처를 취한다. 대원 전원이 입 좀 닥치라며 그를 타박한다. 잠시 후 전광판 화면이 바뀌어 별이 총총한 우주를 배경으로 깃발들이 휘날리고 폭탄이 터지는 만화 그래픽이 보이더니, 그 캄캄한 우주에 갑자기 거대한 흰색 글자들이 등장한다.

미국의 팀이 자랑스러운 미국의 영웅들에게 경의를 바칩니다[*]

이 글자들이 사라지면서 다음 글자들의 물결에 자리를 내준다.

댈러스 카우보이스가

알안사카르 운하의 영웅들을 환영합니다!!!!!!!

하사 데이비드 다임

하사 켈럼 홀리데이

상병 로디스 벡위스

상병 브라이언 히버트

상병 로버트 얼 코크

상병 윌리엄 린

상병 마르셀리노 몬토야

상병 케네스 사이크스

---

[*] 댈러스 카우보이스는 자타공인 미국 풋볼을 대표하는 팀으로 '미국의 팀(America's team)'이라는 별명을 갖고 있다.

박수갈채가 스타디움 돔의 바람구멍을 통해 에너지를 빨아들이듯 소리와 기세를 서서히 키워간다. 통로로 들어오던 관중이 멈춰서서 브라보 대원들 쪽을 본다. 대원들 뒤의 풋볼 팬들이 일어서고, 그들을 선두로 그 구역에 느린 기립박수의 물결이 중력을 거슬러 뒤쪽으로 흘러간다. 전광판 화면이 곧 요란한 셰비 트럭 광고로 넘어갔지만 때는 늦었다. 이미 브라보 대원들을 향해 인파가 몰려들고 있고, 그걸 막을 방법도 빠져나갈 구멍도 없다. 빌리는 일어나서 그런 상황에 걸맞은 자세를 취한다. 등을 곧게 펴고 무게중심을 똑바로 잡은 뒤 젊은 얼굴에 조심스러우면서도 정중한 표정을 짓는다. 이 딱딱하고 금욕적인 미국 남자의 자세는 수세기에 걸쳐 TV와 영화 속 배우들을 통해 만들어진 것으로 별생각 없이 편리하게 써먹을 수 있으며, 빌리도 거의 본능적으로 따라 한다. 그런 자세로 몇 마디 대답하고 가끔 미소만 지어주면 된다. 그리고 약간 피곤한 눈빛. 여자들에게는 언제나 겸손하고 정중한 태도를 보이고, 남자들과는 굳은 악수를 나누고 눈을 맞춘다. 빌리는 그럴 때 자신이 멋지다는 걸 안다. 아닌 게 아니라 사람들이 좋아서 환장을 한다. 살짝 이성을 잃기까지 한다. 정말이다! 사람들이 모여들어 서로 밀쳐대며 그의 팔을 잡고 지나치게 소리 높여 이야기하고, 가끔 압박감에 못 이겨 방귀까지 뀐다. 꼬박 이 주 동안 대중을 상대해왔지만 빌리는 아직도 그들의 반응이 놀랍기만 하다. 정서적으로 안정돼 보이는 사람들이 흥분을 억누르지 못하고 떨리는 목소리로 횡설수설 떠들어댄다. 우리는 무척 고마워하고 있어요. 설레는 연인의 목소리로. 가끔 단도직입적으로 우리는 여러분을 사랑한다고 고백하기도 한다. 정말 고마워요. 우리는 여러분을 아끼고 축복을 빌어요. 기도하고 소망해요. 여러분을 명예롭게 여기고 존경하고 사랑하고 숭배해요. 정말이다. 그들은 말하는 행위를 통해 그 강력한 단어들을 체험한다. 아라베스크 무늬를 이룬 단어들이 빌리의 귓속에서 벌레 퇴치기에 부딪힌 벌레처럼 탁탁 스파크를 일으킨다.

테에에에에러

아이래크*

이이이라크,

소돔

자유

구우일일,

구우일일,

---

* 미국 남부인들의 '이라크' 발음.

구우일일

영웅

희생,

최에에고오오오의 희생

부시

오사마

가치들

민주우주우의

아무도 그에게 침을 뱉지 않는다. 아기 살인자라고 부르지도 않는다. 오히려 지극히 친절하고 뜨거운 지지를 보내준다. 그런데도 빌리는 대중과의 만남이 공포스럽고 기괴하게 느껴진다. 그들에게는 뭔가 가혹한 것이, 열렬하고 도취적인 것이, 마음 깊은 곳의 욕구에서 비롯되는 불타는 것이 있다. 빌리는 그들이 자신에게 뭔가를 요구하고 있는 듯한 기분을 느낀다. 돈 많은 변호사, 치과의사, 사커맘*, 기업 부사장 무리가 연봉 14,800달러밖에 안 되는 애송이 군바리에게 이를 악물고 달려든다. 이 성숙하고 부유한 사람들에게 빌리는 하찮은 존재일 뿐인데도 그 앞에 서면 그들은 이성을 잃는다. 몸을 떤다. 숨을 헐떡거리며 악취 나는 입김을 내뿜는다. 눈이 초점을 잃고 흔들린다. 여기서, 마침내, 육신으로 구현된 전쟁을 가까이서 직접 만나게 되어서. 수개월, 수년 동안 TV 뉴스와 신문기사를 통해서만 전쟁을 접하고 라디오 전화토론 프로그램에서 전쟁이 뭇매를 맞는 소리를 듣기만 하다가 진짜 접촉이 이루어져서. 미국은 시련을 겪고 있다. 어쩌다 이렇게 되었을까? 미국인들은 늘 겁에 질려 있고 그런 삶을 너무도 수치스러워한다. 걱정과 두려움 가득한 길고 어두운 밤들과 루머와 의심으로 얼룩진 낮들이 이어진 지난 수년은 표류의 세월, 서서히 굳어가는 불안의 세월이었다. 라디오를 듣고 신문을 읽고 TV를 보면 미국이 나아갈 길은 너무도 분명하다. 전쟁이 지리하게 이어지면서 미국인들의 입에서는 제2의 천성이 되어버린 주문이 정신적 틱처럼 튀어나온다. 아니, 왜…… 병력을 더 보내지 않는 거야. 더 열심히 싸우지 않는

---

* 자녀 교육에 열성적인 미국 중산층 여성을 일컫는 별칭.

거야. 더 단단히 무장하고 불길 속으로 들어가야지. 포로도 잡지 말고 가차없이 맹공을 퍼부어야지. 그리고 사실, 이라크인들이 우리에게 고마워해야 하는 거 아니야? 누가 그들에게 말 좀 해줬으면 좋겠어. 제발. 아니, 독재자가 돌아오길 바라는 거야 뭐야. 이라크인들이 말귀를 못 알아들으면 폭탄을 떨어뜨려야지. 더 큰 폭탄을 더 많이 떨어뜨려야지. 신의 분노를 보여줘서 굴복시켜야지. 그것도 안 먹히면 핵무기를 동원해 모조리 쓸어버리는 거야. 깨끗하게. 핵무기로 그 나라의 영혼을 싹 없애고 새로운 정신을 채워넣는 거지.

미국인들은 날마다 정신적으로 힘겨운 전쟁을 겪는다. 여기서 매일 사람들과 접촉할 때마다 전쟁의 열기를 느끼기에 빌리는 그걸 잘 안다. 그들의 손길에, 악수로 전해지는 정신적 동요에, 억눌려 있다가 순간 번뜩이는 용사의 열정에 그 열기가 깃들어 있다. 그 순간 그의 시련이 그들의 것이 되고 그들의 시련이 그의 것이 되는 모종의 신비한 이동이 이루어진다. 대부분의 사람들이 목이 메는 것으로 보아 그걸 감당하기가 벅찬 듯하다. 그들은 말을 더듬고, 마른침을 삼키고, 아무 말이나 내뱉고, 횡설수설하고, 하고 싶은 말을 하지 못한다. 어쩌면 애초에 할말이 없었던 건지도 모른다. 그래서 그들은 오랜 습관으로 돌아간다. 사인을 부탁하거나 휴대전화로 기념사진을 찍고 싶어한다. 점점 더 열성적으로 고맙다는 말을 되풀이한다. 그들은 군인들에게 고마움을 전하는 것이 선한 행동이라는 걸 알고 있으며, 선량한 자신에 대한 사랑으로 눈을 반짝인다. 한 여자가 너무도 큰 감사의 마음을 가누지 못해 울음을 터뜨린다. 우리가 이기고 있느냐는 다른 사람의 물음에 빌리는 열심히 싸우고 있다고 대답한다. "여러분은 전우들과 함께 길을 닦고 있어요." 한 남자가 웅얼거린다. 빌리는 무슨 길을 말하는 거냐고 물을 만큼 생각이 없지는 않다. 다음 남자가 빌리의 은성훈장을 거의 손가락이 닿을 듯 가까이 가리키며 말한다. "근사한 쇠붙이를 받았군." 산전수전 다 겪은 남자의 무뚝뚝한 애정 표현이다. "고맙습니다." 빌리가 대꾸한다. 적절한 반응 같지는 않지만. "『타임』 기사 봤어요." 그러면서 남자는 훈장을 만진다. 사타구니를 더듬는 듯 음란하게 느껴지는 손놀림이다. "자부심을 가져요. 이걸 받을 자격이 있으니까." 남자의 말에 빌리는 악의 없이 속으로 묻는다. 당신이 그걸 어떻게 알아? 며칠 전 지역 TV 방송에 나갔는데 입만 산 멍청한 기자가 그에게 물었다. 기분이 어땠나요? 총격전을 벌일 때. 사람들을 죽이고 본인도 죽임을 당할 위기에 처했을 때. 눈앞에서 친구들과 전우들이 죽어갈 때. 빌리는 두서없이 이 말 저 말 웅얼거렸지만 머릿속에서 제2의 회선이 접속되고 낯선 목소리가 차마 그는 입 밖에 내지 못하는 진실을 속삭였다. 기분 더러웠지. 아주 개같았어. 세상에서 가장 끔찍한 낙태의 현장이었고 아기 예수가 질펀거리는 똥밭에서 똥을 싸댔지.

빌리는 영웅적인 행위를 추구하지 않았다. 결코. 그 행위가 그에게 왔을 뿐이다. 그리고 그는 그 행위가 다시 찾아오는 걸 뇌종양처럼 두려워하고 있다. 더는 예의를 지키지 못할 것 같은 기분이 들 때쯤 고마움을 전하고 싶어하는 사람들이 모두 떠나고, 브라보 대원들은 좌석에 앉는다. 이윽고 조시가 나타나더니 처음 하는 말이, 맥로린 소령님은 어디 있어요, 다.

다임이 너스레를 떤다. "아, 아까 약 먹어야 한다고 그러던데."

"약이라니—" 조시는 뭐라고 말하려다 그만둔다. "여러부우우운." 조시는 젊고 활동적인 미국 회사원의 전형이다. 제이크루 모델처럼 키가 크고 몸도 탄탄하고 잘생겼다. 코는 컴퍼스 다리처럼 반듯하고 날렵하며 검은 머리칼은 눈부시도록 윤기가 흐른다. 그 모습을 보면 브라보 대원들은 저도 모르게 솜털로 덮인 머리가죽이 근질거리는 것을 느낀다. 대원들 사이에서는 이미 조시가 게이냐 아니냐를 두고 설전이 벌어졌는데, 게이는 아니고 계집애 같은 남자 회사원일 뿐이라는 의견이 지배적이었다. "이른바 메트로섹슈얼*이지." 사이크스가 말했다. 그러자 다들 그런 말을 알고 있는 걸 보니 네가 게이라고 사이크스를 놀렸다.

"뭐, 알아서 나타나겠죠. 여러분, 점심 먹고 싶어요?" 조시가 묻는다.

"우린 치어리더 만나고 싶어요." 크랙이 대꾸한다.

"맞아. 하지만 점심도 먹고 싶어요." 어보트가 말한다.

"좋아요. 잠깐만요." 조시가 워키토키에 대고 의논한다. 브라보 대원들은 '젠장, 뭐야?' 하는 뜻의 눈길을 주고받는다. 그 대단하다는 카우보이스 조직이 브라보 대원들을 그때그때 상황에 따라 대접하는 모양이다. 계획이라는 것도 주먹구구식이거나 형편없고. 워키토키 대화가 잠시 중단된 사이 빌리가 가까이 오라는 몸짓을

---

* 도시에 살면서 패션과 쇼핑 등에 관심이 많은 남자.

하자, 늘 기민한 조시는 빌리의 좌석 옆에 유연하게 쪼그리고 앉는
다. 빌리가 그에게 말한다. "애드빌 가져왔나 해서—"

"아차." 조시가 격하게 중얼거린다. 그러더니 정상적인 목소리
로 돌아와 "미안, 미안, 미안해요. 꼭 갖다줄게요"라고 말한다.

"고마워요."

"숙취가 아직도야?" 맹고가 묻자 빌리는 말없이 고개만 젓는다.
남자 여덟 명이 하룻밤에 스트립 클럽을 네 군데나 전전했다. 목적
은 순전히 돈으로 사는 오럴섹스였다. 그 생각을 하자 빌리는 자신
에게 총을 쏴버리고 싶다. 그건 치과치료 같기도 하고 무딘 배관작
업 같기도 했다. 그의 무릎 위에서 깐닥거리던 여자의 머리. 그건
분명 악업이다. 악업을 지은 것이다. 슈룸은 말했다. 모든 인간이
선과 악의 업을 쌓으며 살아가고, 그건 궁극의 정의를 향한 위대한
우주적 경향의 표출이요 정신의 구체화라고. 빌리는 경기장을 훑
어보지만 펀터는 사라지고 없다. 그가 차올린 공이 정점에 이르렀
던 스타디움 위쪽으로 시선을 옮겨봐도 허공뿐이다. 공이 그린 포
물선의 구체적인 흔적이 있어야 그 정점 너머에서 맴도는 슈룸의
기운을 느낄 수 있을 텐데.

슈룸, 슈룸, 전장에서 자신의 죽음을 예언한 비운의 위대한 슈
룸. 그는 작전이 끝나고 휴가를 얻으면 페루로 아야화스카* 여행을
떠나겠다고 했다. "가서 왕도마뱀 구경해야지. 여기서 이슬람 사
람들한테 당하지만 않으면." 여기서 당하지만 않으면. 무슨 뜻이

---

* 강력한 환각작용이 있는 식물.

겠는가. 그날도 슈룸은 알았다. 마지막 악수가 그런 의미 아니었을까? 거기 도착했을 때 슈룸이 돌아앉았다. 맹고는 벌써 50구경 기관총을 갈겨대기 시작했는데, 슈룸이 뒤에 있던 빌리의 손을 잡았다. "나 간다." 슈룸이 소음에 맞서 외쳤다. 그때 빌리는 "내려간다"로 알아듣고 대수롭지 않게 여겼다. 나중에 돌이켜보니 그 말이 무슨 뜻이었는지, 그때 왜 슈룸이 깊은 우물 바닥에서 올려다보는 듯 아득한 시선을 보냈는지 알 것 같았다.

그 생각을 이 초 이상 하면 머릿속에서 웅장한 오르간 소리 같은 신시사이저음이 웅웅거린다. 슈룸의 장례식에서 연주된 병든 송아지 울음 같은 오르간 소리가 아니라 힘찬 화음으로 이루어진 천둥 같은 소리, 보이지 않는 깊은 바닷속에서 해일이 일며 우르릉거리는 소리. 섬뜩하지만 굳이 떨쳐내려고 하지 않는다. 요란한 그 소리는 신이 그의 머리를 쾅쾅 찧는 소리이거나 정교하게 암호화된 어떤 근본적인 진실인지도 모르니까. 어쩌면 그 둘 다인지도, 어쩌면 그 둘이 같은 건지도 모른다. 그러니까 그 염병할 영화에 그걸 넣을 수 있으면 넣으란 말이야. 둘이 친했나요? 〈아드모어 데일리 스타〉에서 나온 기자가 물었다. "예, 친했습니다." 빌리가 대답했다. 그의 생각을 많이 하나요? "예, 많이 합니다." 매일. 매시간. 아니, 이 분마다 한 번씩. 십 초마다 한 번씩, 정말로. 아니, 망막에 각인된 것처럼 늘 보인다. 살아 있는 기민한 슈룸, 그다음에는 죽은 슈룸, 살아 있는, 죽은, 살아 있는, 죽은. 슈룸의 얼굴이 끝없이 나타났다 사라진다. 이라크인들이 슈룸을 무성한 풀밭으로 끌고 가는 걸 보며 그는 생각했다. 아 젠장. 그냥 젠장, 이었는지도 모른다. 배를 깔고 기어 도망치며 그가 한 생각은 그 정도였다. 그런데 기괴하기 짝이 없게도, 몸을 일으킬 때 그는 어떤 결과를 맞이할지 정확히 알고 있었다. 그 결과가 너무도 선명하게 보여서 일종의 이 중의식이 떨어져나왔고 그 의식은 지금까지도 남아 있다. 전투에 대한 그의 기억은 대부분 뜨겁고 붉고 흐릿한데, 예감의 기억은 선명하기만 하다. 어쩌면 그런 과격한 행동을 하는 군인들은 모두 순간적으로 미래를 또렷이 볼 수 있는 능력이 생기고, 시공을 관통해 앞날을 내다봄으로써 그런 행동의 동기를 얻는지도 모른다. 어쩌면 살아남는 군인들만 그런지도 모른다. 다들 미래를 본다고 생각하지만, 실패한 자들은 보지 못했던 것이다. 살아남은 자들만 자신이 예지력을 가진 현명한 사람이라고 느낄 수 있다. 하지만 빌리는 슈룸도 마찬가지로 미래를 선명하게 보았을 거란 생각이 든다. 반대의 결과를.

후아, 슈룸. 한꺼번에 너무나 많은 것을 생각해야 한다. 영화, 인터뷰, 훈장을 달고 있는 것의 의미, 그 모든 것의 바탕에 있는 핵심, 알안사카르 운하 교전의 원초적이고 궁극적으로 불가해한 사실들. 네 마음은 평온하지 않아. 아픈 건 아니지만 양호한 상태도 아니야. 허공에 매달린 듯한, 또는 위험한 미완성의 기분이다. 스스로를 앞질러간 삶을 되돌려와 채울 시간이 필요한 것처럼. 그게 맞겠네, 시간의 문제로 파악하는 게. 여기 그럴듯한 출발점도 있으니 그걸 토대로. 하지만 바로 그때 조시가 점심! 하고 외쳐서 브라보 대원들은 일어선다. 관중석 여기저기서 작은 박수갈채가 낙석처럼 굴러떨어지고, 멍청이 사이크스는 그게 다 자기를 향한 박수인 양 관중에게 손을 흔든다. 조시가 씩씩하게 앞장서서 계단을 오르고, 꼭대기까지 길고 느린 고투가 이어진다. 그들은 줄지어 터벅터벅 계단을 오른다. 영화 〈타이타닉〉 끝부분에서 바다와 하늘 사이의 무시무시한 허공을 헤치고 나아가던 비운의 인간들처럼. 일 초라도 방심했다간 허공으로 빨려들어갈 것이다. 따라서 전략은 확실하다. 방심하지 않는 것. 이윽고 중앙홀에 이르자 빌리의 기분이 나아진다. 조시는 거센 회오리로 바뀐 바람이 불끈불끈 성내며 쓰레기와 먼지를 날려보내고 있는 나선형 경사로로 그들을 이끈다. 사람들이 멈춰 서서 각자의 정치 성향과 성격에 따라 소리를 지르거나 입을 헤벌리거나 미소를 보내 일종의 응고 효과가 일어나지만, 브라보 대원들은 V자형 대형을 조금도 흐트러뜨리지 않은 채 정중하면서도 가차없이 그들을 헤치고 전진한다. 그러다 스페인어 라디오 방송국에서 나온 사람들이 맹고를 붙잡고 인터뷰를 하면서 그 건전한 에너지는 맥없이 흩어지고 만다. 인파가 모여든다. 공기가 갈망으로 축축해진다. 사람들은 말을 원한다. 접촉을 원한다. 사진과 사인을 원한다. 미국인들은 원하는 것만 얻으면 믿기 어려울 만큼 예의바르게 행동한다. 난간을 등진 빌리는 애빌린에서 온 부유해 보이는 부부를 상대한다. 그들이 끌고 온 아들 부부는 부모의 열성에 당황한 듯하지만 두 사람은 아랑곳하지 않는다. 노부인이 빌리에게 외친다. "TV에서 눈을 뗄 수가 없었어요! 구우일일 때처럼. 그때도 비행기가 쌍둥이 빌딩에 충돌하는 장면에서 눈을 뗄 수 없었죠. 눈을 뗄 수가 없었다니까! 그래서 밥이 억지로 끌어내야 했죠." 남편 밥은 큰 키가 구부정하고 파란 눈이 온

화하다. 그는 활력 넘치는 아내를 적당히 풀어주는 법을 터득한 듯 평온한 태도로 고개를 끄덕인다. "여러분도 똑같았어요. 폭스 뉴스에서 그 비디오를 보여줬을 때 난 그 자리에 앉아서 몇 시간 동안 꼼짝도 안 했죠. 너무도 자랑스럽고, 너무도"—그녀는 자기표현의 늪에서 허우적거린다—"자랑스럽고", 결국 같은 말을 되풀이한다. "마침내 정의가 이루어진 것 같았어요. 하느님, 감사합니다."

"꼭 영화 같던데요." 며느리가 그 분위기에 물들어 맞장구친다.

"맞아요. 그래서 난 계속 자신을 타일러야 했어요. 이건 진짜야. 진짜로 미국 군인이 우리의 자유를 위해 싸우고 있는 거야. 영화가 아니야. 오, 하느님, 그날 난 정말로 행복했어요. 무엇보다 속이 후련했죠. 마침내 구우일일의 복수를 해주는 것 같아서. 그런데"—그녀는 아주 오래 참고 있던 숨을 내쉰 다음 말을 잇는다—"그 군인들 중에서 누구였죠?"

빌리는 정중히 자신을 소개하고 입을 다문다. 노부인도 민감한 질문이었음을 느꼈는지 더이상 대답을 강요하지 않는다. 대신 며느리와 듀엣으로 애국심을 열렬히 표현한다. 우리는 부시를 전쟁을 군대를 100퍼센트 지지한다. 그건 지지직지지직 나라들이 지지직지지직 방어하는 건 지지직지지직 알카에다가 지지직지지직 지지직지지직 지지직지지직. 노부인은 빌리에게 몸을 기울인 채 그의 팔을 토닥이고, 가벼운 가수假睡 상태에 빠진 빌리는 두개골 뚜껑이 열려 뇌가 차가운 공기 속으로 두둥실 떠가는 동안 편안한 마비감을 느낀다.

테에에에러

테에에에러와의 저어언쟁

그래서 이토록 더

자랑스러운, 너무도 자랑스러운

그리고

기이이이도

우리는

기도하고

소망하고

축복하고

찬양한다

모든 것이 주로부터

후우

후아 브라보

짐 싸!

빌리에게는 미국인들이 나이와 지위에 관계없이 모두 어린애로 보인다. 그들은 자존감이 지나치게 높은 영리한 아이처럼 대담하고 당당하고 확신에 차 있다. 전쟁의 완전한 죄악에 대해 아무리 가르쳐줘봐야 깨닫지 못한다. 빌리는 그들을 연민하고, 경멸하고, 사랑하고, 증오한다. 그 어린애들을. 그 소년소녀들을. 그 유아들, 갓난아기들을. 미국인들은 성장하기 위해 다른 나라로 가고 가끔 죽기도 해야 하는 어린애다.

"야, 저기 뒤에 있는 여자 말이야." 다시 움직이기 시작할 때 크랙이 말한다. "어린애들 데리고 있는 금발. 남편이 사진 찍어줄 때 내 거시기에 엉덩이를 대고 비비더라."

"개소리."

"거짓말 아냐! 바로 거기에 엉덩이를 비벼댔다니까. 오 초만 더 있었어도 쌌을 거야. 뻥 아니라고."

"거짓말." 맹고가 말한다.

"하늘에 맹세해! 그래서 내가 이메일 주소 달라고, 이라크에 돌아가서도 연락하자고 했더니 도대체 무슨 소리냐는 얼굴로 쳐다보는 거야. 쌍년."

맹고는 믿지 않지만 빌리는 사실일 수도 있다고 생각한다. 여자들은 제복 입은 남자를 보면 환장하니까. 그는 몇 발짝 뒤처져 휴대전화를 확인한다. 릭 목사가 또 성경 구절을 보냈다.

여호와가 우리 하느님이신 줄 너희는 알지어다!
그는 우리를 지으신 이요 우리는 그의 것이니.

정말 끈질기다. 양의 탈을 쓴 중고차 판매원이다. 빌리는 문자를 삭제하며 아무리 거지같은 목사라도 무시하면 재수가 없는 것 아닐까 생각한다. "안 추워요?" 지나가던 여자가 묻는다. 빌리는 미소지으며 고개를 젓는다. 예, 부인. 진짜 안 춥다. 그렇다고 호사스러운 털코트나 푹신한 파카, 곰 발처럼 생긴 장갑, 닌자 마스크로 무장한 풋볼 팬들이 못마땅한 건 아니다. 털코트를 입은 남자가 많다. 유행인가보다. 맥 소령이 불쑥 옆에 나타나 보조를 맞춰 걷는다.

"맥로린 소령님!"

소령이 멍한 시선으로 본다. 빌리는 목소리를 높여야 한다는 걸 깨닫는다.

"소령님 때문에 걱정했습니다! 어디 가셨는지 몰라서 말입니다!"

소령 얼굴이 일그러져간다. "정신 차려. 난 계속 여기 있었어. 눈에서 거미줄이나 걷지."

소령이 계속 여기 있었다고 생각한다면 졸병은 무조건 그렇게 받아들이면 된다. 알겠습니다, 소령님! 빌리는 초조하고 어색하다. 새끼 세터*처럼 흥분한 상태다. 한편 소령은 골똘히 생각에 잠긴 채 자기 신발을 내려다보며 성큼성큼 걷고 있다. 해봐, 멍청아. 빌리가 자신에게 말한다. 지금보다 좋은 기회가 어디 있겠어? 그에겐 맥 소령이 알고 있을지도 모르는 지식이 필요하다. 죽음, 슬픔, 영혼의 운명에 관한 지식과 인도. 최소한 그런 문제들을 말로 표현할 방법을 찾고 싶다. 그것들의 진짜 힘에 똥칠을 하지 않으면서 말이다. 기도를 하느냐, 신앙은 있느냐, 특히 구원을 받았느냐, 기독교인이냐는 물음에 빌리는 늘 그렇다고 대답한다. 그래야 사람들이 좋아하고 또 그것이 사실에 가깝기 때문이기도 하다. 그들이 생각하는 방식과는 다르겠지만. 그가 말하고 싶은 건 자신이 기독교 신앙의 전체 영역은 아니더라도 그 핵심은 확실히 체험했다는 것이다. 그 불가사의, 그 경외감, 그 어마어마한 슬픔. 오, 나의 국민들이여. 슈룸이 죽는 순간 그는 영혼이 육신을 떠나는 걸 느꼈다. 고압선이 폭발하는 듯한 그 눈부신 충격! 빌리에게는 새까맣게 타버린 회로와 자욱한 연기만 남았다. 공격하는 법을 아는 헤비급 선수에게 제대로 얻어맞은 듯했다. 일종의 뇌진탕이었다. 지금까지도 가끔씩 귀가 윙윙 울리는 것 같다.

영혼은 실제로 존재한다. 이제 빌리는 그걸 안다. 지난 이 주 동안 그는 자신의 체험을 설명해줄 수 있는, 아니면 적어도 그것을

---

* 털이 길고 몸집이 큰 사냥개.

분석해 올바르게 표현해줄 수 있는 사람을 조만간 만나리라는 선의의 믿음을 갖고 이 위대한 나라를 여행했다. 마음이 약해졌을 때 릭 목사에게 고백해봤지만, 그가 이기적이고 성가신 인간이란 것만 알게 되었다. 다임은 그 체험과 너무 가깝게 연관되어 있다. 어쨌든 빌리에게 좀더 필요한 사람은 안정적인 어른이다. 한동안 앨버트도 고려 대상이었다. 세상 경험이 많은데다 교육도 잘 받았고 아주 많은 것에 대해 아주 많이 알고 있는 듯하며 밤새 이야기할 수 있는 사람이니까. 하지만 최근에 체념했다. 앨버트가 인정머리 없어서가 아니라—입에 넣을 햄버거를 보듯 싸늘한 시선을 보낼 때가 가끔 있지만—자기 자신을 비롯해 모든 것을 삐딱한 눈길로 보기 때문이다. 세상 물정에 밝은 사람답게 자기 자신을 잘 알지만 타고난 그런 세속성 때문에 빌리가 원하는 걸 주는 데는 한계가 있다.

그러다보니 맥 소령이 가장 강력한 후보자가 되었다. 맥 소령. 스핑크스, 좀비, 말이 거의 없고 오줌도 안 누는 유령. 60퍼센트는 과거에 있고 40퍼센트만 현재에 있는 듯한 남자. 그 맥 소령. 그래서 빌리는 극심한 좌절 상태로 장교 옆에서 중앙홀을 걷고 있다. 빌리는 그날 라말라에서 무슨 일이 있었는지 궁금하다. 그날 소령은 부하들을 잃었을까? 전우들을? 그들이 죽는 걸 지켜봤을까? 빌리는 가슴에서 가슴으로, 인간 대 인간으로, 용사 대 용사로 그와 연결되고 싶은 지독한 욕구에 사로잡힌다. 그 거칠고 필수적인 지혜를 갈망한다. 하지만 멍한 상태의 암호를 풀어 지극히 개인적이고 진실한 내면에 접근하는 건 고사하고 잡담조차 나누기 힘들다.

저 얼음을 어떻게 깨지? 어이, 소령님, 저기 보세요. 하이네켄 생맥주를 파네요! 조시가 갓복도 쪽으로 방향을 틀어 일반인의 이용이 제한된 에스컬레이터로 안내하는 걸 보고 빌리는 기회가 사라져가고 있음을 느낀다. 코트와 넥타이 차림의 우람하고 자신감 없어 보이는 경비원 두 명이 브라보 대원들의 출입증을 흘끗 보고 지나가도 좋다는 신호를 보낸다. "야, 천국행 계단이다!" 에스컬레이터에 오르자 사이크스가 재치꾼이라도 된 듯 주접을 떤다. 소령보다 한 단 아래 공손히 선 빌리는 가망이 없다는 결론을 내린다. 그는 배짱이 없고 허튼소리도 못한다. 게다가 소령은 귀가 먹었고, 싸구려 술집에서처럼 큰 소리로 떠들 수 없는 화제도 있는 법이다. 죽음, 슬픔, 영혼의 운명에 대해서는 정신이 말짱할 때 생각에 잠긴 목소리로 이야기해야지 소리를 질러대서는 아무 성과도 얻지 못한다.

그래서 빌리는 아무 말도 하지 않고, 소령도 전혀 눈치채지 못한다. 그들은 에스컬레이터로 '푸른 별 층'까지 올라가고, 거기서 조시가 스타디움 클럽 전용 엘리베이터로 안내한다. 조시가 작은 판독 장치에 카드를 댄 후 모두 엘리베이터에 탄다. 잘 차려입은 두 커플이 함께 타는데, 브라보 대원들의 부모 연배쯤 되지만 돈 덕분에 족히 십 년은 젊어 보인다. 아무도 알은체를 하지 않는다. 엘리베이터 문이 닫히자 여자들 향수 냄새가 진동한다. 열기 속 레몬나무 같은 강렬한 시트랄 사향 냄새다. 엘리베이터가 덜컹거리며 올라가기 시작하자 빌리의 창자에서 고약한 항문 트림을 예고하는 천둥이 울린다. 그는 이를 악물고 참는다. 브라보 대원들 사이에 거의 감지하기 어려운 전율이 흐른다. 몇 명은 몸이 뻣뻣해지고, 체중을 이쪽 다리에서 저쪽 다리로 옮기고, 주먹을 쥐었다 폈다 한다. 오, 제발, 여기선 안 돼. 지금은 안 돼. 그들은 이를 악물고 앞쪽을 똑바로 응시한다. 이렇게 밀폐된 공간이 전사의 하부 위장관을 자극하는 건 무엇 때문일까?

다임이 타고난 리더의 강철 같은 의지를 보이며 말한다. "제군." 그러고는 잠시 쉬었다 덧붙인다. "그건 생각도 하지 마라."

다수를 하나로 만들어주는 것

사이크스는 호화로운 뷔페에 덤벼들면서 자꾸만 '브런치'라고 부른다. 그러면 멋진 메트로섹슈얼이 될 수 있는 것처럼. 참다못한 다임이 입 닥치라고, 이건 점심이라고, 엄밀히 말하면 추수감사절 만찬이라고 면박을 준다. 실로 엽서에서나 봄직한 완벽한 진수성찬이 차려져 있다. 길이가 20미터는 되는 테이블을 장식한 추수감사절 전통요리와 새로운 요리들이 일요판 신문 부록의 광고처럼 반짝거린다. 접시 더미에서 깨끗한 하나를 집어들며 빌리는 토할 것 같은 기분을 느낀다. 숙취에 시달리는 그는 갖가지 모양으로 쌓인 푸짐한 음식을 감당하기가 벅차다. 먹을 수 있는 물질의 작은 언덕들이 복잡한 토루*를 닮았고, 그 객관적 실재성이, 적나라한 분자 밀도가 그를 동요시킨다. 빌리는 잠시 그 자리에 서서 휘청거

---

* 방어용으로 쌓은 둑.

린다. 이대로 무너지나? 하지만 다음 순간 위장이 원초적인 욕구를 주장하며 꾸르륵거린다.

"배를 채워라. 그다음엔 일반 서민들이 어떻게 사는지 이야기하게 될 거다." 다임이 대원들에게 말한다. 그레이비소스와 가구용 왁스 냄새가 밴 이곳은 컨트리클럽 회원들의 경기일 아지트가 분명하다. 입장료만 10달러에 식사비 40달러와 세금, 봉사료까지 내야 한다—영웅들은 공짜라는 조시의 말에 브라보 대원들은 옳소라고 대꾸한다. 사실 '클럽'은 볼품없다. 모양새 없이 넓기만 한데다 천장은 낮고, 한쪽 끝에는 바가, 다른 쪽에는 경기장이 내려다보이는 전면창이 있다. 팔레트처럼 강렬한 빛과 부드러운 빛이 뒤섞인 조명은 신경을 곤두서게 한다. 거대한 창에서 들어오는 눈부신 은빛 햇살이 천장 전등에서 가랑비처럼 떨어지는 상한 버터 색깔의 빛을 가르고 지나간다. 빛의 색조와 깊이가 거듭 왜곡되어 고객의 눈이 제대로 적응할 수 없다. 카펫은 석탄 슬러리* 같은 회색이고, 가구들은 흠집이 난데다 1970년대의 홀리데이 인을 연상시키는 어두운 적갈색 베니어판과 진홍색 비닐수지로 만든 모조 귀족풍이다. 달리 갈 데가 없는 고객들에게 노골적인 반발을 사지 않을 정도로만 알뜰하게 꾸민 흔적이 역력하다.

빌리는 이곳이 자기 기분을 얼마나 망치는지 느낀다. 금세 마음속에 우울이 퍼진다. 하지만 이건 부자들에 대한 알레르기 반응일 뿐이다. 들어서면서부터 그는 이곳에 만연한 돈의 기운에 이를 악

---

* 고체 입자가 분산되어 있는 액체.

물었다. 당장 나가고 싶었다. 아무나 패고 싶었다. 그는 부자만 보면 이유 없이 신경이 날카로워진다. 그냥 그렇다. 카키색과 초록색이 섞인 클래스 A* 군복 차림으로 안내데스크 옆에 서서 그는 바지에 오줌을 지리는 술주정뱅이처럼 이곳과 전혀 어울리지 않는 기분을 느꼈다. 그런데 이 얼마나 놀라운 일인가! 브라보 대원들이 좌석 안내를 받으려고 그곳에서 기다리는데 클럽 회원들이 일제히 일어나 우렁찬 박수갈채를 보냈다. 근처에 있던 백만장자 몇 명은 악수를 하려고 다가왔고, 저멀리 안쪽에서는 애국자 무리가 술취한 소리로 야구장 응원을 했다. 이곳 지배인은 몸이 호리호리하고 말솜씨가 좋은 남자로, 장의사가 술집에서 여자라도 꼬시듯 번지르르한 말들을 쏟아냈다. 그의 안내를 받으며 좌석으로 갈 때는 거물들이 모두 지켜보고 있어서 어떤 면에선 더 괴로웠다. 빌리는 발걸음이 휘청이고 팔이 흐느적거리기 시작하는 걸 느꼈지만 다임을 흘끗 보고 안정을 되찾았다. 어깨를 똑바로 펴고, 시선은 정면을 보고, 턱에 작은 유리잔이라도 올려놓은 듯 당당한 태도로 고개를 6도쯤 든다. 다임 자세를 취하자 모든 것이 즉시 제자리로 돌아왔다.

안 되면 될 때까지 되는 척하라. 빌리는 그 말을 상기한다. 지금까지 그런 식으로 군대에서 버텨왔다.

조시는 브라보 대원들이 좌석에 앉는 것까지 확인한 뒤, 자기는 잠시 자리를 비우겠다고 알린다.

---

* 중요한 행사 때 입는 정복으로, 훈장과 휘장 등을 단다.

"당신도 먹어야죠. 그냥 서 있기만 해도 살이 빠져요." 어보트가 말한다.

조시가 웃는다. "난 괜찮아요."

"치어리더는 언제 만나요?" 홀리데이가 궁금해한다.

크랙이 그런 건 관심 없고 데스티니스 차일드나 데려오라고, 비욘세와 진한 '얼굴' 만남을 갖고 싶다고 떠들지만, 조시는 못 들은 척 큰 소리로 대답한다. "곧요."

"우리한테 랩댄스*를 춰줄까요?" 데이가 집요하게 묻는다. 조시는 망설인다. "물어보죠." 그가 진지한 표정으로 대답하자 모두 연호한다. 조시. 조오오오시이이이. 조시는 계집애 같은 남자치고는 괜찮은 구석이 있다. 그들은 창가의 큰 원형 테이블에 앉아 있고, 그곳에서는 경기장이 한눈에 내려다보이지만 지금은 볼거리가 없다. 다임이 하이네켄 한 잔은 마셔도 된다고 허락한다. 한 잔. 그러면서 다임이 흘끗 보자 맥 소령은 고개를 끄덕인다. 빌리는 일부러 다임과 앨버트 옆에 자리를 잡는다. 그들이 하는 말을 한마디도 놓치지 않기 위해서다. 그는 자신이 모르는 게 많다는 걸 안다. 그는 도무지 아는 것이 없다. 알 가치가 있는 건 하나도 모른다. 인생의 이 시점에서 그에게 알 가치가 있는 것이란 마음을 진정시키고 영혼을 평온하게 해주는 것이다. 그래서 기를 쓰고 다임 옆에 앉는다. 다임의 자리는 바로 테이블 상석이다. 앨버트가 다임 오른쪽에 앉고 그다음에는 어보트, 데이, 로디스, 크랙, 사이크스, 맥 소

---

* 관객의 무릎에 앉아서 추는 춤.

령, 맹고, 그렇게 테이블을 한 바퀴 빙 돌아 빌리가 앉는다. 슈룸과 레이크를 위한 자리를 마련하면 어떨까? 브라보 대원들이 다 같이 식사할 때면 빌리는 기도 대신 그 생각을 한다. 그건 그만의 정신적 의식이다. 또하나의 의식: 문턱을 넘을 때는 왼발이 먼저 나가지 않도록 한다. 그리고 다른 의식들: 방탄복 단추는 아래서부터 채우고, 첫 글자가 W인 단어로 말을 시작하지 않고, 작전 개시 여섯 시간 전부터는 자위를 하지 않는다. 하지만 그날 운하에서도 그런 미신들을 철저히 지켰으니, 어젯밤 댈러스 W호텔에 묵었던 것이나 그 호텔에 '고스트 바'라는 지랄맞게 으스스한 이름의 고급 클럽이 있었던 건 아무 문제가 되지 않을지도 모른다. 불길한 징조는 너무나 많이 보인다. 이런 식으로 매순간 러시안룰렛 같은 삶을 살 수밖에 없는 건 무작위성 때문이다. 하늘에서 박격포가 떨어진다. 무작위로. 로켓, 급조 로켓보조탄, 급조 폭발물도 다 무작위다. 어느 날 밤 관측초소에서 불침번을 서다가 빌리는 바로 코앞에서 핑 소리를 들었다. 놀란 그는 뒤로 나자빠졌고, 총알이 음속장벽을 돌파하면서 낸 소리였음을 깨달았다. 겨우 몇 센티미터 차이였다. 그보다 더 아슬아슬한 간발의 차로 생사가 갈리기도 했고 모든 것이 무작위였다. 지금 소변기 앞에 서느냐 아니면 일 분 후에 서느냐, 식당에서 음식을 더 갖다 먹느냐 마느냐, 침대에서 왼쪽으로 웅크리고 자느냐 오른쪽으로 웅크리고 자느냐, 줄 설 때 어디에 서느냐가 중요한 문제였다. 적은 처음에는 선두 험비를 공격했다가 둘째 험비를 노리기도 하고, 둘째, 셋째, 넷째 중 선택하기도 하고, 그러다 다시 선두 험비로 돌아갔다. 험비에서 어느 자리에 앉느냐에 관한 끝없는 논쟁은 말할 것도 없다. 언제 어디서 무슨 일이 터질지 아무도 모른다. "로켓추진 유탄도 피할 수 있습니다." 이틀 전 그가 기자에게 한 말이다. 뜻하지 않게 내밀한 불안감을 드러낸 것이 수치스러운 가족의 비밀을 털어놓은 듯 창피했지만, 그 염병할 로켓추진 유탄은 싸구려 멕시코 폭죽처럼 불똥과 연기를 내뿜으며 시원찮게 날아왔다. 쉬이이이웅 핑! 그가 하고자 했던 말은 로켓추진 유탄을 피할 수 있다는 게 거짓말이 아니라는 것, 가끔은 정말로 슬로모션처럼 그런 일이 일어난다는 것이다. 그가 궁극적으로 말하고자 했던 건 우리의 삶이 너무도 이상하고 초현실적이 될 수 있다는 점이다. 요즘 그는 생각한다. 그때 코앞을 스쳐지나가던 총알을 피하지 않고 풍선인 양 툭 쳐서 딴 데로 보낼 수도 있었다고. 발사음과 함께 곧장 날아가 뒤쪽에서 폭발하도록 내버려두는 대신 말이다. 지금 그에게 벌어지고 있는 일, 즉 포크를 쥐고 음식을 먹고 잔을 드는 것은 그리 사실적이지 않다. 요즘 세상에서 가장 사실적인 것은 그의 머릿속 일들이다. 예를 들면 레이크. '레이크' 생각만 하면 음산한 단편영화가 시작된다. 밤 장면이다. 창백한 달빛이 비치는 제방 길. 귀뚜라미 우는 소리. 멀리서 개 짖는 소리. 근처 운하에서 들려오는 쏴르르 쏴아 느린 물소리. 그러니까 고요한 밤 제방 길이 배경이다. 천천히 길을 벗어나 키 큰 풀숲으로 들어간 카메라에 뭔가가 잡힌다. 사람 다리다. 다리 두 짝. 레이크의 다리다. 평화롭다. 귀뚜라미 우는 소리, 부드러운 달빛, 속살대는 운하. 다리들이 긴 잠에서 깨어나듯 움직이기 시작한다. 처음에는 어리둥절해서 순진한 아이처럼 머뭇거리다가 종내는 과감히 떨치고 일어나 레이크의 몸을 찾으러 나선다. 실수로 버려진 애완동물 두 마리에 관한 디즈니 영화라고 할 수도 있다. 레이크의 다리도 그렇게 용감하고 충직하니까. 레이크는 1만 킬로미터나 떨어진 바다 건너에 있어 애초에 가망 없는 일이라는 걸 두 다리가 어떻게 알겠는가? 식사 시간에 어울리는 생각은 아니지만 일단 머릿속에서 영화가 시작되면 멈출 수가—

"빌리! 지금 나 엿먹이는 거지." 다임이 으르렁댄다.

"아닙니다, 하사님. 디저트 생각을 하고 있었습니다."

"앞일을 미리 생각하다니, 훌륭해. 젠장, 내가 부하들 훈련은 잘 시켰다니까."

"다들 잘 먹는 건 확실하군. 이보게들, 천천히 먹어도 돼. 음식이 어디로 가는 것도 아니니까." 앨버트가 말한다.

"괜찮아요. 우리 대원들 입에 손이나 발만 대지 마요. 그러면 당신이 다칠 일은 없을 거예요." 다임이 대꾸한다.

앨버트가 웃는다. 그는 채소 샐러드와 소다수만 먹을 뿐 곁들여놓은 '카우보이리타'*에는 거의 손도 대지 않는다. "자네들이 그리울 거야. 이렇게 훌륭한 젊은이들을 알게 된 건 멋진 경험이었어."

"우리랑 같이 가요." 크랙이 말한다.

"그래요. 이라크로 가요. 그럼 우리도 웃을 일이 좀 생길 텐데." 어보트도 조른다.

"안 돼. 앨버트는 여기 남아서 우리를 부자로 만들어줘야지. 안

---

* 카우보이스팀에서 만든 마르가리타 칵테일.

그래요, 앨버트?" 홀리데이가 반기를 든다.

"그게 내 계획이지." 앨버트는 부드러운 목소리로 신중하게 대답한다. 빌리가 생각하기에는, 바로 거기서, 막바지에 부드럽게 힘을 빼는 데서, 거의 감지하기 힘들 정도로 자부심과 노력의 숨을 살짝 죽이는 데서 능숙한 프로의 우선순위 선별 능력이 엿보이는 것 같다. 앨버트가 말한다. "난 가봤자 방해만 돼. 게다가 난 전형적인 반전주의자 나부랭이라고 할 수 있지. 이보게들, 난 베트남에 안 가려고 로스쿨에 들어간 사람이야. 징병유예를 못 받았다면 그날 밤으로 캐나다행 버스에 올랐을걸."

"그건 1960년대 얘기죠." 크랙이 말한다.

"맞아, 1960년대 얘기지. 그때 우린 마약이랑 섹스를 실컷 즐길 생각뿐이었지. 뭐, 베트남? 아니, 내가 왜 닉슨 사 년 더 해먹으라고 베트남까지 가서 냄새나는 논바닥에서 엉덩이에 총을 맞아야 하지? 엿먹으라고 해. 그때 그런 생각을 한 사람이 나만은 아니었지. 지금 전쟁에 열광하는 거물들도 전부 베트남 참전을 거부했어. 그들을 비난할 생각은 결코 없지만. 부시, 체니, 로브도 모두 다른 사람들처럼 행동했고 나 역시 마찬가지였어. 나도 겁쟁이였지. 문제는 지금 그들이 거칠고 파이팅 넘치는 사나이로 돌변해 호전적인 말을 지껄여대고 있다는 거야. 아, 사람들이 말이야, 염치가 있어야지. 젊었을 때 자기 목숨이 아까웠던 것처럼 자네들 젊은 목숨도 아까운 줄 알아야 한다고."

"앨버트, 출마해야겠어요. 대통령에 출마해요." 맹고가 말한다.

앨버트는 웃음을 터뜨린다. "차라리 죽는 게 낫지. 어쨌든 마음은 고맙네." 그는 확실히 즐거워 보인다. 인자하게 미소짓는 그는 의자에 앉아 있다기보다는 몸을 완전히 의지하고 있어서, 의자가 중력의 하강기류를 편안히 떠받치고 있는 그 모습이 맞춤 왕좌에 앉은 자바 더 헛* 같다. "그 사람이 우리한테 전화를 왜 해?" 앨버트에게 처음 연락이 왔을 때 크랙이 던진 질문이었다. 재빨리 인터넷으로 검색해보니 앨버트가 자신에 대해 소개한 말은 거짓이 아니었다. 그는 1970년대와 1980년대에 오스카 최우수 작품상을 세 번이나 탄 할리우드의 베테랑 제작자였고 워너브라더스 역사상 가장 많은 돈을 잃은 영화 〈포디의 프레스와 폴드〉**를 제작한 것으로도 유명했다. "그 영화는 그해의 〈사막 탈출〉***이었지." 앨버트가 웃으며 즐겨 하는 말이다. 그 실패작을 무공훈장처럼 내세우는 이유는 A급 제작자만 그런 전설적인 대작을 만들 수 있으며 이 년 후 그가 세번째 오스카상을 받으면서 재기했기 때문이다. 그후에는 휴식기를 가졌다. 패러다임이 변하면서 영화사들이 제작자와의 장기계약을 꺼리는데다 개인적으로도 세번째 결혼을 해서 새로 가정을 꾸리게 되었던 것이다. 돈은 충분했기에 잠시 뒤로 빠져 있기로 했다. 하지만 삼 년이 흐르자 영화판으로 돌아가고 싶어서 몸이 근질거렸다. 그러다 옛 친구들 덕에 MGM 구내에 단독 사무실을 내게 되었고 영화사에서 비서 겸 조수도 한 명 대주었다. "난 지금

---

* 영화 〈스타워즈〉에 나오는 우주 괴물.

** '프레스'와 '폴드'는 카지노 용어로, '프레스'는 이긴 후 돈을 더 거는 것. '폴드'는 게임 포기를 의미한다.

*** 원제는 〈이슈타르〉. 당대 대배우들이 출연한 블록버스터지만 흥행에 참패했다.

이대로가 좋아요. 경비도 안 들고 압박도 없고. 다시 아이가 된 기분이에요. 내가 원하는 대로 다 할 수 있으니까." 그가 처음 브라보 대원들과 만나서 한 말이다.

그리고 그의 젊고 섹시한 아내는(브라보 대원들은 인터넷으로 그녀도 검색해봤다) 추수감사절에 집을 비운 남편에게 화가 나 있긴 해도 착한 여자다. 그녀는 남편의 일에 요구되는 것들을 이해한다. 앨버트는 스타디움 클럽 회원 몇 명이 와서 브라보 대원들에게 경의를 표하는 광경을 흥미롭게 지켜본다. 그들은 성공한 은행장이나 중소 도시 시장의 건강하고 잘생긴 얼굴과 은발, 아직 테니스 강서브를 날릴 수 있는 탄탄하고 잘 그을린 육십대의 몸을 갖고 있다. 아내들은 그들보다 상당히 젊지만 그렇다고 눈에 거슬릴 정도는 아니고, 모두 금발에 수술로 보정한 팽팽한 몸매를 드러내고 있다. 정말 자랑스러워요. 그들이 차례로 악수하며 말한다. 정말 고맙고 영광이에요. 수호자. 자유. 광신자. 테러. 남편들이 경의를 표하는 동안 아내들은 뒤로 물러서서 지켜보며 희미한 갈망이 어린, 그러나 뚜렷한 욕정은 찾아볼 수 없는 미소를 보낸다.

식사 맛있게 해요. 떠나면서 그들은 흰 장갑을 낀 웨이터처럼 준엄하고도 비위를 맞추는 목소리로 말한다. "저 사람들은 확실히 자네들을 사랑해." 그들이 가고 나서 앨버트가 말한다. 크랙이 코웃음 친다.

"저들이 우리를 그렇게 사랑한다면 자기 아내가—"

"닥쳐." 다임의 호령에 크랙은 입을 다문다.

"내 말은 모두가 자네들을 사랑한다는 거야. 흑인, 백인, 부자,

가난한 사람, 동성애자, 이성애자 할 것 없이 모두. 자네들은 21세기의 기회균등을 보여주는 영웅이야. 사실 나도 냉소적인 걸로는 어디 가서 지지 않는 사람이지만, 자네들 이야기는 이 나라의 아픈 데를 건드렸어. 자네들이 이라크에서 한 일 말이야. 아주 못된 악당들과 정면 대결을 벌였고 그들을 처부쉈어. 나 같은 반전주의자 나부랭이도 그 진가를 알 수 있지."

"난 일곱 명을 해치웠어요. 확실한 것만 일곱이죠. 내 생각엔 그보다 더 되는 것 같지만." 사이크스가 말한다. 그가 입버릇처럼 하는 이야기다.

앨버트가 말한다. "이보게들, 그날 브라보 대원들이 한 일은, 자네들이 체험한 것은 차원이 다른 현실이었어. 고맙게도 전쟁에 나가본 적 없는 나 같은 사람들은 자네들이 겪은 것을 알 수가 없지. 그래서 영화사들이 우리를 밀어내나봐. 그 사람들은 온실 속 화초야. 그들에겐 아시아계 손톱미용사가 하루 쉬는 게 엄청난 비극이지. 그런 사람들이 자네들의 경험이 타당한가를 평가하는 건 옳지 않아. 옳지 않은 걸 넘어서서 윤리적 포르노라고 할 수 있지. 그들은 자네들이 한 일을 헤아릴 능력이 없어."

"그럼 그들에게 말해줘요." 크랙이 말한다.

"그래요, 말해요." 어보트도 거든다. 그러자 브라보 대원들은 그 자리에서 합창을 시작한다. 그들에게 말해요, 그들에게 말해요, 그들에게 말해요. 개구리 합창 같기도 하고 수도승들의 기도 소리 같기도 하다. 주위의 스타디움 클럽 회원들이 혈기 넘치는 대학생들의 장난을 구경하듯 미소짓거나 나직이 웃는다. 갑자기 시작된 합창은 갑자기 끝난다.

"힐러리 스웽크더러 말하라고 해요." 다임이다.

"그러려고 하는 중이야. 이 영화엔 감동적인 부분이 많지." 앨버트의 휴대전화가 울리고, 그가 처음 한 말은 "힐러리가 공식적으로 관심을 보였어"이다. 그다음에는: "물론이지. 액션이 많은 역할이고 그녀는 훌륭한 액션 배우니까. 애국자이기도 하고. 힐러리는 정말로 이 영화를 하고 싶어해." 침묵. "1,500만이라고 들었어." 침묵. "정치적 요소가 있느냐고?" 앨버트는 브라보 대원들을 향해 눈알을 굴린다. "래리, 클라우제비츠가 뭐라고 했는지 아나? 전쟁은 다른 수단에 의해 이루어지는 정치다." 침묵. "아니, 이 무식한 친구야.『손자병법』말고. 독일 사람. 프로이센." 침묵. "자네가『손자병법』을 읽었을 리 없어. 요약판은 읽었을지도 모르지. 책 소개글을 읽었거나." 앨버트는 아래를 노려보며 잠자코 상대의 말을 듣는다. 입을 씰룩이고 털북숭이 손으로 테이블보를 만지작거리며 심각하게 듣고 있다.

"래리, 내 말 좀 들어봐. 이 전쟁으로 영화를 만들면서 어떻게 정치적이지 않을 수 있겠나? 비디오게임 만들 건가? 지금 이게 비디오게임 이야기야?"

브라보 대원들은 서로 흘깃거린다. 그것도 나쁘지 않다는 게 그들의 생각이다.

"좋아, 정치 문제는 이렇게 생각해보자고. 우리 브라보 대원들은 영웅이야, 맞지? 미국인이고, 맞지? 그들은 분명 정의의 편이고 분명 적을 쳐부쉈어. 이 나라에서 그런 일이 일어난 게 얼마 만이지? 래리, 그게 바로 이 영화의 정치야. 다시금 미국을 좋게 느끼는 것. 〈로키〉와 〈플래툰〉이 만났다고 생각하면 돼." 침묵. 눈알 굴리기. 으응, 웅, 으응. "이봐, 지금 우리가 카우보이스 경기를 보러 와 있는데, 난 말이야, 이런 일은 난생처음 봐. 브라보 대원들이 나타나기만 하면 사람들이 어찌나 몰려드는지 비틀스가 다시 뭉친 것 같다니까. 브라보 대원들에게 아주 본능적으로 반응한다고."

브라보 대원들은 서로를 바라본다. 놀라운 건 앨버트의 말이 대부분 사실이라는 점이다.

"이봐, 밥에게 이야기해봐. 히트작을 낼 수 있어. 내가 은쟁반에 고이 받쳐서 갖다주겠다고." 침묵. "제기랄." 다시 침묵. "빌어먹을, 오늘은 추수감사절이야. 힐러리가 관심을 보이고 있다잖아. 내 말 믿어. 나중에 내 말 믿은 걸 다행으로 알 거야."

"뭐 문제 있어요?" 앨버트가 전화를 끊자 다임이 묻는다.

"아니. 다 정상이야." 앨버트는 카우보이리타를 한 모금 마시고는 움찔한다. "요새는 영화사마다 회계사가 경영을 한다니까. 마세라티 탄 난쟁이. 큰 양복을 입은 꼬맹이. 자기가 누구인지 기억하려고 아침마다 인터넷으로 제 이름을 검색하는 인간들."

"올리버 스톤은 베트남에 갔다고 하지 않았어요?" 사이크스가 묻는다.

"그래, 그랬지, 케네스. 그 사람이 미치광이라는 말은 안 했나? 어쨌든 그 사람은 돈을 못 끌어와. 난 말이야, 이 영화를 만들기 위해 길거리에 나서야 한다면 그렇게 할 거야. 그만큼 자네들을 믿어."

그 말이 정확히 무슨 뜻인지는 아무도 모르지만, 뷔페가 그들을 손짓해 부른다. 다임, 앨버트, 맥 소령만 자리를 지키고 모두 음식을 더 가지러 간다. 뷔페 테이블에는 기다리는 줄이 길지만, 사람들은 브라보 대원들을 보자마자 옆으로 비켜서며 먼저 가라고 재촉한다. 대원들이 사양하자 즐거운 항의가 인다. 먼저 가요! 사람들은 짐짓 나무라는 투로 강요한다. 저기 앞에 서요, 얼른! 브라보 대원들이 옆을 지날 때 그들은 넓은 어깨와 훌륭한 예의, 눈에 보이는 건 모두 먹어치울 능력을 갖춘 멋지고 건장한 미국 청년들의 모습에 고무되어 고개를 끄덕이고 만족스레 미소짓는다. 모두가 행복하다. 멋진 순간이다. 그들의 주장이 정당하다는 게 밝혀졌으니, 추측이 입증되었으니, 이제 모두 오늘을 즐기면 된다. 숙취가 칼로리의 맹공에 주춤하고, 빌리는 두번째로 뷔페 테이블을 돌면서 화려한 음식들에 다시 한번 놀란다. 황금색으로 바삭하게 구운 칠면조 껍질과 그 속의 나뭇결무늬 살코기, 격자무늬를 이룬 풍성하고 촉촉한 채소 캐서롤, 푸짐하게 쌓여 있는 재료, 희한하게도 흰곰팡이 무늬가 멋진 이국적인 보라색 감자를 비롯한 여섯 종류의 으깬 감자와 통감자. 신의 은총을 받은 이곳 주류 미국인의 영역에서는 문명인답게 먹고 문명인답게 배설한다. 실내에서, 편안하게, 수세식 변기에서, 자연이 새끼 핏불처럼 엉덩이를 물어뜯고 사방이 트인 야만적인 사막과는 대조적으로 인간이 마땅히 누려야 할 프라이버시가 보장되는 곳에서. 어쩌면 문명의 핵심은 멋진 음식을 먹고 품위 있게 배설하는 것인지도 모른다. 그렇다면 빌리는 문명을 원한다. 그 반대의 것에는 신물이 나니까.

브라보 대원들은 자리로 돌아오며 공연히 킥킥댄다. 음식의 포도당에 도취된 것이다. 하지만 자리에 도착하자 다임이 입다물고 조용히 앉으라고 말한다. 장난으로 하는 소리가 아니다. 무슨 일이 벌어졌다. 그들은 곧 막강한 제작자-감독 콤비 그레이저와 하워드가 브라보 영화를 만들고 싶다는 뜻을 전해왔고 유니버설 스튜디오에서 구두로 제작 의사까지 밝혔지만 2차세계대전을 배경으로 하는 것이 조건이라는 사실을 알게 될 것이다. 하지만 현시점에서 브라보 대원들이 아는 건 다임이 별안간 화가 났고 앨버트는 여전히 만사가 순조로운 듯 차분히 블랙베리로 문자를 보내고 있다는 사실뿐이다. "심리술의 대가지." 슈룸이 다임에 대해 한 말이다. 전날 밤 빌리가 험비에 야간투시경을 두고 왔다가 아침 내내 다임에게 시달린 후의 일이었다. 팔굽혀펴기, 윗몸일으키기, 모래주머니들고 고통스러운 자세 취하기, 섭씨 40도의 폭염에 기지 여섯 바퀴 돌기. 기지 여섯 바퀴는 대략 6.5킬로미터였다. "그를 이해하는 건 불가능하니까 아예 이해하려고 들지도 마." 슈룸이 충고했다.

"그 인간 또라이입니다." 빌리가 말했다.

"그래, 맞아. 그래서 더 사랑할 수밖에 없지."

"사랑 좋아하시네. 전 그 개자식을 증오합니다."

슈룸은 웃었다. 그는 그럴 수 있었다. 아프가니스탄에서 다임과 함께 복무했고 브라보 대원들 중 유일하게 다임에게 괴롭힘을 당하지 않았으니까. 그것은 슈룸이 자신의 컨테이너 밖에 급조해놓은 위장용 그물 그늘에서 나눈 대화였다. 그는 시간 날 때 그 그물을 제대로 손봐서 쿠웨이트에서 사온 위장용 접의자에 앉아 담배도 피우고 책도 읽고 사물의 본질에 대해 명상도 할 작정이었다.

맨발에 웃통을 벗고 손에 담배를 든 채『갠지스 강을 따라 천천히 걸으며』라는 책을 무릎에 올려놓은 슈룸의 모습을 상상하니 빌리의 마음이 평온해진다. 슈룸은 민속식물학 여행에 푹 빠져 있었고 심지어 생김새도 거대한 환각버섯* 같았다. 살집 좋고 어깨선이 비스듬한 해우海牛의 몸에 멜라닌 색소가 결핍된 백인. 하지만 막노동꾼처럼 힘이 장사였다. 50구경 SAW**를 권총처럼 한 손으로 다루고 20킬로그램짜리 쌀자루를 콩주머니처럼 들어올렸다. 또 하루건너 한 번씩 머리를 밀었는데, 놀라우리만큼 섬세한 구형의 머리통이 몸의 다른 부분보다 두 사이즈 정도 작아 보였다. 폭염 속 그의 얼굴은 라바 램프에서 움직이는 왁스 덩어리처럼 빛났다. 그는 땀을 흘린다기보다 분비했다. 땀구멍에서 기름진 물질이 나와 상한 피클액처럼 몸을 뒤덮었다.

"인간이 달에 산다면 전부 슈룸처럼 생겨먹었을걸." 다임이 즐겨 하는 말이었다.

다임의 아버지가 노스캐롤라이나에서 영향력 큰 판사라고 빌리에게 말해준 사람이 바로 슈룸이었다. "다임***은 돈이야. 하지만 다임은 사람들이 아는 걸 원치 않지. 그게 무슨 뜻인지 너도 알 거야." 슈룸이 말했다.

아뇨, 그게 무슨 뜻인데요? 빌리가 물었다.

"대대로 부자라는 뜻이지."

---

* 슈룸이란 별명은 환각버섯을 의미하는 shroom에서 따온 것이다.
** Squad Automatic Weapon, 분대자동화기.
*** 10센트짜리 동전.

잘생긴 다임과 몽상가 슈룸, 그들은 괴상한 짝 중에서도 가장 괴상한 짝이었다. 두 사람은 정상적인 환경에서 건전하게 여겨지는 정도 이상으로 서로를 잘 아는 듯했다. 이따금 다임이 슈룸의 끔찍했던 어린 시절과 서사시 한 편을 쓰고도 남을 고난들에 대해 넌지시 비쳤다. 슈룸은 부랑자들을 위한 종교시설에서도 얼마간 지낸 적이 있었는데, 다임이 그곳을 오클라호마의 비역질하는 소년들을 위한 항문 구원 침례교 수용소라고 불러도 눈 하나 깜짝하지 않았다. 빌리는 슈룸이 즐겨 인용하는 인상적인 성경 구절들과 "예수님은 이삿짐 트럭이 아니었다" "우린 좋건 싫건 모두 하느님의 팝타르트*다" 따위의 격언 같은 말을 그곳에서 배웠으리라 생각했다. 슈룸의 세계에서 벽돌은 '흙 비스킷', 나무는 '하늘 관목', 최전방 보병은 '식용 토끼'였고, 전쟁의 진전에 대한 언론 보도는 '네 묘비에다 하는 거짓말'이었다. 브라보 대원들이 아직 진짜 전투를 경험하지 못했던 초기에 빌리는 슈룸에게 총격전을 벌일 때 기분이 어떠냐고 물었다. 슈룸은 잠시 생각하더니 대답했다. "뭐라고 설명하기 힘들어. 천사에게 강간당하는 기분이라고 할까." 그는 임무를 나갈 때마다 모든 분대원에게 "사랑한다"고 말했는데, 농담조나 잘난 척하는 억양이나 기독교적 싸구려 감상은 찾아볼 수 없는 진실한 말이었다. 모두의 영혼에 안전벨트를 채우는 듯 딱딱한 선언. 그러자 다른 대원들도 그 말을 따라 하기 시작했는데, 처음에는 쑥스러운 나머지 버드와이저 광고에 나오는 얼간이를 흉내내어 울먹

---

* 켈로그에서 나온 냉동 페이스트리.

이는 소리로 간절하게 "사랑한다"고 외치다가, 사상자가 늘면서 기지 밖으로 나가는 일이 공포스러워지자 아무도 장난을 치지 않게 되었다.

　나 내려간다. 살아 있는 슈룸, 죽은 슈룸, 살아 있는 슈룸, 죽은 슈룸, 살아 있는 슈룸, 죽은 슈룸이 슬라이드 쇼처럼 이어진다. 빌리는 열 가지쯤 되는 일을 동시에 하고 있었다. 구급약 가방을 열고, 소총에 새로 탄창을 끼우고, 슈룸에게 말을 걸고, 그의 얼굴을 때리고, 그에게 잠들면 안 된다고 소리치고, 적의 총알이 날아오는 방향을 가늠하고, 몸을 숨길 엄호물이 전혀 없어서 납작 웅크리고. 폭스 TV에 그가 한 손으로 총을 쏘면서 다른 한 손으로 슈룸을 보살피는 장면이 나왔지만 그는 기억이 나지 않는다. 아마 부상 부위를 살펴보기 위해 슈룸의 탄약대를 잘라내고 방탄조끼를 풀어헤쳤을 것이다. 사람들이 말하는 용기가 그런 것일까? 그냥 훈련받은 대로 하는 것. 모든 걸 동시에, 아주 빠르게 해치우긴 했지만. 피범벅인 자기 몸 앞부분을 보고 혹시 내 피도 섞여 있는 건 아닌가 얼핏 생각했던 기억이 난다. 피투성이가 된 손이 미끌거려서 이로 압박붕대를 뜯은 뒤 슈룸을 향해 몸을 돌리니 그 덩치 큰 작자가 일어나 앉는 중이었다! 하지만 바로 다시 쓰러지는 바람에 빌리는 날쌔게 게걸음으로 움직여 무릎으로 슈룸의 몸을 받쳤다. 그러자 슈룸이 이마를 찌푸린 채 이글거리는 눈으로 올려다보았다. 뭔가 엄청 중요한 말이라도 할 것 같은 모습이었다.

　"다임은 네 분대장이야. 네 삶을 최대한 비참하게 만드는 게 그의 일이지." 컨테이너 밖에서 대화를 나누던 날 슈룸은 말했다. 그러고는 다임의 심리술이 주기적인 긍정적 강화와 어떤 식으로 관련되어 있는지 설명하면서, 주기적 자극이 지속적인 것보다 더 효과적인 행동 교정 수단이라고 했다. 그러거나 말거나. 슈룸은 책을 많이 읽어서 쓸데없는 걸 많이 알았다. 아무튼 빌리는 지금 이곳 스타디움 클럽에 앉아서 이렇게 생각한다. 분대장님, 우리 기분을 개떡같이 만들어놔서 고마워요! 이 맛있는 식사를 망쳐놔서 고맙다고요! 앞으로 군대 짬밥만 먹고 살 텐데. 하기야 우린 벌레만도 못한 최전방 군바리이고 지금 우리의 임무는 입 닥치고 먹기나 하는 거니까.

다임이 딱딱거린다. "어보트, 지금 뭐하는 거야?"

"레이크한테 문자 보내고 있습니다. 소식 전하려고요."

그건 다임이라도 못하게 할 수 없다. 다임은 다른 표적을 찾으려고 테이블을 쓱 훑어보지만 모두 접시에 코를 박고 음식을 입에 퍼넣고 있다. 그때 앨버트가 낄낄대기 시작한다.

"이것 좀 봐." 그가 자신의 블랙베리를 다임에게 넘겨준다.

"이거 진담이에요? 그럴 리 없는데."

"아무래도 진담인 것 같아."

다임이 빌리를 보며 말한다. "우리 영화가 제2의 〈워킹 톨〉*이란다. 배경만 이라크라고."

"아." 빌리는 〈워킹 톨〉을 보지 못했다. "거기 힐러리 스웽크가 나옵니까?"

---

* 특수부대에서 제대한 주인공이 범죄의 온상이 된 마을을 지키는 내용의 액션 영화.

"아니, 빌리, 힐러리 스왱크는 안 나오고—젠장, 관두자. 앨버트, 이 사람들 누구예요?"

"찌질이, 범생이, 겁쟁이, 거짓말쟁이지. 가짜 토끼를 쫓아 트랙을 도는 멍청한 말라깽이 똥개. 그들은 내용에 벌벌 떨어. 아니, 벌벌 떠는 정도가 아니라 아예 경기를 일으키지. '이거 쓸 만한가? 으으으으, 나쁜가? 으으으으, 난 모르겠어!' 한심하기 짝이 없다니까. 돈은 많은데 감각이 없으니. 〈차이나타운〉* 같은 영화를 갖다 줘도 귀여운 강아지 두 마리를 끼워넣자고 할걸." 앨버트가 대답한다.

다임이 무심하게 말한다. "그러니까 우린 망했다는 거군요."

"아니, 내가 그런 말을 했나? 그런 말을 했어? 아니, 아니지. 난 그런 말 안 했어. 영화판에서 삼십오 년이나 밥벌이를 한 사람이야. 내가 망할 사람으로 보여?" 브라보 대원들이 웃는다. 앨버트에게 '망한다'는 단어는 어울리지 않는다. "할리우드는 병들고 뒤틀린 곳이야. 그건 내가 확실하게 인정하지. 부패했고, 퇴폐적이고, 소시오패스가 우글거리는, 그러니까 대략 비유하자면 17세기 프랑스 태양왕 루이 14세의 궁전 같달까. 웃지 마. 농담 아니니까. 이런 건 구체적인 말로 표현해줘야 이해가 쉽거든. 많은 부富, 불결한 부가 떠다니고, 모든 면에서 정도가 지나치고, 너도나도 한몫 잡아보겠다고 설쳐대는 곳. 하지만 그러려면 왕과 접촉해야만 해. 모든 일이 왕을 통해 이루어지니까. 그렇지? 그게 문제야. 아주 큰 문제.

_____

* 로만 폴란스키 감독의 누아르 영화.

접근이 문제라고. 아무나 궁전으로 들어가서 왕을 설득할 수는 없어. 하지만 언제든 궁전에 드나들면서 왕과 접촉할 수 있는 사람이 이삼십 명은 있기 마련이지. 왕에게 접근해 영향력을 행사할 수 있는 그들을 끌어들이는 게 성공의 열쇠야. 할리우드도 마찬가지야. 일을 성사시킬 수 있는 사람이 언제든 이삼십 명은 있지. 그들의 이름은 해마다 바뀌지만 역학관계는 변함이 없고 수도 거의 일정해. 그런 사람을 하나 끌어들이면 금이 되는 거야."

"힐러리 스웽크요." 크랙이 의견을 낸다.

"스웽크는 금이지." 앨버트가 확인해준다.

"마크 월버그는요?" 맹고가 묻는다.

"마키도 일을 성사시킬 수 있지."

"웨슬리 스나입스는 어때요? 그러니까, 그 사람한테 내 역할을 맡기는 거죠." 로디스가 말한다.

"흥미롭군." 앨버트는 잠시 생각하다가 덧붙인다. "이 영화는 말고, 로디스, 그의 다음 영화에 자네를 여자 역할로 넣어줄 수 있는지 알아보겠네. 어떤가?"

우우우우우우우우우우, 모두 로디스에게 야유를 보내지만 그는 음식이 잔뜩 긴 이를 드러내며 씨익 웃는다. 그때 스타디움 클럽 회원 하나가 인사를 하러 온다. 브라보 대원들에게 와서 말을 거는 사람 중 청년이나 중년은 없고 전부 노인이다. 전쟁터에 나가 싸울 나이가 지나 안전해진 늙은이들. 그들은 나라를 지키는 군인들에게 고마움을 전한다. 식사가 어떤지 묻는다. 군인이라면 으레 갖추었을 것으로 여겨지는 자질, 즉 강인함, 용맹스러움, 애국심에 찬사를 보낸다. 이번에 찾아온 클럽 회원은 아직 검은 머리가 좀 남았고 탄탄한 몸에 혈색이 좋은 남자로 자기 이름의 모음을 후하게 다 발음해 '하우웨인'이라고 들린다. 그는 자기 가족이 운영하는 석유회사가 소금물과 파쇄제를 이용한 과감한 신기술로 바넷 셰일 지역에서 더 많은 원유를 생산하고 있다고 말한다.

"내 친구들 아들들도 거기서 싸우고 있어요. 그러니 내겐 국내 석유 생산량을 늘려서 수입 원유 의존도를 낮추는 것이 사업상의 문제만은 아니지. 내가 일을 잘해야 여러분 같은 젊은이들이 하루빨리 집에 돌아올 수 있으니까."

"감사합니다! 훌륭하십니다. 정말 감사하게 생각합니다." 다임이 대답한다.

"그냥 내 할 일을 하고 있을 뿐이지요." 이 말은 멋있었다고 나중에 빌리는 생각하게 될 것이다. 그 남자도 남들처럼 식사 맛있게 하라고 말한 뒤 자신의 돈 잘 버는 애국적인 삶으로 돌아갈 수 있었다. 하지만 그는 욕심을 부렸다. 브라보 대원들에게 조금 더 짜내려고 했다. 그는 대원들 눈으로 볼 때 우리가 거기서 어떤지 알고 싶다고 했다.

"저희 눈으로 볼 때 우리가 거기서 어떠냐고요?" 다임이 밝은 목소리로 따라 말한다. 브라보 대원들은 두 손을 모으고 접시를 내려다보지만 몇몇은 비어져나오는 웃음을 억누르지 못한다. 앨버트가 갑자기 흥미를 보이며 고개를 옆으로 갸웃하더니 블랙베리를 주머니에 넣는다. "음, 이건 전쟁입니다." 다임이 여전히 밝은 목소리로 말을 잇는다. "전쟁은 당연히 서로가 서로를 끝장내려고

기를 쓰는 극한상황이고요. 하지만 어르신, 저는 큰 그림에 대해 논할 자격이 없습니다. 제가 자신 있게 말씀드릴 수 있는 건, 서로 죽이려는 의도가 있는 힘의 교환은 인간의 정신을 바꿔놓는 체험이라는 사실입니다."

하우웨인이 엄숙하게 고개를 끄덕이며 대꾸한다. "아무렴, 아무렴. 그게 여러분 같은 젊은이들에게 얼마나 힘든 일일지 상상이 돼요. 그런 극도의 폭력에 노출되면—"

"아뇨!" 다임이 말허리를 자른다. "그런 것이 절대 아닙니다! 저희는 폭력을 좋아합니다. 치명적인 공격을 좋아합니다! 그래서 나라에서 돈을 받는 거 아닙니까? 미국의 적과 싸워 그들을 지옥으로 보내버리기 위해서? 저희가 사람 죽이는 걸 싫어한다면 무슨 의미가 있겠습니까? 평화봉사단을 전쟁터에 보내는 게 낫죠."

"아하, 그 점에 대해선 할말이 없군요." 하우웨인이 웃으며 말하지만 힘이 빠진 웃음이다.

"이 친구들 보이시죠?" 다임이 테이블에 둘러앉은 대원들을 가리키며 말한다. "저는 이 얼간이들 모두를 형제처럼 사랑합니다. 녀석들 엄마보다 제가 더 사랑한다고 장담합니다. 하지만 솔직히 말하겠습니다. 이 친구들이 제 마음을 알기 때문에 보는 앞에서 말할 수 있는 겁니다. 공식적으로 하는 말인데, 이 친구들은 그 누구보다 살기등등한 사이코패스입니다. 입대 전에는 어땠는지 몰라도, 무기와 립트 퓨얼*만 쥐여주면 살아 움직이는 건 죄다 해치울

---

* 다이어트용으로 먹는 지방연소제. 각성제로도 쓰임.

겁니다. 안 그런가, 브라보?"

대원들은 즉시 열성적으로 대답한다. **예, 하사님!** 공들여 단장한 머리 수십 개가 식당 안에서 그들을 돌아본다.

다임이 킬킬거린다. "제 말 무슨 뜻인지 아시겠습니까? 이 친구들은 인간 사냥꾼입니다. 아주 신나게 잘 지내고 있어요. 그러니까 어르신 가족의 석유회사가 바넷 셰일 지역을 작살내고 싶다면, 좋습니다, 그건 전적으로 어르신의 권리니까요. 하지만 저희를 위해 하진 마십시오. 어르신에겐 어르신 일이 있고 저희에겐 저희 일이 있습니다. 어르신은 계속 굴착을 하십시오. 저희는 계속 죽일 테니까요."

하우웨인은 입을 벌리고 턱을 한두 번 씰룩거리지만 아무 말도 하지 못한다. 눈이 쑥 들어갔다. 보라, 세상에서 가장 처참하게 당한 백만장자의 모습을!

"이만 가봐야겠군." 하우웨인이 퇴로를 찾듯 주위를 두리번거리며 웅얼댄다. 그러니까 알지도 못하면서 떠들지 좀 말란 말이야, 빌리는 생각한다. 그런 만남에서 브라보 대원들은 경험자로서 우위를 점한다. 브라보 대원들은 진짜다. 진짜. 그들은 많은 죽음을 가했고 또 당했다. 죽음의 냄새를 맡았고 죽음을 붙잡았다. 죽음의 웅덩이를 군홧발로 철벅거리며 뛰어다녔다. 죽음이 옷에 튀었고 입에서 죽음의 맛이 났다. 그것이 브라보 대원들의 이점이다. 미국은 남자다움에 대해 높은 기준을 세웠지만, 흥미롭게도 진짜 남자의 자격을 갖춘 사람은 무척 드물다. 우리는 왜 싸우는가, 요*, 여기

---

* 힙합 추임새.

서 우리는 누구인가? 허풍쟁이와 허세꾼이 우글거리는 병아리매*의 나라 미국에서 브라보 대원들은 늘 피 묻은 비장의 카드를 감춰두고 있다.

하우웨인이 자리를 뜨자 브라보 대원들은 노골적으로 킬킬거린다. 앨버트가 생각에 잠긴 눈빛으로 다임을 응시하며 말한다. "데이비드, 자네 말이야. 제대하면 연기자가 되는 걸 진지하게 고려해봐."

브라보 대원들이 야유를 보내지만 앨버트의 말은 농담이 아닌 듯하고 다임 역시 꽤나 진지하게 묻는다. "내가 너무 심했나요?" 그 말에 다들 폭소를 터뜨리지만, 다임은 완전히 정색을 하고 앉아 있다. 몇몇 대원이 할리우드를 외치기 시작하고, 데이가 앨버트에게 말한다. "다임은 연기한 거 아니에요. 원래 사람들 엿먹이는 거 좋아해요." 그러자 앨버트가 "자넨 연기가 뭐라고 생각하나?"라고 묻고 다시 폭소가 터진다. 이 모든 일이 일어나는 동안 다임은 빌리에게 몸을 기울이고 웅얼거린다.

"빌어먹을, 빌리, 내가 왜 그렇게 심하게 군 거지?"

"모르겠습니다, 하사님. 이유가 있었겠지요."

"맙소사, 그 이유가 뭘까?"

빌리의 맥박이 빨라진다. 수업 시간에 호명된 기분이다. "대답하기 어렵습니다. 하사님께서 개소리를 싫어해서 아닐까요?"

---

* chicken-hawk. 전쟁을 강력히 옹호하지만 정작 본인은 과거에 참전을 기피했던 사람.

"그럴 수도 있지. 그리고 내가 또라이라서?"

빌리는 대답을 거부한다. 다임이 웃으며 몸을 뒤로 기대고 웨이터를 손짓해 부른다. 그리고 다시 빌리에게 고개를 돌리고는 또 그 눈빛을 보낸다. 너무 솔직하고 개방적이어서 빌리로서는 '왜 나지?'라고 생각할 수밖에 없는 눈빛. 처음에 빌리는 혹시 기분 나쁜 동성애의 시작인가 싶어 간담이 서늘했다. 그가 알기로 남자가 같은 남자와 길게 눈을 맞추는 건 동성애뿐이었으니까. 하지만 요즘 들어 그건 아닌 것 같다는 생각이 든다. 인간의 본성에 대한 시각이 적잖이 넓어지면서 내린 결론이다. 다임은 그게 아닌 다른 뭔가를 원하고 있다. 인정이나, 아직 결정되지 않은 직관 같은 것. 하지만 제삼자에게 그 이야기를 한다면 애초에 이런 상황을 촉발시킨 사건에 대한 순전히 시각적인 묘사는 동성애로 들릴 것이다. 그날 수술대 위의 레이크가 의사들 손에 구조되는 게 아니라 산 채로 껍질이 벗겨지듯 사방으로 피를 뿌려대며 울부짖고 몸부림치는 광경을 지켜보며 느꼈던 완벽한 고통, 그 황폐함은 직접 겪어보지 않고는 알 수 없다. 빌리는 그것을 한계점으로, 자신의 호弧가 꺾이는 지점으로 여기게 되었다. 그의 삶은 그날 이전과 이후로 나뉘었다. 그때까지 아직 간직하고 있던 것을 모두 잃어버리고 그곳 응급치료소 경사로에서 울음을 터뜨렸다. 다임이 그를 보급품 창고에 밀어넣고 폭력이라도 행사할 듯 벽에 거칠게 밀어붙이지 않았더라면 분명 충격과 슬픔으로 정신이 나갔을 것이다. 그때쯤에는 다임도 울고 있었다. 둘 다 방금 시원의 흙구덩이에서 웩웩 구역질을 하고 헐떡거리며 기어올라온 것처럼 진흙과 피와 땀을 뒤집어쓴 채 콧물이 목에 걸려 캑캑거리면서 울었다. 너일 줄 알았어. 다임이 부탄가스 토치처럼 뜨거운 입을 빌리의 귀에 대고 계속 속삭였다. 너일 줄 알았어. 너일 줄 알았다고 알았어 염병할 너일 줄 알았어 네가 자랑스러워서 미치겠다. 그러더니 양손으로 빌리의 얼굴을 부여잡고 고무망치로 내려치듯 입술에 키스했다.

며칠간 빌리는 입술이 아팠다. 그 일에 대해 다임이 무슨 말이라도 하기를 기다렸지만 허사였고, 빌리는 멍든 입술을 손가락으로 만져보곤 했다. 이 장면을 영화에 넣고 관객을 이해시킬 순 없다. 빌리가 지금까지 본 영화를 생각해보면 그렇다. 하지만 넣을 수 있다면 그러라고 말할 것이다. 물론 사람들이 동성애로 생각한다면 신경이 쓰일 것이다. 그러니까 진짜 영리하게, 기술적으로 처리해야지 그냥 툭 던져놓고 이해하길 바라선 안 된다. 하지만 힐러리 스웽크가 완전히 망쳐놓았다. 그녀가 그와 다임 역할을 둘 다 하면 어떻게 되겠는가? 자기가 자기한테 행운의 키스를 해주나? 자기한테 행운을 빌어주고? 어쩌면 영화 속 모두 정신이 나가야만 할 수도 있다.

젠장, 어쨌든 아무도 모르는 일이다. 다임이 대원들에게 하이네켄을 한 잔씩 더 시켜주지만 웨이터에게 먼저 빈 잔을 치우라고 한다. 그 웨이터는 가고 다른 웨이터가 와서 커피를 마시겠느냐고 묻는다. 커피? 좋지, 커피! 카페인은 필수 약품 중 하나니까. 크랙이 레드불이 있는지 묻자 웨이터가 확인해보겠다고 대답한다. 그러자 너도나도 레드불을 주문한다. 모두 디저트를 가져오려고 일어서지만, 빌리는 화장실에 가고 싶다. 숫기가 없는 그는 화장실이 어디 있는지 물어보지 못하고 클럽 바깥쪽 방들을 한참 배회한다. 그래도 괜찮다. 안 그래도 잠시 머리를 식히고 싶던 참이고, 사십 년 역사의 프로풋볼 기념품을 구경하는 건 정신을 무디게 하는 데 꽤 효과가 있다. 포스터 크기의 헤일 매리* 캐치 사진, 제6회 슈퍼볼에서 스타우백이 신었던 운동화, 코튼볼 경기장에서 카우보이스팀이 마지막 경기를 할 때 멜 렌프로가 입었던 풀물 든 유니폼. 모든 기념품이 신성로마제국의 유물이라도 되는 양 당당하고 경건하게 전시되어 있다. 빌리는 화장실을 발견하고 거기서 시간을 보낸다. 모든 것이 너무도 깨끗하다. 이라크는 쓰레기요, 먼지요, 돌무더기요, 부패요, 거품이 부글거리는 하수구다. 게다가 사람 미치게 하는 미세 모래가 몸에 난 구멍이란 구멍은 다 파고든다. 최근 빌리는 모래가 폐까지 침범한 것을 알아챘다. 숨을 깊이 들이쉴 때마다 깊은 골짜기에서 연주하는 백파이프처럼 희미한 소음이 폐에서 들려온다. 영영 그럴지 아니면 그냥 일시적으로 작동한 여과기능에 따른 현상인지 궁금하다.

빌리는 한참 손을 씻으며 거울에 비친 자신을 바라본다. 스토벌에서 자랄 때 대니 워브너라는 아이가 있었다. 그의 친구 클레이의 형이었다. 대니는 냉담하고 말수가 적었다. 자동차 사고로 제일 친한 친구 둘을 잃고 혼자 겨우 목숨을 건진 뒤 대니가 이상 행동을 보여도 사람들은 그러려니 했다. 대니의 이상 행동 중 하나는 클레

---

* 경기 종료 직전 엔드 존에서 멀리 떨어져 있을 때 자기편이 잡기를 바라며 공을 높이 던져올리는 것.

이와 같이 쓰는 방에서 알몸으로 거울 앞에 서서 오래도록 자신을 바라보는 것이었다. 문이 열려 있어도, 날씨가 아무리 추워도, 동생 친구 패거리가 쿵쾅거리며 들어와도 아랑곳하지 않았다. 그것은 나름의 명확한 논리에 따른 정신이상 행동으로, 자신이 거기에 있다는 사실을 확인하기 위해 거울을 들여다보는 것이었다.

최근 들어 거울을 볼 때면 그 생각이 난다. 복도로 나온 빌리는 맞은편에서 웨이터 한 명과 같이 걸어오는 맹고를 만난다. 웨이터는 땅딸막한 라틴계 청년으로 한쪽 귀에 금귀고리를 했고, 빈민가 청소년들 사이에서 유행하는 스타일대로 윗머리만 남기고 옆과 뒤는 바싹 밀었다. 둘이 히죽거리는 것으로 보아 무슨 일이 있는 모양이다. 맹고가 빌리를 한쪽으로 끌고 가더니, 톰 랜드리가 로널드 레이건과 악수하는 사진 바로 밑에서 속삭인다. "뿅 가고 싶어?"

좋지. 웨이터가 그들을 이끌고 주방을 지나 어수선한 직원용 복도를 따라 내려가더니, 난방이 되지 않는 지저분한 창고로 들어가서 사다리꼴 주머니처럼 생긴 실외 공간으로 나간다. 스타디움 건물에서 보강재를 대지 않아 생긴 빈 공간으로 꼭 토끼장 같다. 명백한 실수이자 설계 결함을 눈에 띄지 않게 교묘히 숨긴 그곳은 셋이 있기에도 좁다. 이름이 핵터인 웨이터는 허리를 구부리고 있어야 한다. 그가 있는 쪽으로 I자 모양 보가 지나가기 때문이다.

"여긴 뭐하는 곳이에요?" 빌리가 묻는다. 뭐라도 물어야 할 것 같다.

핵터가 웃으며 대답한다. "아무데도 아니에요." 그가 문 밑에 있는 나무토막을 발로 찬다. "존재하지 않는 장소들 중 하나라고 할 수 있죠. 친구들이랑 쉴 때 흡연실로 써요."

그들은 웃는다. 차가운 공기가 기분좋다. 강철 뇌문세공에 걸려져 약해진 햇살이 그들을 비춘다. 빌리는 잠시 자신이 스타디움과 한몸이라고, 인간에게 알려진 가장 튼튼한 방탄복을 입고 있다고 상상한다. 든든하고 기분좋지만 온통 강철로 만들어진 스타디움 방탄복의 무게에 가슴이 짓눌리기 시작한다. 다행히 마리화나를 피우자 한결 나아진다.

"좋다." 맹고가 감탄한다.

헥터도 고개를 끄덕인다. "바토*, 이걸 피우면 무뎌져서 하루를 견딜 수 있지."

"맞아요." 빌리도 점잔 빼며 동의한다. 머릿속에 불이 몇 개 켜지고 나머지는 꺼진다. "정말 끝내주네요."

"군인들한테 잘해줘야지." 자기 차례가 돌아오자 헥터는 웃으면서 마리화나를 피운다. "근데 소변검사에 걸릴까봐 걱정 안 돼요?"

맹고가 걱정 안 된다며 설명한다. 브라보 대원들은 군에서 자신들에게 무작위로 약물검사를 해서 이런 좋은 홍보 기회를 망치고 싶어하지는 않을 거라는 생각으로 승전여행 기간 동안 안심하고 있다. "걸린다고 해도 어쩌겠어? 우리를 도로 이라크로 보내?"

헥터는 마리화나에 취해 엄숙하게 고개를 젓는다. "그건 말도 안 되지. 마리화나 한 번 피웠다고. 아무리 군대라도 그렇게까지 빡빡할 리 없어."

---

* 멕시코계 미국인이 쓰는 속어로, 'man'과 같은 의미.

빌리와 맹고는 주저한다. 상부에서는 임박한 브라보 분대의 이라크 귀환 문제에 예민한 듯하다. 브라보 대원들은 자신들이 재배치된다는 사실을 군이 부인하지 않지만 상부에서는 승전여행에 관한 대화에서 그 내용은 피했으면 할 것이다.

맹고가 씩 웃으며 빌리를 흘끗 본다. 그러고는 헥터에게 말한다. "우리 곧 돌아가요."

헥터가 눈을 가늘게 뜬다. "구라 치네."

"구라 아니에요. 토요일에 떠나요."

"젠장, 돌아가야 한다니."

"복무 기간은 마쳐야 하니까."

"젠장! 다시 돌아가야 한다니. 젠장! 그런 공을 세웠는데! 영웅들인데! 아니, 무슨 권리로? 그 정도면 브라보 대원들은 제 몫을 다한 건데 왜 이대로 안 내보내준대요?"

맹고가 웃으며 대답한다. "군대는 그런 식으로 돌아가지 않아요. 인원도 필요하고."

헥터는 분개한다. "젠장. 얼마나 더 남았어요?"

"11개월."

"엿같네!" 격분한 목소리다. "돌아가고 싶어요?"

브라보 대원들은 코웃음 친다.

"아, 엿같이 빡빡하네. 그러면 안 되는데." 헥터는 머리를 굴린다. "브라보 대원들에 대한 영화를 만든다고 하지 않았어요?"

음, 그렇지.

"그래도 돌아가요? 젠장, 그럼 만약에, 저기, 만약에一"

"뒈지면 어떻게 되느냐고요?" 빌리가 대신 말한다.

헥터는 질겁해서 고개를 돌린다.

"걱정할 것 없어요. 완전히 다른 영화가 될 거니까." 브라보 대원들은 웃음을 터뜨리고, 헥터는 그들의 죽음을 입에 올린 일을 용서받은 것이 고마워 멋쩍게 미소짓는다. 마리화나가 또 한 바퀴 돈다. 좁은 공간에서 마리화나가 신비한 진줏빛으로 타오른다. 지금도 어딘가에서 전쟁이 벌어지고 있지만 빌리는 느낄 수 없다. 딱 한 번 모르핀을 맞았을 때 통증을 느낄 수 없었던 것처럼. 그때 부상당한 자신의 팔다리를 바라보며 시험 삼아 아프다고 생각해보았지만, 그 생각도 연기처럼 사라졌다. 지금 전쟁이 그렇다. 지금 그에게 전쟁은 기껏해야 마음속의 존재 혹은 압박감일 뿐이다. 알맹이 없는 의식. 경험의 도넛 구멍. 잡념에서 벗어나 현실로 돌아오니, 헥터가 데스티니스 차일드를 만나게 되느냐고 묻고 있다. 데스티니스 차일드, 오늘 하프타임 특별 공연의 주인공, 현재 전국 몽정 차트 1위.

"그런 얘기 없어요." 맹고의 영어가 헐렁해져 길거리 말 쪽으로 기운다. 발음이 애매한 게 아니라 코너를 너무 넓게 돈다. "우리한텐 자세한 얘기 안 해줘요. 우리도 하프타임 공연에 나간다는 정도? 치어리더는 만날 거래요."

"젠장, 바토, 치어리더는 누구나 다 만나요. 엿같은 보이스카우트도 치어리더는 만난다고요. 브라보 대원들은 록스타나 마찬가지니까 비욘세와 멤버들을 만나게 해줘야지. 젠장, 영웅들인데 그 여자들이랑 진짜로 섹스 좀 하게 해줘야지."

110

진짜로섹스, 빌리는 속으로 웅얼거린다. 불가능하다. 기회가 와도 꼭 하지는 않을 것이다. 아마도 하겠지만. 어쩌면. 좋다, 틀림없이 한다. 아니면 상황에 따라 다르거나. 빌리는 둘 다 원한다고 결론짓는다. 비욘세와 순수하게 사귀고 싶다. 보드게임을 한다든지 아이스크림을 먹으러 간다든지 사소하고 즐거운 일을 함께 하며 그녀를 알아가는 것이다. 이건 어떨까? 열대 낙원에서 삼 주간 연애 체험을 해보는 거다. 둘이 순수하게 데이트를 즐기다가 사랑에 빠질 수도 있겠지. 한편, 여유 시간에는 골이 빠지게 섹스를 하는 거다. 그는 둘 다 원한다. 정신과 육체가 온전히 가까워지길 원한다. 어느 것이라도 빠지면 굴욕적이니까. 전쟁이 나를 이렇게 만든 걸까, 그런 생각이 든다. 이렇게 감상과 갈망이 더 깊어진 건 전쟁의 영향일까? 아니면 그저 스무 살이 다가오고 있기 때문일까?

시간이 얼마 남지 않았다. 대원들에게 돌아가야 하지만, 급박감의 엔진이 꺼진 상태다. 마리화나가 다 타들어가 폭죽처럼 보일 때쯤 헥터가 군에 입대할까 생각중이라고 털어놓는다.

브라보 대원들이 신음하듯 말한다. 안 돼요.

"그래요, 군대가 엿같다는 거 알아요. 하지만 난 애가 있고 애엄마는 일을 안 하니 나 혼자 벌어 먹여야 해요. 그건 좋아요. 두 사람을 책임지고 싶어요. 하지만 지금 사정이 그렇질 못해요. 여기서도 일하고 퀵 루브에도 일주일에 오 일 나가는데 두 곳 다 보험이 안 돼요. 어린 딸 때문에 보험이 필요한데. 빚도 있고요. 하기야 빚 없는 사람이 어딨어요." 빌리는 헥터가 어른의 걱정을 하고 있다고 생각한다. 철부지 어린애처럼 미쳐 날뛰는 게 아니라 냉정하게 자기 문제를 진단하고 남자답게 살려고 한다. 그는 군에서 입대 보너스로 6,000달러가 나오니 일단 입대하면 보험 걱정은 없다고 말한다.

"그래서 입대하려고요?" 빌리가 묻는다. 입대 보너스 6,000달러, 가슴이 아프다. 군에 거저 목숨을 맡긴 거나 다름없다.

"모르겠어요. 그래야 할까요?"

빌리와 맹고가 눈을 맞춘다. 잠시 후 다 같이 웃음을 터뜨린다.

"진짜 기분 엿같은데 도대체 우리가 왜 웃는지 모르겠어." 빌리가 말한다.

"젠장, 그래. 그동안 쭉 이 생활이 아주 진절머리 나면서도, 한편으론 이런 생각이 드는 거야. 기간을 채우고 제대해서 나가면 더 나은 삶이 기다리고 있을까? 기껏해야 버거킹에서나 일하겠지? 그러다보면 애초에 입대한 이유가 기억나지." 맹고가 말한다.

헥터가 고개를 끄덕인다. "내 말이 바로 그거예요. 이곳 벌이가 형편없으니까 차라리 군에 가는 게 나은 거지."

"달리 방법이 없으니까." 맹고가 말한다.

"달리 방법이 없으니까." 헥터가 동의한다.

"달리 방법이 없으니까." 빌리도 메아리처럼 말한다. 하지만 그는 집 생각을 하고 있다.

마음의 깡패

　그들은 2박 3일 휴가를 받았다. 사이크스는 포트후드로 갔다. 그곳 포병 강하지대 가장자리에 있는 작은 군인 관사에 딸과 임신한 아내가 살고 있다. 로디스는 먼 친척, 어쩌면 육촌인 스눕 독의 고향이기도 한 사우스캐롤라이나 플로렌스로 갔다. 어보트는 루이지애나 라피엣으로, 크랙은 버밍햄으로, 맹고는 투손으로, 데이는 인디애나폴리스로 갔다. 다임은 캐롤라이나로 갔다. 레이크는 샌안토니오의 브룩 육군병원에 장기 입원중이고, 슈룸은 그의 의지와 상관없이 오클라호마 아드모어에 있는 메리엄 게일로드 장례식장에 안치되었다. 그리고 빌리. 빌리는 스토벌로 갔다. 시스코 거리에 있는 방 세 개, 화장실 두 개짜리 목장주택 형태의, 아버지가 휠체어를 타고 다닐 수 있도록 집 앞뒤에 튼튼한 경사로가 설치된 벽돌집. 아버지가 타는 진자주색 전동 휠체어는 흰 테를 두른 굵은 바퀴가 달려 있고 등판 뒤쪽에 성조기 스티커가 붙어 있다. 빌리의 누나 캐스린은 그 휠체어를 '짐승'이라고 부른다. 타르 보일러나 거대한 쇠똥구리처럼 옆에 달린 발이 우아하게 움직이고 등이 혹처럼 튀어나온 탈것. "그 소리만 들으면 오싹하다니까." 캐스린이 빌리에게 고백했다. 사실 빌리의 아버지 레이는 일부러 소름끼치는 소리를 내려는 듯 난폭하게 휠체어를 몰았다. 위이이이잉 아침에 커피를 마시러 주방으로 갔다가 위이이이잉 서재로 들어가 아침 첫 담배를 피우고 폭스 뉴스를 본 다음 위이이이잉 다시 부엌으로 가서 아침을 먹고 위이이이잉 화장실로 갔다가 위이이이잉 서재로 가서 허튼소리나 늘어놓는 TV를 보았다. 위이이이잉, 위이이이잉, 위이이이잉. 조종간을 너무 거칠게 다루는 바람에 모터가 문신기계처럼 에에에엥 날카로운 소리를 내질렀고, 기본음인 위이이이잉과 대위법을 이루는 입체적인 코러스는 그의 성격을 그대로 드러냈다.

"아빠는 완전 진상이야." 캐스린이 말했다.

빌리는 이렇게 대꾸했다. "그걸 이제 알았어?"

"닥쳐. 내 말은 아빠는 자기가 진상인 걸 좋아한다는 거야. 그걸 즐긴다고. 어떤 사람들을 보면 자기도 어쩔 수 없이 진상 짓을 하는 게 느껴지지 않아? 그런데 아빠는 일부러 진상 짓을 해. 말하자면 자기주도적 진상인 거지."

"무슨 짓을 하는데?"

"아무것도 안 해! 바로 그게 문제야. 아무것도 안 하는 거! 물리치료도 안 받고, 외출도 안 하고, 온종일 방구석에 틀어박혀서 폭스TV만 보고 뚱보 러시 림보 라디오 방송만 들어. 원하는 게 없으면 우리랑 대화조차 안 해. 그냥 투덜거리기만 한다고. 우리가 수 족처럼 시중들어줬으면 하는 거지."

"해주지 마."

"안 해! 하지만 그러면 그게 다 엄마 일이 되고 엄마가 너무 힘 드니까 에라 모르겠다 하고 도와주는 거야. 한집에 사는 한 모른 척할 수가 없어."

집 어딘가에 1970년대, 1980년대, 1990년대 록 밴드와 메탈 밴 드의 화려한 홍보사진이 가득한 트렁크가 있다. 캐스린이 '멀릿* 시 대'라고 이름 붙인 그 원시적인 시대의 밴드 대부분이 잊힌 지 오 래고 그건 다행스러운 일이지만, 레이의 소장품 중에는 진짜 스타 들의 것도 몇 개 있었다. 미트 로프. 38 스페셜. 캔자스. 올먼 브러 더스. 레이는 대단한 자존심과 재능에 가까운 능력 덕분에 나름 지 방의 이류 스타로 부상할 수 있었다. 한편 사랑, 욕정, 끝없는 청 춘을 노래하는 막강한 대중음악은 날로 세력을 키워가 9·11 사태 후 경제 침체기에 늙고 쭈그러든 몸으로 보기 좋게 나자빠진 로킹 레이 린의 말재주 없이도 잘만 버틴다. 거물, 우린 당신을 사랑해 요. 하지만 당신은 한물갔어요. 레이는 그동안 댈러스와 포트워스 에도 아파트가 있었지만, 그의 호시절은 수명이 다해 털털거리다 가 수치스러운 종말을 맞이했다. 그사이 그는 재기를 노리며 닥치 는 대로 일을 맡아 지역 미인대회나 로터리클럽 파티의 사회를 보 았다. 그는 집에서 쓰는 악의에 찬 신랄한 목소리로 그것들을 '원

---

* 주로 1980년대에 유행한, 앞은 짧고 뒤는 긴 헤어스타일.

숭이 쇼'라고 불렀다. 사실 그의 천성인 경멸, 야유, 증오에는 그 목소리가 가장 잘 맞았다. 그것이 순식간에 직업적인 목소리로 바뀌는 광경은 가관이었다. 인형도 필요 없는 복화술을 보는 느낌이랄까. 그는 자동차 타이어를 전시장에 진열된 새것처럼 반짝반짝 닦아놓지 않았다고 노발대발하며 아무짝에도 쓸모없는 놈, 씨부랄, 염병할 등 온갖 더러운 욕지거리를 퍼붓다가도, 휴대전화가 울리면 스위치가 켜진 듯 황금시간대 방송의 베테랑, 영원한 도시권 청취율 챔피언의 멋지고 행복한 목소리로 돌변했다.

빌리는 그것이 싫었다. 거짓된 태도만이 아니라 자연에 대한 모욕도 싫었다. 눈앞에서 누군가의 머리 형태가 바뀌는 모습을 보는 듯했다. 하지만 컴백. 그것이 레이의 사명이었다. 시장조사를 통해 미국의 심장부에 신앙과 국기를 옹호하는 분개한 백인 남자 한 명이 더 뚫고 들어갈 자리가 남아 있다는 결론을 내린 그는 진행자들을 연구하고, 뉴스를 챙겨 듣고, 몇 시간씩 인터넷 접속도 했다. 데모 테이프도 만들어 돌렸는데 가족이 제일 먼저 청취자가 되어 보수주의에 대한 과도한 찬양 일색인 그 이야기를 들어야 했다. 복지 제도에 대한 열변을 듣고 빌리의 큰누나 패티는 그를 '미국의 멍청이'라고 했다. 레이는 과도기도 없이 로큰롤에서 곧장 강경 우익 사상으로 넘어갔다. 놀랄 만한 자아실현의 개가였지만, 육체적으로나 정신적으로 엄청난 대가를 치러야 했다. 그는 화성 우주비행에나 필요할 법한 초인적인 노력을 기울였다. 하루 24시간 일주일 내내 편집광처럼 그 일에 매달렸다. TV와 라디오로 지적 허기를 채우고, 하루 두 갑의 담배로 쾌락을 만족시켰으며, 바람을 쐬거나 운동하러 나가지도 않았다. 그렇게 최고의 효율성을 발휘하던 어느 날 소파에서 일어나다가 그로기 상태의 권투선수처럼 비틀거렸다. 그러고는 횡설수설하면서 벌떼라도 쫓듯 우스꽝스러운 몸짓으로 머리를 찰싹 때렸다.

뇌졸중이었다. 그후 응급구조대가 도착하기 전에 일으킨 두번째 뇌졸중 발작은 치명적이었다. 이제 레이는 윤활유를 치지 않은 양철인간처럼 삐걱거리는 소리로 웅얼거리고, 빌리는 그의 말을 알아들으려는 노력을 전혀 하지 않는다. 캐스린은 그의 말을 알아듣고 어머니 드니즈와 패티는 거의 알아듣는다. 패티는 빌리와 2박 3일을 함께 보내기 위해 막 걸음마를 시작한 아들 브라이언을 데리고 애머릴로에서 차를 몰고 왔다. 레이가 필요할 때를 제외하면 말을 하지 않는 데는 차마 입에 올릴 수 없는 가족의 비밀이 숨어 있다. 레이가 바람을 피우고 다른 곳에 아파트를 얻어 두 집 살림을 했다는 것이 그 비밀은 아니다. 아파트는 얻어야만 했다. 레이는 댈러스와 포트워스 라디오 방송국들의 아침 프로그램 DJ였기에 스토벌에서 매일 출퇴근하기가 불가능했다. 레이와 드니즈가 아이들을 키우기로 한 스토벌은 텍사스의 소도시답게 이웃 간의 정이 넘치고 미국적인 가치들을 소중히 여기는 곳인데다 드니즈가 다니는 꽤 좋은 직장도 있었다. 그래서 레이는 주중에 도시에서 지내며 뼈빠지게 일하고, 주말이면 개선장군처럼 집에 돌아왔다. 그의 혼외정사는 가족의 끔찍한 비밀이 아니었다. 난잡한 성생활이나 그 증거, 그가 뇌졸중으로 쓰러진 후 나타나 그의 딸임을 주장한 십대 여자아이와 친자확인, 양육비 청구 소송 역시 마찬가지다. 유감스러운 일이긴 했지만 비밀은 아니었다. 가족의 명예를 더럽힐까 봐 쉬쉬하는 문제는 아니라는 것이다. 차마 입에 담지 못하는 수치는 따로 있었다. 그들이 느끼는 짜릿한 쾌감에 대한 수치심. 바로 그것이 가족의 비밀이었다. 레이가 말을 안 한다—못한다?—! 저 유명한 달변이 마침내 멈추었다는 것, 그 사실은 가족 모두에게 엄청난 안도감과 은밀한 기쁨을 가져다주었다.

"어떤 날은 내가 불행한 컨트리송 속에서 살고 있는 것 같다니까." 캐스린이 빌리에게 말했다. 어느 날 서재에 들어가니 레이가 커피 테이블과 소파 사이에 끼어 바닥에서 낑낑거리고 있었다고 했다. 바지 앞섶에 거무죽죽한 얼룩이 생긴 것으로 보아 한참 전부터 그러고 있었던 게 분명했다. 드니즈가 청구서와 보험서류를 처리중인 책상과는 거리가 불과 3미터도 되지 않았다. 엄마! 캐스린이 외쳤다. 저기 아빠 쓰러진 거 안 보여요? 드니즈는 남편을 쓱 보고는 도로 책상으로 시선을 돌리며 말했다. "아, 괜찮아. 준비다 되면 알아서 일어날 거야."

캐스린은 웃으면서 그 이야기를 마쳤다. "내가 거기 없었으면 그대로 죽게 내버려뒀을 거야. 틀림없어."

레이를 기쁘게 하기는 불가능했다. 그의 아들이라도, 국민적 영웅이 되어 집에 돌아왔어도 마찬가지였다. 빌리가 문을 열고 들어서자 한바탕 떠들썩하고 행복한 장면이 연출되었다. 어머니는 울고, 누나들은 웃다 울다 하고, 어린 브라이언은 그들의 무릎께에서 알짱거리며 울어댔다. 모두 얼싸안고 한 덩어리가 되어 질펀하게 감정을 나눴다. 레이는 서재에서 TV를 보고 있었다. 빌리가 들어가자 흘끗 올려다보고는 뜻 모를 소리로 툴툴거리더니 TV로 눈길을 돌렸다. 빌리는 열중쉬어 자세로 서서 상황을 파악했다. 아직 머리 염색을 하네요, 빌리가 말했다. 정말 레이의 벽돌 모양 올백 머리는 방금 바다에 유출된 석유처럼 새까맣고 윤기가 흘렀다. 부츠도 멋지고요, 빌리는 주름 하나 없는 갈색 타조가죽 부츠를 향해 고개를 끄덕이며 말했다. 새거예요? 레이가 위험할 정도로 높은 아이큐를 암시하듯 반짝거리는 눈으로 다시 쳐다보았다. 빌리는 킥킥거렸다. 웃음을 참을 수 없었다. 레이는 아직도 성경책 표지처럼 까만 머리를 하고 옷과 몸단장에 깐깐하게 신경쓰고 있었다. 출장 관리사를 불러 다듬은 손톱도 앙증맞은 분홍색 사탕처럼 반짝거렸다. 그는 키가 크지 않고 몸은 땅벌처럼 앙상하고 날카로운 얼굴도 잘생긴 것과는 거리가 멀었지만, 특정 계층 여자들에게 늘 인기가 있었다. 웨이트리스, 미용사, 접수원 같은 여자들. 그들은 그가 입을 여는 순간 호르몬 덩어리가 되었다. 비서 꼬시기는 그의 특기였다. 자기 비서 남의 비서 할 것 없이. 소송 과정에서 많은 사실이 드러났다.

"휠체어가 번쩍번쩍하네요. 왁스 발랐어요?"

레이는 아들의 말을 무시했다.

"작은 잠보니* 같아요. 누가 그런 말 안 해요?"

그래도 레이는 반응이 없었다.

"이것도 후진할 때 삐삐 소리 나요?"

---

* 아이스링크용 얼음 정비 기계.

드니즈가 저녁식사로 닭고기 테트라치니*를 푸짐하게 차렸다. 그녀는 미용실에 가서 머리를 하고 화장도 한 모습이었다. 모든 것이 완벽하기를 원했던 것이다. 하지만 레이는 빌 오라일리 토크쇼 볼륨을 높이고 식사 시간 내내 줄담배를 피우며 교묘하게 훼방을 놓았다. "간접흡연으로 죽는 게 이 세상 모든 딸의 꿈이지." 캐스린이 동경 어린 목소리로 중얼거리고는 빌리를 보며 웃었다. "아빠한테는 말이야, 담배 한 갑을 통째로 입에 물고 한꺼번에 피울 수 있다면 그보다 더 행복한 일이 없을 거야." 레이는 들은 척도 하지 않았다. 그는 가족 모두에게 그런 식이었다. 그날 저녁 빌리는 식구들이 서로 얼마나 철저하게 속박되어 있는지 새삼 깨달았다. 식탁 건너편의 아버지를 보면서 그는 생각했다. 나는 아버지를 부정할 수 있다. 미워할 수도, 사랑할 수도, 불쌍히 여길 수도, 다시는 말을 섞거나 눈길을 주지 않을 수도 있다. 심술궂고 냉소적인 아버지와 두 번 다시 만나지 않을 수도 있다. 하지만 그래도 나는 저 개자식과 엮여 있다. 어떻게 살더라도 그는 내 아버지일 것이며 심지어 전능한 죽음조차 그 사실을 바꿔놓지 못할 것이다.

드니즈는 남편의 시중을 다 들었지만 절대로 바로 응하는 법이 없었다. 그가 두세 번 헛기침을 할 때까지 늑장을 부렸고, 뭘 가져다주거나 따라주거나 잘라줄 때도 화초에 물을 주며 전화 통화를 하는 것처럼, 한꺼번에 여러 일을 하는 것처럼 산만하게 굴었다. 그녀는 교활했다. 수동적 공격이라는 방법을 택한 것이다. 탈색한

---

* 파스타, 버섯, 크림소스, 치즈를 넣고 오븐에 굽는 이탈리아 요리.

머리는 뭐라고 말하기 애매한 빛깔이었고 감정을 표현하는 얼굴근육이 거의 사라진 듯했지만, 그래도 가난한 동네의 크리스마스 불빛처럼 쾌활함을 억지로 그러모아 이따금 슬프고 일그러진 미소는 지을 수 있었다. 그녀는 저녁 식탁에서 유쾌한 대화가 이어지도록 무진 애를 썼지만 가족의 문제가 계속 불거졌다. 돈 문제, 보험 문제, 의료 관료주의 문제, 고집 센 골칫덩어리 레이 문제. 식사 중간쯤 어린 브라이언이 보채기 시작했다. "자, 브라이언, 이것 봐!" 캐스린이 외쳤다. 그녀는 레이의 말보로 두 개비를 자기 코에 꽂아 가족들에게 오 분 더 평화를 주었다.

"오늘 그 여자한테서 전화 왔어." 드니즈가 포도주를 석 잔째 마시며 말했다.

"누구요?" 빌리가 아무 생각 없이 물었다. 누나들이 야유했다. "그 뻔뻔한 여자!" 캐스린이 광분한 불량소녀처럼 소리쳤다. 그녀는 코에서 담배를 뽑아 레이의 담뱃갑에 도로 넣었다. "그 여자랑 얘기하면 안 된다는 거 엄마도 알잖아요. 뭐든 변호사를 통해야 된다고요."

"그 여자가 전화한 거야. 자꾸 전화를 하는데 어쩔 수 없잖아." 드니즈가 말했다.

"그렇다고 꼭 그 여자랑 얘기해야 하는 건 아니죠." 패티가 꼬집어 말했다.

"그냥 끊어버릴 수가 없어. 무례한 짓이잖아."

누나들이 꺅 비명을 내질렀다. "그 여자는……" 캐스린이 말을 꺼냈지만 헛구역질 같은 웃음이 터지는 통에 잠시 멈춰야 했다.

"엄마 남편이랑 바람피운 여자인데 무례하게 굴 수 없다고요? 맙소사! 엄마, 그 여자는 십팔 년 동안이나 엄마 남편을 만났고 둘 사이에 애까지 있어요. 제발 무례하게 굴라고요. 그 정도는 아무것도 아니니까."

빌리는 레이가 이 자리에 있다는 걸 지적해주고 싶었다—세심한 배려가 필요한 상황인 것처럼? 하지만 늘 이런 식인 것이 틀림없었다. 이 집 여자들은 레이가 있어도 마치 표백제 가격 이야기하듯 그 문제를 아무렇지 않게 떠들고, 레이는 레이대로 다 듣고 있으면서 귀머거리 행세를 했다. 그는 빌 오라일리에게 시선을 고정한 채 어린 브라이언처럼 주먹을 쥐어 포크를 잡았다.

패티가 말했다. "엄마, 다음에 또 그 여자가 전화하면 변호사가 당신이랑 얘기하지 말라고 했다고 전해요."

"그 말은 매번 하지. 그런데도 계속 전화가 와."

"그럼 그년 전화는 그냥 끊어버려요!" 캐스린이 외쳤다. 그녀는 키득거리며 빌리를 향해 눈을 커다랗게 떴다. 봤지? 우리 가족이 다들 얼마나 미치광이인지?

"난 그게 무슨 문제가 되는지 모르겠다. 그 여자랑 얘기해도 해될 건 없어. 어차피 그 여자나 나나 서로 뜯어갈 돈도 없으니까. 그 여자가 '돈 나갈 데도 많은데 이 아이를 어떻게 키워요? 대학은 어떻게 보내죠?' 하면, 난 이렇게 대답하는 거야. '내 말이 그 말이에요. 나도 똑같은 처지예요. 당신이 우리집에 와서 돈을 찾아낼 수만 있다면 난 대환영이라고요. 그 사람 의료비 청구서도 좀 가져가고요.'" 드니즈가 말했다.

캐스린이 웃으며 맞장구쳤다. "오, 그래요, 엄마. 그렇게 말해요! 아빠도 데려가라고 해요!"

뜻밖에도 빌리의 마음을 달래준 건 자기 방에서 한 자위행위였다. 방으로 들어서자 추억의 물건들이 와락 달려들었다. 무늬 없는 푸른색 침대보가 깔린 트윈베드, 서랍장 위에 나란히 놓인 플라스틱 운동경기 트로피들, 해묵은 나무뿌리 덮개에서 풍기는 흙냄새처럼 실내에 희미하게 감도는 사춘기의 사향. 빌리는 더플백을 침대에 던지고 옷을 갈아입으려고 문을 닫았다. 그러자 파블로프의 조건반사가 성난 아랫도리를 일으켜세웠다. 구십 초 안에 다 해치워 밖에서 가족들이 기다리지 않게 할 수 있었다. 그다음 옷을 갈아입는데 몸에 근육이 붙어서 예전에 입던 셔츠가 꼭 끼고 사이즈 30짜리 청바지 허리는 헐렁했다. 기분좋은 발견이었다. 그날 밤 잠자리에 들어서 또 한번 자위를 했고 다음날 아침에 깨자마자 한번 더 했다. 그때마다 헤어진 그리운 여자친구가 팔 벌려 환영해주듯, 과거와 편안히 다시 연결된 듯 포근한 기분이 들었다. 악취가 진동하는 이동식 화장실에서 남자의 욕구를 해결하지 않아도 되다니 얼마나 호사인가! 들판 참호 안에서는 더 끔찍했다. 사방에 무시무시한 적이 득실거리고 늘, 언제나, 어김없이 벌레, 비, 바람, 먼지, 극한의 기온 같은 자연의 고문과 맞서 싸워야 하니까. 인간이라는 하찮은 존재에게는 그 어떤 고통도 작지 않으니까. 그러니 미국을 위해 포기하라! 하느님이 그대에게 은총을 베푸시네.* 소년이

---

* 미국에서 국가 이상으로 즐겨 부르는 〈America, the Beautiful〉의 가사.

방문을 잠그고 인터넷 포르노를 실컷 보며 자랄 수 있는 곳.

"집에 오니까 좋네." 빌리가 아침 식탁에서 말했다. 식탁에는 치리오스 시리얼, 베이컨 에그, 건포도 시나몬 토스트, 오렌지주스, 커피, 크리스피 크림 도넛이 차려져 있었다. 점심으로는 집에서 만든 완두콩 수프, 월도프 샐러드*, 구운 볼로냐 샌드위치, 따뜻한 브라우니를 먹을 예정이었다. 그리고 저녁 메뉴는 당근, 토마토, 골파를 넣은 포트 로스트**, 방울양배추 찜, 감귤 젤라틴 샐러드, 블루벨 아이스크림을 얹은 더블퍼지 초콜릿 케이크였다. 직장에 휴가를 낸 드니즈는 아침 먹는 동안 "이 특별한 날"이라는 말을 자꾸 했고, 캐스린이 귀여운 홀마크 음성카드 목소리로 따라 했다. 레이가 커피포트를 떨어뜨리더니, 가족들에게 뒤처리를 맡기고 태연히 서재로 들어가버렸다. 가족들이 걸레와 종이타월을 들고 분주히 뛰어다니는 사이, 서재에서 폭스 뉴스 주제곡이 요란하게 울려퍼졌다.

"저걸 종일 보는 거야?" 빌리가 물었다. 어머니와 누나들이 시달림에 지친 눈빛으로 그를 바라보았다. 우리 세계에 온 걸 환영한다.

빌리는 아침을 먹은 뒤 어린 조카를 데리고 놀러 나갔다. 완연한 가을 아침이었다. 하늘이 푸른 돔 천장처럼 드높고 대기에는 달콤한 와인샙 사과 향이 가득했다. 꿀 향기 같으면서도 어렴풋이 우울함이 감도는 그 향은 채소가 발효되는 냄새와 낙엽을 불법으로 태

---

* 사과, 샐러리, 호두 등을 넣은 샐러드.

** 약한 불로 오래 익힌 고기 찜.

우는 냄새였다. 십 분이나 십오 분 정도 지나면 지겨워질 줄 알았는데 빌리는 삼십 분 후에도 여전히 조카와 놀고 있었다. 어린아이들을 상대해본 경험이 거의 없고 유치원에 들어가기 전의 아이들을 별로 흥미롭지 않은 애완동물쯤으로 여겨온 그로서는 어린 조카가 놀이에서 보이는 현상적 다양성이 놀랍기만 했다. 아이는 뭐든 손에 닿기만 하면 상호작용을 했다. 꽃을 만지작거리고 향기를 맡았으며 흙을 파헤쳤다. 철망 울타리는 흔들고 기어오르고 이로 깨물었다. 다람쥐는 막대기를 슬쩍 던져 괴롭혔다. 그리고 종이 울리듯 귀여운 목소리, 마치 크리스털 통 속에서 구슬이 굴러다니듯 맑은 목소리로 연신 "왜"냐고 물었다. 쟤는 왜 나무에 올라가? 쟤는 왜 저 위에 집을 지어? 쟤는 왜 도토리를 모아? 왜? 왜? 왜? 빌리는 그 모든 질문에 최선을 다해 대답했다. 조금이라도 소홀히 대답하면 어린 조카를 보편적 지식의 세계로 인도하는 심오하고 어쩌면 신성하기까지 한 힘을 무시하는 짓이라도 될 것처럼.

그걸 뭐라고 불러야 할까—신의 섬광? 생존 본능? 오랜 세월 자연선택이라는 연구 개발을 통해 진화된 최고 두뇌의 고성능 컴퓨터? 아이의 두개골 속에서 불을 뿜는 뉴런들이 눈에 보일 정도였다. 아이의 몸은 온통 탄력과 회전력으로 이루어진 속근* 덩어리였고 잘 익은 배처럼 은은한 꽃향기를 풍겼다. 그 작은 몸은 너무도 완벽했다—맑고 푸른 커다란 눈이 마치 염소 소독을 한 수영장 같고 청바지 고무줄 허리 위로 하기스 기저귀가 비어져나온 사랑스

---

* 단기적으로 강한 힘을 낼 때 사용하는 근육.

러운 삼십 개월짜리 아이, 그 작은 악동을 붙잡기 위해 빌리는 가끔 태클을 걸어 넘어뜨리고 꺅꺅거리는 아이와 땅바닥에서 레슬링을 벌여야 했다. 삶의 존엄이 바로 이런 것일까? 그 신선하고 섬뜩한 시각으로 전쟁을 보자 입에서 작은 신음이 새어나왔다. 아! 악! 신성의 번뜩임, 신의 형상, 아이들을 그대로 두어라*─말은 실제와 결합해야 진정한 힘을 지닌다. 그 힘이 너무도 강해 빌리는 그대로 주저앉아 울고 싶었다. 그래, 감잡았다. 알겠다. 제대해서 돌아오면 더 깊이 생각해봐야지. 하지만 지금으로서는 이른바 마음속의 구획화가 최선이다. 아니, 아예 마음에 담아두지 않는 편이 나을 수도 있다.

패티가 손을 들어 햇살을 가리며 집에서 나왔다. 그녀는 테라스 가장자리에 있는 야외용 의자에 앉았다.

"둘이 재밌어?"

"당연하지." 빌리는 생선살에 빵가루를 입히듯 브라이언을 땅에 굴려 아이의 스웨터에 바삭거리는 갈색 낙엽을 잔뜩 묻히는 중이었다. "대단한 녀석이야."

패티는 입에 문 담배에 불을 붙이며 쿡 웃었다. 말썽깨나 일으키다가 결국 고등학교를 중퇴하고 십대에 결혼한 그녀는 이십대 중반이 된 지금 그 모든 것에 대해 생각할 수 있을 정도로 느긋해진 듯했다.

"이 녀석, 에너지 부족이 아닌 건 확실해." 빌리가 외쳤다.

---

* 마태복음 19장 14절.

"브라이니는 행동도 빠르지만 지치는 것도 빨라." 패티의 입이 굴뚝처럼 연기를 뿜었다.

"피트는 어때?"

"잘 있어." 패티가 좀 지친 듯한 목소리로 대답했다. 그녀의 남편 피트는 애머릴로 부근 석유 시추 현장에서 일했다. "여전히 미쳤지."

"그게 좋아?"

패티는 그저 미소만 지어 보이고는 고개를 돌렸다. 빌리의 기억 속 큰누나는 언제나 몸이 유연하고 태도는 당찼는데, 군살이 붙은 지금은 엉덩이와 허벅지에 안장주머니를, 팔뚝에는 튜브를 차고 있는 것처럼 보였다. 그리고 과체중이 되면서 미안해하는 태도가 몸에 배다시피 했다.

"언제 돌아가니?"

"토요일."

"준비는 됐어?"

"글쎄." 빌리는 브라이언을 마지막으로 한번 더 굴리고 일어섰다. "그래도 여기 있는 게 낫지."

패티가 웃음을 터뜨렸다. "솔직한 대답이네." 빌리는 패티에게 다가가 그녀의 의자 옆 낮은 테라스 벽에 앉았다. 브라이언은 그 자리에 그대로 누워 하늘을 올려다보고 있었다. 패티가 수줍은 눈길로 동생을 슬쩍 보며 물었다. "유명인이 된 기분은 어때?"

빌리는 어깨를 으쓱했다. "그야 난 모르지."

"좋아, 그럼 유명인 비슷한 거. 우리 같은 평범한 사람들은 평생 꿈도 못 꿔볼 정도로 유명해진 건 사실이잖아." 패티는 담배 맛을 음미한 후 재를 떨었다. "넌 이곳 사람들을 놀라게 했어. 널 법정에 세울 때 이런 일이 생길 줄은 꿈에도 몰랐겠지."

"내가 여기서 평판이 좋지 못했다는 거 알아. 하지만 우리 학년에서 제일 쓰레기는 아니었어."

패티는 웃었다.

"아니, 어쩌면……"

"뭐."

"학교가 너무 싫었던 건지도 몰라. 학교의 모든 게. 진짜로 문제가 있는 건 학교라는 생각이 들기 시작했어. 나보다 훨씬 더 문제가 많을걸. 우리를 온종일 가둬놓고 어린애 취급하면서 쓸데없는 것만 잔뜩 배우게 하잖아. 그래서 내가 좀 미쳤었나봐."

패티가 코 고는 소리를 내며 웃었다. "맞아, 넌 사람들에게 행동으로 보여줬지. 네가 이라크에서 한 일은—"

빌리는 양쪽 엄지손가락을 벨트 고리에 끼우고 고개를 돌려버렸다.

"—대단한 거야. 우리 모두 네가 정말 자랑스러워. 우리 가족 모두. 너도 알겠지만."

빌리는 고갯짓으로 집 쪽을 가리켰다. 서재의 요란한 TV 소리가 물속에서 왕왕거리는 것처럼 들렸다. "아버지 빼고."

"아니, 아빠도. 표현할 방법을 모르는 것뿐이야."

"아버지는 진상이야." 빌리가 브라이언이 듣지 못하도록 목소리를 낮춰 말했다.

"그건 그래. 나 집에 오기 싫어한 거 너도 알지?" 패티가 선선히 인정했다. "그런데 요즘엔 아빠가 안됐어. 아빠랑 안 살아도 돼서 그렇겠지만." 그녀는 어깨를 으쓱하고 담배를 살펴보았다. "최근 소식 들었어? 집 문제?"

"아니."

"골치 아프게 됐어." 패티는 다시 코 고는 소리를 내며 웃었다. 초조할 때의 습관이었다. 빌리는 그 소리를 그만 듣고 싶었다. 마당에서는 브라이언이 드러누운 채 팔다리를 움직여 낙엽으로 천사 모양을 만들고 있었다.

"엄마가 집을 담보로 대출을 받고 싶어해. 엄마 말로는 100퍼센트, 110퍼센트까지 대출이 된대. 그걸로 의료비를 다 청산하고 싶은가봐. 캐스린이 자세히 알아보고 나서 아니라고, 파산 신청을 하면 의료비를 거의 안 갚아도 되고 집도 그대로 유지할 수 있다고 설득하는 중이야. 괜히 주택담보대출을 받았다가 대출금을 못 갚으면 집만 날아간다고. 또 대출을 받아도 어차피 의료비 청구서는 산더미라고."

산더미. 정확히 얼마라는 거지? 빌리는 묻기가 두려웠다. 이웃에서 가끔 소음이 들려왔다. 개 짖는 소리, 어딘가에서 차문을 쾅 닫는 소리, 각목 더미 무너지는 소리.

"누나는 엄마가 어떻게 해야 한다고 생각해?"

"간단하지. 파산 신청을 하고 집을 지켜야지."

"그런데 엄마는 왜 그렇게 안 하는 거야?"

"남들 시선이 걱정되니까. 나랑 캐스린은 사람들 시선 따위는

중요하지 않고, 집을 걸고 도박을 벌일 순 없다는 입장이고." 패티
는 담배를 테라스 벽에 눌러 껐다. "저번에 예배 끝나고 이디스 맥
아더가 엄마한테 뭐라고 했는지 알아?"

"아니."

"우리 가족한테 문제가 많은 건 기도가 부족해서래."

"대단하셔."

"구역질나는 시골 동네지." 패티가 동의했다.

"어이." 캐스린이 문밖으로 고개를 내밀고 물었다. "맥주 마실
사람?"

둘 다 맥주를 마시고 싶었다. 캐스린이 묻기 전까지는 깨닫지 못
하고 있었지만. 오전 내내 어머니와 누나들은 빌리에게 뭘 하고 싶
은지 계속 물었다. 영화 보고 싶어? 아니면 드라이브할까? 외식할
까? 하지만 빌리는 포근한 인디언서머를, 황금빛 햇살 속의 달콤
한 유보를 느긋하게 즐기며 할 일 없이 정원 의자에 앉거나 담요를
깔고 누워 아침이 느린 걸음으로 지나가는 풍경을 지켜보는 것으
로 족했다. 이 년 전이었다면 그럴 수 없었을 것이다. 가족들과 시
간을 보낸다는 생각만으로도 미친놈처럼 옷을 찢으며 거리를 뛰
어다녔을 것이다. 난 변했어. 빌리는 스스로에게 엄숙하게 말했
다. 지금 나는 과거의 내가 아니야. 어쩌면 나이 때문인지도 모르
지. 그는 담요에 앉아 몸을 뒤로 젖히고 나무들 사이로 위풍당당하
게 빛을 뿜어내는 바람개비 모양의 태양을 바라보았다. 아니면 이
라크에서 일 년이 365일인 달력이 아니라 도그 이어*에 따라 생활
한 탓인지도 모른다. 이라크에서 그런 시간을 보내놓고 어떻게 이

곳에서 어머니, 누나들, 기운 넘치는 어린 조카와 함께 평온하진 않더라도 조용하게 시간을 보낼 수 있을까. 서두르지 않고 그냥 흘러가는 대로 내버려두는 것. 어쩌면 그건 이라크에서 군인으로 살면서, 전쟁 때문에 세상사를 더 멀리 내다보는 시각을 갖게 되면서 생긴 현상일 수도 있었다.

빌리는 가끔 맥주를 마셨고, 별다른 일 없이 시간이 흘러갔다. 레이는 안에서 TV만 봤지만 가족 모두 그걸 좋아했다. 하지만 그는 자주 도움이 필요했고, 그때마다 덧문으로 휠체어를 몰고 가서 드니즈나 패티, 캐스린이 일어설 때까지 유리에 쿵쿵 박았다. 아기보다 심해. 캐스린이 말했다. 패티가 그래도 기저귀는 안 갈아줘도 되지 않느냐고 하자, 캐스린은 아빠한테 힌트 주지 말라고 했다. 빌리가 왔다는 소식을 듣고 동네 주민 몇 명이 조문이라도 오듯 케이크와 캐서롤을 가지고 들렀다. 교회에서 온 위긴스 부부. 길 건너에 사는 오펄 조지. 크루거 부부. 정말 자랑스럽구나. 우린 떡잎부터 알아봤지. 너무도 용감한 일이고, 너무도 기쁘고, 너무도 큰 영광이다. 난 이렇게 외쳤지, 에드윈! 얼른 와봐요! 빌리 린이 TV에 나와요. 알카에다를 전부 소탕하고 있어요! 모두 좋은 사람들이었지만 계속 떠들어댔고 너무도 열렬하게 전쟁을 지지했다! 전쟁 이야기를 할 때면 사람이 변했다. 피에 대한 갈망으로 눈이 커지고 목이 불룩해지고 목소리가 허스키해졌다. 빌리는 그 선량한 기독교인들의 마음속 해적 같은 욕구에 놀라며 그건 어쩌면 자신에 대한

---

* 개의 수명을 기준으로 계산한 달력. 개의 일 년은 인간의 52일에 해당한다.

예우와 고마움의 표시일 수도 있다고 생각했다. 그래서 누나들과 오붓하게 맥주를 마실 수 있도록, 겸손한 영웅의 미소를 지으며 그들이 돌아가주기를 기다렸다. 빌리와 보조를 맞춰 맥주를 마시던 캐스린은 세 캔을 비우고 집안으로 들어가더니, 빌리의 명예전상장을 왼쪽 가슴에, 은성훈장을 오른쪽 가슴에 달고 의기양양하게 걸어나왔다. 훈장들이 스트립 댄서가 가슴에 다는 술장식처럼 덜렁거렸다. 빌리와 패티는 소리를 지르며 웃어댔지만 드니즈는 재미있어하지 않았다. 드니즈가 도대체 무슨 짓이냐고 묻자 캐스린이 맹하고 애교스럽게 말했다. "뭐요? 아, 이거? 엄마, 난 가문의 보물*을 보여주고 있는 것뿐이에요." 드니즈가 상스러운 짓이라며 훈장들을 빌리 방에 도로 갖다놓으라고 했지만 캐스린은 말을 듣지 않았고, 마침 그때 찾아온 웨일리 씨가 그 광경을 보고 말았다. 그 명사가 캐스린을 보고 눈이 휘둥그레지는 모습은 아무리 많은 돈을 내도 아깝지 않은 구경거리였다. 그는 캐스린의 당당한 가슴에 높이 달린 훈장뿐 아니라 선탠으로 가꾼 탱탱한 몸과 긴 다리에도 놀란 눈치였다.

에헴. 아하. 하하. 드니즈의 직장 상사인 웨일리 앞에서 아침부터 술판을 벌인 광경을 들켜 분위기가 좀 어색해졌지만, 이해심 많은 그는 못 본 척했다. 대머리에다 얼굴에 검버섯이 피고, 20킬로그램쯤 과체중이고, 옷장에 체크무늬 블레이저와 주름방지가공 처리된 바지가 가득한 그는 스토벌에서 부자로 통했다. 드니즈가 십

---

* family jewels. 고환. 집안의 수치스러운 비밀이라는 뜻도 있음.

오 년 동안 사무장으로 일하고 있는, 그런대로 번창하는 유전 서비스 회사 설립자이기도 했다. "우리 회사의 실세는 린 부인이에요. 난 린 부인이 회사를 이끌어가는 데 방해나 안 되도록 뒤로 물러나 있죠." 그는 방문객이 오면 곧잘 드니즈를 향해 애정 어린 웃음을 보내며 그렇게 말했다. 빌리 가족은 그에게 다이어트 콜라를 대접하고 테라스 바로 옆 그늘로 의자들을 옮겼다. 드니즈와 패티가 손님 양쪽에 앉고 빌리는 테라스 담장에 걸터앉았다. 캐스린은 근처의 비치타월에 암사자처럼 축 늘어져 앉았다. 브라이언은 집안 어딘가에서 표면상으로는 줄담배를 피우는 할아버지의 보살핌을 받고 있는 듯했다.

"집에서 보낼 수 있는 시간이 오늘밖에 없다고 어머니가 그러던데." 웨일리 씨가 말했다.

"맞습니다." 술냄새 나는 숨을 옆으로 내뱉으며 웨일리 씨와 눈을 맞추고 있기가 쉽지 않았다.

"지친 사람에게 휴식도 없군, 응?" 웨일리 씨가 웃으며 말했다. "그래, 지금까지 어디어디 가봤나?"

빌리는 도시 이름을 줄줄이 댔다. 워싱턴, 리치먼드, 필라델피아, 클리블랜드, 미니애폴리스 세인트폴, 콜럼버스, 덴버, 캔자스시티, 롤리 더럼, 피닉스, 피츠버그, 탬파베이, 마이애미 등. 다임 하사가 지적한 대로 부동주*에 위치한 도시는 다 다녔다. 웨일리 씨에게 그 말까지는 하지 않았다.

---

* 대선 때마다 공화당과 민주당에 대한 지지가 유동적인 경합주.

웨일리 씨가 조심스럽게 콜라를 마셨다. "대접이 어떻던가?"

"가는 곳마다 아주 잘해줬습니다."

"당연하지. 미국인 대다수가 이 전쟁을 강력히 지지하고 있어." 웨일리 씨는 무심코 캐스린에게 시선이 닿을 때마다 그 눈길을 떼어내려고 안간힘을 썼다. "전쟁에 나가고 싶어하는 사람은 아무도 없지만 가끔은 전쟁이 필요하다는 걸 누구나 알지. 테러 문제는 말이야, 그 근원지로 가서 직접 뿌리를 뽑는 것밖에 방법이 없어. 테러집단이 제 발로 떠나진 않거든. 안 그런가?"

"이라크인은 극도로 충성심이 강합니다. 많은 수가요. 물러설 줄 모르죠." 빌리가 대답했다.

"바로 그거야. 거기서 그들과 싸우든, 아니면 여기서 싸우든 미국인 대부분이 아는 사실이지."

드니즈와 패티가 동의하며 느릿느릿 고개를 끄덕였다. 한편 캐스린은 똑바로 일어나 앉아서 무릎을 가슴으로 끌어모으고 빌리와 웨일리 씨를 번갈아 보며 두 사람의 대화를 골몰해서 경청하고 있었다. 그 대화에 풀고 싶은 암호라도 숨어 있는 것처럼. 웨일리는 영웅, 이라크, 자유, 우리가 가진 자유를 더욱 공고히 하기 위해 더 많은 자유를 얻는 것에 대해 이야기했다. 그다음에는 영화 계약에 대해 묻고, 빌리가 지금까지의 경과를 설명하자 짐짓 다 알겠다는 듯 고개를 끄덕였다.

"계약을 하게 되면 미리 서류를 검토해줄 변호사가 필요하겠군."

"예."

"원하면 포트워스에 있는 내 법률회사를 연결해줄 수 있는데."

"그래주시면 정말 좋죠. 신경써주셔서 정말 감사합니다."

"그 정도는 기꺼이 해줘야지. 자네 덕에 우리 모두 얼마나 자랑
스러운데. 자네 가족과 친구들뿐 아니라 여기 사는 사람들 모두 말
이야. 자네 덕에 우리 시 전체가 어마어마한 힘을 얻었어."

빌리는 최대한 겸손한 웃음을 지어 보였다. "전 잘 모르겠어요."

"다들 환장할 정도로 자네를 자랑스러워한다니까. 이런, 점잖
지 못한 말을 써서 미안하네. 오늘 자네가 집에 온다고 소문이 났
으면 여기서부터 공항 활주로까지 자동차가 쭉 늘어섰을걸. 아무
렴!" 웨일리 씨는 사나운 목소리로 장난스럽게 외쳤다. "이번엔
소식을 너무 늦게 알아서 준비할 겨를이 없었지만, 다음번 집에 올
때는 자네를 위해 퍼레이드를 벌일 걸세. 내가 본드 시장과 이미
얘기했는데 좋다고 했고, 시장이 시의원들과 상의해서 동의도 얻
었어. 우리는 스토벌이 자네에게 마땅한 대접을 해주길 원하네."

"감사합니다. 그렇게까지 해주시다니 고맙습니다."

"아니, 감사를 받을 사람은 자네지. 자네의 영웅적인 행동은 우
리가 어떤 사람인지 잘 보여주는—"

"빌리는 돌아가야 해요." 캐스린이 끼어들었다.

모두 그녀에게 고개를 돌렸다.

"이라크로." 그 사실을 모르는 사람이라도 있는 듯 캐스린이 덧
붙였다.

"그래, 어머니한테 들었어." 웨일리 씨가 애석한 목소리로 대답
했다.

"또 목숨 내놓으러 가는 거죠."

"캐스린!" 드니즈가 꾸짖었다.

"맞는 말이잖아요! 그렇게 대단한 승전여행이면 왜 다시 돌아가야 하는 거죠?"

웨일리 씨가 부드럽게 말했다. "캐스린의 동생 같은 훌륭한 청년들이 우리를 승리로 이끄는 거야."

"죽으면 꽝이죠."

"캐스린!" 드니즈가 다시 소리쳤다. 빌리는 아무 상관 없는 구경꾼이 된 기분이었다. 이런저런 말을 할 입장이 아니었다.

"우리는 빌리의 무사 귀환을 위해 매일 기도할 거야." 웨일리 씨가 병상의 환자를 위로하는 의사처럼 말했다. "우리 장병 모두를 위해 기도하는 것처럼. 우리는 그들이 모두 무사히 돌아왔으면 해."

"맙소사, 기도하겠대." 캐스린이 혼잣말처럼 으르렁거렸다. 그러고는 싱크대 음식물처리기에서 음식쓰레기가 역류하듯 우르르르 목구멍이 울리는 소리로 외쳤다. "여기 있다간 미쳐버릴 것 같아." 캐스린은 그렇게 외치고는 칼집에서 칼을 뽑듯 단숨에 벌떡 일어나 집을 향해 성큼성큼 걸어갔다. 남은 사람들은 난기류 지역을 통과하듯 잠시 조용히 앉아 있었다.

"젊은 아가씨가 너무 많은 일을 겪었어요." 웨일리 씨가 조심스럽게 말했다. 드니즈가 사과하려고 했지만 그는 손을 내저어 가로막았다. "아니, 아니에요. 젊은 나이에 너무 큰일을 겪었지. 다음 수술은 언제예요?"

"2월요. 그뒤로 한번 더 있고요. 의사들은 그게 마지막 수술이 될 거래요." 드니즈가 말했다.

"놀라울 정도로 많이 회복됐어요. 그건 확실해요. 지난해는 린 가족에게 쉽지 않은 시간이었어요. 빌리가 지금 해외에 나가 싸우고 있는 건 특별한 희생이라고 할 수 있겠죠. 빌리, 혹시 이 말이 자네 마음을 편하게 해줄 수 있을지 모르겠는데, 군복무를 마치고 돌아오면 우리 회사에서 일해주게. 언제든 얘기만 해."

이야기가 돌아가는 사정은 이해되었지만, 사지 멀쩡히 집에 돌아와도 최고의 시나리오가 그것뿐이라는 생각을 하자 빌리는 우울해졌다. 웨일리 씨 회사에 들어가 최저임금보다 조금 더 많은 봉급과 거지같은 복지혜택을 받겠다고 텍사스 중부의 바람에 할퀸 불모지에서 송유관과 폭발방지장치를 붙들고 몸이 부서져라 씨름해야 하는 것이다.

"감사합니다. 그래도 결정은 사장님이 하셔야죠."

"자네에게 선택권이 있다는 걸 알려주고 싶었네. 자네가 우리 회사에 들어온다면 나야 영광이지."

빌리가 애써 피해온 생각이 하나 있었다. 최근 리무진, 최고급 호텔, 아부하는 VIP들의 소용돌이에 휩쓸려 지내면서 얻게 된 깨달음으로, 그 생각이 자신에게 해를 끼치리라는 걸 직감할 수 있었고 그 직감은 맞아떨어졌다. 아무리 막으려고 용을 써도 그 생각은 의식 속으로 무섭게 퍼져나갔다. 웨일리 씨는 잔챙이였다. 그는 부자도 아니고 특별히 성공했거나 똑똑한 사람도 못 되는데다, 심지어 애처로울 정도로 초라한 분위기를 풍겼다. 웨일리 씨는 추수감사절에 텍사스 최고의 부자들과 어울려 카우보이스 경기를 지켜보는 빌리의 마음 한가운데에 재등장할 것이다. 웨일리 씨는 그 최고 부자들의 하인에 불과하다. 빌리가 웨일리 씨에게 하인인 것처럼. 그러니까 넓은 시각에서 보면 무한히 깊은 바다로 흘러드는 거대한 강에서 빌리는 단세포 원생동물 수준에 지나지 않는다는 뜻이다. 최근 들어 그는 그런 실존적 발작을 숱하게 겪었다. 시시때때로 모든 것이 헛되고 무의미하게 느껴지고, 어떤 삶을 사느냐가 왜 중요한지 회의가 들었다. 도덕률에 얽매일 것 없이 멋대로, 강간과 약탈을 일삼으며 흥청망청 살면 안 되는 이유가 뭐지? 지금까지는 도덕을 지키며 살아왔지만, 그건 그런 삶이 더 쉬워서, 에너지와 배짱이 덜 요구되어서였는지도 모른다. 그가 세상에 태어나서 한 가장 용감한―가장 용감할뿐더러 가장 자신답기도 한―일은 그 남자답지 못한 놈의 사브를 신이 나서 부순 것 아니었을까? 알안 사카르 운하에서 한 행동은 그의 인생의 주된 목적에서 벗어난 일이고.

웨일리 씨가 돌아갔다. 캐스린은 점심 식탁에 나타나지 않았다. 점심을 먹은 후 레이와 브라이언은 낮잠을 자고, 드니즈와 패티는 가게에 가고, 빌리는 편안한 자기 방에서 느긋하게 자위를 했다. 그러고는 뒷마당으로 나가 햇빛이 쏟아지는 담요에 누웠다. 깜빡 잠이 들었다. 오래전 난파한 배의 조타실을 드나드는 물고기처럼 꿈들이 오락가락했다. 그는 뒤척이다가 가슴의 여드름에 햇빛을 쪼이려고 셔츠를 벗은 다음 다시 잠에 빠져들었다. 이번에는 페이즐리 무늬로 된 꿈을 꾸었다. 커다란 원자폭탄 소용돌이무늬를 이룬 생물 형태의 색깔들이 서서히 퍼레이드로 바뀌었다. 그의 퍼레이드. 퍼레이드 안에 있으면서도 조금 위에서 지켜보는 그는 행복하고 안전했다. 무사히 집에 돌아왔으니까. 아무 걱정이 없었다! 화창한 겨울날이었고 모두 옷을 잔뜩 껴입었지만, 옆에서 꽃수레를 타고 가는 스트립 댄서들은 알몸에 G스트링과 야회복용 긴 장갑만 걸치고 있었다. 고등학교 밴드가 연주하는 트롬본과 트럼펫 소리가 햇살 아래 울려퍼졌다. 저 뒤쪽 군중 틈에 슈룸이 보였다. 파리한 양파 같은 그의 머리가 사람들 머리 위로 툭 튀어나와 있었다. 빌리와 눈이 마주치자 그는 웃으면서 커다란 버드 라이트 맥주잔을 들어올렸다. 요, 슈룸! 슈룸! 이리 와요! 빌리가 꽃수레에 합류하라고 계속 불렀지만 슈룸은 군중의 한 사람으로 거기 있는 데 만족하는 듯했다. 슈룸. 젠장. 이리 올라오라니까요. 꿈에서도 빌리는 슈룸이 죽었다는 걸 알고 있었고, 그를 살릴 기회를 놓칠까봐 애가 닳았다. 퍼레이드 행렬은 계속 앞으로 나아갔고 빌리가 탄 수레도 함께 움직였다. 종이로 만든 우스꽝스러운 배가 생명의 강을 따라 내려갔다. 강둑에 서서 환호하는 수천 명의 군중은 모두—맙소사, 소름이 쫙 끼쳤다!—슈룸처럼 죽은 사람들일까?

빌리는 공포에 질려 잠이 깼다. 필사적으로 꿈에서 도망쳤다. 누가 그를 굽어보는지 얼굴에 숨결이 닿았다. 한쪽 눈만 살짝 뜨니 캐스린이 커다란 앤젤리나 졸리 스타일의 선글라스를 쓴 채 내려다보고 있었다.

"가서 조심하는 게 좋을 거야. 너한테 무슨 일이 생기면 난 죽어버릴 테니까." 그녀가 협박조로 말했다.

아휴. 빌리는 두 눈을 다 뜨고 머리를 들었다. 누나가 옆에 비치타월을 깔고 누워 한쪽 팔꿈치를 짚고 상체를 일으켜서 그를 내려

다보고 있었다. 그녀도 비키니 차림이란 걸 그는 대번에 알아차렸
고 그 모습을 보자 누나인데도 숨쉬기가 힘들었다. 캐스린은 뺨에
흉터가 있지만 무척 섹시했다. 잘 그을린 긴 다리, 손안에 쏙 들어
오는 크기의 가슴, 완벽한 팬케이크처럼 금갈색을 띤 납작한 배.

"누나가 왜?"

"나 때문에 네가 거기 간 거니까."

"아, 그렇지." 빌리는 눈을 감고 머리를 떨어뜨렸다. "누나가 재
수없게 그 메르세데스에 치여서. 그리고 그 누구한테 차여서. 그
래, 고마워. 나를 똥통에 빠뜨려줘서 고맙다고."

캐스린은 마이크에서 울리는 바람 소리를 내며 킬킬거렸다. "그
래, 어쨌든 미안해."

"미안할 거 없어." 빌리는 짐짓 더 졸린 목소리로 웅얼거렸다.
이대로 눈을 감고 있으면 잠이 들 것 같았지. 캐스린은 몸단장을
하느라 부스럭거렸다.

"엄마가 나한테 화났어." 그녀가 말했다.

"놀라워라."

"웨일리 씨, 헛소리 좀 그만했으면 좋겠어. 퍼레이드는 무슨. 넌
거기 가서 죽을 수도 있는데 퍼레이드 얘기나 지껄여대다니."

빌리는 웃지 않을 수 없었다. 그 문제를 끄집어내는 사람이 있
어서 속이 시원했다. 캐스린은 지난 십육 개월 동안 집에 머물면서
건강 문제, 집안 문제, 실연의 고통에 시달리느라 흥미롭고 극적
인 변화를 겪었다. 우선 시련 덕에 젖살이 쏙 빠졌다. 건강한 기독
교인답게 부드러운 곡선을 그렸던 풍만하고 아담한 체구가 야위고

팔다리가 길쭉길쭉해져서, 지금도 그런 곳이 있는지는 모르겠지만 생음악이 나오는 싸구려 술집의 바텐더 같았다. 그리고 반들거리는 켈로이드 조직이 어깨를 감싸고 등까지 이어진 모습이 마치 똬리를 튼 밧줄의 꼬리 부분 같았다. 얼굴은 '87퍼센트' 회복되었다고 그녀가 빌리에게 말해주었다. 통계자료를 대는 멍청한 스포츠 방송 진행자처럼 완전히 무표정한 얼굴로 '87퍼센트'를 강조했다. 그녀는 담당 정형외과의 이름이 닥터 스티펜바흐인 걸 좋아했고, 발음하기 힘든 독일식 영어로 그의 말을 흉내냈다. "나흐는 닥터르 쉬히티펜바흐예요흐! 당신의흐 건강을흐 위해 이 운동들을흐 하세요흐!" 그리고 빌리의 총사령관을 '멍청이 대가리'라고 불렀다. 이를테면 "멍청이 대가리를 만난 기분이 어땠어?"라고 빌리에게 물었고, 어머니가 쉿 조용히 하라고 나무라자 "진짜예요! 그 사람 뇌는 매미 뇌예요!"라고 응수했다. 늘 권위를 숭배하고 착하고 아름답고 학구적이고 고지식하기 짝이 없던 누나가, 선하고 깨끗하고 미국인다운 생각만 하고 누구를 욕하거나 깎아내릴 줄 모르던 그녀가 고약한 말썽꾼이 되어 있었다.

캐스린은 옆에 있는 아이스박스에서 테카테 맥주 두 캔을 꺼냈다. "거기서 술이 그리웠어?" 그녀가 하나를 빌리에게 건네며 물었다.

"처음에는. 하지만 시간이 지나니까 별로 안 그렇더라고." 빌리는 캔을 따고 거품이 이는 행복한 소리를 즐겼다. "그래도 술 생각이 간절한 날들이 있지."

"당연하지. 있잖아, 우리 사회에서는 술이 과소평가되고 있는 것 같아. 치료효과, 그런 게 말이야. 술은 가끔 모든 걸 잊고 자신에게서 벗어날 수 있게 해줘. 일 년 365일 맨정신으로 사는 건 힘든 일이야."

"그러다 미치지."

"목사들이 창녀와 즐기다가 들키는 것도 다 그런 거지. 난 알코올중독이 안 되었음 좋겠어. 그러면 억지로 끊어야 하니까."

둘은 맥주를 마셨다. 건강한 행복감이 그들을 감쌌다.

"승전여행 얘기나 좀 해봐."

"여행. 흠. 그냥 다 흐릿해."

"그럼 오빠부대 얘기나 해줘봐."

빌리는 웃음을 터뜨렸지만, 어깨부터 얼굴까지 달아오르는 느낌이었다. 청교도적인 기분이 엄습했다. "오빠부대 같은 거 없었어." 그가 웅얼거렸다.

"거짓말."

"거짓말 아냐."

"넌 새빨간 거짓말을 하고 있어. 야, 가서 여자들이랑 즐겨! 나를 위해."

"누나, 그만."

"사실 난 이 시골에서 돌아버릴 것 같아."

"누나도 곧 떠나게 될 거야."

"곧. 어쩌면. 하지만 잠시도 견디기 힘들어. 이 빌어먹을 시골구석에는 괜찮은 남자가 단 한 명도 없어. 진짜야. 내가 확인해봤다니까. 어떤 날은 밤에 소닉까지 차를 몰고 가서 고등학생이라도 꼬시고 싶어. 어이, 누나랑 드라이브 좀 하자! 얼굴에 흉터 있는 여자랑 한번 사귀면 집에 가기 싫어진다니까. 이러면서."

"누나." 빌리가 애원했다.

"지금쯤 졸업했어야 하는데. 그랬다면 어디서 연봉 6,000달러는 벌 수 있었을 텐데."

"그렇게 될 거야."

"그래, 그렇게 되겠지." 캐스린이 단호하게 말했다.

"그렇게 되어가고 있어." 빌리가 정정했다.

"그전에 돌아버리지만 않는다면."

캐스린은 봄에 마지막으로 두 번 더 수술 일정이 잡혀 있었다. 1월에는 커뮤니티 칼리지에서 두 과목을 수강할 계획이다. 안 그러면 학자금 대출 연체이자를 물어야 한다고 대학 기금에서 동정 어린 조언을 해왔던 것이다. 캐스린이 말했다. "웃기는 게 뭔지 알아? 여기 사는 사람들, 다들 완전 보수주의자였다가 몸이 아프거나, 보험회사에 속거나, 일자리가 중국 같은 데로 넘어가면 그제야 '아아 아아, 이게 무슨 일이지? 미국은 역사상 가장 위대한 나라고 나는 정말 좋은 사람인 줄 알았는데, 내가 왜 이런 끔찍한 일을 당하는 거지?'라고 묻는 거야. 나도 그중 하나지. 그들과 똑같이 어리석은 인간. 내가 나쁜 일을 당할 줄은 생각도 못하고 살았어. 설령 나쁜 일을 당해도 시스템이 다 해결해줄 줄 알았고."

"기도가 부족했나보지."

캐스린은 실소를 내뱉었다. "그래, 그렇겠지. 기도의 힘."

그들은 다시 맥주를 마셨다. 캐스린이 차가운 맥주 캔을 자신의 뺨과 목, 배꼽에 댈 때마다 빌리의 뇌에서 불꽃이 튀었다. 그는 어머니가 집 담보대출 문제를 어떻게 할 계획인지 물었다.

캐스린은 얼굴을 찡그렸다. "어떻게 할지 누가 알겠어. 빌리, 엄마는 이성적이지 못해. 일 처리가 현실적이지 못하지. 너, 그 빌어먹을 대출 걱정은 하지 마. 네 인생이 아니고 네 문제가 아냐. 내 문제도 아니고. 엄마 아빠가 알아서 할 거고, 우리가 말릴 수도 없어."

"우리가 물어야 할 의료비가 얼마나 되는데?"

"우리? 부모님 말이지? 아니, 정확하게는 나도 포함되겠군." 캐스린은 맥주 캔을 바라보며 말했다. "40만 달러 정도. 작년에 쓴 의료비 청구서가 계속 날아오고 있어."

사. 십. 만. 전능하고 불가해하며 모든 것을 소멸시키는, 핵폭탄 같은 위력을 지닌 신을 보고 있는 기분이었다.

"말도 안 돼."

캐스린은 어깨를 으쓱했다. 그 숫자가 지겨운 모양이었다.

"빌리, 네 문제 아니니까 신경 꺼. 그리고 영화 찍어서 돈 들어오면 그냥 갖고 있어. 공연히 부모님 구한다고 다 날리지 말고." 빌리가 아무 말 없자, 그녀는 웃으며 배를 깔고 엎드렸다. 멋지게 솟은 엉덩이가 열대 바다의 섬 같았다.

"그 여자애가 열여섯 살 됐을 때 아빠가 뭘 사줬는지 알아?"

"어느 여자애?"

"빌리, 제발. 우리 여동생. 이복 여동생."

"아니, 그애가 열여섯 살 됐을 때 아버지가 뭘 사줬는지 몰라."

"자동차."

빌리는 침을 꿀꺽 삼키고 고개를 돌렸다. 그는 그 문제에 초연할 수 있었다.

"머스탱 GTO로 뽑아줬지. 아빠가 실직하기 전이야. 그래도 그렇지."

빌리는 가슴이 콱 막히는 느낌이었다. "새 차?" 자신의 갈라진 목소리가 싫었다.

"완전 새거." 캐스린은 웃으며 말을 이었다. "그러니까 바보짓 하지 마. 아빠나 엄마나 도와줘봤자 다 헛짓이야. 너나 잘 챙기고 부모님은 알아서 살게 놔둬."

빌리는 차 색깔을 묻고 싶었지만 겨우 참고, 담요 너머로 손을 뻗어 마른풀 한 줌을 뜯었다. "어차피 부모님한테 줄 것도 없는데 뭐."

캐스린이 맥주 두 캔을 더 꺼냈다. 낮술을 마시고 느끼는 취기는 인생의 보너스라는 게 빌리의 철학이었다. 그 시간은 이 세상에서 주어진 전체 할당량을 깎아먹지 않으니까. 그래서 낮의 취기는 한층 더 달콤했다. 그리고 오늘, 태양 아래 누워 비키니 차림의 끝내주게 섹시한 금발 미녀와 맥주를 마시고 있으니 이보다 더 완벽할 수 있겠는가? 한 가지 문제가 있다면 그 미녀가 친누나라는 점이지만 잠시 아닌 척한다고 무슨 해가 되겠는가? 그 오후는 맥주의 취기 속에서 반짝였다. 그는 캐스린의 표현을 빌리자면 '최전방'의 생활에 대해 그녀가 캐물어도 개의치 않았다. 음식은 어때? 숙소는 어떻고? 이라크 사람들은 어때? 아직도 우리를 증오해? 그녀는 계속 빌리의 몸을 만졌다. 어깨를 툭툭 치고, 팔을 꽉 잡고, 맨발로 청바지 입은 다리를 밀었다. 그 모든 접촉이 그의 감각을 예민하게 만드는 동시에 특별히 좋은 약기운이 도는 듯 수동적이고 편안한 상태로 이끌었다.

"돌아가면 어떻게 될까?"

빌리는 어깨를 으쓱했다. "똑같겠지. 순찰 돌고, 먹고, 자고. 다시 일어나서 똑같은 일을 되풀이하고."

"돌아가는 거 두려워?"

빌리는 생각하는 척했다. "그건 중요하지 않아. 가야 하니까 가는 거지."

캐스린은 한쪽 팔꿈치로 머리를 받치고 모로 누워 있었다. 그녀의 한쪽 가슴 위에 조그만 금 십자가가 마치 정상을 향해 올라가는 작은 등산객처럼 놓여 있었다.

"다른 친구들은 어떤데?"

"똑같지. 당연히 아무도 돌아가고 싶어하지 않아. 하지만 계약을 했으니 가야지."

"그럼 말이야, 너희는 전쟁을 신봉하니? 좋고 정당한 거라고 생각해? 미국이 옳은 일을 하고 있는 걸까? 아니면 이게 다 석유 때문일까?"

"맙소사, 누나. 나 그런 거 모르는 거 누나도 알잖아."

"네 개인적인 생각, 믿음을 묻는 거야. 퀴즈가 아니라고, 바보야. 무슨 거창하고 객관적인 대답을 원하는 게 아냐. 그저 네 생각이 궁금할 뿐이지."

좋아. 그래. 물었으니 대답할게. 빌리는 그걸 물어주는 사람이 있다는 게 이상하게도 고마웠다.

"우리가 거기서 뭘 하고 있는지는 아무도 모를 거야. 희한한 일이지. 이라크인들은 정말로 우리를 증오하는 것 같아. 우리가 작전 구역에서 학교를 두 개 짓고 있고, 하수도도 설치해주고, 날마다 마실 물도 대주고, 어린애들 급식도 해주는데, 그들은 우리를 죽일 생각밖에 안 해. 우리 임무는 원조와 향상인데, 안 그래? 그 사람들은 똥통 같은 데서 살고 있어. 말 그대로 똥통. 그들의 정부가 그들에게 해주는 건 아무것도 없어. 그런데도 우리가 적이야, 안 그래? 그러니 결국 중요한 건 살아남는 거야. 거기선 뭔가 성취할 생각 따윈 없고 다들 목숨 부지하면서 무사히 하루를 넘기는 것만 바라게 되지. 그러다보면 우리가 왜 여기 와 있나 싶어지고."

캐스린은 그의 말을 끝까지 들어주었다. 그녀가 이를 악물고 말했다.

"좋아, 그럼 이건 어때. 만일 안 돌아간다면?"

빌리는 움찔했다. 그러고는 웃었다. 아니다. 그건 말도 안 된다.

"빌리, 나 지금 진지해. 네가 싫다고, 이제 됐다고, 거기 가봤고 다 해봤다고 나오면 그들이 널 잡으러 올 배짱이 있을까? 넌 국민 영웅인데? 신문에 이런 식으로 날 거 아냐. '영웅, 전쟁은 엿같다며 복귀 거부.' 영웅으로 떠받들어지고 있는 마당에, 두려워서 그런다고 말할 사람은 아무도 없어."

"하지만 난 두려운걸. 다들 두려워하고 있어."

"내 말이 무슨 뜻인지 알잖아. 난 겁쟁이의 두려움을 말한 거야. 아예 시작도 안 해보고 겁먹는 거. 하지만 넌 그런 공을 세웠으니 아무도 의심하지 않을 거야." 그러더니 캐스린은 몹시 흥분한 목소리로 유명인들이 베트남전 참전을 어떤 방법으로 회피했는지 소개한 웹사이트에 대해 이야기했다. 체니는 학업을 핑계로 네 번, 가난을 이유로 한 번 징병을 연기했다. 림보는 엉덩이의 낭종 덕에 병역면제를 받았다. 팻 뷰캐넌도 건강상의 이유로 병역면제를 받았다. 뉴트 깅리치는 대학원에 진학해 연기했다. 칼 로브는 군복무를 하지 않았다. 빌 오라일리도 마찬가지다. 존 애슈크로프트도 마찬가지다. 부시는 주방위 공군에서 탈영했고 해외복무는 '자원하지 않음' 칸에 체크되어 있다.

"내가 왜 이런 얘기를 하는지 알지?"

"응."

"그 작자들, 전쟁이 그렇게 좋으면 직접 가서 싸우란 말이야. 빌리 린은 제 역할을 다했으니까."

"누나, 그 사람들 병역 회피와 내 문제는 별개야. 그건 그거고 이건 이거라고. 그러니 그 문제를 물고 늘어져봐야 소용없는……"
다음 순간 캐스린의 선글라스 밑으로 떨어지는 굵은 눈물 두 방울을 보고 빌리는 고개를 돌리지 않을 수 없었다.

"우리는 어쩌라고. 빌리, 우리 생각을 해봐. 그동안 겪은 일들도 모자라서 너까지 무슨 일을 당하면 우린 어떻게 되겠어?"

"난 아무 일 안 당해."

캐스린은 빌리가 그 말을 취소하고 싶어질 정도로 오랫동안 잠자코 있었다.

"빌리, 방법이 있어. 오스틴에 군인들을 도와주는 단체가 있어. 변호사들과 재원도 있고, 이런 일을 어떻게 다뤄야 할지 잘 알아.

내가 조사를 좀 해봤는데, 진짜 좋은 사람들 같아. 그러니까 네가 결심만 서면…… 그 단체의 도움을 받을 수 있어."

"누나."

"응?"

"나 갈 거야."

"빌어먹을!"

"나 괜찮을 거야."

"네가 그걸 어떻게 알아!"

캐스린의 반응은 너무도 격했다. 빌리는 가슴이 뭉클했다. 그리고 다음 순간 겁이 났다.

"그래, 모르지. 하지만 우리보다 걔들이 훨씬 많이 당했어. 걔들이 우리를 다 죽일 수도 없고."

캐스린은 울기 시작했다. 빌리는 그녀의 어깨에 팔을 두르고 남동생답게, 결코 성적이지 않은 방식으로 꽉 껴안아주었다. 캐스린은 더 심하게 흐느끼며 그의 어깨에 머리를 기댔다. 캐스린의 머리에서 회향이나 비 맞은 양치식물 같은 향신료 냄새가 살짝 섞인 깨끗한 나무 냄새가 났다. 그녀의 울음에는 평화로움이 있었다. 그 소리에는 음악이, 마음의 양식이 깃들어 있었다. 가슴을 타고 흘러내리는 눈물방울은 갓 부화한 거북 같았다. 다시 잠들기 전 그의 마지막 기억은 캐스린이 금방 오겠다며 크리넥스를 가지러 집으로 들어간 것이었다. 부엌 뒷문이 돌파용 폭탄에 날아가기라도 하듯 꽝 소리를 내고 뒤이어 최신식 이동보조장치가 위이잉 소리를 내는 바람에 매우 불쾌한 기분으로 깨기까지는 잠이 든 줄도 몰랐다. 개새끼! 심장이 권투장의 스피드백처럼 움직이고 눈에서는 기가바이트급 충격으로 불똥이 튀었다. 빌리는 등의 작은 근육들을 비틀어 배를 깔고 엎드렸다. 레이가 테라스를 가로질러 오고 있었다. 씨팔, 뭐야!!! 전투병을 이따위 방법으로 깨우다니! 놀람반사가 고도로 연마된 신속반응기술들을 촉발시킨바, 빌리에게 M4 소총이 있었다면 지금쯤 레이는 김이 모락모락 나는 햄버거가 되어 있을 터였다.

나쁜 인간, 일부러 그런 것이 분명했다. 레이는 아들에게 아는 척도 하지 않고 눈길조차 주지 않았지만, 빌리는 그가 히죽이는 것을, 입가에 살짝 주름이 잡히는 것을 감지했다. 레이는 경사로를 내려가 마당으로 들어갔다. 온몸에 아드레날린이 솟구쳐 토할 것 같았지만 빌리는 한쪽 팔꿈치를 짚고 몸을 일으켜 주위를 둘러보았다. 캐스린은 없었다. 잠들기 전에 마신 맥주 때문에 입에서 고약한 냄새가 났다. 날씨가 흐려졌고, 구름에 가린 해는 마치 더러운 욕조의 물위에 뜬 공 모양 비누 같았다. 레이는 마당에서 휠체어를 멈추고 담뱃불을 붙였다. 참 대단한 인간이야, 빌리는 생각했다. 엄청나게 똑똑하고 입담도 뛰어나서 말싸움으로 그를 이기기란 불가능했다. 레이는 대학을 나오지 못했지만 돈은 끝내주게 많이 벌었다. 과거에. 레이는 라이터를 찰칵 닫고 마당으로 더 깊숙이 들어갔다. 울퉁불퉁한 곳을 지날 때마다 휠체어가 뒤뚱거렸다. 그 모습을 뒤에서 보고 있자니 하마 엉덩이처럼 품위라곤 없어서 처량하기까지 했다. 등판 한가운데 붙인 성조기 스티커는 잔인하고 천박한 농담, 혹은 서툰 풍자 같았다.

빌리는 양 팔꿈치로 상체를 받치고 아버지를 지켜보았다. 사람들은 생각한다, 인생에서 단 하나 확실한 것이 있다면 바로 가족이라고. 누구나 태어나기만 하면 딸 수 있는 기본점수라고나 할까? 가족은 두껍고 튼튼한 끈으로 단단히 묶여 있으며, 역사, 유전, 공동의 목적, 분투 등 수많은 나선으로 맞물리고 얽혀 있다. 따라서 가족은 우리의 가장 근본적인 힘이 되어야 하고 가족이라면 마땅히 서로 보호하고 사랑해야 한다. 하지만 세상에서 가장 쉬운 것이어야 할 이 유대가 사실은 가장 힘들다. 브라보 대원들을 대상으로 한 간단한 조사만 봐도 알 수 있다. 홀리데이는 이라크로 떠나기 전 마지막으로 집에 찾아갔을 때 형에게서 이라크에 가 뒈져버리라는 말을 들었다. 맹고는 열다섯 살 때 아버지에게 멍키렌치로 맞아 머리에 금이 갔는데, 그때 어머니가 한 말은 "이제 아버지 성질 못 건드리겠구나"였다. 다임의 할아버지와 삼촌 한 명은 자살했다. 레이크의 어머니는 옥시콘틴* 중독자에 전과자였고, 아버지는 마약거래인에 역시 전과자였다. 크랙의 어머니는 크랙이 열한 살일 때 교회 부목사와 눈이 맞아 달아났다. 슈룸은 가족이 없다고 봐야 했다. 어보트의 아버지는 루이지애나 주 게으름뱅이의 전형이었고, 사이크스의 아버지와 형제들은 필로폰을 만들다가 폭발로 집을 날려버렸다.

　그래, 가족이 중요하지. 빌리는 그렇게 결론지었다. 가족과 잘 지내는 방법을 찾을 수만 있다면 평화를 얻기가 쉬워진다. 하지만

---

* 마약성 진통제.

그 방법을 찾으려면, 알아내려면 전략이 필요하다. 그걸 어떻게 찾아야 할까? 나이를 먹는다고 저절로 되지는 않는다. 그건 확실하다. 책을 통해 알아낼 수도 있지만 시간이 너무 오래 걸린다. 게다가 문제는 시도 때도 없이 터진다. 맹렬한 동물적 힘이 작용하는데 책이나 들여다볼 시간이 어디 있담? 9·11 다음날 아침 레이는 방송에서 중동의 특정 수도들을 '핵폭탄으로 쓸어버리자는 주장'을 옹호하며 빈스 밴스 앤드 더 베일리언츠의 〈이란에 폭탄을 터뜨려라〉와 〈그린 베레 연가〉를 틀었다. 그때 '세상일은 이런 식으로 돌아가는 게 아닐까?' 하고 생각했던 기억이 난다. 끔찍한 일들이 일어났고, 그건 더 무시무시한 공포가 다가오고 있음을 의미한다. 그 과정은 자동적인 차원을 넘어서 절대적이다. 그 시기에는 예언의 기운이 서려 있었다. 그때 이미 빌리는 운명을 예감했던 것 같다. 전쟁이 다가오고 있고, 자신이 그 전쟁에 나가게 되리라는. 거기에는 초자연적이고 불가항력인, 아버지와 아들의 역학관계가 작용했다. 아버지가 전쟁을 사랑하는데 그 아들이 어떻게 전쟁을 피할 수 있겠는가? 게다가 전쟁에 대한 사랑이 반드시 아들에 대한 사랑으로 옮겨지는 것도 아니다.

위이이이잉, 정지. 위이이이잉, 정지. 뭘 하는 거지? 레이는 담장을 따라 자라난 꽃들 앞에 멈춰 있었다. 길고 앙상한 줄기 위에 핀 연푸른색 솜털 모양의 꽃이었다. 이름이 푸른 안개인가 뭔가라고 했다. 아침에 빌리는 브라이언과 함께 그 꽃들 위에서 꿀을 빨고 있는 제왕나비 열일곱 마리를 센 뒤 어머니에게 꽃 이름을 물었다. 제왕나비들은 남쪽으로 가는 길에 종일 빌리의 집 마당에서 나풀

나풀 날아다니며 멕시코로 여행을 계속하기 전 푸른 안개인지 뭔지의 꿀을 빨았다. 레이는 담배 한 개비를 더 피우며 나풀거리는 제왕나비들을 지켜보았다. 빌리는 자연을 관조하며 시간을 보내는 아버지의 모습을 본 적이 없었다. 레이는 육식동물이 먹잇감을 대하듯 자연계를 대하는 사람이었다. 조용히 나비들을 관찰하는 그의 모습을 보니 그가 아들에게 의지하게 될 가능성이, 이미 의지하기 시작한 건 아니지만 그럴 잠재성이 얼마간 느껴졌다. 그러자 조금 절망적인 기분이 들었다. 기회가 오면 어떻게 해야 할지 알 수 있을까? 아버지와 사이가 조금이라도 좋아질 수 있는데 요령 부족으로 그러지 못하고 있는 거라면 그건 진짜 딱한 일이고, 더구나 오늘이 둘이 함께 있는 마지막날이 될지도 모른다는 점을 감안하면 비극적이기까지 하다. 그때 다시 쾅 소리가 나며 뒷문이 열렸다. 이번에는 그리 요란하지 않았고 뒤이어 브라이언이 아장아장 테라스로 걸어나왔다.

"헤이, 빌리." 브라이언이 짹짹거렸다. 그 귀여운 아이의 의례적인 인사에 빌리는 저절로 미소가 지어졌다. 브라이언은 마당을 가로질러 레이의 휠체어 뒤로 기어올랐다. 레이가 미소지으며 휠체어의 방향을 돌렸고, 휠체어는 덜컹덜컹 마당 위를 굴러갔다. "점프!" 브라이언이 외쳤다. 레이가 조종간을 뒤로 젖혔다가 앞으로 밀자, 휠체어가 덜컥 움직이며 앞부분이 땅에서 3센티미터쯤 들렸다. 레이는 속도가 고작 시속 5킬로미터인 휠체어로 앞바퀴를 들고 가는 묘기를 펼치고 있었다. 브라이언이 꺅꺅대며 더 해달라고 외쳤다. 휠체어는 큰 원을 그리며 달리다가 껑충 뛰어올랐다. 그렇게 레이는 휠체어를 최대한 이용해서 묘기를 부렸고, 뒤에 매달린 브라이언은 연신 깔깔댔다. 휠체어가 그리는 원이 점점 빌리에게 가까워졌고, 훗날 빌리는 이때를 떠올리며 자신이 그냥 즐거워서가 아니라 아버지에 대한 특별한 감정으로 미소지었다고 생각하게 된다. 그리고 레이와 의미 있는 순간을 보내게 될지 모른다고 기대했지만 결국 늘 그랬듯이 개무시만 당했음을 회고하게 된다. 레이는 침묵 속에서 주로 눈빛으로 자기 의사를 표현했다. 휠체어로 지나갈 때 찰나지만 곁눈으로 흘깃 보내던 그 냉담하고 경멸적인 시선. 거기에는 완강한 거부가 서려 있었다. 이건 널 위한 게 아니야. 넌 여기에 낄 수 없어. 레이는 혼자만의 시간을 보내고 있었다. 자신이 원할 때마다 브라이언의 사랑을 얻을 수 있었고, 나머지 가족에게는 그런 노력을 기울일 가치조차 느끼지 못했다.

　모든 것이 한 가지 사실을 입증했다. 전략 없이는 줄에 매달린 커다란 표적, 가족의 역학관계라는 상어 수족관의 떡밥이 되고 만다는 사실. 그날 저녁식사 때 TV에서는 빌 오라일리가 격노했고, 드니즈와 패티, 캐스린은 집 담보대출 문제로 다퉜고, 브라이언은 피곤해서 고약을 떨었고, 포트 로스트는 너무 익었고, 레이는 줄담배를 피워댔고, 드니즈는 모든 것이 완벽하길 바랐던 희망이 좌절되어 울음을 터뜨렸다. 빌리가 웃으며 어머니를 껴안고 달랬다. 자신이 그토록 평온하고 침착한 사람인 줄 미처 몰랐다. 엄마, 걱정마요. 나 행복해요. 집에 왔잖아요. 다 좋아요. 놀랍게도 그 말이 실제로 도움이 되었다. 어머니는 진정하고 울음을 그쳤다. 브라이언은 유아용 의자에서 잠들었다. 패티와 캐스린은 낄낄거리며 포도주 한 병을 더 땄고, 빌리는 실제 나이인 열아홉 살보다 훨씬 더 나이 먹은 듯한, 훨씬 현명해진 듯한 기분이었다. 전쟁이 그렇게 만든 걸까? 전쟁이 사람을 망쳐놓는다고들 하는데, 맞는 이야기이긴 하지만 그게 진실의 전부는 아닐지도 모른다. 그날 밤 빌리는 초콜릿 케이크와 포도주에 취해 침대에 벌렁 누운 채, 재난을 피했다는, 아주 중요한 걸 지켜냈다는 만족감에 젖어 눈을 감았다. 이 세상에 완벽이란 존재하지 않고, 자신을 잊을 정도의 극히 투명한 순간들만 있을 뿐이다. 그런 순간이 한 번이라도 있다면 무척 고마운 일이다.

07시 정각에 리무진이 그를 태우러 오기로 되어 있었다. 어느 부유한 애국자가 보내는 것인데, 이름은 본인이 밝히길 원치 않았거나 아니면 빌리가 잊었다. 리무진이. 태우러 온다. 그러거나 말거나. 빌리는 잠을 설쳤고 숙취를 느끼며 깼다. 간밤에 포도주를 많이 마시지도 않았는데 입에 더러운 구릿빛 찌꺼기가 잔뜩 남아 입냄새가 고약했다. 빌리는 그 맛을, 그 의미를 알았지만―공포, 증오, 철책선 너머의 악업―우호적인 환경에서 마지막 자위를 즐길 오기가 남아 있었고 그 행위에는 희극적인 중대성이 내포되어 있었다. 그 작별의 사정이 트로이 에이크먼이 텍사스 스타디움에서 마지막 경기 때 기록한 역사적인 득점이라도 되는 것처럼. 여러분, 에이크먼이 40야드에 있습니다! 30야드! 끝까지 갈 수도 있습니다! 20! 10! 5! 아…… 터치다운! 빌리는 생기를 되찾고 샤워와 면도를 한 다음, 물건을 챙기고 침대를 정돈하고 더플백을 현관문 옆에 놓았다. 이제 가족과의 작별만 남아 있었다.

"내 생각 많이 할 거지?" 그는 부엌으로 들어가며 쾌활하게 외쳤다. 하지만 여자들은 고통스러운 얼굴로 쳐다보기만 했다. 그들은 참담해 보였다. 빌리도 마찬가지였지만 그런 내색을 하면 어머니와 누나들은 더 참담할 터였다. 부엌 창문들은 밤사이 코팅이라도 된 것처럼, 창밖이 전혀 내다보이지 않는 매끄러운 질감의 순수한 회색으로만 보였다. 돌풍이 울부짖으며 집을 뒤흔들었고, 작고 단단한 빗방울들이 요란하게 지붕을 때렸다. 첫 겨울 폭풍이 평원을 가로지르고 있었다. 바로 그 전선前線이 추수감사절에 눈과 얼음비를 몰고 올 것이다.

"다음엔 어디로 가?" 패티가 물었다. 누나들은 커피를 마시며 아침을 먹는 빌리를 지켜보고 있었다. 드니즈는 좁은 부엌에서 임무를 수행하는 1인 기동타격대처럼 꼿꼿한 자세로 기민하게 움직였다.

"포트라일리. 거기서 집회가 있대. 그다음엔 아드모어. 그 이유는 아실 테고." 빌리는 어머니를 흘끗 보았다. "그다음은 댈러스일 거야."

"빅게임!" 캐스린이 소 울음소리를 냈다. "비욘세 만나겠네?"

"나도 잘 몰라."

"분명히 만날 거야. 그러니까 기회를 날려버리지 마. 비욘세가 너한테 홀딱 반하게 만들 유일한 기회니까."

"당연하지."

"그러니까 잘 들어. 먼저 예쁘다는 칭찬부터 해."

"누나, 상대는 비욘세야. 나한테까지 예쁘다는 칭찬 들을 필요 없다고."

"바보야, 여자들은 그런 칭찬 아무리 많이 들어도 안 질려! 그러니까 다가가서 이렇게 말하는 거야. '비온세, 요, 당신 끝내줘요, 진짜 쌈박해요, 머리 모양도 완전 잘 어울려요, 경기 끝나고 데이트 어때요?' 패티, 비온세가 우리 올케 되면 정말 좋겠지?"

"그렇지."

"누나들, 꿈 깨. 나 군바리야. 비온세는 날 거들떠보지도 않을걸."

"헛소리 마! 넌 잘생겼고, 젊고, 영웅이야! 비온세도 좋다고 난리일걸!"

"비온세는 제이지랑 사귀지 않나?" 패티가 물었다.

드니즈가 울기 시작했다. 조리대를 닦다가, 무심코 생각난 옛날 노래를 흥얼거리듯 울음을 터뜨렸다. 짜증이 치미는지 캐스린이 혀를 찼다. 패티도 눈시울이 붉어졌지만 용케 울음을 참았다. 빌리는 이 순간만 견뎌내자고 다짐했다. 일단 차에 타면 괜찮아질 테니까. 하지만 목에 조개탄만한 응어리가 걸려 있었다. 처음 이라크로 떠날 때보다 더 힘들어서 놀랐다. 두번째는 더 쉬워야 하는데. 그때보다 지금이 잃을 것이 더 많아서인 듯했지만, 그게 뭔지는 자신도 알지 못했다. 그때보다 잃을 것이 더 많은데다 이제 돌아가는 곳의 실상을 알기 때문이기도 할 것이다.

"그런데 레이는 어디 있지. 누가 가서 불러와야……" 혼잣말을 하는 게 감정 억제에 도움이라도 되는 것처럼 드니즈가 모호하게 말했다.

캐스린과 패티는 서로를 흘끗 본 다음 빌리에게 시선을 돌렸다.

빌리는 어깨를 으쓱했다. 오늘 아침 그들의 행복을 위해 레이의 존재가 반드시 필요하지는 않을 듯했다. 그런 논리적인 생각에 답하기라도 하듯 브라이언이 발 달린 잠옷 차림으로 타박타박 걸어들어왔다. 푹 자서 토실토실한 뺨이 발그레했다. 브라이언은 엄마 무릎으로 기어올라가 수풀 속 아기 코알라처럼 품으로 파고들었다.

주스 좀 줄까?

아니.

시리얼?

아니.

그냥 엄마랑 이렇게 앉아 있고 싶은 거구나.

응.

브라이언의 등장으로 모두 마음이 진정되었다. 브라이언은 호기심 때문이라기보다는 아주 오래된 엄숙함을 접하는 목격자의 눈빛으로 빌리를 빤히 쳐다보았다. 특히 빌리의 베레모가 아이의 주의를 끈 듯했다. 빌리는 브라이언이 "왜?"라는 질문을 쏟아내지만 않는다면 아무 문제 없으리라 생각했다. 드니즈가 그에게 커피를 더 따라주었다. 캐스린이 그의 접시를 치웠다. 전자레인지의 시계가 스토브 시계보다 이 분 빠르고 스토브 시계는 벽시계보다 일 분 빨라서 그중 하나를 볼 때마다 끝없이 일치를 추구하고자 하는 마음에 나머지 것들에도 눈이 갔다. 그 시계들을 지켜보는 건 끔찍했다. 시계들이 차례로 일곱시 정각과 그 이후를 가리켰고, 캐스린이 조그맣게 "젠장" 하고 말했다. 부엌에서 식당 너머 앞창 밖으로 검은색 링컨 타운카가 진입로에 들어서는 모습이 보였다.

작은 소동이 일었다. 캐스린이 현관문을 열어주러 나갔다. 드니즈는 싱크대로 돌아서서 엉엉 울었다. 어쩌다 빌리가 브라이언을 안게 되어 그가 울고 있는 어머니를 안아줄 때 브라이언이 가운데 끼게 되었다. 빌리는 어머니의 울음과 암울함을, 그 비극적인 분위기를 감당할 수 없어서 일부러 멍한 상태로 어머니를 안았다. 그래도 브라이언이 가운데 있어서 충격이 좀 완화되었다. "갈게요, 엄마." 빌리는 그렇게 속삭이고 브라이언을 안은 채 현관으로 갔다. 패티가 뒤따라왔는데 너무 바짝 붙어서 자꾸만 그의 발꿈치를 밟았다. 진입로에서 캐스린이 운전기사를 도와 빌리의 짐을 트렁크에 싣고 있었다.

"몸조심해." 패티가 현관문 밖에서 말했다. 그녀는 흐느끼고 딸꾹질을 해대며 눈물 콧물을 짜고 있었다. "미친 짓 하지 말고. 무사히 돌아와."

빌리는 마지막으로 조카의 머리에 코를 묻고 냄새를 맡았다. 봄의 풀내와 집에서 구운 따끈한 빵 냄새가 강하게 풍겼다. 그는 브라이언을 패티에게 넘겨주었고, 이번에도 완화 효과가 있는 삼자 포옹이 이어졌다.

빌리가 누나를 안고 웅얼거렸다. "브라이언한테 말해줘. 내가 없으면 누나가 말해줘. 절대 군대는 가지 말라고, 내가 그랬다고."

캐스린은 차 옆에서 기다리고 있었다. 그녀는 울면서도 그런 자신을 비웃었고, 완전히 엿같은 상황에 넋이 나가 있었다. 나중에 빌리는 그녀가 자신을 안을 때 절벽에서 미끄러져 떨어지며 잡을 곳을 찾듯 손으로 더듬던 기억을 떠올리게 된다. 빌리가 차에 타자 캐스린은 문을 닫고 뒤로 물러서더니 팔을 풍차처럼 돌려 만화에 나 나올 법한 거수경례를 했다. 마라톤을 해도 이보다 더 지친 기분은 들지 않을 것 같았다. 장기부전이라도 된 것 같고 얼굴이 녹아내리는 것 같기도 했지만, 차가 후진해서 진입로를 빠져나가자 최악의 순간은 끝났다. 캐스린이 마당에 서서 손을 흔들었다. 패티는 브라이언을 아기 띠에 감싸 엉덩이에 걸친 채 포치에서 손을 흔들었고, 그 뒤에서 휠체어에 앉아 지켜보는 레이의 모습이 반짝이는 덧문 유리에 가려 희미하게 보였다. 빌리는 속으로 욕을 하며 뒤로 기대앉았다. 타운카가 속도를 냈다. 그의 아버지는 결국 모습을 드러냈다. 그걸 어떻게 받아들여야 하지?

"음악 좀 틀어줄까?" 운전기사가 물었다. 운전기사는 예순 살이 다 되어가는 체격 좋은 흑인이었다. 양복 칼라 위로 두툼한 입술 같은 살이 늘어져 있었다.

빌리는 사양했다. 몇 블록 더 가서 운전기사가 다시 입을 열었다. "가족에게는 가혹한 일이지." 경쾌한 설교자의 목소리였다. "하지만 안 그러면 뭔가 잘못된 거야." 그는 룸미러로 빌리를 흘끗 보며 물었다. "정말 음악 안 틀어줘도 돼?"

빌리는 그렇다고 대답했다.

여기 있는 우리 모두가 미국인

빌리가 태어나서 지금껏 알게 된 모든 사람의 재산을 합하면 거금이 될 테지만, 노먼 오글스비의 어마어마한 순자산에 비하면 초라한 액수일 것이다. 노먼 오글스비는 언론과 친구들, 동료들 사이에서, 그리고 카우보이스 팬 군단과 그보다 더 강력한 카우보이스 혐오자 군단—노먼 오글스비가 돈 버는 데는 천재라는 걸 인정하면서도 그의 재수없음, 오만함, 카우보이스가 미국을 대표하는 팀이라는 우스꽝스러운 과시, 카우보이스 브랜드를 토스터는 물론 튤립 구근에까지 붙여 팔아먹는 상술을 이유로 몹시 경멸하는 사람들—사이에서 '놈Norm'이라는 이름으로 알려져 있다. 놈. 놈스터Normster. 남Nahm. 그는 팬들의 환상세계에서 매우 중요한 부분을 차지한다. 끝없는 상상 속 언쟁의 적이자 모든 방식의 은밀한 소원 성취 매개체다. 사이크스는 그를 만나면 이렇게 저렇게 엿먹이겠노라 벼르며 며칠 동안 연습을 했다. 트레스브노스키를 그따

위로 취급했으니 개망신을 줘야 한다는 것이었다. 이봐요 놈, 도대체 뭡니까? 스테로이드 좀 복용했다고 세계적인 라인배커를 트레이드해버려요? 하지만 막상 카우보이스 구단주와 대면하자 그는 창피한 줄도 모르고 바로 꼬리를 내린다.

사이크스가 경건한 목소리로 속삭이듯 말한다. "만나뵙게 되어 영광입니다. 제가 평생 카우보이스의 열렬한 팬이라는 점을 알아주셨으면 합니다."

"사이크스 상병, 내가 영광이지. 나도 평생 미군의 열렬한 팬이라네!" 놈이 바로 응수한다.

사람들이 요란한 박수갈채를 보낸다. 후아, 놈! 그들은 스타디움 깊숙한 내부의 휑하니 큰 방에 있다. 콘크리트 벽으로 둘러싸이고 외풍 센 실내에 감도는 한기를 흡수해주는 싸구려 전천후 카펫이 깔린 썰렁한 공간이다. 브라보 대원들은 구단 고위층과 귀빈을 직접 만나는 자리를 갖기 위해 이곳으로 안내되었다. 이백 명가량이 모였고, 추수감사절답게 많은 사람들이 가족을 동반했다. 다들 상류층이라 남자는 넥타이를 매고 코트를 입었으며, 여자는 맞춤정장으로 멋을 내고 그에 어울리는 구두를 신고 핸드백을 들었다. 유행에 민감한 몇몇은 몸에 착 달라붙는 가죽과 긴 모피코트로 겨울 패션을 표현했지만. 부자 동네 교회에서 볼 수 있는 사람들이다. 거식증에 걸린 백인 상류층 여자들. 유색인종은 종업원과 사교성 좋은 전직 선수 몇 명뿐이다. 왕년에 팬들의 사랑을 듬뿍 받았고 선수 시절 번 돈을 현명하게 투자했으며 사고 한번 치지 않은 부류. 이 상류층 파티에서 깍듯이 예의를 지켜야 한다는 걸 빌리와 맹고도 알고 있지만 아까 헥터의 마리화나를 피운 탓에 자기도 모르게 실수를 할까봐 아슬아슬하다. 일단 웃음이 터지면 참기가 거의 불가능하고 언제 그칠 수 있을지도 모른다. 혀짤배기소리를 내는 늙은 목사와 폭탄 맞은 푸들 머리를 한 여자 때문에 하마터면 웃음이 터질 뻔했다. 약기운이 오른 그들은 위태로운 편집증 증세를 보이고 있고, 사람들은 두 사람이 마리화나를 피운 걸 눈치챌 것이다. 그건 공포스러우면서도 세상에서 가장 재미난 일이다.

"침착해." 그들은 실성한 천식 환자들처럼 킬킬대며 서로에게 속삭인다. 끔찍한 생각을 해. 똥구멍에서 피가 나거나 폐에 구멍이 뚫리거나 촌충이 코끝에 매달려 있거나 그런 거.

"좋아, 나 어때 보여?"

"엉망이지."

그들은 입꼬리만 움직여 속삭이고 있다.

"지금은 어때?"

"지금도 엉망이야."

빌리가 뒷발질로 차자 맹고는 재빨리 그의 옆구리에 주먹을 날린다. 사람들의 눈을 피해 서로 때리던 그들은 다임이 쳐다보자 얼른 그만둔다. 마리화나에 잔뜩 취해 머리가 팽팽 돌고 일이 잘못될 것 같은 불길한 예감도 든다. 놈과 그 무리가 거창한 소개를 하려고 다가오고 있으니 어깨를 펴고 정말로 정신 바짝 차려야 한다.

놈. 그가 친히 왕림했다. 인생은 그저 타성에 젖어 물결치는 대로 떠다니는 것이고, 어느 하루 잠깐의 단맛이나 쓴맛도 다음날이면 흐릿해져 결국 아무 맛도 없는 하나의 커다란 덩어리를 이루게 된다. 콕 집어서 "그래, 그날 일은 역사적이고 위대했어"라고 말할수 있는 순간은 너무도 적다. 그런데 지금이 바로 그런 순간 중 하나인 것이 분명하다. 사진사들과 비디오카메라들이 놈을 졸졸 따라다니고 있으니까. 그는 빛이 난다. 그가 잘생겼다는 뜻이 아니라 높은 와트의 유명세로 인해 빛을 발하고 있다는 뜻이다. 바로 거기에 문제가 있다. 빌리의 뇌는 언론매체를 통해 이미 자신의 머릿속에 자리잡고 있던 놈의 연출된 이미지와 그보다 더 커 보이는, 어쩌면 어깨가 더 넓어 보이거나 더 늙어 보이거나 혈색이 더 붉어보이거나 더 젊어 보이는 실물을 일치시키려고 애쓴다. 두 모습이 결정적인 불일치를 이루어 모든 것이 약간 비현실적으로 느껴지는데다, 빌리는 지금 정상이 아니다. 대통령도 만나봤지만 긴장의 정도로 따지면 지금이 더 크고, 그의 유동적인 자기정의自己定義에도 더 커다란 도전이다. 유명인을 만나는 건 민감한 일이다. 그는 코앞에 닥친 놈과의 만남에서 힘을 얻을까? 확신을 얻을까? 아니면 위축될까? 어제 빌리는 다임에게 물었다. 놈을 만나면 무슨 말을 해야 되느냐고. 그러자 다임은 코웃음을 쳤다. 빌리, 넌 아무 말도할 필요 없어. 말은 놈이 다 할 거니까. 넌 그냥 예, 아니요만 하고, 그가 농담하면 웃으면 돼. 그거만 하면 돼.

놈이 일렬로 선 브라보 대원들과 차례로 인사한다. 어린 병사 빌리는 자기 차례가 다가오자 까무러칠 것 같은 느낌이다. "린 상병." 놈이 빌리를 위아래로 뜯어본 뒤 말을 잇는다. "자네를 꼭 만나고 싶었네." 빌리는 비디오의 백열 불빛과 눈을 찌르는 카메라 플래시의 거품을 타고 위로 붕 떠오른 기분이다. 마리화나에 취한 탓에 모든 것이 선을 그리며 슬로모션으로 움직이는 듯하다. 놈이 그의 손을 꽉 잡는다. 아야, 진짜 알파독*의 억센 힘이다─이봐, 한쪽 다리 들고 오줌을 싸서 영역 표시나 하지그래! 긍지. 놈이 말한다. 하지만 빌리의 귀에는 무척 천천히 돌아가는 테이프처럼 뒤틀리고 늘어진 소리로 들린다. 그으으응지이이이. 그다음 용기, 요오오옹기이이이. 복무, 보오오옥무우우우. 희이이이새애애앵. 여어어어엄예에에에. 겨어어어얼의의의.

"자네 텍사스 청년이지." 놈이 말한다. 치아 안쪽에 교정기를 낀 것처럼 입천장이 살짝 부은 듯한 씹히는 발음이다. "스토벌 출신, 맞지? 거기 석유 지대." 그는 빌리의 가슴에 달린 훈장들에 주목하며 "같은 텍사스인으로서" 특히 빌리가 자랑스럽다고, 하지만 놀랍지는 않다고, 전혀 놀랍지 않다고, 텍사스 출신이 군에서 수훈을 세우는 건 자연스러운 일이라고 말한다.

"텍사스인들이 최고의 전사를 배출한다는 건 누구나 아는 사실이지." 그러면서 놈은 빙글거린다. 그건 농담이라기보다는 장난 섞인 텍사스 예찬이다. "오디 머피**, 알라모의 영웅들, 그리고 이제 자네가 그 유명한 전통을 잇고 있지. 알고 있었나?"

"그런 생각은 해본 적 없습니다." 빌리가 대답을 잘했는지 사람들 사이에서 따뜻한 웃음이 물결친다. 그렇다, 사람들이 지켜보고 있다. 물고기의 퉁방울눈 같은 언론의 불빛 거품 가장자리를 사람

---

* 우두머리 개.
** 텍사스 출신의 2차세계대전 전쟁 영웅.

들의 얼굴이 장식하고 있다. 빌리의 머릿속에서 아드레날린이 전기톱처럼 윙윙 울린다. 놈이 계속 이야기한다. 놈은 짧은 연설을 하고 있다. 예순다섯 살인 그는 빌리보다 키가 3센티미터쯤 크고 몸이 탄탄하다. 목도 굵직하다. 머리카락에 복숭앗빛이 감돌고 아래는 넓고 위로 올라갈수록 점점 좁아지는 사다리꼴 두상에 정수리는 다림질한 것처럼 판판하다. 냉☆분열의 푸른색을 띤 눈에는 괴기가 서려 있고 성형의 실험장이라고 할 수 있는 얼굴은 사람들을 매료하고 외경심을 불러일으킨다. 잘라내고 집어넣고 당기고 들어올리고 박피한 그의 상판대기는 수년간 주와 지방 뉴스의 중심이었다. 만천하에 공개된 성형에 의한 자기개선. 아직까지 그 결과는 수리한 놀이기구들을 파는 곳처럼 강렬하고 화려하다. 입은 두어 번 과하게 조인 듯한 느낌이다. 아시아인 같은 희미한 눈가 주름은 매혹적이고 심지어 여성스럽기까지 한 민감성을 보여주는 것이 마치 포카혼타스의 섹시한 그림을 본떠 만든 것 같다. 각질을 깨끗이 벗겨낸 홍조 도는 얼굴은 묵은 케첩 얼룩 같은 분홍색이다. 그런 노력에도 불구하고 전체적인 효과는 좋지도 나쁘지도 않고 그저 비싸 보일 뿐이다. 나중에 빌리는 1,000달러짜리 지폐로 얼굴을 도배해도 꽤 비슷한 효과를 낼 수 있으리라 생각하게 된다.

"자넨 미국에 긍지를 되돌려줬네." 놈이 말한다. 빌리의 뇌에 작은 거품 형태의 정보들이 부글부글 끓어오른다. 미국에? 정말? 이 빌어먹을 나라 전체에? 하지만 사람들이 박수를 보내고, 빌리는 놈에게 따지고 들 용기가 없다. 놈이 아내를 소개한다. 놈 부인은 관리를 잘한 제법 나이든 여자로, 검은 머리를 한껏 부풀린 모습이다. 그녀는 아름답다. 진보라색 눈동자는 정확히 초점을 맞추지 않는다. 미소를 보내지만 순전히 사교적인 것일 뿐 마음은 전혀 담겨 있지 않다. 빌리는 그녀가 약을 하거나 아니면 에너지를 극도로 아끼고 있다고 결론짓는다. 그녀의 태도가 속물적이라고 해도 빌리는 아무 상관 없다. 댈러스 카우보이스 영부인보다 싸가지 없게 굴 특권을 더 많이 가진 여자가 어디 있겠는가? 오히려 그녀의 싸가지 없는 태도가 그를 조금 흥분시킨다. 야, **진정해**, 네 엄마뻘인 여자야. 그는 자신을 나무란다. 이제 나머지 가족들이 다가온다. 놈의 자녀들, 그 배우자들, 그다음에는 시끌벅적한 손자 무리. 하나같이 오글스비의 사다리꼴 두상이다. 그들이 모두 지나가자 사람들이 우르르 브라보 대원들에게 달려든다. 다들 흥분 상태다. 유명하고 부유한 사람들이지만 브라보 대원들 가까이 있다보니 한껏 들떠서 이성을 잃고 만 것이다. 피 냄새를 맡았기 때문일까? 초면에 빌리의 젊은 몸을 마음대로 만진다. 팔과 어깨를 주무르고, 팔목을 잡고, 남자답게 등을 치기도 한다. 그들은 마구 지껄여댄다. 충성을 맹세하고 영원한 감사를 표한다. 위엄 있는 어느 노파가 빌리에게 나이를 묻는다. "정말 어려 보여!" 그녀가 외친다. 빌리가 나이를 말하자 믿을 수 없다는 듯 머리를 홱 치켜들더니 외면한다. 넥타이를 매고 코트를 차려입은 어린 소년들이 빌리에게 사인을 요청한다. 누군가 그에게 플라스틱 컵에 든 콜라를 건넨다. 승전여행 이전에 빌리는 긴장한 채 잡담을 나누고 스트레스를 받으며 돌아다니는 큰 파티라면 질색했지만 사람들이 이렇게 그와 대화하고 싶어하니 그리 나쁘지는 않다.

"백악관에 갔었죠?" 한 남자가 빌리에게 묻는다.

"맞습니다."

"조지와 로라를 만났겠네요?" 남자의 아내가 기대에 차서 묻는다.

"아, 대통령과 체니 부통령을 만났습니다."

"무척 황홀했겠네요!"

"그랬습니다." 빌리가 기분좋게 대답한다.

"무슨 이야기를 했어요?"

빌리는 웃는다. "기억이 안 납니다!" 사실이다. 기억이 나지 않는다. 얼마간의 농담과 남자들끼리 가볍게 주고받는 말들이 있었다. 많이 미소짓고 설정된 사진 촬영을 위해 여러 번 포즈를 취했다. 어느 시점에 빌리는 자신이 대통령에게 기대하는 것이 있음을 깨달았다. 그는 당황하거나 수치스러워하는 대통령의 모습을 기대하고 있었다. 이 전쟁은 완전히 망한 것이 분명하니까. 하지만 총사령관은 현상태가 무척이나 흡족한 듯했다.

"있잖아요." 여자가 특별한 정보라도 주려는 듯 빌리에게 가까이 몸을 기울이며 말한다. "조지와 로라는 우리 사람들이라고 할 수 있어요. 워싱턴 생활이 끝나면 댈러스로 돌아올 거니까."

"아."

남자가 말한다. "우리도 이 주 전에 백악관에 갔어요. 찰스 왕세자와 커밀라를 위한 공식만찬이 있었거든요. 그 왕족, 정말 좋은 사람들이에요. 가식도 전혀 없고. 찰스 왕세자와는 어떤 주제로도 이야기를 나눌 수 있죠."

빌리는 고개를 끄덕인다. 침묵이 흐른다. 빌리가 시의적절하게 묻는다. "어떤 이야기를 나누셨습니까?"

"사냥. 그도 나처럼 새 사냥을 즐겨요. 주로 뇌조와 꿩." 남자가 대답한다.

피부가 구릿빛으로 그을린 화려하고 매력적인 남녀 몇 쌍이 맥소령과 열띤 대화를 나누고 있다. 소령은 고개를 끄덕이기도 하고 얼굴을 찌푸리기도 하고 입술을 오므리기도 하며 집중해서 듣는 마임 연기를 멋지게 펼친다. 다임과 앨버트가 놈의 무리에 끼어들자 빌리는 안도감을 느낀다. 다임이 이런 높은 고도에서도 훨훨 잘 난다는 증거니까. 빌리는 파티장을 둘러보며 속으로 중얼거린다. 미국인. 여기 있는 우리 모두가 미국인이야—그건 입안의 혀를 갑자기 의식하는 것과 같다. 너무 당연해서 생각거리가 된 적도 없는. 하지만 여기 있는 미국인들은, 다르다. 이들은 성공한 사람이다. 옷도 잘 입고, 가장 앞선 위생법을 실천하고, 복잡한 투자의 세계에 정통하고, 호사스러운 삶의 즐거움—고급 음식과 포도주, 게임과 스포츠 취미, 유럽 주도主都들에 대한 실용적 지식—으로 활기가 넘친다. 모델이나 영화배우처럼 완벽한 미남 미녀는 아니더라도 활력과 품격을 갖췄다. 말하자면 비아그라 광고에 등장하는 사람들처럼. 브라보 대원들과의 시간은 그들에게 주어진 무수한 즐거움 중 하나일 뿐이라고 생각하니 빌리는 씁쓸해진다. 질투가 난다기보다는 공포에 사로잡힌다. 이라크로 돌아가는 두려움은 지독한 가난과 같고, 지금 그가 느끼는 건 가난이다. 백만장자 무리 속으로 불쑥 떠밀려들어온 초라한 꼬마 노숙자가 된 기분이다. 죽음의 공포는 인간 영혼의 빈민굴이며 그 공포에서 벗어나는 건 1억

달러를 상속받는 것과 정신적으로 같다. 바로 그 점에서 이들이 진심으로 부럽다. 공포를 논쟁거리로 삼을 수 있는 사치. 지금 이 순간 그는 자신이 너무도 불쌍해서 그만 울어버리고 싶다.

나는 훌륭한 군인이야. 그는 자신에게 말한다. 나 훌륭한 군인 아닌가? 훌륭한 군인의 기분이 이렇게 비참한데 그게 무슨 의미가 있단 말인가?

겁먹지 마. 슈룸이 말했다. 어차피 겁먹게 될 테니까 하는 말이야. 겁이 나기 시작해도 겁먹지 마. 빌리는 그 생각이 많이 났다. 그 선문답 같은 말뿐만 아니라, 정신이 나갈 정도로 공포스러운 것이 정확히 무슨 의미인지에 대해서도. 다시 슈룸의 말. 공포는 모든 감정의 어머니지. 사랑, 미움, 앙심, 슬픔, 분노, 그 모든 감정 앞에 공포가 존재해. 공포가 그 모든 감정을 낳는 거야. 그리고 에스키모 언어에 눈에 대한 수많은 단어가 존재하는 것처럼 전투병은 누구나 공포에 수많은 형태와 종류가 있다는 걸 알지. 목숨이 왔다갔다하는 전쟁터에서 지내다보면 공포의 흔하고 끔찍한 형태들을 목격하게 될 거야. 빌리는 공포를 못 이겨 비명을 지르는 사람, 욕을 그치지 못하는 사람, 말문이 아예 막혀버린 사람을 목격했다. 괄약근이나 방광의 기능 상실은 전형적인 사례였다. 낄낄대거나 울거나 와들와들 떨거나 정신이 멍해지는 것도 전형적이었다. 어느 날 빌리는 로켓 공격을 피해 험비 밑으로 숨었던 한 장교가 공격이 끝난 뒤에도 나오지 않고 버티는 걸 보았다. 트립 대위의 경우 위기 상황에서도 잘 버티지만, 적이 맹공을 퍼부으면 눈썹이 폭풍 속 방수포처럼 펄럭거린다. 부하들은 그런 그가 당혹스러울지 모르지만 그것 때문에 그를 나쁘게 생각하는 사람은 없다. 단순한 운동반사이자 몸의 저항이니까. 특정한 전투스트레스 반응들은 위로 뻗치는 머리나 평발처럼 유전자에 뚜렷이 새겨져 있다. 공포가 유전자에 새겨져 있지 않은 축복받은 소수도 있는 듯하지만. 이를테면 최고의 군인 다임 하사. 몇 미터 밖에서 박격포가 비 오듯 쏟아지는데도 다임이 스키틀스를 먹으며 침착하게 돌아다니는 걸 빌리는 목격했다. 하지만 오늘 두려움을 몰라도 내일 겁에 질릴 수 있다. 그렇게 변화무쌍하고 기괴스럽고 무의미하고 터무니없다. 사람의 마음이라는 건 종잡을 수 없다. 빌리는 날마다 공포에 짓눌려 사는 것이 진저리난다. 그건 단순히 고통과 죽음에 대한 정상적인 동물적 공포만이 아니라, 오직 인간만이 느끼는 공포 그 자체에 대한 공포이기도 하다. 스킵과 리피트가 이어지는 CD처럼, 점점 좁혀드는 자기지시의 순환고리처럼 그를 짓누르는 공포. 그것은 광기의 한 형태일 것이다. 그렇다면 우리의 다른 모든 감정은 미쳐버리지 않기 위한 대응기제로 생겨난 것일까? 그래서 증오의 감정에조차 인간미가 느껴지기 시작한다. 가끔은 공포에 지쳐 무감각해지고 어떤 때는 편두통에 시달리는데, 편두통은 논리적 설명이 가능해 보여서 그것에 정신을 쏟고 분석을 한다. 이온과 원자로 쪼개고 그 이론 속으로 깊이 더 깊이 파고들어 통증이 논리의 가스로 해체될 때까지. 하지만 그러고 나서도 두통은 멎지 않는다.

빌리는 전쟁에 대해 잡담을 나누며 그런 생각들을 하고 있다. 그는 절제하려고 애쓰지만 사람들이 드라마와 격정으로 대화를 이끈다. 그들은 브라보 대원들이 전쟁 이야기를 하러 여기에 왔다고 여긴다. 배리 본즈가 여기 왔다면 당연히 야구 이야기를 할 테니까. 어떻게 생각하나요…… 동의하나요…… 인정해야 하지 않나요…… 이곳 고국에서 전쟁은 올바른 생각과 적절한 자원 분배로 해결해야 하는 문제인 반면, 드라마와 격정은 세계 지배의 야욕을 품은 테러리스트들이 야기한 것이다. 우리 삶의 방식. 가치들. **기독교적** 가치들. 빌리는 머릿속이 텅 비어가는 걸 느낀다.

"실례합니다." 카우보이스 임원 하나가 끼어든다. "우리 군인이 목이 마른가보군. 한 잔 더 어떤가?"

빌리는 잔에 든 얼음을 달그락거리며 대답한다. "감사합니다. 콜라 한 잔 더 주시면 됩니다."

"이리 오게. 여러분, 실례하겠습니다." 임원이 빌리의 팔꿈치를 잡고 바bar로 이끈다. 통솔력이 있는 사람이다. 모든 임원이 포드 자동차 영업부장처럼 하고 다녀야 하는 게 카우보이스 구단의 기업문화인 모양이다. 이 임원도―그는 자신을 빌 존스라고 소개한다―그 틀에 꼭 들어맞는다. 수수하고 대머리에 얼굴은 후덕하고 임신 중기쯤 된 것처럼 배가 나왔다. 그러면서도 통제된 공격성을 지닌 뛰어난 노동도구의 기운을 발하고, 빌리는 그걸 바로 감지한다. 그의 움직임 하나하나에 고무줄 같은 조바심이 흐르는 듯하다.

"파티 재미있나?"

"예, 그렇습니다."

존스 씨가 웃으며 말한다. "아까 보니 환경 변화가 필요하던데."

빌리는 미소지으며 어깨를 으쓱한다. "좋은 분들입니다."

존스 씨가 다시 웃는다. 이번에는 거친 웃음이다. "그럼, 좋은 사람들이야. 브라보 대원들을 만나 잔뜩 흥분한 상태지. 브라보 대원들은 멋진 청년들이니까."

"감사합니다." 빌리는 존스 씨의 겨드랑이께가 불룩한 것을 감지한다. 총을 차고 있다. 빌리는 자기 안전을 위해 존스 씨의 목을 가격한 다음 총을 빼앗고 싶은 짧지만 강렬한 충동을 억누른다.

"여기 모인 사람들 중에는 반대자가 많지 않지. 그들은 전쟁을, 미국을 지지하니까. 자기 의견을 말하는 데 전혀 스스럼없고."

"예."

"나도 누구 못지않게 정치적인 사람이지만 정치보다는 풋볼 이야기를 하는 게 더 좋아. 자네는 어떤가?"

"저는 어떤 이야기도 정치 이야기보다는 좋습니다."

존스 씨는 짧고 거친 웃음을 터뜨린다. 빌리는 자신이 옳은 말만 하고 있는 모양이라고 생각하지만 긴장을 늦추지 않는다.

"텍사스 출신이지?"

"예, 그렇습니다."

"카우보이스 팬인가?"

"평생요." 빌리는 아부하기 위해 열정적으로 말한다.

"그게 바로 내가 듣고 싶은 말이지. 오늘 자네에게 승리를 선물할 수 있도록 애써보겠네." 존스 씨는 그렇게 말한 뒤 흑인 바텐더에게 지시한다. "해럴드, 우리의 젊은 친구를 위해 얼음처럼 차가운 콜라 한 잔 준비해주게." 그러고는 빌리에게 저속한 시선을 보내며 묻는다. "뭘 좀 넣을까?"

"잭 대니얼스 조금만 넣어주시면 됩니다. 원칙적으로는 그러면 안 되지만요."

"걱정 말게. 비밀로 할 테니. 더 필요한 건 없나?"

빌리는 그가 왜 그렇게 신경써주는지 의아하다. "저, 솔직히 말씀드리면 두통이 있습니다. 애드빌이나 그런 것 좀 먹었으면 좋겠습니다."

"기다리게." 존스 씨가 휴대전화를 꺼내더니, 슈퍼볼 반지를 하나도 아니고 두 개나 낀 뭉툭한 손가락으로 놀라우리만큼 빠르게 자판을 두드린다. 빌리는 그 둥글납작한 갑각류 모양의 보석을 넋을 잃고 들여다보지 않으려고 애쓴다. 음료를 받아들고 파티장을 향해 돌아선다. 사람들 무리에 푹 파묻힌 맹고가 마리화나에 취해 즐거운 시선을 던진다. 다음 순간 무슨 장난처럼 그 시선이 갑자기 차단된다. 놈 주위에 사람들이 벌떼처럼 모여 있다. 빌리는 배움의 기회, 담소를 나누는 거장을 가까이서 볼 수 있는 기회라고 결론짓는다. 놈의 사교술은 전설적이다. 그의 미소, 손님 한 명 한 명에게 일일이 건네는 사적인 말에는 카리스마와 매력, 위풍당당함이 넘친다. 그가 이 파티장의 중심이자 구심점임은 명백한 사실이다. 그의 뛰어난 처세술이 눈에 보이지만, 그래도…… 그는, 놈은 지나치게 정력적이다. 너무 열심히 일한다. 늘 현명한 행보를 보이지만 그러면서도 세일즈맨의 스트레스를 감추지 못한다. 연기는 잘하지만 목을 꽉 조이는 셔츠 칼라와 꼬인 속옷 때문에 답답해하는 이류 배우 같다고나 할까? 물론 놈은 자신만만하다. 자부심의 왕이다. 하지만 그 자신감은 자기계발 테이프를 듣고 동기부여 주문을 외워서 생긴 것이다. 외국어를 배우듯 익힌 자신감이라 보디랭귀지에는 원어민이 아닌 외국인의 억양이, 미소와 제스처 하나하나에는 관절염의 희미한 삐걱거림이 남아 있다.

보고 있기 괴롭고 본질적 위엄이 결여된 것, 바로 그 때문에 늘 사람들에게 디스당하는 걸까? 놈이 봉변당한 일화는 많다. 마이애미 사우스 비치에서 사람들이 집단으로 엉덩이를 까 그에게 야유를 보냈고, 처칠 다운스 경마장에서도 그런 수모를 당했고, 뉴욕의 '21' 클럽 남자 화장실에서 장난기 많은 젊은 헤지펀드 매니저 무리에게 폭행을 당하기도 했다. 하지만 그래도 그는 주인이고 분명 그 사실이 어느 정도는 그에게 유리하게 작용할 것이다. 빌리는 나머지 오글스비 가족을 둘러본다. 그들도 놈과 똑같이 열심이다. 그들은 하나의 열쇠고리에 묶여 쩔렁거리는 열쇠들이다. 모두 화려하게 번쩍거리며 뻔뻔한 세일즈맨십을 드러낸다. 빌리는 그런 강도 높은 삶에 대해 상상해본다. 늘 정력적이고, 늘 더 넓은 무대에서 활약하고, 공적인 영역에 온 에너지를 쏟아붓는 삶.

아이구야, 엄청 뻥이치며 살아야 할 것 같다. 빌리는 그들이 안됐다기보다는 존경스럽다. 매일 아침 일어나 카우보이스 제국 전체를 등에 짊어지고 다니려면 얼마나 단련되어야 할까?

존스 씨가 휴대전화 통화를 마치고 빌리에게 돌아선다. "금방 알레브*를 가져올 걸세."

"감사합니다." 빌리는 그의 불룩한 권총집을 보지 않으려고 애쓴다. "이 모든 것도 감사하고요." 그는 사람들을 향해 잔을 흔든

---

* 진통제 상표명.

다. "정말 멋진 파티입니다."

"이렇게 훌륭한 젊은이들이 함께해주니 우리가 고맙지. 자네들이 와줘서 영광으로 생각하네."

버번위스키가 뱃속에 들어가면서 갑자기 대담해졌는지 부주의해졌는지 빌리는 속마음을 불쑥 말한다. "사실 제가 알고 싶은 건, 어떻게 하느냐는 겁니다. 사업 말입니다. 이 모든 것. 어떻게 이걸 다 가능하게 하죠?" 그는 지적인 사업용어 구사능력이 달려서 더 듬거린다. "제 말은, 그러니까, 어디서 시작하죠? 이 스타디움에 필요한 돈은 어디서 나오나요? 땅 사서 건물 짓고 이것저것 다 갖추고, 선수들과 코치들에게 연봉 주고, 그러니까 막대한 경비가 들어갈 텐데, 맞습니까?"

존스 씨는 웃는다. 불친절한 웃음은 아니다. 그가 저능아를 가르치듯 인내심 많은 목소리로 설명한다. "맞네, 프로풋볼은 자본집약적 사업이지. 중요한 건 현금 유동성 관련 지렛대효과라네. 부채에 대한 이자를 갚으면서 모든 경비를 충당할 매출원을 창출하는 것. 좋은 질문이네. 어떤 면에서 보면 바로 그게 문제지. 자네가 정확히 지적했네."

빌리는 다 알고 있었던 양 고개를 끄덕인다. "음, 하지만 전략적 관점에서"—우아, 멋져—"오글스비 씨가 카우보이스를 사들일 마음을 먹었을 때, 어떻게 한 겁니까? 제 말은, 신용카드를 꺼내들고, 흠, 오늘 카우보이스를 사야겠어, 한 건 아니지 않습니까."

"그래"—존스 씨가 미소짓는다—"그건 아니지. 하지만 말일세, 지렛대는 아름다운 것이라네. 주인을 잘 만나면 산도 움직여.

그리고 우리 구단주 노먼 오글스비 씨는 거래를 성사시키는 데 가히 천재적이라고 할 수 있지. 나는 숫자 감각이 그렇게 뛰어난 사람을 본 적이 없다네. 그렇게 뛰어난 협상가도 본 적이 없고. 난 그가 뉴욕 투자은행가들을 회의실에 가득 모아놓고 자신이 원하는 거래를 이끌어내는 걸 똑똑히 봤네. 다들 거물이었는데 말일세. 늘 원하는 걸 얻는 사람들이었지만 그날만은 아니었지."

맙소사, 우린 지금 사업 이야기를 하고 있어, 빌리는 생각한다. 그가 카우보이스 고위 임원과 진짜 어른스러운 사업 이야기를 나누는 것이다. 인생에서 가장 특별한 순간 중 하나다. 물론 그는 대화 내용을 거의, 아니, 전혀 따라잡지 못하고 존스 씨도 그냥 장단을 맞춰주고 있을 뿐이지만. 그래도. 그는 여기서 존스 씨와 이야기하고 있다. "부채비율." 존스 씨가 말한다.

자기자본 / 자기자본 수익률

소득 흐름 // 회전 신용

고정자산 〉 대출

마케팅

브랜드화

신용

대차대조표

가치 하락

퍼센티지 추이

채권자 그룹

혹은

그것의

대체자산

선수 노조!!!!!

팀 연봉 상한제

침몰

기금

채권

존스 씨의 휴대전화가 울린다. 그는 휴대전화를 확인하더니 빌리에게 미소를 보내고 어디론가 가버린다. 빌리는 콜라에 술을 한 번 더 넣고 바 옆에 서서 생각에 잠긴다. 군생활은 세상을 배우는 속성 과정이었기에 그는 사물들이 어떻게 존재하게 되었는지 늘 궁금해하는 자신을 발견한다. 예를 들면 스타디움이나 공항, 고속도로 같은 것들. 전쟁도 그렇다. 그는 어디서 거금이 나와 그런 것들을 위한 비용을 지불하는지 알고 싶다. 그리고 이 세상의 바깥이 아닌 한가운데 존재하는 하나의 평행세계를 상상한다. 실체가 없는, 수학을 기반으로 한 평행세계. 그 세계에는 영화〈매트릭스〉처럼 투명한 숫자들이 떠 있고, 피와 살로 이루어진 진짜 인간들이 마치 해초 사이를 헤엄쳐 다니는 물고기처럼 그 사이로 지나다닌다. 정수를 기반으로 한 암호와 논리의 영역, 원인과 결과의 기하학적 모듈. 여기에 돈이 있다. 어마어마한 액수의 신비한 부가 빛줄기를 타고 세상에 뿌려지는, 광섬유의 우아한 벡터들로 이루어진 시장과 계약과 거래의 영역. 가장 비현실적으로 보이면서도 가장 현실적인 곳. 빌리가 알기로 그 세상에 들어가는 방법은 단 하나, 대학이라 불리는 또다른 외국을 거치는 길뿐이다. 그가 학교로 돌아가는 일은 없을 것이다, 영원히. 학교 생각만 해도 유치원 때부터 시작된 온갖 분통 터지는 일과 악감정이 생생히 되살아난다. 영혼을 빨아먹는 듯한 지루함은 말할 것도 없고. 텍사스 공립학교에서 진짜 지식을 배울 수 있다손 쳐도, 그는 배운 것이 없었다. 더 넓은 세상을 이해하려고 애쓰는 최근에야 자신이 주정부가 인정한 무지라는 중죄를 지었음을 자각하고 상실감을 느끼기 시작했다. 세상은 어떻게 돌아가고, 누가 얻고, 누가 잃고, 누가 결정하는가? 그건 가벼운 지식이 아니다. 어떻게 보면 그게 전부일 수도 있다. 청년은 자신이 세상 어디쯤에 서 있는지 알 필요가 있다. 그것은 기본적인 인간 존엄성의 문제일 뿐 아니라 생존의 수단과 방식을 결정하는 요인들에 대한 문제이기도 하다. 그리고 정직한 노력을 기울여 얻게 될—

아우우우우!!!

"잡았다. 너 지금 나 엿먹이는 거지."

"젠장, 하사님!"

"여기가 이라크였으면 넌 죽었어."

"여기가 이라크였으면 가죽바지 입은 여자들도 없을 겁니다. 하사님, 진짜!" 빌리는 옷매무새를 가다듬고 조심스럽게 가슴을 만진다. 그가 생각에 잠겨 있는 동안 다임 하사가 뒤에서 몰래 접근해 팔로 목을 감고 왼쪽 젖꼭지를 사정없이 비튼 것이다.

"하사님, 젖꼭지 떨어져나가는 줄 알았습니다."

다임이 웃음을 터뜨린다. 그리고 바에 스프라이트를 주문한다. 그는 스프라이트 맨이다. 늘 스프라이트만 마신다. 되도록이면 다이어트 스프라이트로.

"다임 하사님, 지렛대효과가 뭡니까?"

다임은 스프라이트를 마시다 조금 뿜는다. "뭐야, 린, 나 몰래 『포브스』라도 읽고 있었던 거야? 지렛대효과 얘기는 어디서 들었어?"

"저기 저 사람한테요"—빌리는 턱짓으로 존스 씨를 가리킨다—
"저 사람이 그러는데, 지렛대가 놈의 성공의 열쇠래요."

"저 사람이 그런 말을 했다 이거지." 다임은 존스 씨를 자세히
살펴본다. "빌리, 지렛대효과는 남의 돈을 그럴듯하게 포장해서
말하는 거다. 이를테면 대출, 채무, 신용거래, 저당 같은 것. 남의
돈을 이용해서 돈을 버는 거지."

"저는 빚 안 좋아합니다. 돈을 빌리면 마음이 불편합니다." 빌리
가 말한다.

"역사적으로 그게 건전한 자세지." 다임은 얼음조각을 와그작
깨문다. "하지만 이제 건전함이 중요한 세상은 아닌 것 같아."

"놈은 어떤데요?"

"뭐가?"

"그 사람이 건전하지 못하다는 말씀입니까?"

"난 그 사람이 진짜 존재하는지도 잘 모르겠는걸."

빌리가 웃음을 터뜨리지만 다임은 정색을 하고 있다.

"하지만 한 가지 아는 게 있지."

"뭡니까, 하사님?"

"그 사람이 앨버트한테 몸이 달아 있다는 거."

빌리는 침묵을 선택한다.

"일단 NFL*을 정복하고 나면 그다음엔 할리우드 점령만 남아.

---

* National Football League. 미국 프로풋볼 리그.

지금 놈은 영화사업 때문에 앨버트한테 애정 공세를 퍼붓고 있어."

"앨버트는 어떻게 하고 있고요?"

"멋지게 잘하고 있지."

"우리 영화를 위해서요?"

"그래야지. 우리 덕분에 여기에 왔으니까."

그들은 침묵에 빠진다. 존스 씨는 잘 차려입은 손님들 무리에 끼어 있다. 웃을 때조차 눈빛이 날카롭고 몸도 경계태세를 취하고 있다. 젊고 튼튼한데다 군대에서 훈련까지 받은 빌리도 존스 씨와 싸우면 고전을 면치 못할 듯하다.

"저기 저 사람, 아까 제가 말한 사람 보입니까? 총을 갖고 있어요."

다임은 시큰둥하다. "텍사스에서는 누구나 총을 갖고 다니잖아."

"그렇긴 하지만 여기서까지요? 말도 안 됩니다." 빌리는 자신의 격한 혐오감이 놀랍다. "경기장에 총을 갖고 오는 사람은 멍청이뿐입니다. 경찰이 백만 명쯤 쫙 깔려 있는데. 혼자서 테러리스트를 전부 잡을 생각인가봅니다."

다임은 빌리를 보며 웃는다. 그러다 표정이 굳더니, 빌리와 코가 맞닿을 정도로 얼굴을 바짝 들이댄다. 빌리는 숨을 참지만 이미 늦었다.

"이 씨팔놈, 너 술 처먹고 있지."

"조금입니다, 하사님."

"내가 알코올 더 먹으라고 허락했어?"

"아닙니다, 하사님."

다임은 빌리의 손에 들린 잔을 흘끗 본다. "너 무슨 문제 있어?"

"아닙니다, 하사님."

"우린 이틀 있으면 돌아간다. 잊었나?"

"아닙니다, 하사님."

"정신 똑바로 차리는 게 좋을 거야. 빨리."

"정신 차리고 있습니다, 다임 하사님. 정신 차릴 겁니다."

"여기서 영웅 대접 받았다고 이라크 놈들이 우리를 봐주겠냐?"

"아닙니다, 다임 하사님."

"그래, 우리를 공격할 기회만 호시탐탐 노릴 거야. 그런데 내가 널 믿을 수 없다면······" 다임은 뒤로 물러난다. 갑자기 분개한 듯하다. "빌리, 네가 필요할 거다. 우리 분대 어릿광대들의 목숨을 지키려면 네가 날 도와야 돼. 그러니 나 엿먹이지 마라."

다임은 그렇게 순식간에 사람의 가슴을 찢어놓는다. 그를 실망 시키느니 차라리 죽는 게 낫다. 다임은 그런 남자다.

"전 괜찮습니다, 하사님. 좋습니다. 정말입니다."

"정말?"

"그렇습니다, 하사님. 제 걱정은 마십시오."

"좋아. 그럼 물 좀 마셔. 나 실망시키지 마."

그래서 빌리가 물을 마시고 있는데, 어보트와 크랙이 잇새에 고기와 뼛조각이 낀 치타들처럼 싱글거리며 다가온다.

"뭐야?"

"놈 부인."

"응?"

"그 여자랑 하고 싶어. 2대 1로."

"닥쳐, 멍청아. 그 여자 쉰다섯 살은 됐을 거야."

"나이 같은 거 상관없어. 그 여자 잘 봐. 끝내줘." 어보트가 말한다.

"난 늘 부자 계집이랑 후장 섹스를 해보고 싶었어." 크랙이 말한다.

"무례한 짓이야." 빌리가 감정이 실린 목소리로 말한다. 그 청교도적 반응이 스스로도 어리둥절하다. "너희 진짜 역겹다. 그 여자 파티에 손님으로 와서 그런 무례를 범하다니."

맹고도 그들에게 가세한다. "실제로 안 하면 무례가 아니지. 그냥 말이잖아. 얘네 그 부인한테 손끝 하나 안 대."

"얘들아, 내가 그 여자랑 5대 1로 한다에 500달러." 크랙이다.

"헛소리 작작 해." 빌리는 여전히 소년 성가대원 같은 태도로 말한다.

"난 할 거야." 맹고가 말한다.

"나도." 어보트도 가세한다.

"무슨 뜻이야? 내가 그 여자랑 하는 거에 돈을 건다는 거야, 아니면 너희도 하겠다는 거야?" 크랙이 묻는다.

하지만 그 문제를 정확히 하기 전에 카우보이스 구단 임원 하나가 다가오고, 브라보 대원들은 비디오 편집이라도 된 것처럼 길거리의 쓰레기 변태에서 나라의 중추로 순식간에 돌변한다. 신성하고 천사 같은 미국의 십자군 용사들. 카우보이스 임원이 『타임』지 한 무더기를 바에 내려놓더니, 표지와 〈알안사카르 운하의 결전〉이라는 기사가 실린 30쪽에 사인을 부탁한다. "알안사카르 운하의 아드 와리즈라는 작은 마을은 이라크의 기준에도 벽지에 속하는 곳으로, 윗가지에 흙을 발라 지은 오두막들과 자급자족형 농장들이 드문드문 모여 있다. 하지만 10월 23일 아침의 잔혹했던 두 시간 동안 이 외딴 마을은 미국의 테러와의 전쟁의 중심지가 되었다."

그리고 여섯 쪽에 걸쳐 글과 사진이 실려 있고 화살표와 라벨이 있는 3D 도표도 하나 있는데, 그것은 빌리가 기억하는 그 어느 전투와도 관련이 없다. 표지 사진도 브라보 대원이 아닌 3소대 데이커 하사의 이를 악다문 무시무시한 얼굴을 극적으로 흐릿하게 클로즈업해놓은 것이다. 트래버스 대령은 『타임』지와의 인터뷰에서 이렇게 말했다. "반군은 죽는 것이 소원인 듯했고, 우리 군은 기꺼이 그 소원을 들어주려 했습니다." 둘 다 옳다. 하지만 그들은 최후의 순간에 이르러서야 목숨을 내놓았다. 여덟 명에서 열 명쯤 되는 소규모 가미카제 무리가 갈대밭에서 갑자기 튀어나와 요란한 함성과 함께 자동소총을 쏘며 무섭게 달려들었다. 무슬림 천국의 문으로 직행하는 순교자들의 마지막 환희의 질주였다. 미군들은 군생활 내내 그런 순간을 꿈꾸고, 무기를 지닌 병사라면 누구나 그것을 체험한다. 집중포화 속에서 이라크인들의 몸뚱어리는 산산조각난다. 머리칼, 이, 눈, 손, 연약한 멜론 같은 머리통, 스튜가 폭발한 듯 바스러진 가슴. 도저히 믿을 수 없고 영원히 잊을 수 없는 광경. 그것은 쉽사리 마음을 떠나지 않는다. 오, 나의 국민들이여. 그곳에는 자비라는 선택지가 없었다. 이상 끝. 나중에야 빌리는 자비를 떠올렸다. 그것도 전쟁터에 자비는 없다는 맥락에서. 자비라는 선택지는 이미 오래전부터 배제되었다. 그 전쟁터의 모든 사람이 태어나기 전부터 자비는 선택지가 아니었을 가능성이 크다.

브라보 대원들은 사인을 한다. 지난 이 주 동안 『타임』지 수십 권에 사인했고 그중 일부가 이베이에 경매로 나오기도 했지만. 카우보이스 임원은 상대를 보기 좋게 속여넘긴 변호사처럼 지극히 조심스러운 태도로 잡지들을 챙긴다.

"데스티니스 차일드 아직 안 왔습니까?" 크랙이 그에게 묻는다.

"난 그쪽 책임자가 아니라서."

"데스티니스 차일드를 만나고 싶어서요."

임원이 웃으며 묻는다. "데스티니스 차일드와 친구라도 되나?"

이건 좀 신선하다. 그는 브라보 대원들을 비웃고 있는지도 모른다.

"팬입니다." 맹고가 착실하게 대답한다.

"자네들이 데스티니스 차일드의 팬이 아니라면 걱정됐을 거야. 내가 가서 알아보지."

당연하지. 브라보 대원들은 얼른 잭코크를 마시려고 바텐더에게 몰려간다. 성격 좋은 바텐더 해럴드는 병을 밑으로 숨겨서 따른다. 곧이어 집합 명령이 떨어지고, 대원들은 얼른 잔을 내려놓고 썰렁한 복도로 나가 조시에게서 기자회견에 대비한 훈련을 받는다. 조시는 클립보드를 들고 있다. 머리는 완벽한 삼각형 쐐기 모양이다. 전체적으로 새로 드라이클리닝을 한 듯한 모습이다.

치어리더들도 기자회견에 와요?

"예, 치어리더들도 올 거예요."

이야아아아앗호! 그럼 랩댄스는요?

"기자들 앞에서 랩댄스를 추진 않을 거예요."

하프타임에 우리는 뭘 하죠?

"그런 구체적인 내용은 아직 몰라요. 하지만 트리샤가 여러분의 역할을 준비해뒀다는 건 알아요."

트리샤는 또 누구지?

"나 참, 오글스비 씨의 따님요. 방금 만났잖아요. 트리샤가 지난 육 개월 동안 하프타임 공연을 기획했어요."

우리 노래할 수 있다고 트리샤에게 전해줘요!

"여러분 노래 실력은 믿지만 그건 데스티니스 차일드 담당이죠."

그래요, 데스티니스 차일드 만나고 싶ㅡ

"알아요, 알아요, 알아요. 하지만 상대는 데스티니스 차일드예요. 그들을 만나게 해주는 건 내 직급에선 어려울 수도 있어요."

재시, 최고.

"알아볼게요. 하지만 장담은 못해요."

브라보 대원들은 웃음을 터뜨리고 늑대 울음 같은 환호성도 올린다. 그들은 흥분 상태다. 그들은 자신들이 뭔가 기다리는 중임을 깨달을 만큼 거기에 오래 서 있다가 그 대상이 놈이라는 걸 알게 된다. 마침내 놈이 사진사와 비디오 촬영기사, 가족 몇 명, 카우보이스 구단 고위 임원진 무리를 거느리고 도착한 것이다.

"준비됐나?" 놈이 브라보 대원들에게 환한 미소를 보내며 묻는다. "다들 이제 이런 자리에는 프로가 됐겠지." 그는 손자 하나를 팔에 안고 전함의 뱃속처럼 복잡한 스타디움의 미로를 지나간다. 빌리는 머리가 지끈거린다. 다른 일에는 그토록 기민하고 책임감

강한 조시가 또 애드빌을 깜빡했다. 두통이 일종의 아우라나 봉지처럼 머리 전체를 뒤덮은 가운데, 네일 건으로 두개골에 대못을 박는 것처럼 찌르는 듯한 통증이 군데군데 느껴진다.

놈은 기자회견장 밖에 손자를 내려놓고, 브라보 대원들이 정렬하는 동안 문가에서 기다려준다. "아주 좋아." "최고야." "환상적이야." "놀라워." 그는 누구에게랄 것도 없이 알맹이 없는 찬사를 웅얼거린다. 그런 그의 모습을 보고 있자니, 생일파티에서 케이크를 독차지하고 싶어 주위를 맴도는 가장 뚱뚱한 아이를 지켜보는 것처럼 약간 당혹스럽다. 놈이 일등으로 안으로 들어가고, 그의 입장과 동시에 귀를 찢는 비명이 터진다. 치어리더들이다. 문턱을 넘자 응원용 수술을 흔들고 발을 구르는 그들의 모습이 빌리의 눈에 들어온다. 우레 같은 환성이 돌연 사분의사박자의 경쾌한 응원가로 바뀐다! 하기야, 그게 그들의 일이니까.

강하고 진실한 미군,
세계 최고의 군인,
우리를 안전하고 강하게 지켜줘서 고마워요
우리를 해치려는 무리로부터 지켜줘서 고마워요!

빌리는 전쟁의 광기가 최고치를 갱신한 걸 느끼며 단상의 자리에 앉는다. 일어나요! 일어나! 놈이 기자단에게 소리친다. 대부분 남자인 사오십 명의 기자들은 그런 무대연출에 신바람이 나는 것 같지는 않지만 그래도 일어나서 억지미소를 지으며 박수를 친다.

그들은 자신도 모르게 분위기에 휩쓸린다. 놈이 브라보 대원들을 향해 두 팔을 들어 "내가 자네들을 위해 마련해놓은 걸 봐!"라고 말하는 듯한 몸짓을 해 보인다.

놈, 그는 마케팅의 귀재로 통한다. 빌리는 눈부신 카메라 불빛 세례를 받으며 그들 모두가 노먼 오글스비의 마음속에만 존재하는 듯한 묘한 기분을 느낀다. 놈은 환한 미소를 지으며 박수를 치고 브라보 대원들을 향해 몸짓을 한다. 그의 푸른 눈이 특별한, 아니, 신성한 빛을 내며 반짝인다. 카우보이스 상표에 대해 절대적으로 확신하는 그는 신도 자기편이라고 생각한다. 세상에 그보다 숭고한 소명이 어디 있겠는가? 그보다 위대한 선이 어디 있겠는가? 팀의 모든 수익은 진정 신의 작품이고 모든 피조물은 신의 의지를 따라야만 한다.

플라스틱과 에폭시수지 냄새, 대형 전자장치가 내뿜는 후끈한 열기로 가득한 기자회견장은 마치 온실 같다. "유, 에스, 에이!" 치어리더 하나가 외치자 나머지가 합창한다. "유, 에스, 에이! 유, 에스, 에이! 유, 에스, 에이!" 놈도 함께 외치며 박수를 치고 박자에 맞춰 몸을 흔든다. 치어리더가 어찌나 많은지 세 벽면을 다 채우고 있다—여자들의 노출된 살의 양이 브라보 대원들을 가벼운 충격에 빠뜨린다. 사진사들이 게걸음으로 다가와 대원들의 얼굴에 플래시를 터뜨린다. 그 강렬한 불빛이 그들의 눈을 태우고 뇌도 일부 지지는 듯하다. 무대 양쪽에는 카메라 군단이 모여 있고 베니어판으로 만들어 밟으면 휘는 60센티미터 높이의 단이 하나 놓여 있다. 무대 뒷면은 안쪽으로 굽은 격벽 같은 것으로 되어 있고 카우보이스 별과 나이키 부메랑 로고가 찍힌 천 가림막이 세워져 있다. 형광등과 끔찍한 전천후 카펫, 좌석과 등받이가 딱딱한 플라스틱으로 된 철제의자들이 있는 기자회견장은 무슨 회관이나 자금 부족을 겪는 레크리에이션 센터처럼 초라하기 짝이 없다. 단상 맨 끝 의자에 앉은 놈이 마이크로 직행한다.

"나는." 연설을 시작한 그는 소리를 질러대는 치어리더 몇 명 때문에 입을 다문다. 미소지으며 자신의 손을 내려다보더니 치어리더들의 열정에 껄껄 웃는다. 그러자 기자들도 웃음을 터뜨린다.

"나는." 그는 다시 말한 뒤, 치어리더들이 이성을 되찾고 환호를 그칠 때까지 기다린다. "나는"—이번에는 효과를 노린 침묵이 이어진다—"그리고 우리 카우보이스 구단은"—빌리는 가려운 귓속을 긁으며 혼자 입 모양으로만 말한다. 카이보이스—"오늘 이 자리에 브라보 분대의 훌륭한 청년들을 모시게 된 것을 기쁨이자 특권이자 무한한 영광으로 생각합니다. 여기 내 왼쪽에 미국의 진정한 영웅들이 있습니다. 제복을 입을 줄 아는 사람들, 돋보이는 법을 아는 사람들에 대해 이야기하고 싶다면 여기 브라보 대원들이 있습니다. 브라보 대원들은 우리 나라 최고의 군인이며 우리 나라 최고는 당연히 세계 최고입니다. 브라보 대원들이 이라크 전쟁에서 입증했듯이 말입니다."

치어리더들이 환호한다. 그들의 오르가슴 비명은 곧바로 보조를 딱딱 맞춘 유, 에스, 에이! 구호로 바뀐다. 연설 중간에 끼어들라는 지시를 누군가에게 받은 것인지 아니면 눈치껏 알아서 하는 것인지 궁금하다. 치어리더의 역할은 원래 부수적이지만 그들은 천성적으로 과시욕이 강하다. 단체정신의 불길에 부채질을 하는 그들의 마음속 갈등이, 사실 자신이 혼신을 다해 뛰고 싶은데 늘 다른 사람들을 응원해야 하는 개인적 고뇌가 느껴지는 듯하다. 치어리더들에게 응원을 보내는 사람은 아무도 없다! 그 절절한 아픔이 귀청이 터질 듯한 열광의 환호성을 끌어내는 것이리라. 놈이 못 말린다는 듯 고개를 저으며 껄껄 웃는다. 한쪽 옆에서 카우보이스 임원들도 웃고 있다.

놈의 연설이 이어진다. "이제 브라보 대원들의 공적에 대해 모르는 사람은 없을 것입니다. 브라보 대원들은 매복공격을 당한 보급품 호송대를 돕기 위해 제일 먼저 달려갔습니다. 지원군도, 공중 지원도 없이 곧장 전투에 뛰어들었으며, 며칠 동안 공격을 준비한 적에 비해 수적으로 열세였습니다. 그들은 불리한 상황에서도 망설이지 않았고 함정일 수도 있다는 걸 알면서 주저 없이 뛰어들어—"

치어리더 몇 명이 환호하지만 놈이 손을 든다. 이제는 연설이 중단되는 걸 원치 않는다는 뜻이다.

"다행히 그 직후 폭스 뉴스의 종군기자가 현장에 도착했고, 우리는 그날 이 훌륭한 청년들이 펼친 활약을 볼 수 있게 되었습니다. 내 평생"—목소리가 허스키해지면서 놈이 마이크 가까이 몸을 구부린다—"미국인이라는 사실이 그토록 자랑스러웠던 적이 없었습니다. 그 영상을 보았을 때 말입니다. 여러분 중 아직 그 영상을 보지 못한 분이 있다면 되도록 빨리 보기를 강력히 권하며……"

빌리는 딴 데 정신이 팔린다. 이제 좀 진정되어 처음으로 치어리더들을 눈여겨본다. 치어리더가 이렇게 많은 줄은 몰랐다. 황홀한 여체의 실물 크기 견본들이다. 갖가지 색깔, 갖가지 멋을 지닌 조각한 듯한 배, 유연한 허벅지, 둥글게 파인 허리, 나팔꽃 모양으로 벌어지다가 오므라드는 엉덩이, 그리고 굉장한 가슴, 오, 맙소사, 위풍당당하고 풍만한 가슴이 저 유명한 밑자락을 질끈 동여맨 짧은 셔츠 너머로 넘쳐흐른다. 그렇다. 언제 저 가슴들이 터져나와 눈사태처럼 모두를 덮칠지 모른다. 한 뼘도 안 되는 천이 브라보 대원들의 몰살을 아슬아슬하게 막아주고 있다.

놈이 말한다. "테러와의 전쟁은 우리가 인생에서 흔히 보는 선과 악의 싸움 같은 것일 수도 있다는 것이 나의 개인적인 생각입니다. 어떤 사람들은 하느님이 우리 미국인의 패기를 시험하기 위해 준비한 도전이라고까지 하고요. 우리는 우리의 자유를 누릴 자격이 있을까요? 우리의 가치들을, 우리의 삶의 방식을 지킬 결의가 서 있을까요?"

치어리더 몇 명은 클럽 스트립 댄서로 나가도 될 것 같지만—표독스럽고 음란한 얼굴이다—나머지는 대부분 여대생처럼 보인다. 앙증맞은 코와 매끈한 목, 깨끗하고 더럽혀지지 않은 건전한 관능미를 지닌 상큼하고 착한 모습이다. 빌리는 자신에게 말한다. 쳐다보지 마. 쓰레기처럼 굴지 마. 뒷줄에 함께 앉아 있는 앨버트와 맥 소령은 무슨 이야기를 나눌까. 빌리는 상상해본다. 재미있을 것 같다. 앨버트는 이따금 블랙베리에서 눈을 들어 브라보 대원들을 살핀다. 그 예리한 눈빛에는 애정이 없지 않다. 자신의 소중한 종마가 트랙을 도는 모습을 지켜보는 부자 같다.

"이 전쟁이 실수라고 주장하는 사람들에게 나는 역사상 가장 무자비하고 호전적인 독재자를 우리가 몰아냈다는 점을 지적하고 싶습니다. 자국 국민을 수천 명이나 학살한 피도 눈물도 없는 살인자. 학교들은 무너져가고 국가 보건의료체계는 붕괴했는데도 자신의 쾌락을 위해 궁전들을 지은 자. 국가 기반시설은 허물어지도록 방치하고 세계에서 가장 비용이 많이 드는 군대를 유지하는 자. 자신의 측근과 정치적 협력자에게 특혜를 베풀어서 그들이 국가의 부를 유용해 사리사욕을 채우도록 허용한 자. 전쟁을 반대하는 사람들에게 나는 묻고 싶습니다. 사담 후세인이 아직도 권력을 잡고 있다면 세상이 더 나아졌을까요? 그런 독재자와 싸우고, 자유와 민주주의를 전파하고, 세상 사람들에게 운명을 스스로 결정할 기회를 주는 역할 말고 미국이 할 일이 무엇일까요? 지금까지 늘 그것이 미국의 사명이었고, 그런 사명을 다했기에 우리 미국이 지상에서 가장 위대한 국가가 될 수 있었던 것입니다."

놈이 언젠가 선거에 출마하는 건 아닐까, 빌리는 생각한다. 놈은 지난 이 주 동안 브라보 대원들이 만난 그 어느 정치인보다 연설을 잘한다. 존재감이 있고 말발도 센데다, 요즘 정치 연설 스타일인 상처받은 듯 살짝 심통 난 어조를 구사한다. 작위성이 거슬리긴 해도─연기자인 자신을 의식하고 옆에 있는 정신적 거울을 힐끔힐끔 훔쳐보는 것─공공영역의 다른 터줏대감들보다 심각한 수준은 아니다. 게다가 관중은 그런 걸 조금도 신경쓰지 않는다. 그 모든 거짓됨에 무신경하다. 부단한 세일즈로 이루어진 미국적 삶이 속임수, 과장, 조작, 허풍, 노골적인 거짓말, 다른 말로 표현하면 온갖 형태의 광고에 유달리 관대해지도록 만든 것인지도 모른다. 빌리 자신도 전방생활을 하기 전까지는 모든 것이 얼마나 거짓투성이인지 전혀 깨닫지 못했다.

"최근 영광스럽게도 대통령을 방문할 기회가 있었는데, 대통령께서는 우리가 이 전쟁에서 이기고 있다는 확신을 주셨습니다. 우리는 이기고 있습니다. 정말입니다. 우리는 세계 최고의 군대와 장비, 기술, 후방 지원을 자랑합니다. 우리의 결의가 흔들리지 않는 한, 승리는 시간문제입니다."

기자들은 노골적으로 심통을 부리지는 않지만 확실히 허기지고 지친 기색이다. 놈의 연설이 예상보다 길어지고 있다. 기자들 질문에 답변하는 것이라면 이제 지긋지긋한 브라보 대원들조차 점점 초조해진다. 빌리는 다시 치어리더들에게 관심을 돌려 자신의 오른쪽에 있는 그녀들에게 차례로 시선을 주며 하나의 실험을 감행한다. 치어리더들은 그와 눈이 마주치면 불꽃처럼 눈부신 미소를 짓는다. 영화 촬영용 아크등이 줄지어 탁탁탁 켜지는 듯하다. 그 줄을 따라 내려가던 빌리의 시선이 우뚝 멈추었다가 자그마하고 살결이 흰 치어리더에게 되돌아간다. 그녀는 딸기색이 도는 금발을 왕관처럼 부풀려 밀물 같은 가슴이 덮이도록 부드럽게 내려뜨리고 있다. 그녀는 다시 미소짓더니 소리 없이 웃으며 빌리에게 눈을 찡긋한다. 그게 그녀의 직업이라는 걸 아는데도 빌리의 위장이 드롭킥*을 한다. 착한 아가씨가 군인의 사기 진작에 한몫한 것이다.

---

* 풋볼에서 공을 땅에 떨어뜨렸다가 튀어오를 때 차는 것.

기자들은 이제 확실히 부루퉁해 보인다. 처음에 높이 들고 있던 소형 녹음기들이 지금은 하나도 보이지 않는다. 빌리는 아까 그 치어리더에게 눈길을 보내고 싶지만 삼십 초 동안 꾹 참는다. TV 카메라도 쳐다보지 않으려고 주의한다. 나를 똑바로 보는 TV 속 나를 보는 것만큼 한심한 얼간이가 된 기분이 드는 일도 없기 때문이다. 카메라는 똑바로 쳐다보는 그 시선에서 모종의 죄책감이나 멍청함을 포착해내는 듯하다.

"신사 숙녀 여러분, 9·11은 우리 미국인들에게 자명종이었습니다. 우리는 그런 엄청난 비극을 겪고서야 인간의 영혼을 위한 전쟁이 진행되고 있음을 깨달을 수 있었습니다. 우리의 적은 좋은 말로 달래거나 이성으로 설득할 수 있는 상대가 아닙니다. 그들은 타협을 모릅니다. 테러리스트들은 일방적으로 무장해제를 하지 않습니다. 이런 전쟁에서 일관되지 않은 신호는 적의 사기만 높여주고……"

이윽고 빌리가 다시 눈길을 보냈을 때 그녀는 기다리고 있었다! 빌리에게 함박웃음을 지어 보이고는 다시 눈을 찡긋하며 윙크한다. 물론 다 직업적인 서비스지만 빌리는 상상의 나래를 펼친다. 그래, 저 여자는 진짜로 나한테 반한 거야. 우린 만나서 전화번호도 교환하고 데이트도 할 거야. 데이트를 몇 번 더 하고, 섹스도 하고, 사랑에 빠지고, 결혼하고, 아이를 낳고, 훌륭한 아이들을 키우고, 평생 끝내주는 섹스를 즐기며 살 거야. 염병, 안 될 게 뭐야. 인류 역사의 여명기 이래 인간들은 다 그렇게 살아왔는데 나라고 그걸 누리지 못할 이유가 뭐냐고. 빌리는 다른 데로 시선을 돌렸다가 다시 그녀를 본다. 그들은 미소를 짓고 소리 없이 쿡쿡거린다. 지금 둘 사이에 벌어지고 있는 이 작은 사건 때문에, 그것의 정체가 무엇이든.

"……이 훌륭한 젊은이들, 미국의 진정한 영웅들." 마침내 놈이 브라보 대원들을 기자들에게 인도한다. 댈러스에 온 걸 환영합니다. 첫 질문자가 그렇게 말문을 열자 치어리더들이 환호하며 응원용 수술을 흔든다.

여기 와서 무엇을 했습니까?

브라보 대원들은 서로를 본다. 아무도 입을 열지 않는다. 잠시 후 모두가 웃음을 터뜨린다.

"여기라면 댈러스 말입니까, 아니면 스타디움 말입니까?" 다임이 묻는다.

둘 다요.

"댈러스에는 어제 오후 늦게 도착해서 호텔 체크인하고 식사하러 나갔습니다. 그다음엔 관광을 좀 했습니다."

밤에요?

"밤에도 흥미로운 볼거리가 많으니까요." 다임이 정색을 하고 대꾸한다. 그러자 기분좋은 웃음이 터진다.

어디에 묵고 있습니까?

"시내에 있는 W호텔입니다. 그동안 저희가 묵었던 호텔 중에서 가장 좋은 곳 같습니다. 거기 있으면 록스타가 된 기분입니다."

그러자 로디스가 나선다. "W호텔이라면 와이프wife와 무슨 관련이—"

아아아니에요. 그곳에 모인 사람들 절반이 소리친다.

"음. 저는 혹시 대통령께서—"

아니 아니 아니 아니에요.

지금까지 어느 도시가 제일 마음에 들었습니까?

"댈러스 말고요?" 사이크스의 말에 치어리더들이 환호성을 올린다.

후방생활에 다시 적응하는 데 문제는 없었습니까? 수면 문제나 그런 것 말입니다.

브라보 대원들은 서로를 본다. 없었습니다.

가장 특이한 작전은 무엇이었습니까?

양계장 기습공격이었습니다.

가장 힘든 작전은요?

전우를 잃은 작전입니다.

가장 더운 때는?

이동식 화장실에 갈 때마다요.

우리가 그곳에 변화를 주고 있나요?

"그런 것 같습니다." 다임이 조심스럽게 대답한다. "변화를 가져오고 있다고 생각합니다."

좋은 쪽으로요?

"어떤 곳들에서는요. 예, 확실히 좋은 쪽입니다."

그럼 다른 곳들에서는요?

"노력중입니다. 더 좋은 성과를 내기 위해 열심히 노력하고 있습니다."

최근에 사드르 반군 이야기가 많이 들립니다. 그 문제에 대해 어떻게 생각합니까?

"사드르 반군요. 글쎄요." 다임은 잠시 생각에 잠긴다. "저는 〈안투라지〉*에 나오는 터틀같이 생긴 지도자가 이끄는 무리는 믿지 않습니다."

폭소.

거기서 스포츠를 즐기나요? 구내 스포츠 같은 거요.

"스포츠를 즐기기엔 너무 덥습니다."

그럼 휴식시간에는 무엇을 하며 보냅니까?

자위!!! 브라보 대원들은 그렇게 외치고 싶지만, 그러면 다임이 천천히 한 사람씩 죽일 것이다. "군은 임무 집중도가 높아서 휴식시간이 많지 않습니다. 대부분 하루 열두 시간, 열네 시간씩 근무하고, 그보다 더 오래 근무하는 날도 많습니다. 하지만 쉬는 시간에 우리가 뭘 하는지는, 잘 모르겠네요. 대원들, 우리가 뭐하면서 놀지?"

비디오게임을 합니다.

역기를 듭니다.

PX에 가서 물건을 삽니다.

"나는 적들을 죽이고 그들의 여자들이 내는 비탄에 젖은 울음소리 듣는 것을 좋아한다." 크랙이 느릿한 독일 억양으로 말한다. 장내가 얼어붙었다가, 이어지는 그의 말에 웃음이 터진다. "〈코난〉에

---

* 미국 HBO 채널의 TV 드라마.

나오는 대사입니다. 이 말을 늘 하고 싶었습니다."

빌리와 그의 치어리더는 계속 얼굴의 대화를 이어간다. 서로 흘 끗거리고, 미소짓고, 이마를 찡그리며 과장된 표정을 짓고, 그러다 몇 초 동안 감정이 깃든 경이로운 시선을 보낸다. 신체의 중요 기관 들이 고무공으로 변한 것처럼, 바람이 잔뜩 들어간 묘한 기분이다.

대통령과의 만남은 어땠습니까?

"오, 대통령은 정말이지 너무도 매력적인 분입니다!" 다임이 열 띤 어조로 말한다. 브라보 대원들은 무표정을 유지하려고 잔뜩 긴 장한다. 그 예일 망나니—다임의 표현을 빌리자면—를 향한 다임 의 증오심을 소대 내에서는 모르는 사람이 없다. 맨 처음 배치되었 을 때 다임은 자신이 늘 앉는 험비 조수석 문에 비누로 '부시의 암 캐'라고 쓰고 창문을 향해 날아가는 화살을 그려놓았다. 나중에 중 위가 보고 지우라고 했지만. "대통령께서는 우리를 놀랍도록 따뜻 하게 환영해주고 편안하게 대해주었습니다. 동네 체이스 은행에 자동차 구입비를 대출받으러 가면 만날 수 있는, 아주 친절한 은행 원 같았습니다. 다정하고 편안한 대화 상대가 돼주었습니다. 스스 럼없이 맥주잔을 함께 기울일 수 있는 그런 분이셨습니다. 음, 제 가 알기로 대통령께선 술을 끊으셨지만요, 안 그런가요?"

기자 몇 명이 킬킬거리고 몇 명은 적대적인 시선을 보내지만 대 부분은 사무적인 태도를 취한다.

거기는 음식이 어떻게 나옵니까? 인터넷은 되나요? 휴대전화는요? 스포츠 채널은 나옵니까? 그 점에 관한 한 브라보 대원들은 전쟁포 로와 다를 게 없다. 그들은 똑같은 질문들을 반복해서 받고 있다.

한 기자가 이라크에서의 일상적인 어려움에 대해 묻는다. 크랙은 낙타거미에 대해, 어보트는 무시무시한 벼룩에 대해 이야기하고, 로디스는 피부 문제에 대해 주저리주저리 떠들어댄다. "제 피부가 심하게 건조해져서 온통 갈라지고 잿빛으로 변색됐는데 동료 데이는 보습제를 바르라고 노상 구박합니다. 그때마다 전 이렇게 대꾸합니다. 야, 그럼 그 저겐스* 좀 줘봐!" 그의 이야기가 한동안 이어진다.

자신이 종교적이라고 생각하는 대원이 있나요?

"우리 모두 각자의 방식으로 종교적입니다." 다임이다.

거기서 지내며 더 종교적이 되었나요?

"음, 우리가 그곳에서 목격한 것들은 중요한 문제들에 대해 생각하지 않을 수 없게 합니다. 삶과 죽음, 그 모든 것의 의미."

브라보 대원들에 대한 영화를 제작한다는 이야기가 계속 들립니다. 그 일은 어떻게 됐나요?

"아, 예, 영화요. 이 말씀만 드리겠습니다. 우리는 이라크를 비정상적 정상이라고 부릅니다. 거기서는 너무도 이상한 일들이 일상적으로 벌어지니까요. 그런데 우리가 아는 할리우드는 이라크보다 더 비정상적인 곳이라 할 수 있습니다."

웃음. 큰 웃음. 앨버트가 블랙베리에서 고개도 들지 않은 채 비밀신호를 보낸다. 빌리는 속으로 기도한다. 하느님, 제발, 힐러리 스웽크는 아니게 해주세요. 기자 하나가 그 운명의 날 알안사카르 운하

---

* 보습제 상표명.

에서 브라보 대원들이 그런 행동을 할 수 있도록 '영감을 준 것'이 무엇인지 묻는다. 모두가 다임을 보고, 다임은 빌리를 본다. 모두의 시선이 다임을 따라간다.

"린 상병이 거기서 무슨 일이 벌어지고 있는지 제일 먼저 알았고 또 제일 먼저 반응했습니다. 따라서 그 질문에는 린 상병이 답변하는 것이 좋겠습니다."

아 빌어먹을, 조졌다. 빌리는 답변할 준비가 되어 있지 않다. 게다가 '영감'이란 말이 목에 가시처럼 걸려 있다. 영감이라니? 지나치게 고상 떠는 표현이다. 하지만 그는 애를 쓴다. 제대로 답변하고 싶다. 그 전투에서 겪은 일을, 그러니까 간단히 말해 모든 것을 정확하게, 그게 불가능하다면 비슷하게라도 설명하고 싶은 마음이 간절하다. 그날 하나의 세계가 탄생했고, 그는 그 세계에 대해 이해하려고 애쓰며 남은 평생을 보내게 될 것임을 깨닫기 시작했다.

모두가 빌리를 바라보며 기다린다. 분위기가 어색해지기 직전에야 빌리는 입을 연다. "예, 아"—그는 목청을 가다듬는다—"솔직히 말씀드려서, 그때 일은 기억이 잘 안 납니다. 슈룸, 아니, 브림 하사님을 봤습니다. 아, 반란군 손에 있는 하사님을요. 그래서 무슨 수라도 써야 했습니다. 그들이 포로를 어떻게 다루는지 우리 모두 잘 아니까요. 그곳에서는 길거리 노점 어디를 가나 그들이 하는 짓을 찍은 비디오를 살 수 있습니다. 그게 제 마음속에, 마음의 이면에 있었던 것 같습니다. 분명 의식적으로 생각한 건 아닙니다. 사실 그땐 생각 같은 걸 할 시간이 없었습니다. 그냥 훈련받은 대로 움직였던 것 같습니다."

너무 길게 이야기한 느낌이지만 어쨌거나 답변을 마쳤다. 공감 어린 표정으로 고개를 끄덕이는 사람들을 보니, 멍청이처럼 떠들어댄 것은 아닌 모양이다. 하지만 그들이 다시 덤벼든다.

린 상병이 브림 하사에게 제일 먼저 간 건가요?

"예. 예. 그렇습니다." 빌리는 맥박이 가닥가닥 끊기는 걸 느낀다.

그에게 가서 어떻게 했습니까?

"적에게 응사하면서 응급치료를 했습니다."

그때 브림 하사는 살아 있었나요?

"살아 있었습니다."

브림 하사를 끌고 가던 반란군은 어디에 있었나요?

"아." 빌리는 옆을 흘긋 보며 기침을 한다. "땅에요."

죽었다는 건가요?

"그런 것 같았습니다."

기자들이 웃는다. 일부러 웃기려고 한 말은 아니었지만 유머가 들어 있긴 하다.

린 상병이 그들을 쐈나요?

"움직이면서 그들과 교전했습니다. 몇 차례 총격전을 벌였지요. 그들은 총을 쏘기 위해 브림 하사를 떨궈놓은 거고, 총격전이 벌어졌습니다."

그럼 린 상병이 그들을 쐈군요.

겨드랑이에서 구역질나는 악취가 퍼진다. "그건 확실하게 말할 수 없습니다. 사방에서 총알이 빗발쳤으니까요. 정신이 하나도 없었습니다." 빌리는 말을 멈추고 정신을 가다듬는다. 그 말을 하기가 너무 힘들다. "그러니까 제 말은, 물론 제가 그들을 쐈다고 해도 상관없는데—"

빌리는 더 말하려고 하지만 우레 같은 박수갈채가 터진다. 그는 멍하니 있다가 사람들이 말을 잘못 알아들었을까봐 걱정한다. 잘못 알아들은 게 분명하다고 결론 내리지만 그들을 확실하게 이해시키려는 시도를 하기에는 자신의 의사소통 능력이 역부족임을 안다. 사람들이 좋아하니 그대로 두기로 한다. 카메라 플래시가 번쩍번쩍 터진다. 그의 십구 년 인생이 거의 그랬듯이, 이것 역시 극복해야 할 일이 되었다. 이윽고 박수갈채가 잦아들고 오늘 애국가가 나올 때 브림 하사를 생각할 거냐는 질문이 들린다. 빌리는 분위기를 맞추기 위해 그렇다고, 물론 그럴 거라고 대답한다. 하지만 그 말이 그의 귀에는 불경하게 들린다. 도대체 왜 전쟁에 관한 논의는 한결같이 삶과 죽음이라는 궁극적인 문제를 모독하는 것처럼 느껴질까? 그런 이야기를 제대로 하려면 기도에 가까운 화법이 요구되고, 그럴 게 아니라면 그냥 입 닥치는 것이, 개소리 그만하고 조용히 있는 것이 낫다는 듯이. 끓어오르는 애국심으로 인한 발작적 반응이나 달곰씁쓸한 흐느낌, 보상의 포옹보다 차라리 침묵이 더 진실한 것처럼. 사람들은 늘 "애국가가 나올 때 브림 하사를 생각할 거냐" 따위의 말로 이야기를 종결한다. 그들은 그것이 쉽길 바라지만 그렇지는 않을 것이다.

"우리 모두 그를 생각할 겁니다." 빌리가 김이 모락모락 나는 질척한 감상의 똥 무더기에 마지막 한 덩어리를 보탠다. 개 같게도, 그는 이따 애국가를 부를 때 정말로 슈룸 생각을 할 것이다. 그는 그 누구 못지않게 애국가를 사랑한다.

오늘 어느 팀이 이길까요?

"카우보이스요!" 사이크스가 외치자 치어리더들이 환호한다. 거장의 감각으로 분위기가 무르익은 것을 감지한 놈이 일어나서 기자회견을 마무리한다.

주님을 위한 드라이 섹스

내일 〈댈러스 모닝 뉴스〉 1면에는 기자회견 후 밀치락달치락하는 사람들 사이에 있는 어보트의 사진이 대문짝만하게 실릴 것이다. 치어리더 세 명에게 둘러싸여 수많은 마이크에 대고 이야기하는 모습. '카우보이스, 미국의 영웅들 초청'이라는 캡션이 실리고 "브라보 분대의 브랜던 히버트 상병이 어제 텍사스 스타디움에서 인터뷰에 응하고 있다. 히버트 상병과 브라보 대원들은 승전여행의 마지막 목적지로 댈러스를 방문했다. 카우보이스는 31 대 7로 패했다"는 내용이 이어질 것이다.

빌리는 이 기사에서 몇 가지 사항을 발견하는데 그중 첫번째는 어보트의 이름이 잘못 실린 것이다. 이후 브라보 대원들은 영원히 그를 '브랜던'이라고 부르게 된다. 보조교사처럼 쓸데없이 엄격하게 발음하면서. 이를테면 이런 식이다. 이번 작전에서는 '브랜던'이 50구경을 맡는다. 크랙이 문을 돌파하면 '브랜던'이 제일 먼저 들어가. '브랜던'이 새 샤워실의 배선을 건드려 감전되는 바람에 산똥을 쌌어. 빌리의 두번째 발견은, 카메라를 향해 정면으로 미소 짓는 치어리더 세 명에 비해 어보트는 마이크 든 사람들을 보느라 얼굴을 옆으로 살짝 돌리고 있어서 소품 같은 인상을 준다는 점이다. 세번째는, 그가 너무도 행복해 보인다는 것이다. 스물두 살인 어보트가 빌리 눈에는 노인 같다. 하지만 사진 속 그의 황홀한 미소를 보니, 그 순간의 무분별하고 소년 같은 기쁨을 보니 그가 아직 어린애에 지나지 않음을 깨닫는다. 해리 포터를 몇 번씩 되풀이해서 읽고, 며칠 동안 겨드랑이에 끼고 다닌 넝마를 '편지'랍시고 집에 있는 개에게 보낸 어보트.

그 사진에 빌리는 심란해진다. 어보트의 얼굴에서 너무도 강한 신뢰를 보게 될 테니까. 특정 시기에 미국인으로 태어난 축복에 대한 너무도 무신경하고 선량한 믿음. 하지만 지금 빌리는 그런 데 신경쓸 겨를이 없다. 모든 치어리더에게 각자 맡은 역할이 있는 것이 분명하다. 브라보 대원들이 무대에서 내려오자마자 정확히 치어리더 셋이 대원 한 명씩을 맞이한다. 사전에 준비된 게 아니라면 어떤 힘이 작용한, 신의 개입이 느껴지는 순간이다. 빌리는 치어리더들과의 신체 접촉이 쑥스럽지만, 그들은 누이처럼 무심한 태도로 그를 만진다. 두꺼운 화장이 약간 실망스러워도 빌리는 신경쓰지 않기로 한다. 그들은 굉장히 예쁘고, 정말 착하고, 몸매도 멋지니까. 아, 그들의 몸은 강선 보강 타이어처럼 탄탄하다. 만나서 정말 영광이에요! 텍사스 스타디움에 온 걸 환영해요! 오늘 함께하게 되어 얼마나 자랑스럽고 신나는지 몰라요! 오 젠장 편두통으로 머리가 지끈

거리는 남자라도 이 소녀들, 아니, 여자들과 함께 있으면 말짱해진
다. 향기로운 머리채와 한 손에 들어오는 작은 엉덩이, 알프스의
크레바스 같은 아찔한 가슴골을 가진 생명체들. 그 가슴골에 한번
빠지면 영원히 구조될 수 없을 것 같다.

그래도 괜찮다. 그곳으로 사라져버려도. 천국행을 거스르는 행
동으로 여체의 깊은 골짜기에 떨어져버려도. 치어리더들의 몸이
그에게 부드러운 감정들을 일깨워준다. 그 품으로 파고들면서 사
랑해요, 당신이 필요해요, 결혼해줘요, 라고 말하고 싶은 억누르기 힘
든 본능에 사로잡히게 한다. 그건 그렇고, 캔디스의 가슴은 가짜
다. 그게 문제라는 말은 아니다. 그녀의 가슴은 미사일 핵탄두처럼
솟아 있다. 얼리샤와 렉시스의 가슴은 진짜라 좀더 유연한 굴곡을
자랑하고 있다. 하지만 어느 모로 보나 셋 다 작고 뾰족한 코, 눈부
시게 흰 치아, 비스킷 같은 갈색 개미허리의 굉장한 미녀로, 손에
움켜쥐고 요정처럼 가는 허리의 사이즈를 재보고 싶은 충동을 불
러일으킨다.

"즐거운 하루를 보내고 있나요?" 캔디스가 묻는다.

"끝내줍니다. 아까 내가 말이 너무 많았던 게 아니면 좋겠네요."
빌리가 대답한다.

"뭐라고요?"

"농담해요?"

"말도 안 돼요!"

"당신 인터뷰는 최고였어요. 모두 당신 말에 얼마나 감동했는데
요." 렉시스가 확신을 준다.

"글쎄요, 기분이 이상했어요. 평소에는 그렇게 말을 많이 하지 않거든요."

"아주 훌륭했어요. 내 말 믿어요. 간단명료하게 잘했어요." 렉시스가 단호하게 말한다.

"주제넘게 나서는 것 같지도 않았고요. 기자들이 계속 질문했잖아요. 그러니 어쩌겠어요?" 얼리샤가 말한다.

"난 개인적으로 기자들이 좀 무례하다고 생각했어요. 몇 가지 질문은요." 렉시스가 말한다.

"기자들 앞에서는 조심해야 돼요." 캔디스가 말한다.

사진사들과 TV 카메라맨들이 기자, 카우보이스 구단 임원진, 뚜렷한 목적이 없는 사람들과 함께 무리 속을 누비고 다닌다. 빌리는 가장자리를 맴도는 존스 씨를 발견한다. 총을 차고 있어서 위험한, 적어도 신경써야 할 성가신 존재. 알고 보니 치어리더들에게는 전담 사진사가 있다. 대머리에 얼굴이 투박하고 몸집은 경마기수처럼 작은 남자로, 이리저리 돌진하며 카메라 셔터를 누르기 전에 "그대로!" 하고 외친다. 그는 도축장에서 짐승의 가죽을 벗기는 사람만큼이나 피사체의 눈부신 아름다움에 무신경하다. 그대로! 찰칵. 그대로! 차아알칵. 카메라 셔터가 노인의 괄약근처럼 경련하며 닫힌다. 촬영 중간중간 치어리더들이 빌리에게 지난봄 다녀온 위문공연 이야기를 한다. 바그다드, 모술, 키르쿠크, 그보다 먼 곳들도 갔고, 자원자만 들어간 라마디에서는 그들이 탄 블랙호크에 불이 붙을 뻔했다고 한다.

"거기 가서 어떻게 견디는지 모르겠어요. 정말 살기 힘든 곳이

던데. 어찌나 건조한지. 그 바람에. 모래에. 게다가 거기 이라크 사람들, 그 사람들 집도 그래요. 예수님이 살았던 흙집 같더라고요." 얼리샤가 말한다.

"거기 가보니 군인들의 노고가 훨씬 더 뜻깊게 다가왔어요. 군인들 일에 대해 훨씬 더 감사하게 됐죠." 렉시스가 말한다.

"음식은 무척 좋았어요. 전투식량도 두 번 먹어봤어요." 캔디스다.

"탄수화물이 많더라고요." 렉시스가 덧붙인다.

"난 말이에요, 거기 다녀온 후로 어떤지 알아요? 애국가를 들을 때마다 눈물이 나요." 얼리샤가 고백한다.

빌리는 딸기색 금발 치어리더를 만나고 싶지만, 지금 가진 것으로 감사해야 한다는 걸 안다. 아름답고 육감적인 댈러스 카우보이스 치어리더가 셋이나 옆에 있다. 그들은 무척 상냥하고 끝내주게 멋지다. 향기도 정말 좋다. 빌리도 텍사스 사람이라는 걸 알고 그들은 환호성을 지르며 하이파이브를 청한다. 그들의 환상적인 가슴이 자꾸 그의 팔을 찔러 비디오게임에서 보너스 점수를 얻을 때 나는 벨과 호각 소리처럼 찌릿찌릿한 쾌감을 안겨준다. 기자들이 다가오면 치어리더들은 우리 빌리를 괴롭히면 가만 안 두겠다는 듯 핫팬츠에 엄지손가락을 찔러넣고 엉덩이를 삐쭉 내밀며 건방진 자세를 취한다. 그러면 남자인 기자들은 똑바로 맞서지 못하고 히죽거리거나 곁눈질을 하거나 빈정대는 목소리를 낸다. 그들은 빌리에게 이렇게 말하는 듯하다. 그래, 그래, 알았다, 새꺄. 록스타라도 된 것 같지. 좆도 아닌 게. 기자들의 눈에 비친 자신의 모습을 본 빌리는 치어리더들로 인해 자기 꼴이 얼마나 우스꽝스러워졌는지 깨닫는다. 아름다운 여자를 하나도 둘도 아닌 셋이나 거느린 포주. 그는 이것이 다 거짓임을 잘 알고 기자들도 그가 그걸 안다는 걸 안다. 그러니 그 억지스러운 냉소는 남자다움을 보여주는 그들 나름의 방식인 걸까?

빌리는 그 상황에 화가 나기 시작한다. 기자들이 형식적인 질문을 몇 가지 던진다. 고등학교 다닐 때 운동했어요? 카우보이스 팬인가요? 올해 추수감사절에 집에 돌아온 건 어떤 의미인가요?

"정확히 말하면 집이 아니죠. 여기 있으니까." 빌리가 지적한다.

기자들은 그의 말을 받아적을 필요도 없이 에너지 바처럼 생긴 작고 매끈한 녹음기를 사용한다. 그들은 거기 서 있는 것만으로도 놀라울 만큼 짜증을 불러일으킨다. 따분하기 짝이 없는 비즈니스 캐주얼 차림의 엉덩이가 펑퍼짐한 중년 백인 남자들. 그 민간인 생물체의 한심한 표본을 보고 있자니 차라리 전쟁이 다행스럽다. 젠장, 그렇다. 전쟁터에서 총을 쏘고 폭탄을 터뜨리는 것이 형편없는 시트콤의 배경 인물처럼 돌아다니는 것보다 낫다. 전쟁이 엿같다는 건 하느님도 아시지만, 빌리는 이 미지근한 평시의 삶에도 큰 매력을 못 느낀다.

빌리는 사람들 사이에서 그 치어리더를 발견한다. 그녀는—젠장!—사이크스에게 배정되어 있다. 이 행사는 확실히 빌리의 신경을 긁는다. 빌리의 시선을 느낀 그녀가 따뜻하고 진실한 미소를 보내더니, 걱정스러운 건지 어리둥절한 건지 고개를 갸웃한다. 빌리는 복부를 가격당한 것처럼 움찔한다.

이윽고 기자들이 떠나자 그는 렉시스에게 묻는다. "치어리더는 싱글이어야 하나요?"

렉시스가 짤막하게 웃고, 세 치어리더는 눈길을 교환한다. 맙소사, 그가 수작을 걸고 있다고 오해한 모양이다.

렉시스가 매우 사무적이고 딱딱한 어조로 대답한다. "아, 아니에요. 안 그래요. 결혼한 사람도 있어요. 나랑 캔디스, 얼리샤는 미혼이지만 우리 셋 다 남자친구가 있어요."

빌리는 미친듯이 좋아하며 고개를 끄덕인다. 응, 응, 물론 그렇겠지! "그냥, 궁금해서 물어본 거예요."

치어리더들이 다시 눈길을 교환한다. 어련하겠어. 빌리는 자신이 관심을 두고 있는 상대는 그들 셋이 아님을 기분 나쁘지 않게 알릴 방법을 궁리하지만, 묘안이 떠오르기도 전에 조시의 호출을 받는다. 쇼타임이다. 기자들이 놈과 브라보 대원들의 사진을 찍고 싶어 한다. 무대 앞 공간이 비워진다. 의자들을 뒤로 밀고 사람들을 몰아낸다. 놈의 어린 손자 하나가 치어리더들과 술래잡기를 하며 쏜살같이 달려간다. 바지 속의 그 작은 고추가 빳빳이 서 있다. 모두 자리를 잡자 기자 하나가 놈에게 스타디움 신설 계획에 대해 묻는다. 오! 기자들이 조롱 섞인 탄성을 내뱉는다.

"아, 우리가 노후해가는 시설에서 경기를 하고 있는 건 사실입니다. 하지만 텍사스 스타디움은 카우보이스의 아주 훌륭한 홈구장 역할을 해왔습니다. 당분간은 아무 변화도 없을 겁니다." 놈이 대답한다.

"하지만." 기자가 놈의 다음 말을 이어주자 웃음이 터진다. 놈도 미소짓는다. 그는 이 코미디에서 진지한 역할을 맡는 데 만족한다.

"하지만 구단의 장기적인 번영을 위해서는 그 문제도 고려해봐야겠지요."

"어빙 시의회의 몇몇 의원은 오글스비 씨가 이미 그 문제를 고려중이라고 생각합니다. 그래서 스타디움 유지비 예산을 17퍼센트나 삭감한 거라고 하던데요."

"아니, 절대 그렇지 않아요. 우리는 정상적인 사업 절차에 따라 검토를 했고, 군살을 뺄 필요가 있는 부분을 몇 군데 발견했을 뿐입니다. 텍사스 스타디움 시설을 일류로 유지하고자 하는 우리의 의지는 확고합니다."

"팀을 다시 댈러스로 옮길 가능성도 있습니까?"

놈은 카메라들을 향해 미소만 짓고, 카메라들은 잉꼬가 씨앗 깨무는 소리를 낸다. 기자 몇 명이 스타디움에 대해 계속 물고 늘어지지만 놈은 무시한다. 빌리는 이곳의 역학관계를, 자신의 거센 소변 줄기에 푹 젖은 소변기 탈취제를 사려 깊게 살펴보는 거대기업 CEO의 발언에 따르는 힘의 방정식을 감지하기 시작한다. 놈의 역할은 카우보이스의 브랜드 가치를 극대화하는 것이고, 기자들의 역할은 놈이 그들에게 갈기는 홍보의 소변 줄기를 한 방울도 남김없이 흡수하는 것이다. 이성과 자유의지를 지닌 지각 있는 인간으로서 기자들은 당연히 그런 대접에 분노한다. 어쩌면 그래서 뚱한 태도를 보이는지도 모른다. 그들은 헬스클럽 수건 바구니처럼 숙명적으로 축축한 기운을 풍긴다. 내일 빌리는 신문을 읽으며 이런 건 왜 기사에 포함되지 않았는지 의아해할 것이다. 기자들은 놈이 브라보 대원들을 소개하는 걸 속기하는 역할을 맡고 마지못해 그 자리에 모였다. 카우보이스의 브랜드 인지도를 높이는 것 외엔 이렇다 할 목적도, 누군가를 깨우치거나 무언가 알려주는 것도 없는 노골적으로 정형화된 마케팅 행사.

그 불편한 진실이 기사에도 포함되어야 하지 않나? 하지만 기자들은 자신들이 얼마나 철저하게 이용되었는지에 대해 일언반구는커녕 중얼거림이나 찍소리도 없다. 놈에 대한 개인적인 감정도 전혀 드러내지 않는다. 빌리에게는 그들의 보디랭귀지에서 분노와 두려움이 대략 같은 정도로 읽힌다. 놈은 마음만 먹으면 얼마든지 기자들을 해고시킬 수 있다. 아마 죽일 수도 있을 것이다. 그러지는 않겠지만. 아마도. 빌리는 근처에서 존스 씨를 발견한다. 존스 씨는 다른 임원 몇 명과 잡담을 나누고 있다. 카우보이스가 4점 차이로? 3점 차이? 빌리는 한 여자를 성적으로 공유한 남자들이 그녀의 재주를 비교하듯 킬킬대는 그들에게 다가가 면상을 갈기고 싶다. 왜 이렇게 기분이 상하는지 모르겠다. 어쩌면 존스 씨의 총 때문에 꼭지가 돌았는지도 모른다. 그 건방짐이, 그 무지가, 치명적인 무기를 차고 다니는 그 염병할 자부심이 빌리를 분노하게 한 것이다. 이봐, 치명적인 무기가 어떤 결과를 가져오는지 보고 싶어? 그렇다면 브라보 대원들이 보여주지. 브라보는 당신이 도저히 믿지 못할 무시무시한 행동을 하니까. 당신 말이야, 직접 보면 미쳐버릴걸. 어머니 구멍에서 나온 걸 후회하게 될 거라고.

사진 촬영이 끝나자 빌리는 잠시 혼자만의 시간을 갖기로 한다. 그는 무대 왼쪽 벽에 등을 대고 선다. 배경막이 안쪽으로 굽은 곳이라 사람들의 눈에 잘 띄지 않는 위치다. 그는 열중쉬어 자세로 숨을 고르려 애쓴다. 기자 두 명이 그를 보고 다가온다. 이런 젠장. 빌리는 현실을 받아들인다.

"이봐요."

"안녕하세요."

"뭐해요?"

그들이 자기소개를 한다. 빌리는 사람들의 이름을 기억하길 포기한 지 오래다. 녹음기에 담을 이야기를 잠깐 하다가, 둘 중 하나가 빌리에게 이라크에서의 체험을 책으로 써볼 생각이 있는지 묻는다. 빌리는 웃음을 터뜨리며 말도 안 돼!라는 의미의 시선을 보낸다.

"책 내는 군인 많아요. 그 시장이 따로 생겼어요. 이라크에서 이야깃거리를 얻어 그걸로 돈을 버는 거죠. 폴과 내가 도와줄 수 있어요. 책 두 권을 대필해봤거든요. 함께 일해보고 싶어요." 기자가 말한다.

빌리는 발을 이리저리 움직인다. "책 쓴다는 생각은 한 번도 안 해봤습니다. 책하고는 담쌓고 살아서. 입대하고 전우가 책을 줘서 읽기 시작한 게 다예요."

기자들이 무슨 책인지 궁금해한다.

"뭐, 좋습니다. 정말로 알고 싶어요?『호빗』. 케루악의『길 위에서』.『전장의 플래시맨』은 정말 웃겼죠. 학교에서는 왜 이런 책들을 얘기해주지 않는 걸까요? 그러면 학생들이 책을 읽게 만들 수도 있을 텐데. 보자, 또 무슨 책들이었느냐 하면, 헌터 S. 톰슨의

『지옥의 천사들』과『라스베이거스의 공포와 혐오』,『제5도살장』하고『고양이 요람』. 그리고『고리키 공원』이랑, 같은 러시아인 주인공이 나오는 또다른 작품요." 모두 슈룸이 준 책이다.

"톰슨 책은 어땠어요?"

"읽고 나니 약에 취하고 싶어졌죠." 빌리는 그렇게 대답한 뒤 농담이라는 뜻으로 웃음을 터뜨린다. "아니, 정말로. 톰슨은 완전히 미치광이라고 할 수 있지만 어떻게 보면 일리가 있습니다. 그가 자초하는 상황에서는 그런 반응이 정상이니까. 인간이 왜 톰슨처럼 그렇게 많은 짓, 아니, 일을 벌여야 하는지는 의문이지만…… 만일 그가 이라크에 가서 군인의 눈으로 그곳을 봤다면 거기에 대한 재미난 얘기들을 할 수 있었을 겁니다. 그의 삶의 방식을 지지한다는 말은 아닙니다. 단지 그의 글을 좋아할 뿐이죠."

"거기 군인들이 마약을 많이 하나요?"

"그런 건 잘 모릅니다. 전 열아홉 살밖에 안 됐으니까요. 맥주도 마실 수 없는걸요!"

"투표도 하고 나라를 위해 죽을 수도 있는데, 술집에 들어가서 맥주는 못 사 마신다."

"그렇게 표현할 수도 있죠."

"당신 생각은 어떤데요?"

빌리는 잠시 생각할 시간을 갖는다. "그게 최선이겠죠."

기자들이 다시 책 내는 이야기를 꺼낸다. 빌리는 오른쪽에서 빛나는 열기를 느끼고 그쪽을 흘끗 본다. 그녀가 참을성 있게 그의 옆에 서 있다. 빌리의 심장이 가젤의 속도로 달음박질친다. 오 하느님 오 하느님 오 하느님 오 맙소사 맙소사 맙소사 맙소사. 기자들은 눈치도 없이 시장, 계약, 에이전트, 출판사가 어쩌고저쩌고 지껄여댄다. 빌리는 그들을 얼른 보내버리려고 이메일 주소를 알려준 다음, 마침내 그들이 떠나자 그녀에게 돌아선다. 그녀가 솔직한 기대감을 보이며 그를 빤히 응시한다. 빌리는 용케 그녀를 위아래로 훑어볼 여유를 갖는다. 변태의 음흉한 시선이라기보다는 초등학교 1학년 때 운동장에서 함께 뛰놀던 안짱다리에 팔은 면발처럼 가늘고 풀물이 얼룩덜룩하던 여자애가 눈부신 미녀로 성장한 모습을 바라보는 것에 더 가깝다.

"책 낼 거예요?"

"아뇨." 빌리가 무뚝뚝하게 대답한다. 둘 다 웃음을 터뜨린다. 빌리의 긴장이 갑자기 싹 풀린다. "그 옷 입고 밖에서 응원하면 감기 안 걸려요?"

"워낙 움직임이 많아서 추운 건 별로 문제가 안 돼요. 지난주 그린베이에서는 얼어죽을 것 같았지만. 진짜 추울 때 입는 코트가 있긴 한데, 경기장에서는 거의 안 입어요. 난"—그다음에는 '꿩pheasant이에요.'라고 말한 것 같다. 그녀는 응원용 수술을 다른 손으로 옮기고 악수를 청한다.

"네?"

그녀는 웃는다. "페이슨이라고요. 페, 이, 슨. 그쪽 이름은 알아요. 빌리 린. 스토벌 출신. 우리 할머니가 1937년도 미스 스토벌이었어요. 어때요?" 그녀는 잘 웃고, 웃을 때 목구멍 깊은 곳에서 허스키하고 떨리는 소리가 난다. "다들 장담했어요, 우리 할머니가 그해 미스 텍사스가 될 거라고요. 스토벌의 사업가들이 돈을 모아 할머니 의상비와 노래 교습비, 여행비를 다 댔어요. 그들은 스토벌을 위해 할머니가 꼭 미스 텍사스가 됐으면 했죠. 당시만 해도 스토벌은 꽤 잘나가는 도시였어요. 석유가 많이 나서."

"그래서 어떻게 됐는데요?"

페이슨은 고개를 젓는다. "이등 했어요. 다들 우리 할머니가 일등이어야 한다고 했는데 부정이 있었던 거죠. 미인대회가 대개 그런 식이라는 거 알잖아요."

빌리는 미인대회에 대한 풍부한 경험을 그러모아 열심히 고개를 끄덕인다. 지금 그는 남들 방해 없이 그녀와 둘만의 시간을 보내고 있다.

"요새 스토벌은 잘나가는 도시라고 할 수 없어요."

"그렇다고 들었어요. 어렸을 때 가본 게 다거든요. 그래도 브라보 대원들 중에 스토벌 출신이 있다는 걸 알고 얼마나 반가웠는지 몰라요! 아는 사람을 만난 기분이었죠. 스토벌! 그 많은 도시 중에 스토벌 출신이라니! 재밌더라고요."

그녀는 플라워 마운드에서 자랐고, 로펌에서 파트타임 안내직원으로 일하며 UNT* 학비를 벌고 있다고 말한다. 이제 6학점만 더 따면 방송 저널리즘 학위를 받는다는 것이다. 빌리는 그녀가 스물둘이나 스물셋쯤 되었을 거라고 추측한다. 앙증맞고 탐구적인 코, 호박색과 금색 점이 흩뿌려진 초록빛 눈, 남자들을 울리는 가슴골,

---

* University of North Texas, 노스텍사스 대학교.

탄탄하고 굴곡이 뚜렷한 몸매의 아가씨다. 그녀는 아까 기자회견에서 빌리가 한 말이 자신에게 얼마나 중요한 의미로 다가왔는지 설명하지만, 그는 아름다운 입의 움직임에 홀려 내용은 거의 듣지 못한다.

증인

                              태도

                       증언

          당신

          말들

               행위들

     행동들

                              희생적인 행동들

                    자유

세상에서 가장 자유로운

우리 가치들

그리고

우리 삶의 방식

우리

삶

의……

우리

방식

"아까 정말 굉장히 감명받았어요."

"난 잘 모르겠어요."

"아니, 정말이에요! 당신은 사람들 앞에서 똑바로 얘기했고 그건 강한 거예요. 그런 이야기를 못하는 사람이 얼마나 많은데요. 그러니까, 죽음에 대해서요. 친구의 죽음. 게다가 당신은 바로 거기에 그와 함께 있었잖아요? 낯선 사람들로 꽉 찬 곳에서 그런 이야기를 하기는 쉽지 않죠."

빌리는 고개를 끄덕인다. "기분이 묘해요. 인생 최악의 날 때문에 명예를 얻는 게."

"상상이 안 돼요! 다른 사람 같았으면 그냥 무너졌을 거예요."

"치어리더 일은 어때요?"

"오, 아주 좋아요! 일이 많긴 하지만 난 좋아요. 보통 생각하는 것보다 일이 무척 많아요. 사람들은 텔레비전에 나오는 모습을 보고 그게 다라고, 응원복 입고 나와서 춤추고 재미있게 노는 게 다라고 생각하지만, 사실 그건 우리가 하는 일의 아주 작은 일부일 뿐이에요."

"정말요?" 빌리는 격려하듯 말한다. 마음이 가볍고 상쾌해진다. 가슴에 희망이 밀려든다. 이 아름다운 여자와 이야기하고 있자니, 특별할 것 없는 자신의 인생이 새삼 소중하게 느껴진다.

"예, 우리가 주로 하는 일은 사실 지역 봉사예요. 병원 봉사도 가고, 빈곤층 어린이 돕기도 하고, 기금 마련 행사에도 참여하고 뭐 그런 거요. 오늘만 해도 명절이잖아요? 우리는 일주일에 네다섯 군데 봉사를 가고 연습도 하고 경기도 나가요. 하지만 난 불만 없어요. 매순간이 감사해요."

"지난봄 위문공연도 다녀왔어요?"

"오 하느님 아뇨 올여름에 들어왔거든요. 갔으면 정말 좋았을 텐데. 그런 공연에 가고 싶어 미치겠어요. 다음에 기회가 오면 꼭 갈 거예요. 위문공연 다녀온 애들요? 정말 많은 걸 얻고 돌아왔어요. 봉사란 게 그렇죠. 사람들은 '오, 그렇게 많은 걸 베풀다니 정말 훌륭해요'라고 말하지만 사실 그 반대예요. 오히려 우리가 많은 걸 얻어요. 난 치어리더 일 중에서 그게 제일 만족스러워요. 다른 사람들을 위해 봉사하는 것. 그 정신적 측면. 그건 인생의 또다른 단계죠. 정신적 추구." 그녀는 말을 멈추고 탐색하듯 한참 빌리를 바라본다. 그녀가 다시 입을 열기 직전, 빌리는 무슨 얘기가 나올지 알아챈다.

"빌리, 기독교 믿어요?"

빌리는 주먹에 대고 기침하며 고개를 돌린다. 당혹스러운 건 사실이지만 드러내지는 않는다.

"탐색중이에요." 이윽고 그가 대답한다. 텍사스의 소도시에서 자란 덕에 빌리의 기독교 용어 레퍼토리는 제법 방대하다.

"기도는 해요?" 그녀의 태도가 더 부드럽고 세심해진다.

"가끔요. 그 정도로는 부족하겠지만요. 하지만 우리가 이라크에서 본 것들 때문에, 특히 어린애들 때문에…… 기도가 쉽지 않아요."

과장이 좀 섞여 있다 한들 뭐 어떤가. 그의 센서에 아직 거짓말은 감지되지 않았다.

"당신은 그동안 너무도 많은 시험에 들었을 거예요. 알아요. 하지만 많은 경우, 인생이 너무 암울해서 온통 암흑뿐이라고 느낄 때도 빛은 있더라고요. 언제나요. 문을 조금만 열면 빛이 쏟아져들어와요." 그녀는 미소지으며 고개를 폭 숙이더니 수줍은 웃음소리를 낸다. "우리 기자회견 중에 계속 서로 쳐다봤잖아요, 난 속으로 이렇게 생각했어요. 여기 있는 수많은 사람 중에 왜 저 사람은 나를 보고 나는 저 사람을 보는 걸까? 물론 당신은 귀엽게 생겼고 눈이 정말 멋지지만……" 그녀는 쿡쿡거리다가 진지함을 되찾는다. "하지만 이제 그 이유를 알 것 같아요. 정말로요. 주님이 오늘 우리가 만나길 원하셨던 거예요."

빌리는 한숨짓는다. 눈꺼풀이 파르르 떨리고 머리가 뒤로 젖혀져 절제된 쿵 소리와 함께 벽에 부딪힌다. 잘 모르겠지만 그녀의 말이 모두 사실일지도 모른다.

"우리는 모두 주님의 빛이 되라는 소명을 받고 이 세상에 왔어요." 그녀는 응원용 수술로 그의 팔을 스치듯 쓸면서 말을 잇는다. 그리고 삼십 초 만에, 자신이 어떻게 예수그리스도와 개인적인 관계를 맺게 되었는지에 대한 이야기로 들어간다. 빌리는 조용히, 천천히, 확고하게 응원용 수술 아래로 손을 뻗어 그녀의 손을 잡는다. 그러면 안 될 이유가 없으니까. 감동받았으니까. 이틀 후면 똥통으로 돌아가야 하고, 그보다 더 나쁜 일은 있을 수 없으니까. 페이슨은 말을 더듬지 않는다. 오히려 말이 더 빨라진다. 그녀의 흉골이 부풀어오른다. 얼굴과 목이 온실의 꽃 같은 자두색과 불꽃색으로 얼룩진다. 동공이 두 배는 커지고, 계단을 5층쯤 뛰어오른 듯 말하는 사이사이 얕은 헐떡거림이 잔물결을 일으키며 소용돌이친다.

하느님

경건한

그분
  그리고
      유대인들의

빛,

  유대인들

      예루살렘

        요단강에서부터

      바다로

            치유와 담금질

            선함과 빛

우리를 위해 죽으신

그를 거역하고 부정하는

백성들

죽으신

우리를 위해 죽으신

죽으신

오

나의

주님

빌리는 뒤로 물러나면서 그녀를 끌어당긴다. 한 걸음, 두 걸음, 세 걸음. 짧은 세 걸음으로 그들은 무대 배경막의 나팔 모양으로 벌어진 가장자리 뒤 작고 어두운 공간에 숨는다. 벽에 붙어서지 않는 한 누구도 그들을 훔쳐볼 수 없다. 빌리가 몸을 돌려 페이슨을 벽에 밀어붙이고, 이제 그녀는 말을 하지 않는다. 그녀의 얼굴이 부풀어오르고 뺨과 입술이 빵빵해지고 거침없이 움직이던 턱이 무겁게 떨어진다. 그녀는 이대로 잠에 빠져드는 사람처럼 순하게 자신을 내맡긴다. 그녀에게 몸을 기울이며 빌리는 육 주 전이었다면 이런 행동은 상상도 할 수 없었으리라 생각한다. 삼 주 전도 마찬가지고, 사흘 전도 그렇다. 그러니 그에게 무슨 일이 일어난 게 분명하다. 그는 끝까지 눈을 감지 않는다. 페이슨의 두 눈이 점차 하나의 눈부신 공으로 합쳐져 우주에서 바라본 지구 사진처럼 보인다. 첫 키스는 압력을 빼는 듯한, 입술로 거품을 터뜨리는 듯한 느낌이다. 그는 입술을 떼며 자제의 쾌감을 발견한다. 그들은 겨우 몇 센티미터를 사이에 두고 서로를 응시한다. 그녀는 약에 취해 정신이 나간 듯하다. 그녀가 얼굴을 들고, 둘은 다시 키스한다. 그녀의 입술이 정말 경이롭다고, 이렇게 부드러운 입술은 처음이라고 말해주고 싶다. 당신도 알고 있었나요, 라고 묻고 싶다. 하지만 그의 입은 다른 일에 몰두하고 있다. 그들의 입은 연조직의 탐색에 취해 있다. 그러다가 출발신호라도 울린 듯, 두 사람은 야외관람석 아래 숨어 껴안고 키스하는 고등학생들처럼 서로에게 무섭게 덤벼든다. 서로의 목구멍으로 온몸을 쑤셔넣기라도 할 듯한, 에너지 넘치는 체육활동 같은 격렬한 키스다.

"이건 미친 짓이에요." 숨을 돌리며 그녀가 웅얼거린다. "이 일로 난 팀에서 쫓겨날 수도 있어요." 둘은 다시 서로에게 덤벼들고, 이 순간 빌리는 더 바랄 게 없다.

"당신한테 뭐가 있는 거죠? 나한테 무슨 일이 벌어지고 있는 걸까요?" 다음번 숨을 돌릴 때 그녀가 속삭인다. 그들은 다시 입을 맞추고, 그의 골반이 아래로 내려가 마치 소프트아이스크림에 숟가락이 들어가듯 그녀의 골반을 파고든다. 순전히 하부뇌간의 운동반사다. 그는 즉시 뒤로 물러난다.

"미안해요."

"괜찮아요." 그녀는 잠시 그를 바라본다. 그녀의 눈동자에서 초점이 사라지고, 그녀의 허리가 자세를 고쳐 잡으며 그에게 허락의 신호를 보낸다. 깊숙이. 그는 그렇게 생각하며 사타구니를 박는다. 그녀의 중심부가 벌어지며 그를 에워싼다. 그들은 몸을 떤다. 소리를 내지 않기가 너무 힘들다. 배경막 저편에서는 사람들이 떠들어대며 멍청한 삶을 이어가고 있다. 페이슨은 금방이라도 울 것 같은 표정으로 그의 옷깃을 움켜쥐고 카우걸 부츠를 신은 다리로 그의 허리를 감는다. 그가 그녀의 엉덩이를 받쳐 안는다. 그녀의 작고 다부진 엉덩이가 두 손에 쏙 들어온다. 전설적인 핫팬츠 엉덩이를 두 손 가득 잡고 있는 모습을 상상하자 페르몬이 마구 솟구친다. 맙소사, 나 지금 댈러스 카우보이스 치어리더와 하고 있어! 한편 페이슨은 점점 빠르게 엉덩이를 움직이며 그의 얼굴에 대고 천국을 속삭인다. 이날 빌리는 자신이 특별한 존재라고 믿게 된다. 사타구니를 여남은 번도 박지 않았는데 그녀가 오르가슴에 도달한 것이다. 그녀는 그를 꽉 움켜쥔 채 몸을 들어 뒤로 젖히며 가슴 깊은 곳에서 돌고래 소리를 낸다. 그녀의 엉덩이의 마지막 회전에 그는 등이 부러질 뻔한다. 그녀를 안고 버티는데, 숨이 끊어지고 척추뼈가

에어캡처럼 딱 소리를 내며 끊어질 것만 같다. 그리고 끝을 맞는다. 몇 차례 여진이 찾아들지만, 페이슨은 난파된 배에서 살아남아 무거운 몸을 이끌고 해변으로 기어오르는 사람처럼 다리 한쪽을 풀고 그다음에 나머지 한쪽도 푼다. 그녀의 부츠가 바닥에 닿는다. 그녀는 그의 품으로 쓰러진다.

"괜찮아요?"

그녀는 뭐라고 웅얼거리더니, 보는 사람이 없는지 곁눈질로 살핀다. "세상에." 그녀가 정신이 딴 데 팔린 아이처럼 손을 들어 그의 은성훈장을 만지작거린다. 그러더니 뒤로 물러나 그를 올려다본다. 눈에 물기가 어려 있다.

"이렇게 진도가 빠르긴 처음이에요. 하지만 그게 잘못은 아니죠. 난 알아요." 그녀가 속삭인다.

그는 고개를 젓는다. 머리가 저절로 그녀에게 기울어진다. "잘못 아니에요." 그가 그녀의 머리칼에 대고 웅얼거린다.

"당신이 그렇게 만들었어요. 당신의 무언가가. 전쟁 때문인지도 모르죠." 그녀가 그의 짧은 목덜미를 잡고 그의 눈이 보이도록 이끈다. "몇 살이에요?"

"스물하나요."

그는 애써 그녀와 눈을 맞춘다. 금세 망막이 아파온다.

"조숙하네요."

그는 영화 대사 같다고 생각하지만 신경쓰지 않는다. 이라크에서는 도그 이어로 나이 먹는 걸 감안하면 맞는 말이기도 하다. 그가 끌어당기자 그녀가 바로 그의 가슴에 쓰러진다.

"이제 가보는 게 좋겠어요." 그녀가 웅얼거린다.

"당신 정말 굉장해요."

그녀는 한숨짓는다. 둘 다 움직이지 않는다. 목소리들이 기자회견실 뒤쪽으로 멀어져간다. 성기가 뻣뻣이 서 있어서 고통스럽지만, 할 수 있는 게 없다는 건 명백하다.

"솔직히 말할게요. 나 처녀 아니에요. 그동안 남자친구가 세 명 있었는데 전부 오래 사귀었어요. 헤픈 여자는 아니에요. 그걸 알아줬으면 좋겠어요."

그는 고개를 끄덕이고 그녀의 목에 얼굴을 묻는다. 향수와 비누 냄새 너머로 고구마 페이스트 같은 농밀하고 근원적인 냄새가 난다. 그녀의 냄새다. 평생 이렇게 행복했던 기억이 없다.

"누군가에게 몸을 허락하는 건 내게 진짜 중요한 일이에요." 그녀가 속삭인다.

"나도 그래요." 숫총각 빌리가 그녀의 목에 대고 말한다.

"하지만 누군가를 진심으로 좋아하고 그 사람을 믿고 상대 역시 같은 마음이라면 육체적으로 가까워져도 된다고 생각해요. 그래도 시간이 걸리죠, 그렇죠? 믿음을 쌓아갈 시간. 한두 번 데이트로, 이 주 정도로 되는 게 아니라 시간이 걸려요. 그게 서로에 대한 존중이죠. 나 같은 경우, 적어도 삼 개월은 만나야 믿음이 생겨요."

많은 정보가 담긴 말인 듯하지만 빌리는 신경쓰지 않는다. 브라보 대원들이라면 뭐라고 말할지 안다. 일단 지금 섹스하고 삼 개월 만나요.

"좋아요. 돌아와서 당신을 꼭 다시 만나고 싶어요." 빌리가 속삭인다.

그녀가 고개를 쳐든다. "어디서 돌아와요?"

"이라크요. 이제 여행이 끝나요."

"뭐—뭐라고요?" 그녀는 여전히 속삭이고 있지만 목소리가 많이 커졌다. "돌아간다고요? 아무도 그런 말 안 했는데. 잠깐만요, 오 세상에, 모두 당연히 제대하는 걸로 생각하고 있어요. 오 세상에. 언제 떠나는데요?"

"토요일요."

"토요일?" 그녀가 외친다. 목소리가 갈라졌다. 그녀는 머리칼을 쥐어뜯으려는 듯 한 손으로 들어올린다. 역사가 오랜 그 동작을 보자 빌리는 다리 힘이 풀린다. 오직 여자들만, 어머니와 누나들, 그리고 페이슨만 그를 위해 진심으로 슬퍼해줬다. 모든 여성에 대한 감사로 그의 눈시울이 뜨거워진다. 페이슨이 까치발을 하고 격렬한 키스를 퍼붓는다. 반쯤 고개를 숙였던 빌리의 성기가 재깍 일어선다.

"오 세상에, 만일 우리가—" 그녀가 속삭인다.

"치어리더, 복도에 집합!" 훈련교관 같은 여자의 목소리가 외친다.

"오 이런, 나 가봐야 해요." 페이슨은 마지막 키스를 하고 한 손으로 그의 뺨을 감싼다. "있잖아요……"

"전화번호 알려줘요."

"전화기를 새로 바꿨어요!" 무슨 뜻—???? "이따 찾으러 와요. 20야드 라인에 있을 거예요."

그녀는 배경막 가장자리로 고개를 내밀어 밖을 살피더니 돌아선
다. "빌리." 그렇게 웅얼거리고 미소지으려 하지만 그와 눈이 마주
치자 머뭇거린다. 그녀는 가버린다.

제이미 리 커티스는
형편없는 영화를 찍었다

어떻게 여기 오게 되었는지 빌리는 기억이 없다. 다시 필드에 나와 있지만, 마치 뇌진탕으로 지난 삼십 분의 기억이 말끔히 사라져버린 것만 같다. 브라보 대원들과 놈 일행은 말발굽 모양 스타디움 깊숙한 곳에 위치한 엔드 존 근처에서 서성이고 있다. 얼얼한 칼바람이 변기 물 내려가듯 요란하게 회오리친다. 열린 돔 사이로 보이는 직사각형 하늘은 우르릉대는 백랍의 색깔과 질감이다. 멍든 듯한 세피아색과 도랑물 같은 잿빛이 불길하게 들끓으며 온갖 기상재해를 예언한다. "눈 오겠다. 냄새가 나." 겨울 날씨 전문가 맹고가 말한다. 하지만 아무도 관심을 기울이지 않는다. 그들은 옹송그리고 모여 한창 영화 이야기를 하고 있다. 빌리는 무슨 일이 생겼나보다 생각한다. 그가 딴 데 정신이 팔려 있는 사이 일이 좀 진척된 모양이다. 그레이저와 하워드는 아웃된 게 분명하다. 톰 행크스도 확실히 아웃, 올리버 스톤은 거론된 적도 없고, 조지 클루니의 사람들은 앨버트의 전화에 묵묵부답이다. 그러던 차에 수백만 달러의 제작비를 투자할 가망 내지는 잠재성, 최소한 그리 억지스럽지는 않은 가능성을 지닌 노먼 오글스비가 급부상한 것인데—

"그가 강한 흥미를 보이고 있어." 앨버트의 표현이다. 강한 흥미를 보인다 함은 주둥이만 놀리는 것보다는 높은 단계의 관심을 의미하지만, 실제로 돈을 내놓을 단계에는 못 미친다. "그는 이 아이디어를 마음에 들어하고 자네들을 좋아해. 하지만 아직은 더 두고 봐야지."

아직 두고봐야 한다. 하지만 브라보 대원들은 시간이 이틀밖에 없다. 미로와도 같은 영화 계약의 세계에서는 비통하리만큼 짧은 시간이다. 먼저 이 일이 해결돼야 하고 그다음에는 저 일이 해결돼야 하고 서른 가지 이상의 일이 동시에 혹은 연속적으로 성사돼야 한다. 도중에 하나라도 실패해선 안 된다. 지금껏 빌리가 지켜본 바에 따르면, 그 과정은 공포와 탐욕을 조장하는 터무니없는 말들을 먹고 자란다. 모든 사람에게 일이 성사되고 있다는 확신을 줌으로써 실제로 성사되도록 만드는 것인데, 그 확신은 표리부동, 과대선전, 얼버무리기, 빈말, 뻔뻔한 거짓말에 의한 것으로 실체가 없다. 다른 말로 표현하면, 사기다. 그렇다고 앨버트를 우습게 보지는 않는다. 그 과정에는 기만이 들어설 여지가 큰 듯하다. 관계자들 모두 상대가 거짓말을 하고 있다는 가정하에 대화에 임하지만, 산더미처럼 쌓인 거짓이 임계치에 이르러 힘을 발휘하면 그것은 더이상 거짓이 아니다. 진실로 재탄생한다. 이런 비즈니스 모델이 할리우드가 내놓는 상품의 질과 관련있는지 빌리로서는 깊이 생각해볼 시간이 없었다.

누군가―톰 행크스? 그레이저? 힐러리 스웽크?―의 사람들이 브라보 이야기가 진실이라는 건 전혀 중요하지 않다고, 그들의 표현을 그대로 옮기면, 원숭이 똥구멍에서 나오는 5센트짜리 동전의 가치밖에 안 된다고 말했다. 가격 책정에서 진실은 고려 요소가 아니니까. 대원들은 상처받았지만 앨버트는 그냥 털어버리라고 했다. "얼간이들이 한 말이니까. 걱정할 것 없어."

문제는 그 얼간이들이 늘 돈줄을 쥐고 있다는 점이다. 지금 앨버트는 한쪽으로 멀찍이 떨어져 서서 무성한 머리칼을 바람에 휘날리며 통화중이다. 그 반대편 등거리에서 놈도 전화기를 붙들고 있다.

"둘이 통화하는 건지도 몰라." 어보트가 말한다.

다임은 그저 고개를 저으며 추위를 피해 몸을 웅크린다. 그는 기분이 저조하다. 따분해 보인다. 기운이 없다. 맥 소령은 사이드라인으로 어슬렁어슬렁 걸어가, 무슨 징후나 기적이라도 보이는 듯 고개를 들어 골대를 응시한다.

로디스가 말한다. "나 울 엄마한테 차 사준다고 했어. 10만 달러 벌 거라고. 가서 직접 고르라고 했지! 지금 엄마는 차 골라놓고 집에 앉아서 돈이 어디쯤 오고 있나 기다리는 중이야."

크랙이 대원들에게 말한다. "놈 부자지, 맞지? 억만장자일 거야, 맞지? 그러니까 놈이 수표만 써주면 영화가 진행되는 거 아냐."

"우리한테 수표를 써줘야지. 우리 이야기에, 요." 데이가 말한다.

"맞아. 젠장, 최대한 빨리."

"웨슬리 스나입스가 내 역할 맡는다는 거 잊지 마!" 데이가 말한다.

"하사님 엄마가 하사님 역할을 맡을 겁니다."

"닥쳐, 하사님 엄마가 그 정도로 못생기지는 않았어. 스티브 어켈이 맡을 거야."

"리처드 시먼스. 검게 칠하면 돼."

"아니, 그 흑인 난쟁이, 레슬링 선수. 마스터 블래스터."

"근데 놈은 왜 수표를 안 쓰는 겁니까?" 크랙이 다임에게 징징거린다. "어이, 놈, 그냥 수표를 쓰란 말이야. 군대 도와주기 싫은 거야? 저런 사람은 어떻게 다루면 됩니까?"

빌리는 속으로 대답한다. 가서 거꾸로 들고 흔들면 되지. 주머니에 있는 돈이 다 나올 때까지. 다임은 아무 반응이 없다. 그가 따분하거나 혈당이 떨어졌을 때 보이는 전형적인 의기소침 증상이다. 하지만 빌리에게는 낭패가 아닐 수 없다. 방금 자신의 인생을 뒤흔든 기적에 대해 다임의 상담이 절실하기 때문이다. 페이슨만 떠올리면 말로만 들은 코카인의 효과가 나타난다. 쾌감 신경계에 곧장 영향을 미치는 강력한 한 방. 지독한 마약중독자의 완벽한 환각 상태까지는 아니어도, 통제 불가능한 감정을 느끼는 것은 확실하다. 그녀가 너한테 반했어. 아니, 너한테 오르가슴을 느꼈어. 빌리는 그 일이 실제로 일어났다는 것 자체가 놀랍다. 너무도 완벽한 것이, 영락없이 섹스에 목마른 군인이 빠지기 쉬운 망상이다. 머릿속에 성적 환상이 가득한, 평범한 욕구불만 ADD* 군바리의 망상. 빌리는 자기회의의 끈을 놓지 않고 살아왔다. 자기회의와 그 사촌

234

격인 책망의 목소리. 이 충실한 동반자들은 그가 인생의 결정적인 순간을 맞을 때마다 도움의 손길을 내밀었다. 그런데, 그런데······ 등허리가 끊어질 듯 아프다. 두 손과 가슴에는 아직 그녀의 향기가 남아 있다. 소매에서는 불그스름한 금빛 머리카락이 먼산의 등줄기가 보내는 신호처럼 반짝거린다. 망상도 아니고 코카인을 한 것도 아니라면 이제 어떻게 해야 할까? 그걸 현실로 만드는 것이다. 유지시키는 것이다. 최대한 빨리 다임 하사와 상담해야 한다. 시간이 중요하니까.

"제군, 상황이 좋아지고 있다." 사이크스가 말한다. 치어리더 여섯 명이 다가오는데 그중에 페이슨은 없고, 더플백을 둘러멘 조시가 함께다. 그는 브라보 대원들 앞에서 가방을 풀더니, 풋볼을 한 무더기 쏟아놓는다.

"이건 뭡니까?"

"여러분 공이에요." 조시가 대답한다.

우리 공이라.

"촬영할 때 들고 있으래요."

브라보 대원 두어 명이 투덜거리지만 토를 다는 사람은 없다. 그들은 공을 내려다보거나, 발끝으로 건드려보거나, 아무 관심 없는 듯 먼 허공을 바라본다. 빌리는 다임과 단둘이 이야기할 틈을 노린다. 치어리더들이 근처에 한데 모여 추위를 이기려고 어깨를 움크리고 두 다리를 붙이고 커다란 토시 같은 응원용 수술을 가슴에 껴

---

* Attention Deficit Disorder, 주의력결핍장애.

안고 있다. 브라보 대원들은 그들에게 갈망의 눈길을 보낼 뿐 아무
도 가까이 다가갈 용기를 내지 못한다.

"요, 조시, 하프타임 얘기 들은 거 있어요?"

"아직요. 무슨 얘기 들으면 바로 알려줄게요."

"조시, 우리 잘 보살펴줄 거죠? 이상한 거 하게 만들지 마요."

"힘든 것도."

"맞아, 힘든 것도. TV에 멍청이처럼 나오고 싶진 않으니까."

"걱정 마요. 괜찮을 거니까." 조시가 안심시킨다.

유난히 차가운 돌풍에 모두 잠시 입을 다문다. "왜 이 추운 데서
기다려야 하는 겁니까?" 로디스가 울부짖는다.

"방송국 사람들이 이리로 온댔어요." 조시가 말한다.

"그런데 안 왔잖아요!"

"진정해요. 금방 올 거니까."

"그 사람들 대신 놈을 데려와요."

모두 고개를 돌려 놈을 본다.

"누구랑 통화하는 거예요?" 데이가 묻는다. 조시는 집중해서 생
각을 하거나 아니면 그러는 척이라도 해야 대답이 나오는 것처럼
이맛살을 모은다.

"잘 모르겠어요."

"가서 알아보지그래요, 요."

조시는 조금 비틀거린다. "난 그런 짓 못해요!"

데이가 딱하다는 얼굴로 바라본다. "무슨 말이에요? 못 걷는다
는 건가?"

236

"물론 걸을 수 있어요."

"그럼 슬슬 가봐요. 우리 영화 제작에 대해 얘기하고 있는지만 알아오면 된다고요. 할 수 있겠어요?"

"도덕적으로 옳은 일인지 모르겠네요."

데이는 코웃음 친다. 백인 남자의 지나치게 세심한 성정에 대해서라면 그는 찬바람이 돌 정도로 냉정하다.

"봐요, 그 사람은 바로 저기 서 있어요. 공개적인 장소에, 맞죠? 비밀 얘기를 하고 있다면 안으로 들어가 프라이버시가 지켜지는 곳으로 갔겠죠."

"음, 어쩌면요. 하지만 그렇게 해서 얻는 게 뭔지 모르겠어요."

"나 참, 정보지요! 지식의 힘, 세상에 그거 모르는 놈은 없다고요! 볼일이 있는 것처럼 슬쩍 가보는 거예요. 아무것도 아니라고요. 우리를 보살피는 게 당신 일이잖아요, 맞죠? 괜찮으니까 그냥 가봐요. 그는 전혀 눈치 못 챌 거예요."

다른 대원들도 가세한다. 그냥 심심해서다. 그들의 끈질긴 회유와 협박에 마침내 조시도 승낙한다. 그는 배우 뺨치게 태연한 태도로 놈을 향해 어슬렁어슬렁 걸어가서 수행원들을 빙 돌아 치어리더들과 인사한 다음, 다시 그쪽으로 다가가다가 한쪽 무릎을 꿇고 앉아 신발끈을 묶는 척한다. 브라보 대원들은 그의 움직임 하나하나를 지켜본다. 10만 달러. 그들은 목을 빼고 조시를 기다린다.

"부상에 대한 보고를 받고 있어요."

이런 젠장. 우리는 죽어가고 있는데. 빌리는 공을 집어 다임에게 던진다. "저 맞혀보십시오!" 빌리는 짤막하게 외치고 다임이 공을 받는지 지켜보지도 않고 으아아악 고통의 비명을 지르며 내달린다. 오늘 푸짐하게 섭취한 음식과 알코올이 동맥에 남긴 찌꺼기를 헤치고 두 다리가 움직인다. 세 발짝, 네 발짝째에 다리가 달리기에 적응하고, 두 팔도 리듬에 맞춰 움직인다. 사이드라인에 서 있는 사람들을 요리조리 헤치고 달리다가 왼쪽으로 꺾어 엔드 존을 가로지르며 뒤돌아본다. 젠장! 공이 드릴 날처럼 빠르게 회전하며 정통으로 날아오고 있다. 그 찰나의 순간, 그는 모든 것을 본다. 속도와 높이와 평형 상태로 미루어 공이 언제 도달할지 계산하면서 눈으로는 공의 궤적을 되짚어 출발점으로 가서 다임의 커다란 팔 동작을, 손에 도끼를 들고 해안으로 뛰어내리는 바이킹처럼 으르렁대는 얼굴에 돌연 되살아난 천재성을 본다.

진짜 총알을 쏜 것이나 다름없다. 공은 실크 옷이 솔기를 따라 찢어지는 듯한 소리를 내며 날아온다. 그 공이 무자비하리란 걸 알지만, 빌리는 프로처럼 끝까지 보다가 배로 감싸안아 받는다. 질식할 듯한 고통의 으으으윽.

터치다운. 빌리는 공을 다시 다임에게 던지고 엔드 존으로 더 깊숙이 들어간다. 다리가 부드럽게 움직이고, 폐가 신선한 찬 공기를 빨아들인다. 달리는 게 너무 좋다. 그냥 달리는 게. 다임이 너무 멀리 공을 던지는 바람에 중간 보폭으로 달리다가 몸을 쭉 뻗어―잡는다! 그가 공을 끌어당기자 엔드 존 스탠드에서 환호성이 터진다. 빌리는 터치다운 춤을 춘다. 아하, 아하, 득점. 다음 패스에서 다임은 빌리에게 멀리 가라고 손짓하더니 대포알을 쏘아 보낸다. 공은 빌리의 머리 위로 솟았다가 품으로 떨어진다. 빌리가 아기를 어르는 자세로 공을 안자 엔드 존 관중이 또다시 환호를 보낸다.

빌리는 흥분 상태다. 느낄 수 있다. 몸 전체가 얼얼하고, 수용체들이 오르가슴에 가까운 정점에 맞춰져 그에 상응하는 확실한 운동제어 기능을 한다. 프로 운동선수들은 늘 이런 기분일까? 발이 양질의 단단한 잔디밭을 딛고 옹골차게 도약하고, 면도칼을 가는 가죽띠 같은 차가운 공기가 폐로 들어오고 나가는 순전히 육체적인 순간의 강렬한 쾌감. 음식이 그런 상태를 고조시킨 것이 분명하고 섹스는 말할 것도 없다. 당연히 그는 페이슨이 지켜보고 있길 바란다. 그녀가 이렇게 만들었다는 생각이 머릿속에 어렴풋이 자리하고 있다. 그녀와의 만남이 뇌의 화학작용에 변화를 일으켜 운동기능을 비약적으로 향상시킨 것이다.

빌리는 빙글 돌아 다임에게 공을 던지려고 자세를 잡다가, 자신을 향해 날아오는 공을 하나, 둘, 셋이나 발견한다. 경기장 전면 기습을 위한 공중 지원이다. 맹고가 날린 라인 드라이브 킥이 비명을 내지르며 빌리의 머리 위로 지나간다. 로디스는 사이크스를 뒤에서 들이받아 경기장에 넘어뜨린다. 크랙과 어보트는 데이의 긴 패스를 유도하며 서로 팔꿈치로 밀고, 상대에게 뒤질세라 욕을 하며 비틀거린다. 둘은 정신없이 웃느라 쓰러지기 직전이다. "제리 라이스."* 다임이 빌리를 지나 천천히 달려가며 말한다. 그리고는 속력을 올려 쏜살같이 내달리며 빌리의 패스에 대비해 뒤돌아본다. 이제 엔드 존 관중은 본격적으로 환호하고 있다. 당연하지 않

---

* 최고의 리시버로 꼽히는 선수.

은가. 풋볼 팬이라면 누구나 프로풋볼 경기장의 발할라*에서 미친 듯이 뛰어다니기를 꿈꿀 테니까. 브라보 대원들은 난장판으로 경기를 펼친다. 네 편 내 편도, 분명한 목표도 없이 공을 가진 선수에게 무조건 태클을 건다. 엔드 존에서 우르르 몰려다니며 서로 픽픽 부딪치고 배꼽이 빠져라 웃어댄다. 빌리는 풋볼이 그냥 이런 식이었다면, 무례하고 아무 생각 없이 과격하기만 했다면 훌륭한 스포츠가 될 수 있었으리라 생각한다. 문화의 음습한 손길이 닿으면서 풋볼은 신성화되고 자만에 빠진 비대한 괴물이 되었다. 규칙들. 이미 수백 개의 규칙이 존재하고, 해마다 새로운 규칙이 만들어진다. 그건 '놀이'의 개념을 교활하게 왜곡시키는 역겨운 짓거리다. 또한 가학적인 훈련과 팀 기도와 난독증을 일으키는 작전표로 상징되는 멍청한 코치, 작은 히틀러처럼 뛰어다니는 통제광 심판, 타임아웃, 패스 실패가 나올 때마다 경기의 맥을 끊는 일시 중지, 주교의 집전 의식과도 같은 현장 화면 판독, 추가 작전회의, 플레이북**, 보호대, 오더블***, 그밖의 온갖 마비장치. 가장 중요한 것은 남자들이 경기장을 뛰어다니며 실컷 몸싸움을 벌이기를 원한다는 것인데도. 그것은 빌리의 어머니가 끝내 풀지 못한 수수께끼이기도 했다. 딸둘을 먼저 키운 그녀는 아들이 어려서부터 일부러 벽이나 문, 나무에 몸을 날리고, 서재에서 오토만 의자와 씨름하고, 별안간 땅바닥

---

* 고대 스칸디나비아 신화에 나오는 오딘 신의 신전.

** 팀의 공수작전을 그림과 함께 기록한 책.

*** 미리 연습해둔 작전을 변경하면서 쿼터백이 새 작전 번호를 큰 소리로 외쳐 알려주는 것.

에 뒹구는 것을 받아들이는 데 애를 먹었다. 그것이 거기 있다는 것 말고는 딱히 이유가 없었다. 풋볼은 그런 충동의 건설적인 배출구가 되어주는 듯했다. 어린 빌리는 조직화된 구기를 즐겼다. '조직화'란 명령과 통제로 이루어진 정교한 시스템으로 권력이 그 정점에 위치한다. 풋볼은 생산적이고 유용하며 전 인류에 이득이 되도록 만들어져야 했기에, 근본 취지는 졸아들고 팀워크와 희생, 훈련, 기타 현대적 미덕을 끊임없이 외쳐대면서 입 닥치고 지시나 따르는 운동이 되어버렸다. 그리하여 엄청난 폭력성이 내재된 경기임에도 선수들의 정신에는 이상한 수동성이 스며들어 있다. 그 모든 규칙과 원칙, 세 시간 동안 아무것도 하지 않고 서서 순서를 기다리다가 코치가 소리쳐 불러야 움직이는 관행이 거의 쾌감에 가까운 무감각을 불러오고, 전반적인 지각과 반응성을 무디게 만든다. 어떻게 보면 늘 지시대로 움직이는 것이 좋기도 하지만, 얼마쯤 시간이 흐르면 미치도록 따분해진다. 그리고 일정 나이가 되면 코치 대부분이 돌대가리리라는 걸 깨닫는다.

그래서 빌리는 고2 이후로 풋볼과 작별했다. 군대도 똑같다고 볼 수 있지만 군대에서는 수천 가지 요인에 의해 폭력성이 분명히 드러난다. 하지만 브라보 대원들은 지금 이 순간만큼은 복권 공처럼 서로 몸을 부딪치고 튕기며 얼마간 평화를 찾는다. 부딪칠 때마다 긴장감이 사라지고, 그들은 영락없는 미치광이처럼 웃어댄다. 엔드 존 관중이—값이 싼 좌석이라 거칠고 무식한 블루칼라 노동자들이다—일어서서 환호를 보낸다. 브라보 대원들이 신성한 구장에서 마구 날뛰는데도—이상하게!—누구 하나 저지하지 않는다. 얼마 후 카우보이스 파카를 입고 모자를 쓴 비대한 남자 셋이 기다란 골프카트를 타고 나타난다. 그중 가장 뚱뚱한 남자, 금속테 안경을 끼고 턱살이 불룩한 엉덩이처럼 늘어진 남자가 브라보 대원들에게 외친다. 내 경기장에서 꺼져, 당장.

"저 사람 경기장에서 꺼져!" 크랙이 소리치고 맹고도 맞받아 소리친다. 순식간에 브라보 대원들이 모두 서로에게 고함을 질러댄다. 저 사람 경기장에서 꺼져! 저 사람 경기장이야, 바보야, 저 사람 경기장에서 꺼져! 당장 나가래! 꺼지라고! 그들은 늙은이처럼 발을 질질 끌며 공들을 챙기고 두어 걸음마다 멈추면서 꺼져!와 경기장!을 외친다. 뚱뚱한 남자 셋은 골프카트에 앉아 노려보고만 있다. 경찰 두 명이 어슬렁거리며 지나가지만 아무 말도 하지 않는다. 브라보 대원들은 계속 목이 터져라 외쳐댄다. 저 개자식이 좋은 말로 부탁하지 않았으니까. 부탁한다나 고맙겠다는 정중한 말을 덧붙이지 않았으니까. 이 용감한 미국의 군인들에게, 전역한 콜린 파월 장군이 "국민의 자유를 위해 적 앞에 가슴을 드러낸 이 충성스럽고 영예로운 젊은이들"이라 칭한 브라보 대원들에게. 저 뚱보 새끼. 하느님의 형상대로 창조된 인류의 수치, 남의 잔디밭이나 지키는 고래 엉덩이. 어쩌면 적이 증오하는 건 우리의 자유가 아니라 비곗덩어리인지도 모른다!

그 광경을 본 엔드 존의 거친 관중이 야유를 보낸다. 또 망쳤다!는 의미의 거칠고 냉소적인 아우성이다. 놈 일행이 경기장에서 나오는 브라보 대원들을 맞이한다. 놈은 웃고 있다. 그가 샐러드를 입안 가득 넣고 씹는 듯한 발음으로 말한다. "여보게들, 미안하네.

진작 알려줘야 했는데. 브루스가 워낙 깐깐해서 말이야."

하지만 놈은 그의 상사가 아닌가. 그러니 그가 나서서…… 아니, 그러거나 말거나.

"진짜 훌륭한 경기장이야." 어보트가 말한다.

"평생 구경도 못할 최고의 경기장이지. 내가 장담하는데, 맹고는 저 잔디밭에서 달려보고 싶을걸. 존 디어 트랙터를 몰고 다니는 거지. 멕시코 출신이잖아."

"인조잔디야, 멍청아." 맹고가 지적한다.

"난 그냥—"

"그런 인종차별적 발언은 우리 모두의 품위를 떨어뜨릴 뿐이라고." 맹고가 말한다.

"난 그냥 라틴계라면 누구나 좋아할 거라는—"

"—뭘 좋아해? 내가 네 엄마랑 한 거?"

놈이 웃는다. 브라보 대원들은 순 괴짜에 짓궂기 짝이 없다. 그렇다, 어쩌면 그들은 그 누구의 기준으로도 가장 위대한 세대는 아닐지 모르지만, 다소 혼란스럽고 못 미더운 그 세대 하위 3분의 1 중에서는 최고인 게 확실하다. 저쪽에서 방송국 카메라팀이 촬영 준비를 하는 동안 언론인처럼 보이는 여자 둘이 '촬영'에 대해 이야기한다. 치어리더 여섯 명도 거기서 기다리고 있다. 조시도 거기서 서성이고, 앨버트는 문자를 보내고 있다. 빌리는 맥 소령이 보이지 않는다는 사실을 깨닫고 익숙한 피로감을 느낀다.

"이쪽으로 와요." 두 여자 중 젊은 쪽이 부른다. 알고 보니 그들의 촬영을 맡은 방송국 PD다. "여기 한 줄로 서요."

"이쪽으로 몸을 더 돌리고요." 이번에는 중년 여자가 주문한다. 놈을 '놈'이라고 부를 수 있는 카우보이스 PR 담당 고위간부다. 두 여자 다 열정적이고 경쟁심이 강하고 고집도 세 보이는데다, 검은 색 일색의 옷차림에 성난 채식주의자의 야윈 얼굴이다. 빌리가 페 이슨 이야기를 하려고 몸을 돌리지만, 다임은 이미 놈이 달라붙어 독차지하고 있다.

표시된 자리에 가서 모두 발장난을 하는데, 카우보이스 구단주 가 말한다. "원래부터 난 할리우드와 문제가 많았다네. 할리우드 사람들은 우리 국민과, 미국 주류사회의 관심이나 가치체계와 동 떨어져 있어. 누군가 거기서 벗어나 미국의 진짜 현실을 담은 영화 를 만들어야 해."

"우리에겐 그것이 필요합니다. 지금이 그때라고 생각해요." 다 임이 말한다.

"계속 핑계만 대는 걸 보면 그들의 충성심이 의심스러워져. 미 국이 이번 전쟁에서 승리하길 진심으로 원하긴 하는지 모르겠어."

"배짱이 부족하다는 생각도 듭니다." 다임이 말한다.

"론 하워드가 훌륭한 영화들을 만들긴 했지. 〈스플래시〉는 내가 제일 좋아하는 작품 중 하나고. 하지만 그와 글레이저가—"

"그레이저입니다." 다임이 정정한다.

"—그레이저가 자네들 이야기를 2차대전 배경으로 찍겠다는 건 말이 안 되지."

"그들은 강경하게 나오고 있습니다. 그건 사실이에요."

"2차대전은 그만하면 됐어. 2차대전에 관한 훌륭한 영화는 많아.

〈지상 최대의 작전〉〈지옥의 영웅들〉. 아주 훌륭하지. 하지만 브라보 이야기는 현재에 관한 거야. 그 점이 존중돼야지."

"저희 모두 그 말씀에 동의합니다."

"잘 보라고, 이라크 전쟁에 대한 피로의 징후는 어디서도 안 보여. 미국인 대다수가 이 전쟁을 지지하고, 일선에서 싸우는 장병들을 응원하고 있어. 그걸 의심하는 사람은 자네들이 오늘 여기서 얼마나 열렬한 환영을 받았는지 보라고 해."

두 여자가 브라보 대원들을 부채꼴 대형으로 세우고, 양옆에 치어리더들을 꽃장식처럼 배치한다. 주연을 맡은 놈과 다임이 앞쪽 가운데 자리한다. 대본이 있고 모두 암기한 상태다. "공을 이렇게 들어요." PR 책임자가 가슴에 공을 껴안는 시늉을 하며 지시한다. 바보 같고 어색하지만 브라보 대원들은 잠자코 따른다.

"아니, 더 낮게요." PD가 말한다.

"제발요." PR 책임자가 눈을 굴리며 신음하듯 말한다.

"그렇게 높이 들고 있으면 부자연스러워요. 이상해 보여요."

"우린 풋볼 경기에 온 거예요. 네? 아주 자연스러워 보여요."

곧 첫 테이크 준비가 완료된다. 놈의 개인 비디오기사가 옆에 서서 촬영하는 놈을 찍는다. "브라보 대원들이 여러분과 가족의 행복한 **추수감사절**을 기원합니다." 다임이 우렁찬 목소리로 말하고 대본에 없는 말을 덧붙인다. "그리고 전선의 우리 형제자매 장병에게 전합니다. **우월한 화력으로 평화를!**" 그래서 모두 웃는 와중에 놈, 치어리더들, 브라보 대원들이 "가자, 카우보이스!"를 외치지만, 방송국 사람들은 화를 낸다. 잠깐만요, 그게 대본에 있나요? 그 말은 없으니까 하지 마요. 그 말은 하면 안 돼요. 하면 안 된다는 거 몰라요? 다임이 사과한다. 흥분해서 그랬다고 웅얼거린다. 모두 두번째 테이크를 준비한다.

"브라보 대원들이 여러분과 가족의 행복한 **추수감사절**을 기원합니다." 다임은 이렇게 말한 뒤, 맙소사, 또 그 짓을 한다. "그리고 전선의 우리 형제자매 장병에게 전합니다. 먼저 쏴! 똑바로 쏘라고! **적을 응징해!**"

"야아아, 가자, 카우보이스!"

이제 방송국 사람들은 정말로 화가 났다. PD가 훈계를 한다. "이봐요, 우리 시간이 사 분밖에 없어요. 빨리 진지하게 하지 않으면 촬영이 취소될 수도 있어요." 놈은 브라보 대원들만큼 심하게 웃었지만 다들 진정하고 똑바로 하자고 말한다. "많은 사람이 자네들 말을 듣고 싶어해." 세번째 테이크에서 다임은 순순히 대본을 따르지만, 장난을 한껏 기대하던 로디스와 사이크스가 웃음을 터뜨린다. 네번째 테이크는 순조롭게 진행되지만, 마지막에 풋볼 팬 하나가 관중석 맨 앞줄 난간 너머로 몸을 내밀고 외친다. "시카고 베어스는 말 좆이나 빨아라!"

이쯤에서 짧은 휴식이 필요할 듯하다. 촬영 현장 통제를 위해 더 많은 경찰이 투입된다. 빌리는 다임과 이야기를 해보려 하지만 놈이 벌써 그와 대화중이다. 빌리는 하마터면 불쑥 끼어들 뻔하지만—그만큼 간절하다—충동조절 연습 삼아 세 걸음 물러난다. 그러다 치어리더 무리에 부딪힌다.

"우아. 미안해요!"

치어리더들은 미소지으며 고개를 끄덕인다. 세 명인데 둘은 백인, 하나는 흑인이다.

"셋이 자매예요?"

치어리더들이 야유를 보낸다.

"오.오.오. 그걸 어떻게 알았어요?"

"우리만의 작은 비밀인데!"

"척 보면 알겠는데요. 세쌍둥이로도 보겠어요."

다시 야유. 모든 치어리더가 그렇듯이, 그들도 몸매가 근사한 여성의 훌륭한 표본이다. 포토샵으로 처리한 패션 잡지 속 이상적인 모델처럼 부드러워야 할 곳은 부드럽고 단단해야 할 곳은 단단하다. 게다가 실물이다. 맙소사. 빌리의 입에서 허튼소리가 마구 튀어나온다. 무슨 소리를 지껄이고 있는지 자신도 모르지만, 치어리더들이 웃는 걸 보니 제대로 하고 있는 모양이다. 치어리더들은 발을 동동 구르고 잇새로 셔링 장식 같은 입김을 내뿜어 자신들이 얼마나 추운지 극적으로 드러낸다. "서열 때문에요." 페이슨은 왜 추수감사절 촬영에 나오지 않았느냐는 물음에 그들이 대답한다.

"페이슨은 신참이에요. 우리 일은 모든 게 서열에 따라 이루어져요. 연차 순서대로 TV에 나갈 수 있어요."

"TV에 나가는 게 중요한가봐요?"

치어리더들은 심드렁한 얼굴로 어깨를 으쓱한다.

"나쁠 건 없으니까요."

"뭐에 나쁠 게 없어요?"

"알잖아요. 경력."

"아. 치어리더도 경력이 있는지 몰랐어요."

"그거 뭐예요?" 치어리더 하나가 빌리의 반짝이는 훈장을 거의 만질 듯이 가리키며 묻는다.

"은성훈장요."

"뭐 때문에 주는 건데요?"

빌리는 말문이 막힌다. 허튼소리를 지껄일 수도 없고, 그렇다고 정중한 대화에 어울리는 대답을 찾기도 힘들다. "용맹해서 줄 거예요." 그는 그렇게 말하고 표창장에 적힌 내용을 빌려온다. "미국의 적에 맞서 뛰어난 용맹을 보인 공로."

치어리더가 멀뚱하니 바라본다. "멋지네요." 그녀가 그렇게 말한 뒤 셋 다 갑자기 고개를 돌려버린다. 빌리가 대화를 망친 것이다. 뻐긴다는 인상을 준 걸까? 방송국 사람들이 다섯번째 테이크를 찍는다며 모두 돌아오라고 한다. 그들은 지정된 자리에 서서 기다린다. 기다리고 또 기다린다. 그러다 기술적인 문제가 생겼다는 말을 듣고 신음한다. 사소한 문제이니 해결될 때까지 그대로 기다리라는 지시가 떨어진다.

"저기 자네들 사람이 있군. 저 사람이 그 일을 하고 있는 것 같은데." 놈이 귀에 휴대전화를 댄 채 사이드라인에서 서성이는 앨버트를 고갯짓으로 가리키며 웅얼거린다.

"그는 기계입니다." 다임이 말한다. 그들 옆 약간 뒤쪽에 서 있는 빌리는 엿듣지 않을 수가 없다.

"함께 일한 지 얼마나 됐지?"

"공식적으로는, 이 주쯤 됐을 겁니다. 직접 만난 건 그쯤 됐고,

그전에 이라크에 있을 때도 이메일을 주고받고 전화 통화를 했습니다."

"계약은 했겠지."

"몇 가지 서류에 서명했습니다."

"지금까지 겪어보니 괜찮고?"

"예, 그렇습니다. 우리는 앨버트를 아주 좋아합니다. 우리 이야기를 진심으로 믿으니까요. 우리가 최대한 좋은 조건으로 계약할 수 있도록 수고를 아끼지 않고요."

놈은 헛기침을 하더니 잠시 말이 없다. 빌리는 누구라도 빨리 입을 열었으면 하는 간절한 마음에 몸을 앞으로 살짝 기울인다.

이윽고 놈이 말한다. "힐러리 스웽크 말인데."

"예?" 다임이 묻는다.

"힐러리 스웽크. 앨버트 말이 힐러리 스웽크도 이 프로젝트에 관심이 있다던데."

"예, 맞습니다."

"자네 역할을 하고 싶다고."

"그런 것 같습니다."

"그건 미친 소리야. 자네 생각은 어때?"

"솔직히 말씀드리겠습니다. 지금도 이해하려고 애쓰는 중입니다."

"실화에 충실해야지 스타의 변덕에 맞추려고 멋대로 고치면 쓰나. 솔직히 말하자면 할리우드 사람들의 자기도취는 놀라울 따름이라니까."

"전 연예기사에서 읽은 것밖에 모릅니다."

"난 힐러리 스웽크가 대단한 배우라고 생각하지 않아."

"아."

"그 여자가 슈워제네거랑 부부로 나온 영화를 봤는데, 슈워제네거가 CIA 요원인 걸 여자는 모르는 내용이었을걸. 멍청한 영화였어. 난 그 영화도 전혀 높이 평가하지 않았지."

"제이미 리 커티스였을 겁니다." 다임이 말한다.

"뭐?"

"슈워제네거의 아내 역할을 한 배우는 힐러리 스웽크가 아니라 제이미 리 커티스였을 겁니다."

"정말인가? 흠. 어쨌든 형편없는 영화였어."

빌리는 앨버트가 휴대전화를 주머니에 넣는 모습을 포착한다. 앨버트의 어깨가 심하게 들썩거린다. 그런 제스처는 실패를 암시하는 듯하지만, 빌리는 그가 걱정스러워한다기보다는 생각에 잠긴 것처럼 보인다고 생각한다. 노련하게 다음 행보를 계획하는 늙은 프로답게. 그럼 어떻게 좀 해봐요. 빌리는 속으로 앨버트를 채근한다. 그는 제작자 앨버트가 더 뻔뻔해지길 바라는 자신을 발견한다. 영화가 무산되면 앨버트는 LA로, 브렌트우드에 있는 집으로, 젊고 섹시한 아내에게로, 오스카 상패 세 개가 놓인 사무실로 돌아갈 것이다. 반면 브라보 대원들은 영화 계약이 성사되든 되지 않든 전쟁터로 돌아가야 한다. 그들에게 이라크는 늘 삶이냐 죽음이냐의 문제였지만, 영화가 미결정 상태이니 그런 느낌이 더한 것 같다.

다섯번째 테이크가 성공하자 모두 환호한다. 카메라팀까지 지친 함성을 보탠다. 놈이 브라보 대원들에게 구식 하이파이브를 베풀면서 말한다. "공 잘 들고 있게. 자네들 거니까. 하지만 거기 잉크가 좀 묻으면 더 보기 좋겠지, 안 그런가?" 그는 씩 웃으며 덧붙인다. "다들 날 따라오게."

XXL

그들은 거대하다. 새로운 인종이거나, 클라이즈데일*만한 인간들
이 지구상에 돌아다녔던 잃어버린 선사시대에서 온 듯하다. 장난
감 병정만하게 나오는 TV 화면은 그들을 제대로 보여주지 못한다.
보통 사람을 확대해놓은 듯한 체격, 맥주통만한 머리, 삼나무 같은
목, 야구공만한 근육 덩어리가 울끈불끈 튀어나온 팔. 얼굴도 어
딘가 조금 이상하다. 눈 사이가 지나치게 가깝거나 멀고, 광대뼈와
코는 엄지손가락으로 뭉개며 빚은 듯하다. 있을 건 다 있지만 두개
골 크기와 균형이 맞지 않아 전체적으로 뒤죽박죽이다. 슈퍼영웅
의 스케일을 갖기 위해 사람 얼굴의 청사진에서 벗어난 것 같다.

"우리가 저 선수 변기가 아닌 게 다행 아니야?" 어보트가 카우
보이스의 올스타 오펜스 가드인 인간 스팸 덩어리 니키 오스트라

---

* 스코틀랜드산 짐마차용 말.

나를 고갯짓으로 가리키며 빌리에게 속삭인다. 미국이 아니면 어디서 풋볼이 번성할 수 있겠는가? 수백만 에이커의 비옥한 땅에서 옥수수, 콩, 밀이 나고, 유제품이 넘쳐나고, 사시사철 과일과 채소가 쏟아져나오며, 고기로 말할 것 같으면 고속으로 단백질을 생산하는 공장 같은 사육장에서 배불리 먹이고 비타민을 보충시키고 예방접종을 해서 키운 소, 돼지, 가금류와 해산물이 척척 공급되는 나라. 몇 세대에 걸친 어마어마한 영양 공급이 산업적 크기의 인간 종족을 낳은 것일까? 오직 미국만이 이런 거인들을 생산할 수 있었다. 타이트 엔드*인 토니 블레이클리가 시리얼 한 상자를 그릇에 다 쏟은 다음 우유 2리터를 붓고 서빙용 숟가락으로 태연히 먹기 시작한다. 한 상자를. 통째로. 다. 미국이 아닌 다른 나라라면 이런 매머드들을 먹여 살리다가 거덜이 날 것이다. 놈이 방 한가운데 서서 일장연설을 시작하고, 선수들은 순하게 듣고 있다. 미국의 진짜 영웅들…… 우리가 누릴…… 자유…… "그러니 그들에게 우리 카우보이스의 열렬한 환영을 보냅시다." 놈의 촉구에 선수들은 박수갈채로 응답한다. 다들 귀한 몸이지만, 엄밀히 말하면 고용된 처지라 놈의 말을 따를 수밖에 없을 거라고 빌리는 생각한다.

놈이 터틀 코치에게 고개를 돌리며 말한다. "조지, 우리 손님들이 선수들 사인을 받아도 되겠나?"

코치가 열의 없는 목소리로 대답한다. "좋습니다." 사인 받고 내 로커룸에서 당장 꺼져라고 덧붙이고 싶은데 꾹 참는 듯하다. 코치는

---

* 오펜스 라인 끝에서 블로킹을 하고 패스를 받는 공격수.

거구와 경사진 어깨, 시무룩한 얼굴이 늙은 수컷 바다코끼리를 닮았다. 피부는 미용실에서 염색한 머리와 같은 오트밀색이고, 숱 많은 머리를 복고풍으로 뒤로 빗어넘긴 모습이 디프사우스* 지역 교도소장 같다. 아까 로커룸으로 오는 길에 조시가 브라보 대원들에게 이미 사인펜을 나눠주었다—애드빌은 아직이고 조시는 깜빡했다며 자책했다. 대원들이 사인을 받기 위해 흩어진다.

"이 중에 팻 틸먼**과 뛰어본 선수가 있는지 모르겠군." 다임이 밝은 목소리로 말한다. 선수 몇 명이 그에게 시선을 주지만 대꾸하는 사람은 아무도 없다. 그렇게 다임은 정신적 영역 표시를 하고, 사이크스와 로디스는 최대한 많이 사인을 받으려고 잽싸게 움직인다. 빌리는 뒤에 남는다. 그는 사인 같은 걸 왜 받는지 알 수 없을뿐더러, 선수들의 덩치가 하도 커서 애걸하듯 가까이 가는 건 고사하고 똑바로 쳐다보고 싶지도 않다. 그는 이곳이 편치 않다. 무방비의 느낌이고 자꾸만 위축된다. 사실을 말하자면, 오 분 전보다 남자로서 자신감이 많이 줄었다. 선수들은 브라보 대원들보다 훨씬 군인답다. 덩치가 더 크고 힘도 더 세다. 더 무식하고 더 나쁘다. 그들의 트럭만한 턱은 작은 건물을 불도저처럼 밀어버릴 수 있고, 허벅지는 내력기둥처럼 불룩하다. 그들은 테스토스테론을 마구 뿜어낸다. 그리고 경기에 나갈 준비를 하는 동안 용사의 기운은 급속히 증가한다. 이미 덩치가 산만한데 더 키울 필요가 있을까?

---

* 조지아, 앨라배마, 미시시피, 루이지애나, 사우스캐롤라이나 주를 아우르는 미국 동남부 지역.

** 9·11 테러를 계기로 자원 입대해 아프가니스탄에서 전사한 풋볼 선수.

그들의 몸에 충격 방지와 경외감 조성을 위한 정교한 장치들이 장착된다. 엉덩이 보호대, 허벅지 보호대, 무릎 보호대. 그리고 변신 장비 같은 어깨 보호대, 발포고무와 천, 벨크로, 조각조각 엮은 외피로 이루어진 그 하이테크 조합물. 거기에는 인간의 나약한 갈비뼈를 감싸주는 덮개까지 붙어 있다. 거기다 손에 감는 테이프, 팔목에 감는 테이프. 롤 보호대, 팔꿈치 보호대, 팔뚝 보호대까지. 또 모든 로커의 맨 위 선반에는 새 운동화가 네 켤레 이상씩 놓여 있다.

그 모든 장비가 빌리를 더욱 우울하게 만든다. 그건 곧 지루함을 의미하기 때문이다. 선수들은 까다로운 모델이나 여배우보다 옷 입는 데 더 많은 시간을 들이고 까탈스러움을 노골적으로 드러낸다. 그들은 불퉁스럽고 폐쇄적인 태도로 유니폼을 차려입는 의식에 몰입한다. 그들이 방해받기 싫어한다는 걸 빌리는 눈치챘다. 그것은 정신의 문제다. 정신은 육체를 먹고 산다. 인간이 같은 인간을 공격하는 건 가벼운 문제가 아니기에, 그들은 심각한 손상에 대비하기 위한 마음의 준비를 한다. 친구들, 나도 다 알아! 전적으로 공감한다고! 빌리는 그 과정을 안다. 로커룸에 울려퍼지는 상처입은 음악도 똑같다. 하지만 그런 말로 대화를 시작하면 알랑거리는 것처럼 보일 것이다.

빌리는 커번 매클렐런의 사인을 받는다. 바로 앞에 서 있는데 사인을 부탁하지 않으면 무례해 보일 것 같아서다. 그가 커번 매클렐런임을 안 건 로커 상단에 선수 이름과 등번호가 경쾌한 글씨체로 찍혀 있기 때문이다. 빌리는 다음 선수 #94 스펠먼 테일러에게로 옮겨간다. 그다음에는 #55 터커 루벨. 그다음에는 #61 디마커스

케리. 선수들은 순전히 사무적이다. 사인펜을 받아들고 이름을 휘 갈겨쓰며 대부분 고개를 들어 그를 보지도 않는다. 빌리의 고맙다 는 인사에 몇 명만 고개를 끄덕인다. #81 인더리언 카슈카리. #78 토미 버즈닉. 그다음에는 #99 에드 크리스코에게 간다. 그 거구의 백인은 트레이너가 어깨 보호대를 단단히 조이는 동안 꼼짝도 않 고 서 있다. 팔을 벌린 채 아무 말 없이, 눈 한 번 깜빡이지 않고 앞 만 똑바로 바라본다. 하루의 짐을 또 지기 위해 마구를 다는 짐승 처럼.

빌리는 에드 크리스코를 성가시게 하지 않기로 한다. 얼굴이 창 백하고 비쩍 마른데다 머리카락이 한 올도 없는 아이 둘이 로커룸 안을 돌아다니며 사인을 받고 있다. 둘 다 용감한 미소를 머금은 부모, 구단측 대변인 한 명과 함께 다닌다. 아이들의 피부는 표백 된 은빛이다. 높은 고도의 새털구름 빛깔. 무슨 병을 앓고 있는지 는 몰라도 희망이 없어 보인다. 상태가 너무 심각해서 남자아이인 지 여자아이인지도 분간이 안 된다.

빌리는 계속 나아간다. #33 더럴 시슨, #42 디앤톤 제프리스, #8 옥타비안 스퍼전. 옥타비안이 공을 받으며 말한다.

"어때요."

"아주 좋습니다. 그쪽은요?"

옥타비안은 고개를 끄덕인다. 자기 로커 앞 의자에 앉아 있는 그 는 헬멧만 쓰지 않았을 뿐 출전 장비를 모두 갖춘 상태다. 그는 경 기에 대비해 몸을 사리고 있다. 아주 멋지다. 어깨가 넓고 엉덩이 는 날씬하며, 길고 뾰족한 코와 높고 섬세한 광대뼈를 가졌다. 정교한 문신이 목을 타고 올라가고 팔을 휘감고 있다. 머리에는 검은 두건을 쓰고 목덜미에서 매듭을 묶었다. 그가 빌리의 공에 사인을 한 뒤 돌려준다.

"고맙습니다."

"천만에요. 어이, 잠깐 있어봐요."

빌리가 돌아선다. 카우보이스 선수는 잠시 말문이 막힌다.

"그러니까, 이라크에 있었다고요?"

"아, 예."

옥타비안은 다시 할말을 찾느라 애쓰는 듯하다. 수년간 선수로 뛰며 머리를 하도 많이 맞아서 뇌세포가 손상된 건 아닐까, 빌리는 생각하지만 옥타비안의 눈은 기민하다.

"그래, 거긴 어때요?"

"어떠냐고요? 그야, 덥죠. 건조하고. 더럽고. 지독하게 따분할 때가 많고."

옥타비안이 감상적인 목소리로 웅얼거린다. "그렇지만 최전방에 있는 거 아니에요? 전투에도 나가봤어요?"

"전투에 나가봤죠, 네."

디앤톤과 더럴이 다가온다. 그들도 옥타비안과 같은 체형에, 검은 몸이 유연하고 극도로 잘 통제되어 있다. 그들이 서로 눈빛을 교환하지만 빌리는 그 의미를 읽지 못한다.

"진짜네. 그럼 사람도 죽여봤어요? 총을 쏴서 쓰러뜨리는 거, 그것도 해봤어요?"

그건. 빌리는 꼭 대답할 필요는 없다는 생각이 들지 않는다.

그는 그렇다고 대답한다. 선수들이 서로 시선을 교환한다. 빌리는 그 순간 그들이 진지해지는 걸 알아챈다.

"그래, 어때요? 그러니까 어떤 기분이 들어요?"

빌리는 침을 삼킨다. 어려운 질문이다. 바로 그 부분이 그의 아픈 상처다. 언젠가는 거기에 교회를 지어야 할 것이다. 전쟁에서 살아남는다면.

"아무 기분도 안 들어요. 싸우는 동안에는."

"아. 그렇구나." 선수 몇 명이 더 와 있다. 카우보이스의 제2수비진 주전이 다 모여들었음을 빌리는 깨닫는다. "그래, 무기는 뭘 갖고 다녀요?"

"뭘 갖고 다니느냐고요? 상황에 따라 다르죠. 작전과 임무에 따라 정해져요. 대개는 표준 반자동 돌격소총 M4이고, M240도 몇 번 들어봤어요. M240은 완전 자동 대용량 무기인데 분당 950발이 발사되죠. 험비 위쪽에 타면 50구경 기관총을 쏘게 되고요."

"M4는 어떤 총알을 쓰는데요?"

"5.56밀리미터 총탄요."

"보조 무기도 갖고 다녀요?"

"베레타 권총요. 9밀리미터 구경."

"쏴봤어요?"

"그럼요."

"가까이서?"

빌리는 고개를 끄덕인다.

"군에서 칼도 나와요?" 배리 조 솔스가 묻는다. 머리가 거의 다

빠진 늙은 백인이다.

"케이바가 지급되지만, 칼은 아무거나 갖고 다녀도 돼요. 온라인으로 구입하는 사람도 많고요."

"AK는요? 그것도 갖고 다녀요?"

"AK는 반군 무기라 지급이 안 돼요. 그래도 도중에 많이들 챙기긴 하죠."

"AK도 위험해요?"

"위험하죠. 총알이 커서 더 쉽게 박살나요. 여러분도 AK 총알은 절대 맞고 싶지 않을걸요."

"흠. 좋아요." 옥타비안은 동료 선수들을 흘끗 본 뒤 잠시 입술을 깨문다. "그럼 M4는 어때요. 사람을 쏘면."

빌리는 웃는다. 우스워서가 아니다. 사실 아무 느낌도 없다. 아무 느낌도 없는 게 하나의 감정인지 아니면 그냥 아무것도 아닌 건지 궁금해진다.

"작살나는 거죠."

"그러니까 한 방에? 바로 골로 가요?"

"몸에 맞으면 안 그래요. 고속탄환이라 대개 관통해요. 쓰러지긴 하죠."

"하지만 죽지는 않고."

"몸에 맞으면 안 죽을 수도 있어요. 그래서 얼굴을 겨냥하죠."

선수들이 숨을 들이켠다. "흐음." 누군가 달고 즙 많은 뭔가를 깨무는 듯한 소리를 낸다.

"240은 완전 자동이라고 했잖아요. 그건 어때요?" 솔스가 묻는다.

"그건 어떠냐고요? 젠장, 뭐라고 말해야 할지 모르겠네요. 240은 악마예요."

"그래요?"

"240으로 맞으면 아주 박살이 나요."

빌리는 선수들이 더 묻기 전에 고맙다고, 행운을 빈다고, 대화 즐거웠다고 말하고 자리를 뜬다. 사인을 받는 건 점점 더 멍청하고 무의미하게 여겨져 완전히 접었다. 몰래 주위를 둘러보다가 로커 룸 저쪽 끝에서 팀의 포진도가 붙은 거대한 화이트보드를 들여다보고 있는 다임을 발견한다. 뒤에서 다가서는데 다임이 웅얼거린다. "민주주의도 아니고 공산주의도 아니라면, 그럼 뭐지?"

"뭐가요?"

"아무것도 아니야. 빌리, 즐거운 시간 보내고 있나?"

"그런 것 같습니다." 빌리는 옆걸음질로 다임에게 더 다가가 목소리를 낮추고 말한다. "하사님, 선수 몇 명은 미쳤습니다. 제정신이 아닙니다."

다임은 웃는다. "그럼 우리는?"

아무튼. 빌리는 다임의 공에 사인이 하나도 없는 것을 알아차린다.

"하사님, 얘기 좀 할 수 있습니까?"

"그래." 다임은 다시 포진도를 들여다본다.

"개인적인 문제입니다."

"나처럼 좋은 친구는 평생 만나기 힘들 거야."

"음, 무슨 일이 있었느냐 하면, 음, 여자를 만났습니다. 저기, 오늘요. 조금 전에요. 사실은 치어리더입니다."

다임이 빈말을 툭 던진다. "축하한다."

"예, 그러니까 말입니다. 우리 모두 치어리더를 만나긴 했습니다만, 하사님, 그녀와 전 특별한 관계가 되었습니다."

"빌리, 멍청한 소리 마라."

"아닙니다, 하사님. 정말입니다. 무슨 일이 있었습니다."

다임이 갑자기 생기를 띤다. "입으로 해줬냐?"

"그건 아니지만. 어쨌든 했습니다."

"개소리."

"하느님께 맹세합니다."

"젠장! 언제 그런 거야?"

빌리는 그 만남에 대해 간략히 설명하지만, 페이슨의 명예와 체면을 지켜주려고 그녀가 오르가슴에 도달한 얘기는 하지 않는다.

"이 개새끼, 거짓말하는 거 아니지, 그렇지." 다임이 부드럽게 말한다.

"아닙니다, 하사님. 거짓말 아닙니다."

"그런 것 같군." 다임은 웃기 시작한다. "린, 넌 후레자식이야. 무슨 말로 그 여자를 꼬셨는지 모르겠지만—"

"사실 말은 주로 그녀가 했습니다."

"아주 좋아. 똑똑한데. 빌리, 너 앞으로 여자 많이 꼬시겠다."

"고맙습니다. 그런데 제가 하사님께 묻고 싶은 건…… 제가 의논하고 싶은 건……"

다임이 참을성 있게 바라본다.

"하사님, 전 그녀를 잃고 싶지 않습니다. 어떻게 하면 그녀를 잃지 않을 수 있을까요?"

"뭐야? 맙소사, 뭘 잃고 싶지 않다고? 빌리, 너 그 여자랑 얼마나 같이 있었냐, 십 분? 둘이 껴안고 키스한 건 좋아, 아주 훌륭해. 그건 정말 축하한다. 하지만 넌 잃고 자시고 할 게 없어. 그녀가 너한테 잘해줬지. 그렇지? 넌 영웅이니까. 그녀는 군인을 위해 좋은 일을 한 거야. 우리는 오늘 22시부로 복귀다. 그런데 그녀를 언제 다시 만나겠다는 건지 도통 모르겠군. 이메일 주소를 알아내서 이라크로 돌아간 뒤 이메일 섹스라도 하려고?"

빌리는 토할 것만 같다. 물론 다임 말이 옳다. 어떤 식으로든 페이슨과의 미래를 기대하는 건 터무니없다. 하지만 그녀는 얼마나 다정하게 그의 뺨을 어루만졌던가. 그녀의 사타구니는 얼마나 적극적으로 그의 돌진을 흡수했던가. 그녀의 열렬한 키스. 물기 어린 눈. 그의 등뼈를 부러뜨릴 뻔한 클라이맥스. 어떻게 그보다 더 진실할 수 있을까?

장비관리자 하나가 그들에게 다가와 장비실을 구경하겠느냐고 묻는다. 좋죠, 다임이 대답한다. 장비관리자는 에니스라고 자기 이름을 소개하며 악수를 청한다. 에니스는 마르고 강단 있는 체구에 배가 조금 나온 예순 살 남자로, 텍사스 토박이의 콧소리를 낸다. "오늘 자네들이 방문해줘서 정말 자랑스럽네. 대접 잘 받고 있나?" 그가 다임과 빌리를 이끌고 진료실 카운터를 지나 옆문으로 가면서 말한다.

"다들 무척 친절합니다."

"다행이군. 특별한 손님들인데 잘 대접해야지." 문을 열고 들어가니 플라스틱과 가죽 냄새가 훅 끼친다.

"우아. 여기 있으면 냄새에 취하겠는데요."

"하루 동안 잠가놨다가 화요일 아침에 문을 열면 정말 냄새에 취하지."

경비행기 격납고 정도의 규모인 장비실에는 캐비닛, 선반, 통과 상자를 놓는 비계, 스팀 테이블, 작업대, 바퀴 달린 발판 사다리가 저멀리까지 줄줄이 배치되어 있다. 카펫부터 문손잡이에 이르기까지 모든 집기의 색상이 매우 한정적이다. 카우보이스팀을 상징하는 푸른색과 은회색. "세계 최상급의 장비를 갖추지 않고는 세계 최상급의 풋볼팀을 경기에 내보낼 수 없지." 에니스가 열띠게 말한다. 빌리는 노련한 관광 가이드의 장광설이라도 듣고 있는 기분이다. "풋볼은 장비 중심의 운동이고, 우리처럼 4, 5톤의 장비를 취급하려면 조직적인 물품 관리가 필수야. 갖고 있는 물품을 찾아서 사용해야 하니까, 안 그런가? 세상에서 제일 좋은 장비라도 한 구석에 처박혀 먼지만 뒤집어쓰고 있으면 아무짝에도 쓸모없지. 여기 있는 장비는 무려 육백 종류가 넘는다네."

"정말 많군요." 빌리가 말한다.

"많지, 젊은이. 우리의 출장 목록을 봐야 하는데. 이 정도의 장비를 운용하려면 꼼꼼하게 일하는 팀 하나가 필요해. 우린 절대 실수를 용납하지 않는 무관용 원칙을 고수하지." 그들은 홈경기용과 원정 경기용으로 나누어 깔끔하게 정리해놓은 유니폼 앞에서 멈춘다. 에니스가 몸에 꼭 맞도록 세로로 길게 댄 스판덱스, 밑단이 스판덱스로 된 기다란 셔츠 뒷자락, 우주시대 직물의 속건성 기능에 대해 알려준다. 빌리는 78번 유니폼을 빼서 옷걸이를 잡고 들어올린다. 4인 가족 옷은 만들 수 있을 천이 사용된 어마어마한 사이즈에 다들 쿡쿡 웃는다. 그다음에는 신발. 벽 한 면이 바닥부터 천장까지 온통 신발, 신발, 신발, 신발뿐이다.

"와. 저 신발들 좀 봐." 다임이 말한다.

"대단하지, 응. 다 앞으로 사용할 것들이라네. 시즌당 삼천 켤레 가까이 소비하고, 그 수는 해마다 늘어나. 트레이닝캠프에서는 어떤 줄 아나? 거긴 너무 더워서 신발 밑창이 그냥 벌어져버려. 월마트에서 파는 싸구려가 아니라 최고의 품질을 자랑하는 신발인데." 에니스는 인조잔디 구장에서 경기할 경우 잔디가 말랐을 때, 축축할 때, 젖었을 때 신는 신발이 다 다르고 잔디 구장용도 스파이크가 고정된 것과 교체할 수 있는 것이 있으며 날씨에 따라 네 종류의 스파이크가 있다고 설명한다. 다음은 스팀 테이블들에 쌓인 어깨 보호대다. 줄줄이 산더미처럼 쌓인 모습이 구세계 지하묘지의 뼈 같다. 어깨 보호대는 포지션별로 하나씩 열두 가지 스타일이 있고 스타일마다 네 개의 사이즈가 있으며 방탄조끼를 달 수 있고 주문 제작도 얼마든지 가능하다. 그다음은 헬멧. 헬멧은 가장 중요한 장비다. 그 자체가 하나의 세계로, 최신 정형외과학과 충격학이 탄생시킨 하이테크 공학의 경이로운 결과다. 외피는 최첨단 폴리머와 수지, 에폭시로 만들어져서 이 정도의 충격도 견딜 수 있다. **쾅**. 에니스가 헬멧을 바닥에 내동댕이치자 두 군인은 뒤로 펄쩍 물러난다. 자, 보라고. 아무렇지도 않지. 대단해, 응. 자네들이 쓰는 케블러 헬멧만은 못하지만 우리 선수들이 총알을 피해다니는 건 아니니까. 헬멧 내부도 중요하지. 머리에 완벽하게 맞고 최대한의 보호기능을 갖추려면 개별 맞춤 턱 보호대, 발포고무 충전재, 공기주머니가 필요해. 이건 공기주머니를 부풀리는 에어펌프, 저기 외피 가장자리를 따라 있는 것이 니플. 이런 헬멧을 써도 뇌진탕이 많이 일어나. 선수들이 때리기도 하고. 여기 이게 얼굴 마스크. 열다섯 종류가 있지. 턱끈은 여섯 가지 형태로 나오고, 마우스가드도 종류와 색깔이 다양해. 쿼터백 헬멧에는 코치와 즉각적인 교신을 하기 위한 무전기가 달려 있지. 헬멧 데칼은 매주 새로 교체하고, 외피는 철수세미로 닦은 다음 마루용 왁스로 광을 내.

우린 일이 많다네. 껌만 해도 다섯 가지 맛을 선수들에게 제공하지. 저기 이천오백 개씩 스무 상자가 있어. 여기 있는 벨크로 테이프는 장비를 선수들 몸에 꼭 맞게 고정해줘. 그래야 적이 잡을 데가 없으니까. 엉덩이, 허벅지, 무릎 보호대도 크기, 형태, 두께별로 정리해놨지. 리시버를 위한 얇은 장갑. 라인맨을 위한 패드 넣은 장갑. 모든 사이즈의 발 교정용 깔창. 야구 모자. 니트 모자. 스파이크 교체용 전기드릴. 땀띠분. 선크림. 스멜링 솔트*. 스물두 종류의 의료용 테이프. 젤, 크림, 연고, 항균제, 해열제, 게토레이 분말. 후우, 이게 다가 아니야. 오늘같이 추운 날씨에 대비한 스컬캡**, 방한내의, 벙어리장갑, 토시, 손난로, 추운 날씨용 크림, 방한양말, 벤치용 난방용품, 어깨 보호대에 맞게 특수 디자인된 발수성 방한

---

* 선수가 의식이 희미해졌을 때 독한 냄새로 깨우는 약.
** 머리 모양에 꼭 맞는 반구형 모자.

코트, 같은 디자인의 모자 달린 우비. 수건은 경기당 칠백 장이 필요하고, 비가 오거나 심하게 더운 날은 두 배가 들지.

"스테로이드는 어디에 보관하나요?" 다임이 묻는다.

"어허, 그건 여기선 금기어라네. 이제 공. 우리는 홈팀으로서 경기에 새 공 서른여섯 개를 제공할 의무가 있지. 제조업체에서 심판에게 직접 전달하는 공이 열두 개 더 있고. 그 공들에는 'K' 표시를 해서 키킹게임kicking game에만 사용해." 그다음, 이건 연습용 셔츠와 반바지, 저건 트레이닝복 상하의. 다음엔 대규모 세탁실을 재빨리 둘러보고 코치용 장비를 보여주지. 공책, 클립보드, 크고 작은 화이트보드, 매직펜, 색연필, 헤드폰, 휴대용 확성기. 신발상자 크기의 통에 가득차 반짝이는 은빛 호루라기, 역시 통에 가득찬 카시오 스톱워치. 여기서는 무선통신과 비디오 촬영이 금지이고 그 이유는 말 안 해도 알 거야. 원정 경기를 나설 때면 장비를 다 싣는 데 세미트레일러 두 대가 필요하지. 무게가 4톤에서 4.5톤은 되니까.

끝에 가서는 다임조차 좀 멍해진 듯하다. 너무 과하다. 특수한 필요에 따른 물품들이 정신이 멍해질 만큼 어마어마한 양으로 용도와 형태와 크기에 따라 분류되어 깔끔하게 보관되어 있다. 인간의 천재적인 물류와 재고관리 능력을 보여주는 증거다. 빌리는 두통이 더 심해졌다. 잡다한 장비 냄새 때문인 것 같다. 장비실 끝까지 갔다가 돌아나올 때는 가슴이 죄어드는 느낌이 든다. 폐에 문제라도 생긴 듯 호흡이 가빠온다. 알레르기일까? 아니면 혹시 심장마비? 하지만 그런 생각을 바로 떨쳐버린다. 건강 걱정에 시간을 낭비하기에는 장비실의 신비에 흠뻑 빠져 있다. 어떻게 이 모든 것이 존재할 수 있을까? 그는 '어떻게'만이 아니라 '왜'에 대해서도 알고 싶다. 오직 미국에서만 가능한 일이다. 오직 미국만이 이런 상품 중심의 스포츠를 채택하고, 오늘날처럼 국민의 필수품으로 성장시킬 수 있다.

지금껏 여기서 본 것이 무엇인지 확신은 없지만, 그것 때문에 몸이 좋지 않은 것 같긴 하다.

"사실 나도 젊었을 때 이 년 동안 군에 있었지. 하지만 그땐 거의 다 그랬어. 징병제였으니까." 에니스가 수줍게 털어놓는다.

"베트남요?" 다임이 묻는다.

"아슬아슬하게 피했지. 1963년도에 제대했거든. 천만다행이지. 거기 갔다가 영영 못 돌아온 사람들도 있으니까."

"많죠." 다임이 말한다.

"사실이야. 자네들이 거기서 하고 있는 일에 우리가 얼마나 고마워하는지 알아줬으면 좋겠네. 자네들이 아니었다면 우리가 지금 여기서 어떻게 살고 있겠나. 머리에 수건을 감고 알라신에게 기도하고 있을걸."

"혹시 두통약 있습니까? 애드빌이나 알레브?" 빌리가 묻는다.

"잔뜩 있지. 아픈가? 이보게, 도와주고 싶긴 한데 그럴 수가 없어. 법적책임 때문에. 저 창구를 통과하는 물품은 모두 기록하고 숫자를 맞춰본다네." 그러면서 에니스는 진료실 카운터를 가리킨다. "자네는 그렇게 생각하지 않겠지만, 알약 두 알만 빼내도 난 직장을 잃을 수 있어."

"괜찮습니다. 직장을 잃으면 안 되죠." 빌리가 말한다.

에니스가 다시 사과한다. 로커룸으로 통하는 문 앞에서 다임이 사인을 부탁한다. 에니스는 뒤로 물러선다. 껄껄 웃지만 경계하는 눈빛이다.

"왜 내 사인을 원하지? 나는 늙은 장비 담당에 불과하고, 내 사인 따위에는 아무도 관심 없는데."

"제가 보기엔 팀을 책임지고 있는 분이라서요." 다임이 대답한다. 에니스가 웃으며 펜을 받아들고 다임의 공에 사인한다. 다임이 오늘 받은 사인은 에니스의 것뿐이다. 로커룸으로 돌아오니 선수들이 장비 착용을 거의 마쳤다. 플라스틱 냄새, 체취, 방귀 냄새, 멜론 향과 나무 향 향수 냄새, 석유계 도포제의 변질된 감초 같은 악취가 뒤섞여 공기는 매캐한 한증탕 같다. 놈이 로커룸 한가운데 있는 의자 위에 올라서서 브라보 대원들을 부르고 선수들도 둥그렇게 모이라고 지시한다. 브라보 대원들은 오늘 치 연설을 다 들었지만, 놈이 또 한다는데 어쩌겠는가. 선수들도 순순히 다가오고, 빌리는 로커룸 가운데로 모여드는 선수들을 보면서 그들을 지원하는 거대한 시스템에 대해 생각한다. 그들은 지구 역사상 가장 훌륭한 보살핌을 받고 있는 존재다. 최고의 영양과 최신 기술, 최첨단 의료서비스의 수혜자로서 미국의 혁신과 풍요의 정점에 살고 있다. 그런 생각을 하자 묘안이 떠오른다. 이들을 전쟁터에 내보내는 것이다! 지금 이 상태로, 충분한 휴식을 취한 뒤 모든 장비를 갖추고 잔인한 전투를 치를 각오가 된 상태로 미국 프로풋볼 리그 선수 전체를 내보내는 것이다! 미국의 곰과 약탈자, 사나운 인디언, 제트기, 독수리, 매, 대장, 애국자, 카우보이를 총출동시키는 것이

다.* 남자용 치마와 샌들 차림의 말라깽이 이슬람인들이 이 미국의
대표들을 어떻게 당해내겠는가? 아랍인 적들아, 저항은 헛된 짓이
다. 당장 항복하고 상처뿐인 세상을 피해라. 너희는 결코 우리의
막강 풋볼 선수단을 저지할 수 없다. 이들의 근육은 엄청나게 거대
하고 강하며 무시무시하다. 폭탄과 총알도 이들의 무쇠 같은 뼈를
뚫지 못하고 튕겨나간다. 항복해라. 공포의 미국 프로풋볼 리그 선
수단이 불타는 지옥문으로 보내버리기 전에!

"자, 내가 하고 싶은 말은." 놈이 연설을 시작하지만 뒤쪽에서
잡담 소리가 들리고, 누군가의 대형 카세트라디오에서 루다크리
스의 노래가 흘러나온다. "조요오옹!!!!!" 터틀 코치가 고함을 지른
다. 그 순간 모두 8학년 체육수업으로 돌아간다.

"아, 여러분 모두가 오늘 우리를 찾아준 아주 특별한 손님 브라
보 대원들과 대화를 나눌 기회를 가졌기를 바랍니다. 이제 다들 대
원들의 이야기를 잘 알 겁니다. 이 젊은이들, 브라보 부대의 젊은
병사들은 포화 속에 고립되고 많은 전우가 죽거나 다치는 상황에서
도 포기하지 않았습니다. 알안사카르 운하 제방 위에서 일생일대의
도전과 맞닥뜨렸지만, 하느님의 도우심으로 그 도전을 극복하고 온
국민에게 자부심을 안겨주었습니다. 나는 얼마 전 영광스럽게도 부
시 대통령과 이야기를 나눌 기회가 있었는데 대통령께서는……"

선수들은 듣고 있지 않다. 그들의 눈을 보면 안다. 초점 없는 눈

---

* 각각 시카고 베어스, 오클랜드 레이더스, 워싱턴 레드스킨스, 뉴욕 제츠, 필라델피
아 이글스, 애틀랜타 팰컨스, 캔자스시티 치프스, 뉴잉글랜드 패트리어츠, 댈러스
카우보이스를 가리킨다.

이 수면 상태에서 뇌의 전기신호가 감소하고 있음을 말해준다. 대열 속에 서서 무수한 시간을 보내는 빌리는 표정만 봐도 안다.

"……우리의 도전은 다를 수도 있습니다. 우리가 직면한 도전은 그들만큼 극적이지 못할 수도 있습니다. 하지만 하느님께서 우리를 당신이 원하는 모습으로 만들고자 우리 앞길에 놓은 시험입니다. 이번 시즌에 우리가 힘든 시기를 보내고 있다는 거 잘 압니다. 우리는 분투하고 있습니다. 계획대로 일이 풀리지는 않았지만, 넘어졌을 때 어떻게 하느냐, 그것에 따라 우리가 어떤 사람인지 결정되는 것입니다. 타격을 받고 난 후에 말입니다. 따라서 우리가다 잊고 그만두자고……"

선수들이 분노의 화학적 기운을 내뿜는 듯하다. 놈의 훈계야 늘상 지겹도록 듣는 거지만 브라보 대원들 앞에서 무안을 당한다? 비교당한다? 형제간의 피비린내 나는 경쟁심이 요동친다. 왜 네 형제만큼 못하는 거야? 브라보 대원들은 이런 일에 관여하고 싶지 않지만, 놈의 주일학교 수업에서 빠져나오기에는 이미 너무 늦었다.

"……그래서 나는 여러분에게, 여러분 모두에게, 비니와 드루부터 보비까지 이 팀의 모든 구성원에게"—선수들 뒤에서 가르랑 목구멍을 울리는 소리가 들린다. 보비가 낸 소리다. 브라보 대원들은 카우보이스의 유명한 볼보이이며 지능이 약간 떨어지는 보비를 만난 적이 있다—"도전에 맞서 이겨낼 것을 촉구합니다. 이 젊은 병사들처럼 용감하고 결연하게 도전에 맞섭시다. 여러분, 오늘부터 시작입니다. 지금만큼 좋은 기회는 없습니다. 그러니 경기장에 나가서 곰 엉덩이를 걷어찹시다!"

"예!" 누군가 외친다. 선수들이 웃음을 터뜨린다. 그 웃음소리
는 빌리의 예상보다 더 활력이 넘친다. 역시 이들은 프로다. 놈이
기도로 그들을 이끌어줄 댄 목사를 부른다. 목사는 멋지게 나이든
남자로, 코치들처럼 번쩍거리는 트레이닝복을 입었다. 그가 크러
시트 벨벳* 같은 모음과 투박한 자음으로 이루어진 음악적인 남부
사투리로 말한다. 주여, 저희가 경기에서 최대한의 능력을 발휘할 수
있도록 도와주소서. 저희가 경기장에서 주의 말씀을 실행하고 저희의 믿
음을 지킬 수 있게 하소서. 저희를 인도하고, 이끌고, 보호하고…… 빌
리는 눈을 꼭 감은 채 기독교의 성경은 대부분 고대 수메르 전설을
모아놓은 것이라는 슈룸의 말을 생각한다. 당시에는 대수롭지 않
게 흘려들었는데, 지난 이 주 동안 사실상 쉼없이 공중기도를 듣다
보니 그 말이 얼마간 위안이 된다. 미국은 기도를 좋아한다. 그건
하느님도 안다. 미국은 기도하고 또 기도하고 또 기도한다. 영원
한 기도의 땅. 빌리는 이 모든 의례적인 기도를 견디기가 힘들다.
아무리 애써도 전혀 감흥이 없다. 눈을 감고 고개를 숙이고 'thee'
나 'thine'**이란 말을 듣는 순간, 신호가 딱 끊기듯 잡음조차 들리
지 않는다. 다른 사람들도 똑같은 문제를 안고 있으리란 생각 역시
별 도움이 되지 않는다. 하지만 기독교 이전에 다른 것—수메르
족, 히타이트족, 투르크족, 고대 문명 전체—이 존재했고, 따라서
thee-thine 공식이 결정판이 아닐지도 모른다고 의식하면 왠지

---

* 표면이 불규칙한 벨벳.

** 각각 you와 yours의 고어.

위로가 된다.

그렇다면 수메르인들은 어떤 사람이었을까?

"그 얘기는 나중에 해줄게." 슈룸이 방탄조끼 끈을 조이며 말했다. "지금은 말고."

결국 영영 듣지 못하게 되었다. 슈룸은 비디오게임도 일절 하지 않고 TV도 거의 보지 않았다. 대신 책을 읽었다. 늘. "인격을 구축하고 있는 거야." 그가 독서에 대해 한 말이다. 그는 자위행위에 대해서까지 권위 있는 학설을 제시했다. 고대 이집트인들은 최초의 이름 없는 태고의 신이 자위행위로 우주를 창조했다고 믿었다―거짓말이 아니다! 맹세한다!―는 것이다. 순전히 사정력에 의해 우주가 존재하게 되었다고.

아멘. 댄 목사가 기도를 마무리한다. 이 부**우우우우우운**. 보조코치가 외친다. 경기를 준비하는 이 마지막 순간, 빌리는 고개의 끄덕임과 느린 손짓에 의해 옥타비안 스퍼전의 로커로 초대된다. 아니, 나중에 생각해보니 소환된 것이다. 옥타비안, 배리 조, 그리고 다른 선수 몇 명이 사안의 중대성을 암시하는 정적 속에 거기 서 있다. 빌리는 기념품 공을 들고 있는 것이 너무도 창피하다.

"저기, 우리가 알고 싶은 게 좀 있는데……" 옥타비안이 웅얼거림에 가까운 작은 소리로 말한다. "음, 그러니까, 우리도 당신들이 하는 그런 일을 하고 싶어요. 극단적인 거. 이슬람 새끼들을 죽이는 거. 군에서 허락할까요? 우리가 일이 주 동안 함께 다니면서 당신들을 돕는 거. 당신들이 이슬람 새끼들 박살내는 걸 돕는 거. 우린 그러고 싶어요."

272

빌리 눈에도 그들의 열의가 보인다. 그들의 머릿속 세계를 상상해보려 하지만 잘되지 않는다.

"그건 안 될 거예요."

"왜? 돕겠다는 건데. 공짜로. 돈은 안 줘도 돼요. 돈은 바라지 않아."

빌리는 그 말에 웃음을 터뜨릴 만큼 어리석지 않다. "군에서 별로 관심을 보일 것 같지 않군요."

"음. 좋아요. 아무도 몰라도 되지. 한 이 주 동안 우리가 함께 다니고 아무도 그걸 모르는 거죠. 우리가 돕겠다는데 당신들은 필요 없다는 건가요?"

"빌리! 간다." 맹고가 부른다.

빌리는 고개를 끄덕이고 다시 옥타비안을 본다. "물론 도움을 받을 수도 있지요. 하지만—극단적인 걸 하고 싶으면 군에 입대해요. 나라에서 바로 이라크로 보내줄 테니까."

선수들이 코웃음을 치며 웅얼거린다. 빌리에게 연민의 눈길을 보낸다. 닥쳐. 그건 절대 아니 아니 아니지…… "우린 직업이 있어요." 옥타비안이 빌리에게 강조한다. "여기 이 직업. 어떻게 우리가 직업을 버리고 검둥이 군대에 들어갈 거라고 생각할 수 있지? 장장 삼 년씩이나? 계약을 깨고?" 난리법석이 인다. 선수들은 웃고 있다. 그들의 입에서 끽끽, 캥캥거리는 소리가 새어나온다. 옥타비안이 손을 저어 빌리를 보낸다. "그만 가봐요. 친구가 부르잖아요."

이게 전부

그래서 빌리는 기회가 생기는 대로 다른 사람에게 공을 줘버리기로 결심한다. 킥오프까지 몇 분밖에 남지 않았고, 양 팀 선수들은 필드에 나와 스트레칭과 가벼운 체조를 하고 있다. 놈은 몸소 브라보 대원들을 이끌고 중앙홀을 지나가며 모습을 드러내 그 즉시 홀딱 반한 대중에게 스타파워를 흩뿌린다. 온갖 원한과 불만, 평범한 인간들의 비판이 유명세라는 적외선램프 아래서 쇠기름처럼 녹아내린다. 놈! 놈! 오늘 우리가 해내는 거죠, 놈? 나를 위해 꼭 3점 차의 승리를 거둬줘요, 놈! 휴대전화 플래시의 물결 속에서 팬들이 바다가 갈라지듯 길을 내주고, 놈은 고개를 높이 든 채 만인을 향해 유쾌한 미소를 지으며 당당히 걸어간다. 텍사스 스타디움은 그의 구장, 그의 성城이다. 아니, 그의 실제 왕국이다. 이 시대에 진짜 왕은 희귀하지만 놈은 권력을 장악하고 있다. 빌리는 서민들이 그의 눈길 한 번, 손짓 하나에 얼마나 행복해하는지 느낀다.

그들은 단 몇 초 만에 놈의 유명세라는 강력한 마약에 취해버린다.

한편 빌리는 공을 줄 아이를 찾고 있다. TV에 나와도 될 만큼 멋지게 그을린 고운 피부와 눈부신 치아 교정장치, 유전적 흠런의 증표인 길고 늘씬한 팔다리와 멋진 얼굴이 돋보이는 부잣집 아이는 아니다. 가난한 집 아이. 머리가 지저분하고 피가 날 때까지 손톱을 물어뜯는 작고 약한 아이. 열 살 나이에 영리한 개 정도의 인지능력밖에 없고, 근본적으로 비참하지만 아직 그걸 모르는 아이. 빌리는 바로 자신을 찾고 있다. 와터버거 매점 밖에서 그런 아이를 발견한다. 작은 체구, 불안정한 태도, 목에 비해 지나치게 큰 머리통. 추운 날씨에 얇은 면 후드티를 입었고, 다 떨어진 가짜 리복 운동화를 신었다. 아들에게 변변한 겨울코트 한 벌 못 사주는 부모가 수백 달러씩 내고 카우보이스 경기 티켓을 산 이유는 도대체 뭘까? 미국 소비자의 심리에 분통이 터진다.

"나 좀 보자." 빌리가 말을 걸고 다가가자, 아이는 조용히 기겁한다. 내가 무슨 잘못을 한 거지? 아이의 부모가 돌아본다. 뚱뚱하고 멍청하고 둔한, 인간으로서도 부모로서도 쓸모없는 존재임이 분명하다. 빌리는 그들을 무시해버린다.

"청년, 이름이 뭐야?"

아이의 입이 벌어진다. 간이 나쁜지 혀가 허옇다.

"이름을 말해보라니까."

"쿠거*." 아이가 간신히 대답한다.

---

* 북아메리카에서 퓨마를 가리켜 부르는 이름.

"쿠거. 동물 이름?"

아이가 고개를 끄덕인다. 빌리를 똑바로 쳐다보지도 못한다.

"쿠거! 끝내주는 이름인데!" 거짓말이다. 쿠거는 우스꽝스러운 이름이다. "쿠거, 나한테 사인볼이 있어. 로커룸에서 카우보이스 선수들에게 받은 거야. 하지만 나는 이라크로 돌아갈 거고, 그곳에 가지고 가면 잃어버릴 테니까 네가 가졌으면 좋겠다. 그래도 괜찮아?"

쿠거는 용기 내 공을 흘낏 보더니 고개를 끄덕인다. 야비한 장난을 치려고 파놓은 함정으로 생각하는 게 분명하다. 바지 뒤춤을 잡고 들어올려 엉덩이 사이에 끼게 하거나 등뒤에서 폭죽을 터뜨리는 식으로.

"좋아, 청년. 가져."

빌리는 아이에게 공을 주고는 뒤도 돌아보지 않고 자리를 뜬다. 질척거리는 감상은 오늘 신물이 나도록 겪었으니 더이상은 사양하고 싶다. 맹고가 먼저 가지 않고 기다리고 있다.

"왜 그런 거야?"

"몰라. 그냥 그러고 싶어서." 생각해보니 기분이 나아졌다. 묘한 우울감이 가슴을 채우고 있긴 하지만. 두 대원은 잠시 말없이 걷는다. 맹고가 지나가는 아이에게 자기 공을 건넨다.

"그들 사인 따윈 필요 없다 이거야." 빌리가 말한다. 맹고는 웃는다.

"만약 카우보이스가 슈퍼볼에서 우승하면 우린 1,000달러쯤 날린 거야."

"그래, 카우보이스가 슈퍼볼 우승을 할 리 없으니까 1,000달러 겠지."

하프타임에 대한 이야기는 아직 없다. '브라보 대원들을 최대한 보여주겠다'는 것이 놈의 약속인데, 호명할 때 서 있기만 하면 되는 정도일 수도 있고, 끔찍하고 부담스러운 것일 수도…… 생각만 해도 심란해진다. 소문으로는 구단주실에 바가 여러 개라고 한다. 계급이 낮은 대원들끼리 코가 비뚤어지도록 마시자고 뜻을 모은다. 하지만 빌리는 페이슨 생각이 나서 적당히 취할 정도만 마시기로 마음을 고쳐먹는다. 그것은 충동적인 초대였다―다들 내 방에 가서 킥오프를 보자고! 놈도 브라보 병에 단단히 걸린 게 분명하다. 후방의 열정이라는 세균에 감염되면, 스트립 댄서는 공짜로 랩댄스를 추고 상류층 부인은 피에 굶주린 듯 행동한다. 브라보 대원들은 박수갈채를 받으며 구단주실로 줄지어 들어간다. 보드라운 손들의 정중하고 형식적인 박수가 뜨겁게 달구어진다. 야호 브라보! 미군 만세! 놈 부인이 문가에서 대원들을 맞이한다. 이미 사람들로 복작거리는 구단주실에 열 명이나 되는 덩치 큰 손님이 술냄새 풍기는 거친 숨을 헐떡이며 들어서는 광경에 당황했을지 모르지만 그녀는 예의바르게 아무 내색도 하지 않는다.

이렇게 찾아줘서 정말 기뻐요. 너무도 많은 친구들이 여러분과의 만남을 고대하고 있어요. 푸른 카펫, 은색 포인트가 들어간 푸른색 가구, 사방에 설치된 초대형 벽걸이 TV, 두 개의 바, 더운 음식과 찬 음식 뷔페, 흰 재킷 차림의 웨이터들이 한눈에 들어온다. 몇 계단 아래 똑같이 생긴 층이 또하나 있고, 더 멀리 가파른 경사면을 따라

좌석들이 배치되어 있다. 천을 씌운 푹신한 의자가 계단식으로 줄지어 놓인 경사면 앞에는 유리벽이 있고, 그 유리벽에 경기장이 엽서처럼 담겨 있다. 즉시 돈의 기운이 느껴진다. 입술에 남은 멘톨 같은 희미한 냄새. 부富 역시 세균처럼 가까이 있기만 해도 옮을지 빌리는 궁금해진다.

놈 부인이 웅얼거린다. 편하게 있어요. 음료도 마시고. 부인, 이제 그만 말해도 됩니다. 브라보 대원들이 공짜 술을 향해 우르르 몰려가자. 다임이 엄격한 표정을 지으며 입 모양으로 '딱 한 잔만'이라고 경고한다. 하지만 대원들이 바에 도착하기도 전에 놈이 의자 위로 올라가―의자를 좋아하나?―짧은 연설을 시작한다.

장병들

영웅들

손님들

이번 추수감사절에 브라보 대원들이 보여준 노고에

감사하고

찬사를 보낼

278

기회를 갖게 된 것이 오글스비 가족 모두에게

얼마나

기쁘고

자랑스럽고

행복한 일인지 모른다는 내용이다. 빌리는 손님들이 믿음과 결의에 찬 표정으로 놈의 연설을 열심히 경청하는 것을 알아차린다. 남자들은 현명하고 여유로워 보인다. 중년치고는 훌륭한 몸매를 유지하고 있고, 오랜 성공에서 비롯된 확실하고 우아한 스타일이 있다. 머릿결도 좋고 주름살도 멋지다. 여자들은 날씬하고 탄탄하게 몸을 가꾸었고 국제적으로 그을렸으며, 화장은 테플론 코팅으로 마무리한 듯하다. 빌리는 사람을 그런 고상한 신분으로 만들어주는 출생과 돈, 학교, 사회적 수완의 공식에 대해 생각해본다. 그 공식이 무엇이든 그들을 보면 그냥 여기 서 있는 것이, 이 특별한 장소에 놈의 손님으로서 따뜻하고 안전하고 깨끗한 상태로 서 있는 것이 쉬운 일 같다. 그들 대부분은 음료나 음식 접시를 손에 들고 있다. 악. 테러. 치명적인 위협. 교전국. 놈의 연설이 계속되고 있다. 그는 끔찍한 상황들에 대해 이야기하지만, 지금 이 순간 이 자리에서 전쟁은 멀게만 느껴진다.

"브라보 대원들은 곧 떠나야 합니다. 우리의 하프타임 공연에도 참여할 텐데, 여기 있는 동안은 텍사스의 멋진 환대를 보여줍시다." 놈의 말에 모두 손뼉을 치고 환호한다. 파티를 시작합시다. 손님들은 브라보의 기운에 젖는다. 얼굴이 우락부락한 누군가의 할아버지가 빌리를 부른다.

"병사, 만나서 정말 반갑네!"

"감사합니다. 저도 반갑습니다."

"마치 호이라고 하네." 그가 손을 내밀며 말한다. 이름과 얼굴이 어렴풋이 친숙하다. 인자하게 주름진 조붓한 얼굴, 꼬마요정 같은 눈과 귀. 빌리는 마치 호이가 돈이 많아 유명세를 떨친 이름난 텍사스 명사 중 하나일 거라고 추측한다.

"그날 뉴스가 보도된 순간, 자네들의 활약이 담긴 영상이 나오기 시작한 순간은 내 평생 가장 짜릿했던 순간이었지. 거짓말이 아닐세. 그 기분을 말로 표현하긴 힘들지만 정말이지 아름다운 순간이었어. 마거릿, 그때 내가 어땠는지 말해줘요."

그가 아내에게 고개를 돌린다. 그의 아내는 그보다 스무 살은 젊어 보인다. 180센티미터의 키, 조각상 같은 몸매에 금발이 빳빳하고 피부는 수플레처럼 탱탱하다.

그녀가 재방영 드라마 〈다이너스티〉에서 라이벌을 혹평하는 조앤 콜린스처럼 신랄한 영국식 발음으로 말한다. "난 저이가 실성한 줄 알았다니까요. 미디어룸에서 비명소리가 들려서 달려내려가보니, 아 글쎄 저이가 카우보이 장화를 신고 내가 아끼는 조지 4세 시대 스타일 서재 테이블에 올라서서 로키 흉내를 내고 있지 뭐예요"—그녀는 팔을 들고 뇌성마비 환자처럼 주먹질하는 시늉을 한

280

다―"그래서 내가 소리쳤죠. '마치, 여보, 마치, 아니, 도대체 뭘 보고 이러는 거예요?'"

그사이 몇 커플이 합류했다. 모두 미소지으며 고개를 끄덕이는 것으로 보아 그들의 좋은 친구 마치의 그런 광대짓에 익숙한 모양이다.

"카타르시스가 됐지." 마치 호이가 말한다. 빌리는 그 말을 속으로 조심스럽게 되뇐다. 카타르시스. "자네들이 존 웨인처럼 멋지게 활약하는 걸 보니 마침내 환호할 일이 생긴 것 같더군. 그동안 전쟁 때문에 우울했는데 그걸 깨닫지조차 못하고 있었던 것 같아. 그러던 중 자네들이 나타난 거지. 자네들은 우리 모두의 사기 진작에 큰 기여를 했네."

다른 커플들도 열성적으로 동의의 뜻을 표한다. "우리 모두 당신의 친구예요. 여긴 배신하고 도망칠 사람 없어요." 한 여자가 빌리에게 장담한다.

나머지 사람들도 같은 주제를 변주해서 들려준다. 마거릿 호이가 커다랗고 푸른 눈을 깜빡이지도 않고 빌리를 응시한다. 자신에 대한 그녀의 평가는 엄격하고 신속하고 가차없으리라고 빌리는 직감한다.

"묻고 싶은 게 있는데……" 호이가 빌리에게 몸을 기울이며 말한다. "전세는 호전되고 있나?"

"그런 것 같습니다. 특정 지역에서는, 예, 확실히 그렇습니다. 전세가 호전되도록 저희가 열심히 노력하고 있습니다."

"나도 알지! 알아! 지금 우리가 안고 있는 문제들은 자네들 탓

이게 전부 281

이 아니야. 우리 군대는 세계 최고지! 이보게, 난 처음부터 이 전쟁을 지지해왔네. 그리고 말일세, 난 우리 대통령이 좋네. 개인적으로 그가 훌륭하고 좋은 사람이라고 생각해. 어릴 적부터 알았고—자라는 걸 쭉 지켜봤다네! 그는 좋은 사람이고, 올바른 일을 하고 싶어하지. 그가 좋은 의도로 전쟁을 시작했다는 건 내가 알아. 하지만 그의 주위 사람들이 문제야. 그중에는 나와 친한 친구도 있지만, 그들이 이 전쟁을 엉망진창으로 만들어놨다는 걸 인정하지 않을 수 없네."

그 말에 많은 사람이 고개를 흔들고 슬픈 동조의 말을 웅얼거린다. "그건 하나의 싸움이었습니다." 빌리는 머릿속으로는 어떻게 술을 마실까 궁리하며 말한다.

"그건 자네가 누구보다 잘 알겠지." 이번에는 마치 호이가 더 가까이 몸을 기울이지만 빌리는 뒤로 물러서지 않는다. "물어볼 것이 또하나 있네."

"예."

"그 전투에 대해서야. 프라이버시를 침해하고 싶진 않지만."

"괜찮습니다."

"자네처럼 훌륭하고 용감한 행동을 하는 사람을 보면 당연히 궁금증이 생겨. 우리 모두 그 영상을 봤네. 그래서 그 상황이 얼마나 힘들었을지 알아. 그런데 자넨 정면돌파를 감행했으니"—마치 호이는 껄껄 웃으며 고개를 흔든다—"우리로선 궁금할 수밖에 없지. 두렵지 않았나?"

사람들이 생각만 해도 오싹한 듯 진저리를 친다. 마거릿만 냉정하다. 그녀는 절대 사정을 봐주지 않는 그 커다랗고 푸른 눈으로 빌리를 바라보고 있다.

"분명 두려웠습니다. 두려웠다는 걸 압니다. 하지만 너무도 순식간에 벌어진 일이라 생각할 겨를이 없었습니다. 저는 훈련받은 대로 행동했을 뿐입니다. 다른 대원 누구라도 마찬가지였을 겁니다. 마침 제가 그 자리에 있었던 것뿐입니다." 이 정도면 대답이 된 것 같은데, 사람들은 아직 만족을 못하는지 조용하다. 그러니 다른 걸 더 생각해내야 한다. "저희 하사님 말대로, 탄약만 충분하면 문제없는 것 같습니다."

이제 됐다. 다들 고개를 뒤로 젖히고 폭소한다. 어찌 보면 아주 쉽다. 듣고 싶어하는 말만 해주면 되니까. 사람들은 행복해하고 그를 좋아한다. 모두 즐거운 시간을 보내고 있다. 빌리는 치욕스러운 짓은 하지 않았다고 이따금 스스로에게 상기시켜야 한다. 거짓말을 하지도 과장하지도 않았다. 그런데도 이런 만남 후에는 거짓말을 한 것 같은 더럽고 고약한 뒷맛이 남는다.

흡사 리그전을 펼치는 듯 왕성한 사교활동 속에서 빌리의 무리에 새로운 사람들이 합류하고 기존 사람들은 떠나간다. 빌리는 끊임없이 악수를 나누고 사람들의 이름을 잊는다. 맥 소령과 존스 씨가 찬 음식 뷔페 근처에서 대화중이다. 존스 씨는 소령이 탱크 지나가는 소리도 못 듣는 걸 모르는 모양이다. 그 너머로 앨버트, 다임, 놈 부부, 그리고 이곳에서 가장 거물인 듯한 몇 사람으로 이루어진 핵심 무리가 보인다. 앨버트는 편안하게 웃고 있다. 빌리는 그래야 마땅하다고 생각한다. 앨버트는 할리우드 상어들과 함께 헤엄치는 인물이니 댈러스 거물들쯤이야 물구나무서서도 다룰 수 있을 것이다. 지금 빌리가 주시하는 사람은 다임이다. 그는 다임이 사람들 말에 귀기울이고, 자신을 억제하고, 가끔 한마디씩 끼어드는 걸 본다. "다임을 지켜봐. 잘 보고 배워. 다임은 섬뜩한 데가 있어. 어둠 속에서 보는 법을 알지." 슈룸이 빌리에게 늘 하던 말이다. 슈룸의 말로는 그것이 다임의 특별한 재주이고 그 직감적인 투시력을 지닌 채 전쟁터에 왔지만, 그 재주를 발달시킬 수 있는 유일한 방법은 직접 시험하는 것이었다. 미군이 기지 내에 머무는 한 반군은 미군을 많이 죽일 수 없었다. 뒤집어서 생각하면 미군이 반군을 추적해 죽일 수 있는 유일한 방법은 기지를 벗어나는 것인데, 그러려면 순찰, 검문, 호별 수색 같은 피 말리는 임무가 요구되었다. 하지만 다임은 그런 형태의 전쟁을 받아들이도록 강요했다. 브라보 분대는 소대에서, 아니, 대대를 통틀어 가장 자주 험비에서 내렸다. 그들은 어디든 갔다. 다임은 분대원들을 몇 킬로미터씩 걷게 하고 험비는 뒤에서 천천히 따라오게 했다. "그 빌어먹을 상자 안에 앉아만 있으면 아무것도 알 수 없어." 다임은 그렇게 말하곤 했다. 그런 소규모 습격은 도박이었고 목숨을 잃기 쉬웠지만, 다임은 위기의 날에 대비해 그런 식으로 지식과 직감, 경험을 쌓았다.

브라보 대원들이 그걸 좋아한 건 아니었다. 숱한 나날 동안 그들은 자신들을 거리로 내모는 다임을 증오했다. 얻는 것보다 위험이 훨씬 큰, 너무도 부질없는 짓이었다. 하지만 슈룸은 뒤에서 욕하는 대원들에게 닥치고 시키는 대로 하라고 말했다. 그래서 그들은 밖으로 나가 시장통과 골목을 헤집고 다녔고, 아무 집이나 들어가 수

색했다. 그러던 어느 날, 길을 걷고 있는데 소년 한 무리가 다가왔다. 열네다섯 살쯤 돼 보이는, 콧수염이 보송보송한 애송이 건달들로 걸레나 다름없는 누더기를 걸치고 있었다. 그들이 거들먹거리며 브라보 대원들에게 다가와 말했다. "미스터, 내 주머니 줘요! 내 주머니 줘요!"

"뭔 소리야." 다임이 그들을 노려보며 말했다.

"돈을 달라는 것 같은데." 슈룸이 스코티를 돌아보며 말했다. 스코티는 당시 브라보 분대 통역사였고, 시카고 불스의 스타 선수 스코티 피펜을 닮아서 그렇게 불렸다. 스코티가 소년들과 대화를 했다.

"예, 돈을 달라는 겁니다. 배가 고프니 돈 좀 달랍니다."

"'내 주머니 줘요'?" 다임이 웃으며 말했다.

"예! 예! 미스터! 내 주머니 줘요!"

"아니, 아니, 아니, 틀렸어. 그렇게 말하는 거 아니야. 내가 어떻게 말해야 하는지 가르쳐주겠다고 해. 하지만 돈은 안 줄 거라고."

스코티가 소년들에게 설명했다. 예! 소년들이 외쳤다. 예! 오케이 예!

그래서 길에서 다임의 영어 수업이 시작되었다. "돈 좀 주세요." 따라 한다. 돈 좀 주세요. "5달러만 주세요." 5달러만 주세요. "5달러만 줘, 이년아!" 5달러만 줘, 이녀나! "감사합니다!!" 감사합니다!! "좋은 하루 되세요!!!" 조은 하루 대세요!!! 아이들이 웃었다. 다임도 웃었다. 브라보 대원들도 웃었다. 무기를 세워 들고 지붕과 문간을 살피며 웃었다.

"감사합니다!" 수업이 끝나자 아이들이 외쳤다. 모든 아이가 지나치게 격식을 갖추어 다임과 악수했다. "감사합니다! 미스터! 감사합니다! 돈 좀 주세요!" 그들은 길을 따라 내려가며 고래고래 외쳐댔다. 돈 좀 주세요! 5달러만 주세요! 5달러만 줘, 이녀나!

슈룸이 뉴에이지풍의 조용하고 떨리는 목소리로 말했다. "와우, 데이브, 아름다웠어. 자네가 한 일은 아름다웠어."

다임은 코웃음 치더니 감상이 철철 넘치는 목소리로 말했다. "이런 말도 있잖아. 물고기를 주면 하루 먹고살지만 물고기 잡는 법을 가르쳐주면—"

"—평생 먹고산다." 슈룸이 말을 맺었다.

시간이 지나면서 빌리는 그런 유머를 전지구적 헛소리의 영역에서 이루어지는 교육의 또다른 측면으로 보게 되었다. 돌연 슈룸에 대한 상실감이 뱃속에서 그를 송곳처럼 아프게 쑤셔댄다. 하지만 머리로는 슬픔이 오고 가는 것임을 안다. 타국의 하늘에서 자유로이 모습을 바꾸는 달처럼 차올랐다가 이운다는 것을.

"난 그게 마음에 안 들어요." 마치 호이가 사람들에게 말하고 있다. "심리적으로도 안 좋고 전략적으로도 안 좋아. 국민들에게 경각심을 일깨우는 건 좋지만, 하루 24시간 일주일 내내 테러 이야기를 하면 부정적인 피드백이 돌아오지."

"하지만 마치, 그들이 우리를 죽이려 한다고요!" 한 여자가 반기를 든다.

"그야 그렇지요!" 마치가 빌리에게 재미있다는 눈길을 보낸다. "세상이 위험한 곳이라는 건 새로울 것도 없는 사실이에요. 하지만 대중에게 계속 테러, 테러, 테러, 하고 외쳐대는 건 사기를 떨어뜨리는 짓이고 시장에도 좋지 않아요. 누구에게도 좋을 게 없다고요."

"체니는 빼고요." 누군가 빈정거리자 사람들이 킥킥거린다.

"맞아요." 마치가 천천히 미소지으며 인정한다. "딕 그 친구는 자기 뜻대로만 하려는 면이 있어요. 오랫동안 친구였는데, 사실 연락 안 한 지 좀 됐어요."

빌리를 위한 잭코크가 도착한다. 어떻게 알고 가져온 걸까? 어찌어찌 안 모양이다. 고개를 끄덕이고 잭코크를 홀짝거리며 빌리는 전쟁에 대한 생각과 감정을 표현하는 사람들에게 동의를 뜻하는 소리를 낸다. 후방에 오니 모두 전쟁에 확신이 대단하다. 절대적인 확신에 차서 꽤 타당해 보이는 견해를 밝힌다. 이곳에서의 전쟁과 이라크에서의 전쟁 사이에는 심연이 가로놓여 있고, 빌리는 그 심연을 뛰어넘을 때 발을 헛디디지 않는 요령은 더듬거리지 않는 것임을 깨닫는다.

"내가 구일일에 대해 말할 수 있는 건, 그것이 페미니스트들의 입을 막았다는 거예요." 한 남자가 빌리에게 털어놓는다.

"아." 빌리는 술잔을 들여다본다. 페미니스트?

"그 여자들, 우리 나라가 공격을 당하니까 '해방'에 별 관심이 없어졌어요. 남자만 할 수 있고 여자는 못하는 일들이 있거든. 그중 하나가 전쟁이고. 삶의 많은 부분이 육체적 힘의 문제로 귀결되지." 남자가 말한다.

"우선순위를 분명히 하기 위해 가끔 전쟁이 필요할지도 모르지." 다른 남자가 말한다.

전쟁이라는 중심 화제 주위를 곁다리 화제들이 행성처럼 돌고 있다. 빌리는 쿨크리트인지 페이브스톤인지 하는 뒷마당 레저 공간 바닥재 제조 회사를 갖고 있다는 남자를 만난다. 그가 빌리에게 최근 반군의 공격이 증가하는 건 전세가 우리에게 유리하게 기울고 있다는 신호라고 말한다. "그들이 필사적이라는 얘기니까. 우린 적의 아픈 데를 공격하고 있어요." 남자의 말에 빌리는 "그럴수도 있지요"라고 수긍한다. 그때 오크 통나무 같은 팔이 빌리의 어깨로 떨어지고, 파티 주최자인 놈이 몸소 그에게 다가붙는다. 그무리의 모두가 입을 다문다. 다들 기대에 찬 미소를 짓는다.

"린 상병."

"예."

"모든 게 만족스러운가?"

"예. 다 좋습니다."

그가 엄청나게 재치 있는 말이라도 한 듯 사람들이 웃는다. 놈은 빌리의 목덜미를 잡고 머리를 두어 번 흔든다. 그러고는 사람들에게 말한다. "오늘 이 젊은 영웅들과 자리를 함께하게 되어 얼마나 큰 영광인지 몰라요." 빌리는 놈의 숨결에서 버번의 이스트 냄새를 맡는다. "이들은 우리 나라의 긍지이자 기쁨이에요. 그리고 이 친구는―" 놈은 다시 뇌가 출렁거릴 정도로 빌리의 머리를 흔든다. "이 청년은, 아, 이렇게 표현하죠. 텍사스인이 알안사카르 운하 전투를 승리로 이끌었다는 사실에 놀라신 분 있습니까?"

사람들이 요란한 박수갈채로 응답한다. 주위에 있는 사람들이 모두 고개를 돌려 이쪽을 보거나 무리에 끼어든다. 빌리는 속수무

책이다. 놈이 그를 곤충 표본처럼 핀으로 고정해놓았고, 그는 똥을 먹다가 들킨 사람처럼 그대로 서서 웃고 있을 수밖에 없다. "어머, 얼굴이 빨개졌어요!" 한 여자가 외친다. 아마 사실일 것이다. 얼굴이 화끈거리는 것이 느껴진다. 그렇게 고통이 건전한 겸손으로 간주된다.

마치가 빌리를 향해 씩 웃어 보이며 말한다. "제2의 오디 머피[*]가 탄생한 것 같군요. 위대한 미국의 영웅이자 텍사스인."

"영웅이지요." 놈이 동조하며 빌리를 꽉 껴안는다. "그러니까 은성훈장을 달고 있죠. 확실한 소식통에 따르면, 린 상병은 명예훈장 수훈도 추천받았는데 펜타곤의 어느 책상물림이 기각했다는군요."

사람들이 불만에 차서 웅성거린다. 빌리는 브라보 대원들이 보고 있지 않길 바라지만 다임이 차분히 모든 것을 지켜보고 있고, 앨버트도 눈이 마주치자 능글맞은 미소를 짓는다. 그렇게 해서 빌리는 소문의 진원지를 파악한다. 빌리는 최대한 빨리 사람들에게서 벗어나 가까운 바로 향한다. 콜라요. 그냥 콜라. 그가 말한다. 잠시 후 다임이 슬쩍 옆으로 다가온다.

"빌리, 나 엿먹이지 마."

빌리는 턱을 치켜들고 말한다. "그거 헛소리예요."

"뭐가 헛소리야?" 그들은 겨우 들리는 소리로 웅얼거린다.

"그거요. 명예훈장."

---

[*] 2차세계대전에 참전해 가장 많은 훈장을 받은 미군 병사.

"아, 그거. 빌리, 진정해. 넌 공인된 스타야."

"앨버트가—"

"앨버트는 자기가 무슨 일을 하는지 아는 사람이지."

"도대체 앨버트가 그걸 어떻게 안 겁니까?"

"내가 말해줬으니까 알지, 한심아. 음료에 술 넣었어?"

"아뇨."

"좋아. 하프타임 때 반은 제정신이어야 하니까. 우리가 하프타임 때 뭘 할지는 아직 얘기가 없어."

빌리는 잔을 든 채 어깨를 웅크린다. "다 개수작이에요."

"오늘 아주 까칠한데, 빌리 수*."

"도대체 앨버트한테 왜 말한 겁니까?"

다임은 대꾸조차 하지 않는다. 그들은 계속 바에 붙어 있다. 바에서 물러나는 즉시 사람들이 말을 걸어올 것이다.

"방금 너랑 얘기한 노인이 누군지 알아?"

"아, 예."

"마치 호이야."

"압니다."

"스위프트 보트** 소속이야. 유명인이지."

빌리는 앞을 똑바로 응시한다. 다임에게 자기만 그걸 알고 있었다는 만족감을 주고 싶지 않다.

---

* 영화 〈컬리 수〉를 패러디한 이름.
** 베트남 참전자 단체로, 2004년 미국 대선에서 부시 대통령의 당선에 막강한 영향력을 미쳤다.

"하느님보다 부자고, 결속을 중시하지. 그러니 그 사람 앞에서는 조심해야 돼."

"왜 조심해야 합니까?"

"빌리, 우리가 사는 이 나라는 당파성이 매우 강한 곳이라는 사실을 네가 아직 모를 수도 있으니까. 저들은 아주 똑똑해. 적을 바로 알아본다고. 전쟁에서 받은 훈장에 속아넘어갈 사람들이 아니야."

빌리는 자기 가슴으로 시선을 던져 그런 사악한 관점에서 훈장들을 흘끗 본다.

"저는 적이 아닙니다."

"오호, 그렇게 생각해? 그건 그들이 결정하는 거야, 네가 아니라. 누가 진짜 미국인인지는 그들의 결정에 달려 있지."

빌리는 콜라를 한 모금 마신다. "하사님, 전 대통령 선거에 나갈 계획 없습니다."

다임은 고개를 끄덕이며 바 안쪽의 술병들이 이룬 스카이라인을 바라본다. "빌리, 우리 할아버지가 나한테 뭐라고 말씀하셨는지 알아?"

"뭐라고 하셨습니까?"

"얘야, 잘살고 싶으면 이 세 가지를 실천해라. 첫째, 돈을 많이 벌어라. 둘째, 세금을 내라. 셋째, 정치는 멀리해라."

다임은 그 말을 남기고는 음료를 들고 가버린다. 빌리는 혼자 조용한 시간을 즐기고 싶지만, 그 빈 공간으로 두통이 천둥처럼 밀고 들어온다. 혹시 편두통일까 생각해본다—그걸 어떻게 알아? 편두통일 수도 있고, 그보다 더 심각한 것, 비극적이고 치명적인 것일 수도 있어. 뇌종양, 암, 중증 뇌졸중 같은 것. 가엾기도 하지. 이토록 젊은 나이에. 총각 딱지도 못 떼고 죽다니. 비극. 어쨌든 이제 그에게 두통은 나쁜 가족사 같은 것이 되었다. 끔찍한 고통과 부담을 주지만 그것 없이는 그의 존재도 있을 수 없는. 별안간 환호와 박수갈채가 실내를 채운다. 돌아보면 안 된다는 걸 빌리가 깨닫기엔 이미 너무 늦었다.

"방금 전광판에 당신이 비쳤어요!" 한 여자가 외친다. 순간 빌리는 좌절한다—바에 매달려 있는 모습이 비친 건가?—다행히 미국의 영웅들 영상을 다시 튼 것이다.

"오늘 브라보 대원들이 멋진 대접을 받아서 참 좋네요." 여자는 열띤 어조로 말한다.

"감사합니다." 빌리가 대답한다.

"정말 신나겠어요. 이렇게 전국을 여행하니!"

"국민이 낸 세금으로." 한 남자가—남편?—덧붙인다. 그는 농담이라는 뜻으로 웃는다. 하하.

"좋습니다. 멋진 경험이었어요. 좋은 분도 많이 만났고요." 빌리가 말한다.

"가장 기억에 남는 건 뭐예요?" 여자가 묻는다. 눈이 반짝거리고 프로의 활기가 넘친다. 금발에 나이를 가늠하기 어려운 외모로, 인상적인 광대뼈, 은박 같은 미소를 지녔다. 빌리는 그녀가 세일즈의 달인일 거라고, 유력한 부동산업자나 메리 케이 화장품 책임자쯤 될 거라고 생각한다.

"확실히 공항들이지요." 빌리가 대답한다. 그러자 사람들이 웃음을 터뜨린다. 어느새 일고여덟 명이 모여 있다. 쇼핑센터가 기억에 남는다고 덧붙일 수도 있었다. 도심과 호텔방, 강당, 연회장 들도. 그 모든 것이 전국적으로 너무도 비슷하다. 인간의 다양한 감성보다는 경제성과 유지 관리의 편의성을 고려해 설계한 영혼을 짓누르는 동질성.

빌리가 계속해서 말한다. "덴버가 정말 마음에 들었습니다. 그 많은 산과 모든 것이요. 정말 아름다운 곳이었습니다. 언젠가 다시 그곳에 가서 시간을 보내도 좋을 것 같습니다."

"워싱턴에는 안 갔나요?" 여자 부동산업자가 옆구리를 찌른다.

"아, 예. 워싱턴은 확실히 굉장한 곳이었습니다."

"백악관이 정말 웅장하지 않던가요?"

"예, 역사며 모든 것이요. 거기 사람이 살고 있다는 생각이 전혀 안 들었습니다. 이름이 왜 화이트 하우스인지 궁금할 정도로요. 놀라운 곳이었습니다. 정말 우아한 대저택의 모습이었어요."

여자 부동산업자가 동의한다. 그녀도 '스탠'과 몇 번 부시 부부의 초청을 받았는데, 정말로 경외심을 불러일으키는 곳이란다. 거기서 저녁식사도 했나요? 아니라고요? 아쉽네요. 백악관 공식만찬은 정말 작품인데. 그 성대함이며 의전이며 왕족들, 국가수장들과 함께 어울리는 것이며. 어쩌면 다음번에 기회가 있을지도 모른다고 빌리는 대답한다. 누군가 미국이 이기고 있는지 묻자 다시 전쟁 이야기가 시작된다. 빌리는 모두가 원하는 마리화나 파이프처럼 이 사람 저 사람에게로 넘어간다. 이라크인들은 왜 자기 나라 국민을 죽이는 걸까요? 그들은 왜 우리를 미워할까요? 왜 일흔두 명의 처녀일까요?* 빌리는 두뇌를 자동조종장치에 맡기고 여기저기 둘러본다. 저쪽에서 로디스가 무슨 이야기인지 몰라도 신나게 떠들어대고, 사람들이 공포에 찬 얼굴로 귀기울이고 있다. 크랙은 누군가의 십대 딸에게 수작을 걸고 있는데 잘되어가는 모양새다. 사이크스는 이를 악문 채 허공을 응시하고, 앨버트는 놈 부부와 떠들고 있다. 두통이 순전히 심리적인 것인지도 모른다는 생각이 들기 시작한다. 그의 정신이라는 털 없는 원숭이가 샘소나이트 광고 속 고릴라처럼 자기 권리를 주장하고 나선 것이다.

"……앵글로색슨의 전통에서 비롯된 예법에 따라, 우리는 먼저 공격당하지 않는 한 상대를 공격하지 않습니다. 야만인이 아니니까요. 우리는 구일일 때 공격하지 않았어요. 진주만에서도요."

"그렇습니다." 빌리는 대화의 세계로 재진입한다.

"하지만 일단 공격당하면 본때를 보여주죠, 안 그래요?"

"예, 그렇게 말할 수 있습니다."

"그러니까, 누가 미군을 쏘면, 순찰중에 저격수가 먼저 총을 두어 방 쏘면 어떻게 하나요?"

"우리가 가진 무기를 총동원해서 쓰러뜨립니다."

남자가 미소짓는다. "그렇지."

조용! 조용! 조용! 사람들이 외친다. 모두 입다물고 애국가 제창에 참여하라는 뜻이다. 모두 경기장을 향해 돌아선다. 하늘이 회색

---

* 이슬람에서는 성전에 참여해 순교하면 천국에서 일흔두 명의 처녀가 시중을 들어준다고 믿는다.

프라이머*처럼 어두워져서, 흐릿한 하늘빛 기포가 스타디움의 종이등 불빛을 덮고 있는 것 같다. 경기장 지면은 불빛이 진하게 고여 애스픽 젤리** 같은 윤기를 띤 라임색이다. 가수와 기수단이 홈팀 사이드라인에서 선수, 코치, 심판진, 기자, VIP, 서커스 기차에 버금가는 장비들과 함께 앞으로 나선다. 마치 적진을 포위하는 고대의 군대 같다. 기수단이 깃발을 올린다. 구단주실 여기저기 흩어져 있던 브라보 대원들은 재빨리 차려 자세를 취한다.

오오오-

오

오오오-오, 오오오-오, 오오오-오, 메아리가 멍든 뇌의 구멍들 속에서 울려퍼진다. 오오오-오. 마치 동굴 입구에서 안쪽의 어둠을 향해 희망에 차서 조심스럽게 불러보는 듯하다. 오오오-오, 거기 누구 없어요? 오오오-오. 오오오-오. 오오오-오. 숨을 한껏 들이마시고 내는 그 레게풍 시작음의 오오오-오가 파블로프의 신호가 되어 도파민이 분출하고 실로폰 소리가 척추를 타고 울린다. 그리고 발아래서 뚜껑문이 열린다.

---

* 초벌로 칠하는 페인트.
** 육즙을 굳혀 만든 투명한 젤리.

그

대

애

애

안전그물에 의해 구원이 이루어지고, 더 높은 차원으로 휘이익 도약한다.

느으으은가???

이이이이

보오오오

그다음에는 어려운 노래의 고문 의식이 이어진다. 가수는 젊은 백인 여자로, 검은 머리에 몸이 가냘프다. 전형적인 대평원의 애절한 비음을 내는 C&W* 가수다. 빌리는 그녀가 가장 최근 시즌 〈아메리칸 아이돌〉 우승자라는 말을 들었다. 〈아메리칸 아이돌〉 출신

---

* 컨트리 앤드 웨스턴. 미국 서부와 남부에서 발달한 대중음악.

답게 몸집은 자그마해도 성량이 대단하다.

우리이이이이이이이이이이
　그토록
긍지이이이이이이에 차서어어어어어어

빌리는 거수경례를 하고 있다. 그는 슈룸과 레이크, 뜨겁고 붉은 얼룩으로 남은 그 끔찍한 날의 기억을 떠올리지만, 아직 젊고 삶의 희망을 간직한 터라 페이슨을 찾으려고 저 아래 사이드라인을 살핀다. 체계적으로 치어리더를 하나하나 확인한다. 아니, 아니, 아니, 아니, 그렇게 여남은 명 넘게 지나가서야 그녀를 발견한다. 머리가 빙판 위 자동차처럼 빙글빙글 돈다. 쉬이익 횡방향 가속을 내는 소리와 함께 욕지기와 패닉이 찾아오고, 똥구멍에 힘이 잔뜩 들어간다. 롤러코스터를 타고 망각으로 돌진하는 기분이다. 그러다 동공이 안구로 돌아와 페이슨에게로 향한다. 호박색 머리칼이 용암처럼 흘러내린 작고 탱탱한 쿠시볼* 같은 풍만한 여체. 오른손에 들린 응원용 수술이 가슴을 덮고 있다. 그녀는 노래를 부르고 있다. 멀리서도 그녀의 입이 움직이는 걸 볼 수 있다. 둘 사이의 끈이 너무도 강력해서 그녀에게로 몸이 기울어진다. 그녀는 너한테 반했어. 노래가 그의 가슴속에서 조용한 폭발을 일으키고, 녹아내린 파편들이 사방으로 날아간다. 오직 그만이 들을 수 있는 요란한 배음

---

* 이천 개 정도의 고무줄을 뭉쳐서 만든 공.

倍音에 귀가 쩌렁쩌렁 울린다. 애국가가 사랑 노래가 아니면 무엇이겠는가?

황

　호

　　오

　　　오

　　　　오

　　　온

　　　의

　　　　마지막

　　　　　광휘

　　　　　에

빌리는 숨쉬는 법을 잊는다. 차분한 동시에 흥분된 느낌이다. 자의식이 째지는 비명을 질러대서, 금방이라도 머리가 쪼개질 것만 같다. 더는 못 견디고 신음을 흘린다. 여자 부동산업자가 그를 흘끗 보더니 공감 어린 신음으로 답한다. 다음 순간 그녀가 다가와 그의 허리에 팔을 두른다. 그들은 아주 바짝 붙어서 있다. 빌리는 거수경례 자세로 진땀을 흘리며 꼿꼿하게 서 있고, 여자 부동산업자는 자기 가슴에 오른손을, 빌리의 엉덩이에 왼손을 댄 채 노래를 부른다.

저

성벽어어어억

너머로

보이는

열창을 할 줄 아는 가수다. 자동차 바퀴의 큰 너트만한 눈물이 그녀의 뺨을 타고 흘러내린다. 전쟁이 그렇게 만든 것이다. 감정이 고조되고, 시간이 압축되고, 열정이 눈을 뜬다. 그리하여 단 한 번의 드라이 섹스가 평생의 인연으로 이어질 것 같은 실낱같은 희망을 주기도 한다. 빌리는 거기서 논리를 끌어내고 싶다. 그는 페이슨을 떨게 만들었다. 오르가슴에 도달하게 만들었다. 당연히 거기엔 의미가 있다. 존재의 유동적인 변수들을 모두 고려한다면 특정한 한 가지 일 때문에 계획을 세우거나 희망을 품는 건 미친 짓이지만, 세상은 어떻게든 굴러간다. 이것이 아니면 무엇이란 말인가? 이것이 아니어야 하는 이유가 무엇이란 말인가?

바아아암새

휘날리는

증거라

여자 부동산업자가 그를 더 가까이 끌어당긴다. 그는 성적인 느낌을 전혀 받지 않는다. 너무 불안정해서 상호의존적이거나 모성애적인 느낌을 주는 접촉이라 감당할 수 있다. 군인이 된다는 건 제 몸이 제 것이 아님을 받아들이는 것이니까.

자유우우우와

요오오오오옹

매애애애

애애애앵의

따아아아아아아아아앙에서어어어어어어어

노래는 잠시 끊겼다가, 벼랑 끝에서 흔들리다가, 백조처럼 우아하게 낙하한다.

　　　　휘날

　　　　　　　　　　리이

　　　　　　는가

애국가 마지막 구절이 끝날 때만큼 미국인들이 술주정뱅이 무리처럼 보일 때가 없다. 취기에 젖은 박수와 환호 속에서 여남은 명은 되는 중년 여자가 빌리에게 몰려든다. 그의 사지를 찢기라도 할 기세다. 눈에서는 광기가 뿜어져나온다. 그들은 미국을 위해서라면 못할 일이 없다. 하느님과 미국을 위해서라면 고문이든 핵무기든 전 세계가 입는 부수적 피해든 가릴 것이 없다. 여자 부동산업자가 빌리를 꼭 잡고 외친다. "정말 멋지지 않아요? 정말 좋지 않아요? 너무나 자랑스럽지 않아요?"

지금 이 순간, 그는 울고 싶다. 그 정도로 자랑스럽다. 그것이 중요한가? 우리가 지금 같은 이야기를 하고 있는 건가? 물론 자랑스럽다. 그는 슈룸과 레이크, 그날의 모든 핏빛 진실에 대해 생각하며 자랑스러움의 양자이론적 증거들을 찾기 시작한다. 예, 부인, 자랑스럽습니다. 브라보 대원들은 산을 움직이고 달을 변화시킬 만큼 자랑스러운 업적을 이루었다. 그런데 경기 전에 애국가는 왜 부르는 걸까? 댈러스 카우보이스와 시카고 베어스, 이 두 팀은 개인

소유의 영리 추구 조직이며 이 두 팀의 계약직 선수들이 경기장에서 뛰는 것이다. 그렇다면 모든 광고 앞에 애국가를 넣고, 이사회 시작 전에도 애국가를 부르고, 은행에서 돈을 예금하고 인출할 때도 애국가를 불러야 하지 않을까?

하지만 빌리는 분위기를 맞추려고 애쓴다. "충만한 기분입니다." 그가 말한다. 여자들은 환호하며 푹신한 스크럼을 짠 다음 그를 껴안고 만진다. 휴대전화기 여러 대가 사진을 찍고, 서너 가지 대화가 동시에 진행되고, 실제로 눈물을 흘리는 여자들도 있다. 그는 모두 하나가 된 이 감동적인 순간을 감당해낸다. 이윽고 흥분이 차츰 가라앉자, 그는 고개를 숙이고 아래층으로 향한다. 리틀 빅혼 전투에서 퇴각하는 커스터 장군의 부대처럼 정말로 달리 갈 데가 없어서다. 군중을 헤치고 지나가는 그에게 사람들이 미소와 인사를 보낸다. 누군가 잔을 내밀어서 얼떨결에 받아든다. 그들이 그냥 손을 흔든 것임을 그는 나중에야 깨닫게 된다. 그는 좌석들이 놓인 곳으로 가서 계단을 내려간다. 브라보 대원 세 명이 맨 아랫줄에 웅크리고 앉아 있다. 그곳은 위태로울 정도로 흥분한 민간인 무리 속의 피난처이자 작은 보루다.

"맙소사." 빌리는 좌석에 털썩 앉으며 말한다.

다른 대원들도 투덜거린다. 영웅 노릇은 여간 피곤한 게 아니다.

"베어스가 동전 던지기에서 이겼습니다. 벌써 50야드까지 올라갔습니다. 홈 쪽." 어보트가 중계한다.

홀리데이가 코웃음 친다. "대단하다. 그 방면에 소질이 있어." 그가 빌리에게 고개를 돌리며 묻는다. "로디스는 어딨냐?"

"저 위에요."

"바보짓 하고 있냐?"

"잘하고 있습니다. 하프타임 얘기는 없습니까?"

브라보 대원들은 우울한 얼굴로 고개를 젓는다. 그들 모두가 느끼고 있다. 흔한 무대공포증이 아닌, 엄청난 대가를 치르리라는 군인의 본능적인 두려움을. 그들은 지난 이 주 동안 아무 사고 없이 행사들을 잘 치러왔다. 그러니 TV를 통한 전국적인 개망신이 승전여행의 클라이맥스를 장식하는 것이 자연스러운, 어쩌면 불가피한 일인지도 모른다. 그동안 망신을 저축해오기라도 한 것처럼!

카우보이스가 베어스 쪽으로 공을 찬다. 터치백. 베어스가 20야드 라인에서 오프태클로 3야드를 가고, 다이브 플레이로 2야드, 다시 위크사이드 스위프로 4야드를 가지만 파울이 선언된다. 경기가 중단될 때는 전광판에 나오는 시시한 광고를 보며 하프타임에 대해 걱정하는 것밖에 달리 할 일이 없다.

"우리가 지금 무례한가?" 맹고가 묻는다.

모두가 그를 본다.

"우리끼리 여기 앉아 있어서. 사람들하고 어울리지 않고."

"무례는 개뿔." 데이가 대꾸한다.

"팻말 하나 세우지 뭐. '우리는 기능장애 재향군인, 성가시게 굴지 말고 그냥 좀 내버려두시오.'" 어보트가 제안한다.

그들은 경기를 더 지켜본다. 맹고가 계속 한숨을 쉬며 몸을 뒤틀더니 마침내 선언한다. "풋볼은 지루해. 다들 모르겠어? 출발, 정지, 출발, 정지. 오 초쯤 뛰고 일 분은 서 있는 식이라니까. 따분해

죽겠어."

"그럼 나가. 너한테 여기 있으라고 말한 사람 아무도 없어." 홀리데이가 말한다.

"아니, 여기 있어야 합니다. 저는 군에서 있으라는 곳에 있어야 하고 지금은 여기가 그곳이니까요."

베어스가 펀트한다. 카우보이스는 26야드 라인으로 돌아간다. 체인을 이동시키고 공을 교체하느라 한참이 걸린다. 공격진과 수비진이 무거운 걸음으로 움직인다. 공격진은 모여서 작전을 짜고, 수비진은 엉덩이에 손을 붙인 채 헉헉대며 서성인다. 빌어먹을, 맹고 말이 맞아, 빌리는 생각한다. 경기가 중단될 때는 마치 교회에 앉아 있는 기분이다. 전광판에 나오는 요란한 광고만 아니면 모두 쓰러져 잠들 것이다. 필리핀인 웨이터가 다가와서 마실 것을 원하는지 묻는다. 브라보 대원들은 다임이 어디 숨어 있지는 않은지 확인한 뒤 잭코크를 주문한다. 빌리는 아까 얼떨결에 받아든 크랜베리 보드카를 단숨에 들이켜고 애정 어린 눈으로 페이슨을 주시한다. 잭코크가 도착한다. 그 덕에 교회에 있는 듯한 기분이 많이 가신다. 카우보이스는 베어스 진영 42야드까지 진출했다가 헨슨이 색*을 당하면서 16야드를 잃는다. 빌리는 통제할 수도 없는 땅을 따먹는 일의 근본적인 무용無用을 깨닫기 시작한다.

"제발 그 음료에 술 안 들었다고 말해줘." 다임의 목소리에 대원들은 화들짝 놀란다. 다임이 빌리 옆좌석에 앉는다. 그의 목에 걸

---

* 쿼터백이 패스하기 전에 수비에게 태클을 당하는 것.

린 쌍안경이 덜렁거린다.

"전혀요. 안 그래도 항의하려던 참이었습니다." 어보트가 말한다.

"얘들아, 아까 내가 말했잖아—"

"어이, 다임, 맹고가 풋볼이 지루하대." 데이가 끼어든다.

"뭐?" 다임은 즉시 맹고를 공격한다. "풋볼이 지루하다니, 도대체 그게 무슨 개소리야, 풋볼은 위대해, 다른 스포츠를 모조리 엿먹인다고. 풋볼은 스포츠계의 지존이야. 뭔 소리가 하고 싶은데? 축구가 좋다고? 호모들이 짧은 반바지랑 무릎양말 차림으로 우르르 뛰어다니는 거? 축구는 구십 분을 뛰고도 득점이 안 날 때도 있어. 염병, 재미도 있겠다. 식물인간을 위한 스포츠가! 그래, 좋아, 맹고, 축구를 보고 싶으면 메히코*로 돌아가."

"전 투손 출신입니다." 맹고가 부드럽게 대답한다. "하사님, 전 거기서 태어났습니다. 아시면서."

"네가 아이다호 스쿼럴 딕** 출신이라도 내 알 바 아니야. 풋볼은 전략적이야. 전술이 있다고. 생각하는 인간의 게임이고 동작에 시詩가 깃들어 있어. 하지만 너 같은 멍청이가 알 리 없지."

"그래서 그랬군요. 천재들이나 풋볼을—"

"입 닥쳐! 몬토야, 넌 가망이 없어. 인간의 수치야. 너 같은 한심한 놈들이 알라모*** 전투에서 패배한 거라고."

---

* 멕시코의 스페인어 발음.
** 실제 지명이 아니라 '다람쥐 성기'라는 뜻이다.
*** 미국 텍사스 주 샌안토니오의 요새로, 1836년 미군이 멕시코군에 포위되어 전멸했다.

맹고가 낄낄댄다. "하사님, 좀 헷갈리신 것 같습니다. 그건―"

"닥쳐! 게이 수정론자의 개소리는 더 듣고 싶지 않으니까 닥치라고."

맹고는 두어 박자 쉬었다가 입을 연다. "사람들 말이, 그때 알라모에 뒷문이 있었다면 텍사스는 결코―"

"닥쳐!"

브라보 대원들은 컵스카우트 단원처럼 킥킥거린다. 카우보이스가 펀트를 하지만 페널티가 주어져 다시 펀트를 한다. 그리고 TV 광고를 위한 타임아웃이 이어진다. 다임은 쌍안경을 얼굴에 대고 있다.

"어느 여자야?" 다임이 조그맣게 웅얼거린다. 그것이 사적인, 아니, 신성한 문제임을 아는 것이다.

빌리도 낮은 소리로 대답한다. "왼쪽 20야드 근방에 있어요. 붉은빛이 도는 금발입니다."

다임은 왼쪽으로 고개를 돌린다. 시간을 때우기 위해 치어리더들이 엉덩이를 흔들며 멋진 춤을 추고 있다. 다임은 한참 지켜보다가 쌍안경을 얼굴에 댄 채로 빌리에게 손을 내민다.

"축하한다."

그들은 악수한다.

"근사한 여자야."

"감사합니다, 하사님."

다임은 계속 본다.

"너 진짜 저 여자랑 한 거야?"

"그렇습니다. 맹세합니다, 하사님."

"맹세는 할 거 없고. 저 여자 이름이 뭐야?"

"페이슨요."

"성이, 아니면 이름이?"

"어, 이름요." 빌리는 그녀의 성을 모른다는 사실을 깨닫는다.

다임이 혼자 킥킥거린다. "흐음. 염병할. 어린 빌리는 깊이가 끝이 없어. 너 도대체 누구냐."

다임이 자리를 뜰 때, 빌리는 쌍안경을 빌려줄 수 있느냐고 묻는다. 그러자 다임은 올림픽 챔피언의 머리에 성유를 바르듯 조용하고 장엄하고 엄숙하게 빌리의 목에 쌍안경 끈을 걸어준다. 빌리는 쌍안경을 들고 즐거운 시간을 보낸다. 주로 페이슨에게 초점을 맞춘 채, 정해진 춤을 추며 격렬하게 응원용 수술을 흔들고 팔동작으로 관중을 독려하는 그녀의 모습을 지켜본다. 쌍안경이 마술이라도 부린 듯 현실세계에 기묘한 명료성을 부여해, 마치 인형의 집처럼 세부와 질감을 정교하게 보여준다. 그 안에서 페이슨이 하는 모든 동작이 마치 기적처럼 보인다. 그녀는 망아지처럼 머리를 홱 젖히기도 하고, 한가로이 무릎을 들기도 하고, 다른 치어리더들과 상의하며 발끝으로 인조잔디를 탁탁 치기도 한다. 빌리는 정신이 거의 아득해지도록 그녀를 향한 애정을 느끼는 동시에, 달콤쌉쌀한 향수와 상실감으로 심란해진다. 그녀를 공간적으로만이 아니라 시간적으로도 멀리 떨어져 바라보고 있는 기분이다. 이 우울감은, 영혼이 새어나가는 것 같은 이 슬픔은—사랑에 빠졌다는 뜻일까? 젠장, 그걸 알아낼 시간이 없다. 페이슨과 꼭 얘기해봐야 한다—

그녀의 전화번호가 필요하다! 이메일 주소도. 그녀의 성姓은 멋질 것이다.

맹고가 옆구리를 찌른다. "야, 우리 뷔페 간다. 갈래?"

빌리는 싫다고 대답한다. 그냥 이대로 앉아 쌍안경으로 모든 걸 지켜보는 게 좋다. 경기는 전혀 재미없지만 사람들은 흥미롭다. 만화에서 표현되는 체취처럼 선수들의 몸에서 김이 올라오는 형태라든가, 터틀 코치가 차를 세워둔 곳이 생각나지 않는 사람처럼 혼란스러운 얼굴로 사이드라인을 따라 성큼성큼 걸어다니는 모습이라든가. 빌리는 관중을 관찰하며 느긋한 전지자의 기분을 느낀다. 일종의 임상적인 태도로, 정글 속 고릴라를 연구하듯 그들이 먹고, 마시고, 하품하고, 콧구멍을 쑤시고, 멋부리고, 자식들의 응석을 받아주거나 묵살하는 모습을 지켜본다. 섹시한 여자에게는 당연히 눈길이 멈춘다. 칠면조 복장을 한 사람이 적어도 여섯 명 이상은 된다. 허공을 응시하는 사람도 종종 눈에 띄는데, 얼굴은 무방비 상태로 축 늘어졌고 삶의 전반적인 당혹스러움이라는 안개에 갇혀 안달을 부리기 직전이다. 오, 미국인들. 오, 나의 국민들. 그는 다시 페이슨에게 눈길을 돌린다. 몸의 중추가 흐물흐물해진다. 그녀는 그냥 섹시한 게 아니다. 그녀의 섹시함은 『맥심』 잡지와 빅토리아 시크릿의 섹시함이다. 그녀는 세계적인 수준이고, 어떻게든 그녀를 다시 만날 계획을 세워야 한다. 그녀 같은 여자는 수단을—

"저기 우리 텍사스인이 있군!"

빌리는 위를 올려다본다. 마치 호이가 옆걸음질로 좌석들을 가로질러 다가오고 있다. 빌리는 일어나려고 하지만, 호이가 손으로 그의 어깨를 지그시 눌러 도로 앉힌다. 호이는 빌리 옆좌석에 앉아 난간에 발을 올린다. 빌리는 그의 카우보이 부츠가 몹시 탐난다. 반짝이는 청록색 타조가죽 부츠로, 앞코에 은 줄세공 장식이 달려 있다.

"그래, 어떤가?"

"아주 좋습니다. 어르신은요?"

"괜찮네. 우리 카우보이스 선수들이 더 열심히 뛰어줬으면 좋겠지만."

빌리는 웃는다. 미국의 역사를 바꾼 인물이 옆에 앉아 있는데도 생각보다 떨리지 않는다. 스위프트 보트의 일원. 그 이야기를 꺼내면 실례가 될까? 어차피 그 사건에 대해서는 아는 것도 별로 없다. 그런데 그는 왜 여기에 와서 나와 함께 앉아 있는 걸까?

"누가 그러던데, 자네가 스토벌 출신이라고."

"예, 그렇습니다."

"거기선 멋진 비둘기 사냥을 즐길 수 있지. 거기 그런 풀이 있거든. 거스위드? 걸위드? 키가 크고 노란 풀인데, 기다란 꼬투리가 달려 있어. 온갖 새가 거기에 앉고 비둘기도 그것을 좋아하지. 무슨 풀인지 아나?"

"잘 모르겠습니다."

"사냥 안 하나?"

"예."

"우리는 거기서 아주 즐거운 시간을 보냈지. 비둘기들을 죽였단 말이네."

호이가 쌍안경을 빌릴 수 있느냐고 묻는다. 그는 짧은 시간 동안 노인들의 사랑스러운 틱 증세 레퍼토리인 코 훌쩍이기, 커프스 밖으로 내놓기, 목청 가다듬기를 모두 보여준다. 그에게 땀띠분과 깨끗이 풀 먹인 면 냄새가 난다. 오른손에는 말발굽 모양의 다이아몬드 반지를 꼈다. 숱이 적은 백발의 앞머리를 소년 허클베리 핀처럼 이마에 내렸다.

"경기에 돈 걸었나?" 호이가 쌍안경 초점을 맞추며 묻는다.

"안 걸었습니다. 건 친구들도 있고요."

"자네는 도박 안 해?"

"예."

호이가 흘끗 보며 말한다. "똑똑하군. 돈을 그냥 갖다버리기에는 우린 일을 너무 열심히 하지." 빌리가 무슨 사업을 하느냐고 묻자 그는 미소짓는다. "아, 여러 가지." 그러고는 빌리에게 쌍안경을 돌려준다. "에너지가 핵심 사업이야. 에너지 생산과 파이프라인. 그 사업을 사십 년 가까이 해왔지. 그리고 부동산 사업도 좀 하고, 헤지펀드에도 손대고, 재정거래 같은 것도 한다네." 그는 껄껄 웃은 뒤 말을 잇는다. "가끔 주식 매집도 하지. 마음에 드는 기업이 있으면. 자네, 사업에 관심 있나?"

"모르겠습니다. 어쩌면요. 제대 후에 할지도 모릅니다. 하지만 죽도록 지겨우면 안 하고요."

호이가 끙 소리를 내며 똑바로 앉더니 빌리의 무르팍을 찰싹 때린다. "맞는 말이야. 즐겁지 않은 일을 왜 하나? 내 경험상, 가장 성공한 사람들은 자기 일을 진정으로 사랑하는 사람들이지. 젊은 사람들이 조언을 구할 때 내가 해주는 말이 바로 그거라네. 돈을 벌고 싶으면 즐길 수 있는 일을 찾아 죽도록 매달려라."

"훌륭한 철학 같습니다." 빌리가 조심스럽게 의견을 말한다.

"그게 내 성격에도 맞고. 난 운 좋게도 내가 좋아하는 일을 찾았고 어느 정도 성공도 거뒀지. 그건 어떻게 보면 경기와 비슷하다고 할 수 있네." 그는 말을 멈추고 카우보이스가 상대 진영 깊숙이 들어가는 모습을 지켜본다. 리시버가 몸을 뻗어 손끝으로 공을 잡았다가 경기장 밖으로 놓쳐버린다. "결국 핵심은 미래에 대한 예측이고 근본적으로 그게 바로 사업이지. 무슨 일이 닥칠지 내다보고 남들보다 한발 앞서 행동하는 것, 적절한 타이밍에 움직이는 것. 천 조각짜리 퍼즐을 맞추는 것과도 같아."

빌리는 고개를 끄덕인다. 호이의 말이 진심으로 흥미롭다. "어르신은 어떻게 그렇게 하십니까?" 그가 불쑥 묻는다. 뭐 어떠랴는 심정이다. "어떻게 똑같은 걸 하려는 남들보다 한발 앞서가십니까?"

호이가 다시 쿡쿡 웃는다. "흠, 좋은 질문이야." 그는 뒤로 기대앉아 잠시 생각한다. "아마 독립적인 사고 덕분일 거야. 그리고 마음의 평화."

빌리는 미소짓는다. 나를 놀리는 건가, 하는 생각이 든다.

"마음의 평화―자신이 어떤 사람인지, 삶에서 무엇을 원하는지 알아야 해. 자기만의 사고를 해야 하고, 그러기 위해선 자신이 어떤 사람인지 아는 것이 좋아. 알기만 하는 게 아니라 그 앎으로 인해 안심하고 편안할 수 있어야 하고. 또 자기단련도 필요하지. 스태미나도. 물론 운도 따라줘야 하고. 작은 행운도 아주 중요해. 우리가 역사상 가장 위대한 경제체제하에 태어난 것도 무척 커다란 행운이라네. 어느 모로 보나 완벽한 체제는 아니지만, 전반적으로 인류의 진보에 지대한 공을 세운 건 사실이잖나. 지난 한 세기만 놓고 봐도 십중팔구는 생활수준이 향상되었으니까. 그렇다고 우리에게 문제가 없다는 말은 아닐세. 문제는 아주 많아. 하지만 자유시장의 특별한 능력이, 그 추진력과 재능, 에너지가 그 문제들을 해결하는 역할을 하지. 자, 이 스타디움을 보게. 이 모든 것. 관중, 경기." 호이가 왼쪽에서 오른쪽으로 팔을 휘두르고는, 초겨울 우울한 하늘에 떠 있는 굿이어 비행선을 가리킨다. "이게 전부지. 내가 무슨 말을 하고 있는지 알겠나? 난 탐욕이 선이라고 떠들고 다니는 사람들과는 달라. 하지만 탐욕은 분명 선을 위한 힘이 될 수 있지. 자기이익은 인간사에서 강력한 자극제이고, 내가 보기엔 바로 거기에 자본주의 체제의 아름다움이 있다네. 인간의 선천적 결함에서 미덕이 만들어지는 거니까. 그러니 자네는 자네 부모보다 잘살 거고 자네 자식은 자네보다 잘살 거고 자네 손자는 자네 자식보다 잘살 걸세. 우리 체제 덕에 삶의 문제들을 해결하는 더 쉽고 더 나은 방법이 계속 발견될 테고, 우리는 꿈도 꾸지 못했던 많은 일이 이루어질 테니까."

빌리는 고개를 끄덕인다. 지금 이 순간만큼 미국이 잘 이해되었던 적은 없다. 미국이 특출난 나라인 건 의심의 여지 없는 사실이다. NASA의 우주탐사 성공 같은 경우, 사실 자신과는 아무 상관 없는 일이라는 걸 알면서도 국민의 한 사람으로서 기쁨과 나아가서는 보람까지 느끼게 된다.

호이가 계속 말한다. "지금 우리는 대단히 심각한 난관을 겪고 있지. 두 개의 전쟁에, 경제는 무너지고 국민의 사기는 바닥에 떨어졌어. 하지만 이 난관을 헤쳐나갈 거야. 이겨낼 거야. 우리 체제는 지난 이백여 년간 강한 회복력을 보여줬고, 자네 같은 젊은 세대의 앞날은 밝아. 자넨 신바람나는 미래를 맞이하게 될 거야. 내가 자네 나이로 돌아갈 수 있다면—자네, 몇 살이지?"

"열아홉입니다."

호이는 다음 말을 하려고 입을 열다가 그대로 멈춘다. 그가 당황한 듯 빌리를 바라본다. 심하게는 아니고, 잠시 말문이 막힌 듯하다.

"열아홉. 자네 참 어른스럽군."

"감사합니다."

"이런, 스물여섯 살은 먹은 변호사랑 이야기하는 기분이야. 자네 처신이 그래."

"감사합니다. 그렇게 말씀해주셔서."

호이는 경기에 집중한다. 생각의 고리가 끊긴 모양이다. 하지만 잠시 후 다시 빌리에게 말을 건다.

"자네, 명예훈장 수훈을 추천받았다는 게 사실인가?"

"예, 저희 부대장님이 추천해주셨습니다."

"그래서 어떻게 됐는데?"

"모르겠습니다. 위에서 퇴짜 놓았다는 얘기만 들었습니다." 빌리는 어깨를 으쓱한다. 억울한 마음이 있다 해도 대부분 간접적인 감정이다.

"사실 나는 그런 시험은 겪지 않았지. 2차세계대전에 참전하기엔 너무 어렸으니까. 그때 기억이 또렷하긴 하지만. 그리고 한국 전쟁 때는……" 호이는 목청을 가다듬으며 그 생각을 자연사시킨다. "자네는 우리 대부분의 사람들이 평생 알 수 없는 것들을 알고 있어. 자네와 자네 전우들이 한 경험은……" 그는 또다시 생각을 마무리하는 데 실패한다. 빌리는 승전여행중 대화를 중단시키는 이런 심리적 장애가 무엇을 의미하는지 안다. 노인들이 이런 장애에 부딪혀 버둥거려도 그는 도와줄 수가 없다. 그로서는 할말이 없다. 그럴 때는 아무 일 없는 것처럼 행동하는 것이 상책임을 경험을 통해 배웠다.

호이가 나쁜 소식을 떨쳐버리려는 사람처럼 억지로 쾌활하게 말한다. "자네와 이런 시간을 보낼 수 있어서 자랑스럽네. 열아홉 살이라니, 세상에, 난 그 나이 때 아무것도 몰랐는데." 그러고는 손자들이 여기 와서 빌리를 만나보면 좋겠다고, 그애들에게 아주 훌륭한 본보기가 될 거라고 떠들어댄다. 그런 장황한 찬사도 나쁘지 않지만, 빌리가 생각하기에는 뭔가 유용하고 새로운 가르침이 더 나을 것 같다. 아니면 일자리를 주는 건 어떤가? 그러면 좋을 것이다. 날 위해 일해주게! 우리 부자가 되어보세! 어떻게 부자가 되는지 내가 보여주겠네! 호이가 손자들 이야기를 계속 주절주절 늘어놓는데 갑자기 전광판에 페이슨이 비친다. 러시모어 산만큼 큰 페이슨이 카메라를 향해 몸을 기울이고 미소를 보내더니 머리를 뒤로 휙 젖히고 빌리의 코앞에서 저 영광스러운 응원용 수술을 흔들어댄다. 빌리는 자기도 모르게 의자에서 축 늘어지며 신음 소리를 낸다. 호이는 즉시 상황을 눈치챘다.

"흠, 건강한 아가씨로군." 그는 쿡쿡거리며 빌리의 무릎을 툭 친다. 젊은이가 살아 있기 위해 필요로 하는 것들을 인정하는 것이다. "아이쿠, 저것 좀 보게. 놈이 아가씨들을 잘 뽑아놨어."

빌리와 맹고, 산책 나가다

1쿼터가 끝날 때쯤 그들은 구단주실에서 나가달라는 말을 듣는다. 멕시코 대사가 상당한 수의 수행원을 거느리고 오는 중인데 구단주실이 꽉 차 있어서 누군가 자리를 비워줘야 한다. 놈이 사과한다. 진심으로 괴로운 눈치다. "멕시코 대사가 경호원을 얼마나 많이 달고 다니는지 자네들도 봐야 한다니까." 놈은 고개를 저으며 브라보 대원들에게 말한다. "마약전쟁 때문인가본데, 그래도 그렇지. 우리도 보안이 허술하진 않은데."

"게다가 저희까지 있는데 말입니다." 사이크스가 지적한다.

"맞아! 그렇지! 여기 세계 최고의 전사들이 와 있는데 말이야! 아, 자네들이 계속 여기 머물 방법이 있다면……"

브라보 대원들은 초연하다. 기분 나빠할 수도 있는데. 거창한 작별인사와 마지막 박수갈채 후, 조시가 그들을 원래 좌석으로 데려간다. 대원들은 밖으로 나오자 휴대전화, 아이팟, 침 뱉는 컵, 씹는 담배를 꺼낸다. 안개비가 어정쩡하니 부슬부슬 내려서 우산들이 올라갔다 내려갔다 올라갔다 내려갔다 올라갔다 내려갔다 하는 것이, 두더지게임이라도 하는 것 같다.

"와, 점수 났네." 맹고가 고갯짓으로 전광판을 가리킨다. 카우보이스 7, 베어스 0. "언제 난 거지?"

빌리는 어깨를 으쓱한다. 춥지는 않지만, 그렇다고 따뜻한 곳이 싫은 것도 아니다. 휴대전화를 확인하니 문자가 두 통 와 있다. 캐스린: 어디 앉아 있어? 릭 목사: 특별한 감사의 날인 오늘 자넬 위해 기도하네. 해외로 떠나기 전에 얘기 나누세. 피부가 구릿빛으로 그은 뚱뚱한 릭 목사, 미국에서 가장 큰 교회 중 하나를 세운 그는 애너하임 컨벤션 센터에서 열린 브라보 집회에서 기도를 맡았다. 빌리는 집회가 끝나고 순간적으로―나약해져서? 망상에 빠져서?―그에게 긴급 상담을 요청했다. 릭 목사의 기도 중 실제로 마음에 와 닿는 내용이 있었다. 다른 대원들이 사인을 해주고 사진 촬영을 하는 동안, 빌리는 무대 뒤에 릭 목사와 함께 앉아서 슈룸의 죽음에 대해 이야기했다. 부상을 입고 누워 있던 슈룸. 일어나 앉은 슈룸. 빌리의 무릎에 쓰러진 슈룸. 다음 순간 슈룸의 눈이 너무도 절박하게, 너무도 긴급한 소식을 알리며 빌리를 응시했다. 그리고 그의 영혼이 서서히 빠져나갔다. 생명이라는 것이 휘발성 강한 물질, 혹은 압축 저장된 내용물인 것처럼.

"그가 죽었을 때 저도 죽고 싶은 심정이었습니다." 하지만 그것은 정확한 표현이 아니었다. "그가 죽었을 때 저도 죽은 기분이었습니다." 이것도 정확하지 않다. "어떤 면에서는 온 세상이 죽은 것 같았습니다." 더 심하게 표현하면 슈룸의 죽음은 빌리를 파괴해버렸다. 더이상 아무것도 할 수 없도록. 슈룸이 죽었을 때일까요? 아니, 그의 영혼이 나를 통과했을 때? 바로 그 순간 나는 그를 너무도 사랑하게 되었고, 다시는 누구에게도 그런 사랑을 느끼지 못할 것 같았습니다. 그러니 결혼하고 아이를 낳고 가정을 꾸리는 게 무슨 의미가 있겠습니까? 가족에게 최고의 사랑을 줄 수 없다는 걸 아는데.

빌리는 울었다. 두 사람은 기도했다. 빌리는 조금 더 울었다. 두어 시간 동안은 기분이 나아졌지만, 저녁이 되고 상처가 다시 고개를 들자 마음을 의지할 데가 없음을 깨달았다. 목사가 정확히 뭐라고 말했지? 음성 말고는 기억나는 게 없었다. 이지리스닝 재즈처럼 아련히 들리는, 느긋하고 찰랑찰랑한 음성. 그뒤에 두 차례 통화했지만 여전히 아무 소용 없었다. 그런데도 릭 목사는 그를 놓아주려 하지 않는다. 계속 전화하고, 문자와 이메일을 보낸다. 빌리는 릭 목사가 얻을 이득이 무엇인지 안다. 전쟁터의 병사와 '목양 관계'를 맺는 건 목사에게 멋진 일이다. 신망도 두터워지고 시사 문제에 관심이 많다는 인상을 줄 수 있으니까. 빌리는 그 선량한 목사가 자신의 영혼을 소재로 주일 아침 설교의 시동을 거는 소리가 귓가에 선하다. "얼마 전 이라크에 파병된 우리의 훌륭한 젊은 병사 중 하나와 이야기할 기회가 있었는데 어쩌고저쩌고 어쩌고저쩌고……"

빌리는 캐스린에게 답장을 보내고 릭 목사의 문자는 삭제한다. 그의 오른쪽에 앉은 맹고는 도무지 안정을 찾지 못한다. 몸을 앞으로 숙였다가 뒤로 벌렁 젖히기도 하고, 왼쪽을 봤다가 오른쪽을 보기도 하고, 멍청이처럼 목을 돌려 뒤돌아보기도 한다.

"빌어먹을, 가만히 좀 있어. 너 때문에 나까지 불안하잖아." 빌리가 말한다.

"불안해하지 마."

"뭐 찾는 거 있어?"

"그래, 니네 엄마."

"닥쳐, 니네 엄마겠지. 우리 엄마는 수녀야."

맹고는 웃으며 뒤로 기대앉는다. 그는 경기 시간을 확인하고 신음한다. 영웅 대접을 받는 건 고달픈 일이며, 시민들과의 접점인 통로 쪽 좌석에 앉으면 그 고달픔은 배가된다. 예, 감사합니다. 예, 부인, 아주 즐거운 시간을 보내고 있습니다. 빌리는 브라보 대원들의 사인을 원하는 시민들이 내미는 팸플릿을 대원들에게 돌리고, 사인이 끝날 때까지 대화에 응해야 한다. 나아지고 있어요, 안 그래요? 그럴 가치가 있었어요, 안 그런가요? 우린 그래야만 했어요, 안 그래요? 빌리는 단 한 번이라도 누가 자신을 아기 살인자라고 불러주길 바라지만, 사람들은 아기들이 살해되었다는 생각조차 못하는 듯하다. 그들은 민주주의, 발전, 대량살상무기 이야기만 한다. 그들은 너무도 간절히 믿고 싶어하고, 빌리도 그 정도는 해줄 수 있다. 그들은 산타클로스가 정말로 있다고 믿지 않으면 더이상 찾아오지 않을까봐 산타클로스가 있다고 우기는 아이들처럼 열렬하다.

그럼 너는 뭘 믿는데? 스스로 궁금하다기보다는 누군가에게 그런 질문을 받은 것 같은 기분이다. 하하, 글쎄, 좋아. 예수? 어쩌

면. 부처? 흠. 성조기? 물론이지. 그럼…… 현실은? 빌리는 전쟁이
자신을 '있는 그대로의 현실'이라는 교회의 독실한 신자로 만들었
다고 결론짓는다. 그러니 우리 기도합시다. 나의 미국인 동지들이
여, 나와 함께 기도합시다. 세상을 떠난 수많은 사람과 그 뒤를 따
라갈 사람들을 위해 기도합시다. 레이크와 그의 잘린 다리를 위해
기도합시다. 어보트의 분대자동화기가 전투중 고장나지 않도록 기
도합시다. 체니, 부시, 럼스펠드, 성부와 성자와 성령, 미군 중부사
령부와 합동참모본부의 모든 천사를 위해 기도합시다. 정말로 석
유 문제이기를 기도합시다. 장갑 험비를 위해 기도합시다. 천국에
서 영생을 얻었는지 못 얻었는지는 몰라도 여기 지구에서는 확실
히 죽은 슈룸을 위해 기도합시다.

　빌리는 똑바로 앉는다. 잠깐 졸았던 모양이다. 페이슨이 있는 사
이드라인 쪽을 내려다보려고 고개를 길게 빼지만 경기장과 너무
가까워 각도가 나오지 않는다. 몇 분 동안 경기에 집중하려고 애를
써봐도 진행이 너무 느려서 층마다 서는 엘리베이터를 탄 기분이
다. 실제 경기가 아닌 전광판을 봐야 하는 모양이다. 전광판은 실시
간 경기와 리플레이 영상뿐 아니라 광고까지 내보내서 쉴 틈이 없
다. 광고라는 감각 과부하의 세례가 경기 자체보다 더 많은 부분을
차지한다. 사실 광고가 중심일 수도 있지 않을까? 경기는 광고들
을 위한 하나의 광고에 지나지 않고. 어쨌든 사람들은 경기에 너무
많은 것을 바란다. 경기가 너무도 엄청난 짐을 지고 있는 셈이다.
막대한 광고비, 어마어마한 월급, 체육시설과 기반시설에 들어가
는 엄청난 경비. 풋볼이라는 스포츠가 그 막중한 부담을 견디며 끙

끙거리는 소리가 귀에 들리는 듯하고 그 생각만으로도 빌리는 스트레스를 받는다. 그 엄청난 불균형에, 전면적인 붕괴의 불쾌한 신호처럼 뱃속이 따끔거린다. 빌리는 아까 장비실에서의 기억을 떠올린다. 산더미 같은 장비가 그를 질식시키려 했고, 에니스는 그의 죽음을 실황중계라도 하듯 각각의 크기, 스타일, 색, 모델, 수량을 십 분짜리 장광설에 모두 욱여넣어 떠들어댔다. 숨도 쉬지 않는 듯했던 그 모습에 빌리는 지금까지도 가슴이 옥죄는 느낌이다.

에니스가 돌았다는 생각이 들지만, 그 모든 장비의 목록을 머릿속에 담고 다니는데 실성하지 않을 사람이 어디 있겠는가. 이따금 빌리의 눈에는 미국이 과잉의 악몽으로 보인다. 군생활을 하다보니, 특히 전쟁을 치르다보니 수량에 극도로 민감해졌다. 전쟁은 고도의 지능이 요구되는 일이 아니다. 고난도 수학 같은 건 필요 없다. 전쟁은 순전히, 절대적으로 무식한 수량의 영역이기 때문이다. 어느 편이 가장 많은 죽음을 만들어내는가? 미적분 따윈 필요 없고, 요, 우리가 다루는 건 단순한 옛날 방식의 산술이다. 분당 발사 탄 수를 계산하고, 하락한 자산 가치를 측정하고, 전사자와 부상자 현황을 엑셀 스프레드시트로 만들면 된다. 그렇게 따지면 미군은 세계 역사상 가장 아름다운 전투병력이다. 맨 처음 그걸 몸소 체험했을 때 빌리는 일종의 충격에, 어쩌면 경외감이라고들 하는 것에 빠졌다. 그때 미군은 위쪽 어딘가로부터 엉성하고 산발적이지만 그래도 치명적인 소형무기의 공격을 받고 있었다. 이윽고 공격의 진원지가 길 아래 있는 4층짜리 아파트 건물로 밝혀졌다. 창가에는 화분들이 놓여 있고 빨래도 널려 있었다. "지원 요청." 트립 대위가 중위에게 무전을 보냈고 그 명령에 따라 중위는 155밀리미터 고폭탄 두 발을 쏴서 건물 전체를, 아니, 그 블록 절반을 날려버렸다. 쾅. 불길과 연기 속에서 문제는 깨끗이 해결되었다. 그러니 한 나라를 정말 성공적으로 침공하려면 하이테크, 정밀유도, 언론 창녀질 따윈 다 필요 없고 폭탄으로 쑥대밭을 만들어놓는 것이 유일한 방법이다.

"나가자." 빌리가 맹고에게 웅얼거린다. 그들은 계단을 한 번에 두 단씩 빠르게 올라간다.

"어디 가는데?"

"내 여자친구 보러."

맹고는 코웃음 친다. 그들은 중앙홀에서 파파존스에 들러 맥주를 사들고 다시 걷는다.

"니 여자친구가 어디 있는데?"

"곧 알게 돼. 그러니까 입 닥치고 맥주나 마셔."

"너 나한테 여자친구 얘기 전혀 없었잖아, 새꺄."

"지금 하고 있잖아, 새꺄."

"이름이 뭔데?"

"곧 알게 돼."

"섹시하냐?"

"곧 알게 돼."

"여기 있어?"

"아니, 애리조나. 병신, 당연히 여기 있지, 안 그러면 어떻게 보러 가냐?"

중앙홀은 풋볼 팬으로 가득하다. 홈 팬들의 분위기가 뒤숭숭하다. 지금까지의 경기 내용이 불만스러운 그들은 돈을 쓰는 것으로 화를 풀고 있다. 다행히 어디나 가게가 있어서 사고 싶은 걸 살 기회는 얼마든지 있다. 브라보 대원들이 가는 곳마다 그랬다. 공항, 호텔, 공연장, 대회장. 도심이나 교외나 가게가 제일 많이 눈에 띄었다. 미국은 하나의 거대한 쇼핑센터이고 거기에 나라가 딸려 있는 것 같았다.

그들은 중앙홀에서 관중석 30번 구역으로 나가 좌석에 들러붙은 인간 엉덩이의 바다 사이로 난 통로를 달려내려간다.

"빌리, 우리 어디 가는 거야?"

"여자친구가 저 아래 있어." 빌리는 공기를 깊이 들이마셔 피에 산소를 공급한다. 취기를 해소하기 위해서다. 새 여자친구에게 술꾼 인상을 줘선 안 되니까.

"빌리, 씨팔, 뭐야?"

"내 여자친구가 저 아래 있다고."

"빌리, 새꺄, 이리 와. 너 길 잃었어."

"어허, 저 아래 있다니까. 치어리더야."

맹고는 그야말로 비명을 내지른다. 그래서 페이슨이 폴짝 뛰며 빌리의 이름을 부를 때 빌리의 기분은 더욱 달콤해진다. 관중석 맨 앞줄 통로는 경기장보다 3미터는 높다. 빌리는 난간 너머로 몸을 내밀고 페이슨에게 소리친다.

"이제 추워요?"

페이슨은 미소지으며 고개를 흔든다. 머리칼이 사방으로 출렁거린다. "아뇨, 아주 좋아요! 눈이 올 거래요!"

"이쪽은 내 친구 마크 몬토야예요."

"안녕하세요, 마크!"

"안녕하세요 해, 이 멍청아."

"안녕하세요!"

"만나러 와줘서 정말 기뻐요! 즐거운 시간 보내고 있어요?" 페이슨이 외친다.

"우린 아주 즐거워요! 저기, 아까 TV에 나왔었죠! 전광판에 뜨던데!"

무척이나 행복해하는 그녀의 모습에 빌리는 조금 기가 죽는다. 그녀는 노출과 주목의 긍정 신화에, 엄청난 행운으로 이어질 황금 시간대의 기적에 온통 마음을 빼앗겨 거기에 에너지를 쏟고 있기 때문이다. 그녀는 TV에 나오고 싶어한다. 스타가 되고 싶어한다. 그런데 빌리 같은 평범한 군바리가 어떻게—

"아주 멋지게 나왔어요." 빌리의 말에 페이슨은 환하게 웃는다. "그 스텝도 근사했고." 그러면서 빌리는 그녀의 응원 스텝을 흉내낸다. 미군 병사가 군복 차림으로 어깨를 흔들고 엉덩이를 실룩이며 옆으로 미끄러지는 듯한 치어리더의 응원 동작을 따라 하는 모습이 익살스럽다. 페이슨도 웃고 맹고도 웃는다. 맹고는 난간에 몸을 반쯤 걸치고 미친듯이 웃어댄다. 일찍이 빌리는 이런 행복감을 맛본 적이 없다. 뒤에서 수천 명의 풋볼 팬이 지켜보고 있다 해도 상관없다. 온 세상이 그의 사랑의 증인이 되라지. 그런데 보안요원 둘이 다가와서 나가달라고 한다.

"왜요, 내 춤이 마음에 안 들어요?" 빌리가 농담을 던지지만, 보안요원들은 험악한 표정으로 바라볼 뿐이다. 그들은 창백하고 둔해 보이는 백인 중년 남자로, 코빙턴 시큐리티라고 프린트된 나일론 항공재킷을 입고 엉덩이에 관용 38구경 권총을 차고 있다. 빌리는 웃는다. 하지만 역효과만 난다. 빌리는 그들이 변두리 교외지역에서 아르바이트를 뛰러 온 경찰일 거라고 짐작한다. 왜냐하면 그들은 도시와 시골의 최악의 단점, 즉 시골의 나태함과 도시의 악의를 동시에 발산하고 있으니까.

"우린 테러리스트가 아니에요." 빌리가 계속 버티며 무표정하게 말한다.

"나가요. 당장." 경찰 하나가 말한다.

"저 아래 있는 친구와 얘기중이었어요."

"대통령과 얘기중이었다고 해도 마찬가지예요. 여기 서 있으면 안 됩니다."

"당신 때문에 저 사람들이 안 보이잖아요." 다른 경찰이 앞줄의 관중을 가리키며 말한다. "비싼 돈 내고 표 사서 들어온 사람들인데."

"나쁜 돈 내고 들어온 거라면요?"* 맹고가 분위기에 휩쓸려 시비조로 말한다. 그를 향해 조심스럽게 돌아서는 경찰들의 태도에 온갖 가능성이 넘친다. 빌리는 기꺼이 아무 이유 없이 놈들의 머리통을 부숴버릴 수 있을 것 같다. 순식간에 아드레날린이 솟구치고

---

* 앞에서 경찰이 '비싼 돈'이라는 의미로 'good money'라고 한 말에 비꼬며 대꾸한 것.

뇌가 사방으로 신호를 보낸다. 그게 안 되면 얼굴이라도 갈겨주리라. 온 세상이 볼 수 있도록 내 진실을 드러내리라. 놈들이 조금이라도 움직인다면. 하지만 그들은 움직이지 않고, 빌리의 살인 위기는 지나간다. 그는 난간 너머 페이슨에게 외친다.

"이 사람들이 우리더러 나가야 한대요."

페이슨이 다가와 그들 바로 아래에 선다. "그러는 게 좋겠어요." 빌리는 그녀가 걱정하고 있음을 깨닫는다. 소동이 벌어질까봐 두려운 것이다.

"그럼 나중에 봐요!" 빌리가 아래를 향해 외친다.

"하프타임에요!" 페이슨이 살인미소를 보낸다. "필드에서 찾아갈게요!"

무슨 말인지 못 알아들었지만 빌리는 그래도 고개를 끄덕인다. 물론이지. 필드에서든, 관중석에서든, 브라질에서든, 그 어디서든 좋다. 그는 평생 그녀를 알았고 그보다 더 오랫동안 그녀를 사랑한 기분이다. 두 브라보 대원은 마지막으로 경찰들을 노려보고 중앙홀로 향한다. 중앙홀에 이르자 맹고가 철퇴라도 맞은 것처럼 비틀거리며 신음하듯 말한다. "빌리, 빌리, 치어리더를? 와, 죽여주게 예쁘더라. 빌리, 어떻게 꼬신 거야?"

맹고가 군침을 흘리자 페이슨이 더욱더 소중해진다. "모르겠어. 아까 기자회견 때 만나서 그냥 얘기하기 시작했어."

맹고가 부러운 표정으로 말한다. "그 여자는 널 진짜 좋아해. 널 보는 눈빛을 보면 알아. 따뜻하고 쫄깃쫄깃한 그런 눈빛이야."

빌리는 다시 돌아가서 그녀를 보고 싶다. 그 드라이 섹스는 운명의 장난이었을 수도 있지만, 이 두번째 만남이 뭔가를 증명해주었다. 어쩌면 그에게도 사랑의 희망이 있는지 모른다. 슈룸과 함께 끝나버린 게 아닌지도 모른다.

"야, 이라크로 떠나기 전에 어떻게 해야지." 맹고가 말한다.

"방법을 모르겠어. 우린 22시부로 복귀잖아. 게다가 그녀는 기독교인이고."

"씨팔, 농담하냐? 기독교인 여자들도 토끼만큼 섹스를 많이 해. 죄를 씻으려면 먼저 죄가 있어야 하니까. 당장 어떻게 해보는 게 좋아. 우리가 이라크에서 돌아올 때쯤엔 그 여자가 널 까맣게 잊을 테니까. 아마 어느 라인배커 놈이랑 놀아나면서 너한테 이럴걸. 빌리 누구라고요?"

"고맙다, 멍청아."

"여자가 너한테 빠졌을 때 따먹으란 얘기야! 좋은 충고 해주는 거라고."

빌리의 휴대전화가 울린다. 발신인을 확인하니 어보트다.

"어이."

"니네 도대체 어디 있는 거야? 다임이 열받았어."

"산책 나왔어. 지금 돌아가는 중이야."

"산책 나갔답니다. 오는 중이랍니다." 어보트가 전화기를 멀리 떼고 다임에게 보고한다. 다임이 으르렁거리는 소리가 들린다.

"빨랑 튀어오래." 어보트가 다시 전화기를 멀리 뗀다. "잠깐, 지금 하프타임에 대해 브리핑중이야." 침묵. "아, 뭐야. 저 사람들 말이—어." 침묵. "맙소사." 더 긴 침묵이 이어지더니, 어보트가 숨죽인 목소리로 말한다. "넌 차라리 모르는 게 좋을 거야. 저 사람들이 우리한테 뭘 시키려고 하는지."

천사들에게 강간당하다

로디스가 무슨 대단한 지혜라도 전하려는 듯 일그러진 미소를 지으며 몸을 바짝 기울이는 걸 보니, 이제 브라보는 망했구나 싶다. 로디스가 혀 꼬인 소리로 빌리를 부른다. "비이."

"뭐."

"비이." 로디스는 취해서 완전히 맛이 갔다. "야, 여기 어디야?"

아이고. "로디스, 우리 필드에 내려왔어. 제식훈련 같은 걸 할 거야, 알겠어?" 빌리가 웅얼거린다.

로디스는 씩 웃으며 고개를 끄덕인다. 침까지 흘리고 있다.

"도대체 술을 얼마나 마신 거야?"

"많이 안 마셨어!"

데이가 크랙 너머로 바라보며 묻는다. "왜 그래?"

"고주망태가 됐습니다." 빌리가 대답한다.

크랙이 킬킬댄다. "잘된 거야. 말짱할 때도 제식훈련을 병신같이 하니까."

"막말하지 마!"

"걱정 마, 로드. 내가 안 거들어도 넌 어차피 망해."

맙소사. 빌리는 로디스에게 자기만 보라고 말한다. 나한테 의지하고 그냥 내가 하는 대로 따라만 해. 행사를 취소시켜야 한다고 다임에게 말하고 싶지만, 그는 대형 저편에 뚝 떨어져 있다. 그렇다, 고맙게도 그들은 어느 파시스트 악단장의 대칭 욕구를 만족시키기 위해 브라보 분대를 둘로 갈라놓기까지 했다. 홀리데이, 크랙, 빌리, 로디스 이렇게 넷은 홈 쪽 사이드라인에 나란히 서 있다. 그들의 뒤와 양옆으로 프레리 뷰 A&M 고적대가 모여들고 있다. 야간공격을 위한 준비 같기도 하다. 그때와 마찬가지로 장비와 옷을 스치는 날카로운 바스락 소리, 잔디를 밟는 은밀한 장화 소리가 들린다. 어딘가에서 드럼주자가 스틱으로 박자를 맞춘다. 왼발, 오른발, 왼발, 오른발, 탁, 탁, 탁.

"로드, 심호흡 좀 해. 머리 맑아지게."

흐으으으. 흐으으으.

"죽어가냐?" 크랙이 묻는다.

"춰!"

"그래 춥다. 그냥 받아들여, 새꺄." 34도.* 아까 터널에서 보이지 않는 목소리가 알려주었다. 필드에 들어서니 피부를 얼얼하게 하는 수정 같은 안개가 그들을 맞이했다. 미세한 물방울들이 얼어

---

* 섭씨 1.3도.

붙어 극지방의 각다귀 떼처럼 허공에 한데 뭉쳐 있었다. 깃발을 든 소녀들이 추위 속에 용감하게 열을 맞춰 서 있었다. 초췌한 얼굴이 창백하고, 맨다리는 살갗이 오톨도톨하고 터서 갈라졌으며, 머리는 안개가 엉겨붙어 반짝거렸다. 도살장으로 끌려갈 어린 양들. 그들이 진짜 전투대형이라도 갖추고 있는 듯 빌리는 그런 생각이 들었다. 더 멀리 고등학생 악단이 조용히 서 있었다. 줄줄이 대열을 맞춘 학생들은 분홍빛 뺨에 앳된 얼굴이지만 깃털 모자 아래 표정은 너무도 고요하고 진지했다. 자신들이 할 일에 온전히 집중한 모습. 빌리는 젊음의 그 진실함이, 학교 수업과 응원대회와 토요일 아침의 늦잠으로 짜인 질서 있는 학생의 삶이 부러웠다. 그들은 너무도 영민해 보였다! 그들을 향한 격한 애정이 샘솟았다. 그들을 보니 향수가 고개를 들었다. 빌리는 늙은이가 된 기분이었다.

프레리 뷰 고적대 드럼주자들이 미드필드에 도열한다. 그들을 이끄는 거구의 흑인 마법사 같은 고적대장은 고교회파에서 온 듯한 괴상한 복장에 망토와 각반, 금몰, 견장을 갖추고 깔때기 구름 모양 깃털 장식이 달린 원통형 모자를 끈으로 고정해 쓰고 있다. 나머지 네 명의 브라보 대원은 왼쪽 어딘가에 있고, 그 사이에 버지니아 포트마이어에서 온 미 육군 의장대가 서 있다. 완벽한 정복 차림의 의장대원 스무 명은 착검한 스프링필드* 소총으로 던졌다 받기, 돌리기, 허리 높이에서 수레바퀴 모양으로 돌리기, 어깨 주위로 원을 그리며 돌리기, 4인이 다이아몬드 대형으로 서서 공중으

---

* 미국의 총기 상표명.

로 던지기 같은 묘기를 부릴 수 있다. 명령만 떨어지면 문워크라도 할 것이다. 맨 앞줄의 브라보 대원들과 의장대 뒤로는 ROTC 대원들이 서서 물소처럼 발을 구르며 씩씩대고 있다.

"흐아 흐, 흐아 흐." 고적대장의 외침에 두구두구 두구두구 탁탁 탁탁 둥둥 둥둥 휘몰아치는 드럼 소리가 터져나온다. 고통받는 인간의 심장이 요동치는 소리를 닮았다. 그다음에는 트럼펫. 금관악기가 일제히 울리고 호른이 호전적인 대위법으로 힘차게 연주되는 동안 날씬한 여자 셋이 옆에서 슬쩍 끼어들어 의장대 앞 중앙에 선다. 그들이다. 빌리는 넋이 살짝 나간다. 그들은 군인들을 등지고 있지만, 뒷모습만 봐도, 아니, 어쩌면 뒷모습이라서 더욱 분명하다. 데스티니스 차일드가 왔다. 현재 대중음악 여자 유색인종 부문의 반박 불가 세계 챔피언. 비욘세가 주연 자리인 가운데 서고, 미셸과 켈리─누가 누구인지는 몰라도─는 양옆으로 움직인다. 타이트한 골반바지와 하이힐, 긴 레이스 소매가 달린 야한 미드리프 톱* 차림의 그들은 끝내주게 절도 넘치는 자세로 서 있다. 살짝 치켜든 엉덩이가 몸통과 다리를 연결하고, 등은 활처럼 튼튼하면서도 유연하다. 그들은 그 자세로 미동도 없이 서 있다. 음악이 뚝 끊긴다. 카메라맨들이 그들 주위에서 게걸음으로 움직인다. TV 생방송이다. 그들이 마이크를 입에 대자 근사한 아카펠라가 잠자리에 들려고 침대보를 젖히는 것처럼 부드럽게 깔린다.

---

* 배를 드러내는 짧은 상의.

332

오 오 오 오 오 오 오 오

　　　　오 오 오 오 오 오 오 오

　　　　　　　　오 오 오 오 오 오 오 오

　노래가 애국가 후렴을 향해 기울어 살짝만 밀어도 그쪽으로 튈
것 같지만, 그들의 목소리는 더 부드럽고 달콤하게 피어난다. 감미
로운 장미꽃 이파리들의 비가 귀를 때린다.

　당신
　　나를
　　　거기로
　　　　데려갈
　　　　　수
　　　　　있나요
　　　　　오느ㅇㅇㅇㅇㅇ을
　　　　　　바아아아아아암

　저쪽 사이드라인에 무대가 만들어지고 있다. 반짝이는 3단 무대
다. 배경막은 현대식 스테인드글라스의 느낌을 주려고 했는지 색
색의 판을 조각조각 이어붙였다. 각 단에는 댄스팀이 정지화면처
럼 서 있는데, 남자들은 아른아른 빛나는 흰색 트레이닝복에 큼지
막한 장신구를 달았고 여자들은 타이트한 바지나 무릎 위에서 자
른 청바지, 예술적으로 망가뜨린 카우보이스 유니폼(개성 있게 찢

고, 자르고, 소매를 떼어내 똑같은 것이 하나도 없다)을 입었다. 빌리의 오른쪽에 있는 로디스는 콧물 때문에 숨이 막히는 모양이다. 데스티니스 차일드의 나를 거기로 데려가요 후렴구 반복이 끝나고, 요란한 드럼 소리를 신호로 대형 전체가 이동한다. 카메라맨들도 의심 없이 뒷걸음치기 시작한다. 앞에서 드럼 대열이 좌우로 갈라지며 무대로 길을 터준다. 빌리는 나중에 유튜브로 공연을 보면서 그 어마어마한 스케일의 전체 그림을 확인하게 된다. 최소한 다섯 팀의 고적대가 경기장을 도는 가운데 무대에서는 광적인 섹스 쇼 안무가 펼쳐지고, 한쪽 엔드 존부터 반대쪽 엔드 존까지 깃발을 든 소녀들과 응원단이 도열해 있고, ROTC, 브라보 대원들, 의장대, 데스티니스 차일드까지 등장하는, 수천 명에 이르는 그 유명한 초대형 캐스팅. 브로드웨이 뮤지컬에 맞먹는 작품이라고 할 사람도 있을 것이다. 빌리는 뮤지컬 관람은 고사하고 뉴욕에 가본 적도 없지만, 그 말이 일리 있다고 여길 것이다. 어쨌든 공연이 진행되고 있는 현시점에서는 그저 버텨내려고 애쓸 뿐이다. 깡충거리며 지휘봉을 돌리는 악대 지휘자의 흐릿한 형체가 옆으로 지나간다. 레오타드를 입은 고등학교 응원단은 엉덩이를 앞뒤로 튕기며 춤을 추고 있다. 스트립 댄서가 되는 훈련을 받고 있는 것이 틀림없다. 드럼주자들이 군인들의 열 옆에서 선회하고 깃발 든 소녀들의 특별기동대가 지그재그로 움직이는 가운데, 그 사이로 상체를 한껏 젖힌 데스티니스 차일드가 풍만한 엉덩이를 실룩이며 활보한다. 빌리가 보기엔 도저히 불가능할 것 같은 모습이다. 웬만한 인간은 엄두도 내지 못할 그 굳은 자세는 디바의 마력과 스테퍼로 다져진 허벅지 덕분인 듯하다. 앞쪽 무대 옆에는 댄스팀이 있다. 남자들은 헐렁한 셔츠와 바지 차림에 모자를 뒤로 돌려 썼고, 여자들은 은색 스포츠브라와 감청색 타이츠 차림이다. 구경거리가 너무 많아 그러잖아도 정신없는데 디스코 조명까지 가세한다. 무대의 단과 단 사이에는 푸른색과 흰색 섬광등이 줄줄이 박혀 있고, 강관으로 된 틀에도 섬광등으로 테를 둘렀다. 모든 빛이 일제히 밝혀지면서 전기시각적 발작과 간질성 과부하, 망막의 상처, 전두엽이 애벌레의 솜털처럼 산산조각나고—

필로폰에 취한 것 같아! 로디스가 움찔한다. 그의 불쌍한 머리통이 자꾸 옆으로 흔들거린다. 그때 폭발이 시작되어 모두 움찔한다. 쾅, 쾅, 쾅, 쾅. 무대 뒤 어딘가에서 조명탄이 발사된다. 집속탄의 건조한 폭음을 내며 터진 발연체가 밀밭 같은 필드 위로 흩어진다. 로디스의 목구멍 깊숙한 곳에서 울부짖음이 올라온다. "괜찮아. 괜찮아. 그냥 불꽃놀이야." 빌리가 웅얼거린다. 로디스가 헐떡거리며 웃기 시작한다. 반대쪽의 크랙도 땀에 젖어 축축하고 엄숙한 얼굴이다. 외상후스트레스장애 유발에 이보다 더 효과적인 것은 없으리라. 하지만 브라보 대원들은 견뎌낼 수 있다. 놈과 관중, 미국, 4천만이 넘는 TV 시청자에게는 다행스러운 일이다. 오, 예! 동공이 확대되고, 맥박과 혈압이 치솟고, 스트레스 반사에 따른 코르티솔 과다분비로 사지가 떨리지만, 좋다, 괜찮다. 아주 짱짱하다. 브라보 대원들은 베트남 참전용사들처럼 무너지지 않는다! 소리와 빛의 쇼가 펼쳐지는 지옥으로 행진을 시켜도 끄떡없다. 빌어먹을, 그래도 그들에게 이런 고통을 겪게 하다니 무례하지 않은가.

대형이 두구 둥 두구 둥 두구 두구 두구 둥 박자에 맞춰 에이트 투 파이브 스텝*으로 움직이고, 스네어드럼은 군인이 된 걸 존나 자랑스럽게 만들어준다. 장난 아니네, 빌리는 깨닫는다. 일부러 우스꽝스러운 하프타임을 연출했다기에는 너무 많은 돈을 쓰고 너무 많은 공을 들였다. 그렇다고 거창하고 비싼 것들이 엉터리일 수 없다는 의미는 아니다. 타이타닉 호도 엉터리, 엔론**도 엉터리, 히틀러의 러시아 침공도 엉터리였다. 둥 두구 둥 두구 둥 두가둥 둥 프레리 뷰 고적대의 드럼들이, 천둥 같은 풍경風磬이 울린다. 로디스가 빌리에게 부딪히더니 안정을 되찾으며 사과한다. "미안, 비이." 북쪽 해시마크***에서 군인들이 모두 뒤돌아 남쪽으로 행진하고 데스티니스 차일드는 계속 무대로 나아갈 것이다. 빌리는 해시마크를 응시하며 과호흡을 하지 않으려고 애쓴다. 둥 두구 둥 두구 두구 두구 둥. 디스코 섬광등, 섹시 댄스, 조명탄과 불꽃, 무릎을 높이 들며 당당히 제자리걸음하는 고적대. 빌리는 군인답게 그 거대한 꼭두각시 놀음판에서 반드시 버텨내리라 각오를 다지며 용을 쓰고 있다.

  "신사아 숙녀어 여러분." 장내 아나운서가 스스로 바보인 걸 모르는 선전자의 아부 섞인 극저음으로 외친다.

  선풍적 인기를 몰고 다니는 최고의 그룹
  데스니티스 차일드

---

* 5야드, 즉 4.5미터를 여덟 걸음에 가는 고적대 스텝.
** 분식회계가 드러나 파산한 에너지 기업.
*** 인바운드 라인 중 한 부분.

켈리

미셸

그리고

비이 요온 세에를

소개합니다아아아

    너무도 불경스러운 소음의 집중포화에 빌리는 허공에 붕 뜨는 기분이다. 댐이 터지고 러시아워에 다리가 무너져, 살인적인 물거품과 바위만한 파편이 쓰나미처럼 몰려와 이미 알려진 세계의 윤곽을 바꿔놓는 듯한 충격이다. 죽으러 간다고 생각해라. 이라크로 파견되기 전주에 들은 명령이다. 알겠습니다! 명령대로 하겠습니다! 예, 그렇게 하겠습니다! 우리를 기다리는 것은 대학살이다. 우리는 구조의 대상이 아니다. 후방에서 전쟁이 일어나지 않도록 전방에 나가 싸우는 불쌍하고 슬픈 비운의 총알받이다! 젊은이가 듣기에는 가혹한 말이지만, 사실 그것이 전 세계 모든 젊은이가 받는 교육의 일부다. 직접 뛰어들기 전에는 어떤 위험이 도사리고 있는지 알 수 없다는 사실을 배우는 것. 데스티니스 차일드는 거들먹거리며 활보한다. 빌어먹을, 허리까지 차오르는 거친 물살도 거뜬히 헤쳐나가겠군, 빌리는 그들을 바라보며 생각한다. 빌어먹을. 이런 광경을 머릿속에 담고 어떻게 복귀하지. 며칠, 아니, 몇 시간 내로 브라보 대원들은 전쟁터로 돌아가 다시 그 말을 듣게 될 것이다. 두려워도 그 가혹한 말을 피할 수는 없다. 죽으러 간다. 그 부분을 기꺼이 들어야 하지만, 아니, 아무도 그러지 못할 것이다. 비욘세만, 그녀의 군침 도는 엉덩이만 생각날 것이다!

어쩌면 원래부터 말이 안 되는 일인지도 모른다. 아니면 빌리만 이해가 안 되는 것일 수도 있다. 왜냐하면 바보 멍청이니까. 그들은 돌아선다. 빌리는 반박자 차이로 해시마크를 놓친다. 면도날처럼 정확하게 해시마크를 밟는 의장대원들에 비해 브라보 대원들은 풀린 신발끈처럼 엉망진창이다. "발 바꿔 가." 데이가 소리를 낮춰 말한다. 그는 팀 리더로서 브라보 대원들이 위엄을 잃지 않고 하프타임을 무사히 넘길 수 있도록 이끌 책임이 있으며, 대원들이 발 맞춰 걷도록 의장대를 따라 구령을 붙이고 있다. "왼발, 왼발." 그 주문에 마음이 진정되어 빌리는 발을 맞추기 시작한다. 손에 무기를 들었다면 더 나았을 테지만. 바로 앞에서 ROTC 학생들이 커다란 엉덩이로 뒤뚱거리며 걷고 있다. 그중 다수가 빌리보다 나이가 많겠지만 뒷모습은 너무도 어려 보인다. 부드럽고 살찐 아기 같은 목이 희생제단의 도끼날이 떨어져내리기를 요청하는 듯하다.

"좌향좌." 데이가 조용히 명령한다. 브라보 대원들은 사이드라인에 도착했다. 그들은 일곱 걸음을 더 간 다음 다시 좌향좌 해서 멈춘다. 그 순간 그들의 임무는 의장대 옆에 멋지게 서 있는 것이다. 술장식 레오타드를 입은 여고생들이 2미터짜리 장대에 빙글빙글 꼬인 기다란 색테이프를 매달아 흔들면서 스쳐지나간다. 프레리 뷰 고적대 드럼주자들은 스네어드럼 박자에 맞춰 글라이드 스텝*으로 미드필드에 다시 모인다. 브라보 대원들만 빼고 모두가 움

---

* 악기 연주를 위해 상체의 움직임을 최소화한 고적대 스텝.

직이고 있는 듯하다. 경기장은 힙합 안무와 한 치 흐트러짐 없는 고적대의 통일된 움직임이 어우러져 북새통을 이루고 있다. 무대 장치에서 불꽃과 폭죽이 터져나오는 가운데, 데스티니스 차일드가 디바의 거들먹거리는 걸음으로 무대에 오른다. 무대 위 댄서들이 MTV의 야한 비디오에 나오는 섹시한 춤을 추기 시작하고, 비욘세와 다른 두 멤버가 마이크를 들어 입에 댄다.

당신은 나를 그곳에 데려간다고 하죠

그들이 요염하고 새침한 떨림음으로 노래한다.

내게 무엇이 필요한지 안다며
당신과 내게 소중한 가치에 마음을 쏟죠

의장대원들은 스프링필드 소총을 돌리며 록스타 버전으로 제식 훈련을 보여준다. 착, 착, 착. 손바닥과 소총 개머리판이 만나 박력 넘치는 소리를 낸다. 경험 많은 사람이라면 그 운율만 듣고도 어떤 묘기가 펼쳐지는지 알 수 있을 듯하다. 빌리가 선 위치에서는 그 광경이 시야 가장자리에만 들어와서, 소총들의 움직임이 마치 카드를 섞고 쌓는 것처럼 보인다.

당신은 그 모든 게 통한다고 생각하죠
마치 로봇 연인처럼

그건 성숙한 여자를 기쁘게 해주는
방법이 아니에요

비욘세의 한 손이 허벅지 안쪽으로 슬그머니 미끄러져들어가 음부를 향하지만 아슬아슬하게도 움켜잡지는 않는다. 손은 가족 시청시간에 걸맞게 전 연령 시청 등급 수준으로 자리한다. 스쳐지나가는 색테이프 소녀들의 야위고 창백한 다리가 스카이콩콩처럼 보인다. 섬광등이 빌리의 머리를 어지럽힌다. 눈을 가늘게 뜨고 보니 모든 것이 흐릿하다. 서교열*을 앓는 군인의 꿈처럼 고적대, 허리를 돌리며 야한 춤을 추는 무수한 몸뚱이, 요란한 폭죽, 사기를 돋우는 다수의 드럼주자가 어지러이 뒤섞인다. 데스티니스 차일드! 의장대! 장난감 병정들과 난교가 한데 섞여서 영감을 주는 하나의 거대한 스튜가 된다. 브라보 대원들은 크랙의 〈코난〉 DVD를 얼마나 많이 봤던가. 수십 번은 봐서 대사를 다 외울 정도다. 빌리의 극도로 흥분한 뇌에서 일어난 온갖 흐름과 전환이 난잡한 궁전 장면을 내보낸다. 뱀의 왕 제임스 얼 존스가 왕좌에 앉아 있고, 약에 취해 눈이 흐리멍덩한 부하들이 바닥을 기어다니며 빨고 핥고 섹스를 한다. 지금 눈앞에 보이는 광경에 그 질척한 섹스 장면이 겹쳐지는 것이, 기괴하기 짝이 없는 하프타임 공연이, 남들은 모두 그걸 즐기고 있다는 사실이 소름끼친다. 자리를 빠짐없이 메운 관중이 모두 일어나 환호하고 있다. 오늘 모든 것이 그들을 행복하게

---

* 쥐에 물린 상처를 통해 감염되는 전염성 열병.

해준다. 좋아, 행복해해라. 그것이 빌리의 입장이다. 그들은 얼마든지 환호하고 소리지를 수 있다. 하지만 이 공연은 아무것도 아니다. 그저 시간 때우기용 저질 오락거리일 뿐. 빌리와는, 그가 전쟁터로 돌아가는 것과는 아무 상관도 없다.

　난 두렵지 않아요, 해내고 있어요,
　난 두렵지 않아요, 두렵지 않아,

　당신, 다 큰 남자가 내가 주는 이 좋은 걸 감당 못하나요?

　무대 뒤 관중석에 거대한 성조기가 나타난다. 카드섹션이다. 2만 관중 한 사람 한 사람이 이 고전적인 특수효과의 한 화소를 이루고 있다. 카드들이 회전하고 이제 성조기가 바람에 물결치는 광경이 연출된다. 하지만 자세히 보면 잘못 다림질한 것처럼 여기저기 주름지고 뒤틀려 있다. 빌리는 잠시 눈의 초점을 가까이 맞췄다 멀리 맞췄다 하며 장난을 친다. 그러자 귀 안쪽이 덜컥거리며 땅이 기울어지고, 그렇게 한 번 휘청거리고 나니 입장이 달라진다. 어쩌면 내가 틀렸는지도 몰라. 어쩌면 하프타임 공연에는 커다란 의미가 있는지도 몰라. 하프타임 공연에 모종의 힘이나 섭리가 살아 숨쉬고 있다면? 단순한 쇼가 아닌 뭔가를 위한 수단, 부여되거나 일깨워지는 뭔가를 위한 수단인지도 모른다. 하나의 의식. 종교적 의식. '종교적'이란 말에 아수라장, 기회, 통제 불가능한 자연 따위의 냉혹한 개념까지 포함시킬 수 있다면 그렇다. 빌리는 군바리의 경험적 진실—이를테면 손에 묻은 피, 폐의 화끈거림, 씻지 않은 발의 고린내—조차 압도하는 대체현실의 힘을 느낀다. 그런 생각만해도 골이 울린다. 두통이 아니라 하부뇌간 깊숙한 곳의 더 묵직한울림이다. 바로 그곳에 그것이 살아 있다는 생각이 아주 선명하게 떠오른다. 머릿속의 신, 그 모든 신. 지금 벌어지고 있는 일들도 신의반응일까? 신이라는 개념을 온전히 곧이곧대로 받아들이기에는 그의 자의식과 교회 혐오가 너무 강하다. 그럼 화학작용, 호르몬, 욕구와 충동이라고 하면 어떨까? 우리 안에 있는 그것이 무엇이든,너무도 절대적이고 무시무시해서 신성하다고 할 수밖에 없다.

다시 설명해줄게요,
어린애처럼 굴지 마요, 남자답게 행동해요,
나를 슬프게 하는 건 말뿐인 당신의 사랑 타령,
당신은 어린애처럼 자기만 만족하고 나를 기다리게 해요

몸에서 가장 뜨거워야 할 부분이 차갑다. 그가 가진 가장 민감한 도구, 즉 불알이 당연히 가장 먼저 의미를 깨닫기라도 한 것처럼. 그는 두렵다. 지금 여기서 차가워지면 안 된다는 걸 그도 안다.다들 신과 국가에 대해 떠들어대길 좋아하면서 결국은 악마를 제시한다. 두개골 하부에서 부글거리는 섹스, 죽음, 전쟁이라는 작고분주한 생화학적 악마들. 그것들은 온도를 몇 도만 올려도 끓어넘친다. 사람들이 그걸 알기나 할까? 빌리는 궁금하다. 지금 눈앞에펼쳐진 광경이 너무도 무작위적이고, 너무도 완벽하고, 흥분제에 취해 호전적으로 발광하는 포르노 아류인 것으로 봐서는 자신들이 무엇을 아는지 모를 수도 있다. 필드에서 피의 희생제의나 실제 섹스를 벌이는 것보다야 못하지만, 후끈 달아오르게 하는 데 이보다 더 나은 스펙터클은 없다.

좌향좌. 데이가 조용히 명령한다. 그들은 걸음을 뗀다. 우향우. 그들은 괴수의 배를 향해 필드를 가로지른다. 로디스는 빌리를 따라가고, 빌리는 크랙을 따라가고, 크랙은 데이를 따라가고, 데이는 프레리 뷰 고적대 드럼주자들 꼬리에 붙어 흐릿하게 보이는 화려한 제복들과 맨살들 사이로 걸어간다. 둥둥거리는 기타음이나 끽끽대는 고래 울음 같은 소음 위로 각각의 소리가 분출한다. 시간이 속도를 늦춘다. 섬광등 불빛이 형광색 얼룩으로 길게 고동친다. 빌리는 그들의 목적지가 어디인지 알고 있다. 그곳에 이르는 기술적인 방법은 잘 모르지만. 브라보 대원들은 사이드라인을 지나 좌향좌를 하고, 신경이 곤두선 진행요원들에게 떠밀려 무대 뒤 어수선한 우리로 들어간다. 무릎까지 내려오는 파카를 입은 키 크고 날씬한 여자가 브라보 대원들을 한쪽으로 불러모은다. 러시아 장교 모자를 쓰고 있어서 얼굴이 다 보이지는 않지만 분명 미인이다. "좋아요." 그녀는 브라보 대원들을 모아놓고 강풍 속 선원처럼 소리친다. "뒤에서 대기하다가 우리가 신호하면 무대로 나가서 중간 단으로 내려가요. 여러분은 행진을 할 거예요, 알았어요? 이렇게?" 그녀는 군대의 행진 시늉을 해 보인다. "중간 단에서 왼쪽으로 돌아서 거기서 행진하는 거예요. 자주색 × 표시를 찾아요. 각자 자리에 표시가 있어요. 그리로 간 다음 경기장을 향해 돌아서서 차려 자세로 있으면 돼요."

대원들은 고개를 끄덕인다. 다들 말이 없다. 식겁한 것이다.

"무대에서 많은 일이 있겠지만 여러분은 움직일 필요 없어요. 그냥 서 있기만 하면 돼요. 아주 쉽죠, 그렇죠?" 그녀는 미소지으며 데이의 어깨를 툭 친다. "다들 괜찮아요?"

브라보 대원들은 고개를 끄덕인다. 데이마저 당황한 기색이다. 공기를 너무 많이 들이마신 것처럼 목이 불룩하다. 크랙은 땅을 내려다보며 혼자 중얼거리고 있다.

"이봐요, 긴장들 풀어요. 쉬운 역할인데 뭘 그래요." 여자는 바짝 언 브라보 대원들을 보고 짜증스러운 웃음을 터뜨린다. "지정된 자리에 가서 공연이 끝날 때까지 서 있기만 하면 돼요. 끝나면 내가 가서 경보 해제해줄게요."

"멍청해 보일 것 같은데." 로디스가 투덜거리지만, 진행요원은 못 들은 척한다. 브라보 대원들은 분명 잘해낼 테지만 지금 이 순간 상태가 좋아 보이는 사람은 아무도 없다. 주위에 너무 많은 사람이 뛰어다니고, 통방울눈으로 허둥대고, 매복 상황의 공포가 기승을 부리는데 그걸 시원하게 발산할 수가 없다. 좌우에서 작고 고약한 폭죽이 로켓추진 유탄처럼 쉭쉭거리며 끊임없이 발사된다. 이동식 철제계단이 맨 위쪽 무대까지 이어져 있고, 대원들은 그 계단 꼭대기부터 한 단에 한 사람씩 서 있다. 그들과 무대 배경막 사이에는 좁은 통로 하나뿐이고 빌리의 위치는 통로보다 하나 낮은 단이다. 근사한 여자 하나가 배경막을 헤치고 돌진해 들어온다. 그녀가 미늘문처럼 생긴 배경막 출입구 근처로 가자 진행요원 몇이 둘러싼다. 한 명은 마이크를 받아들고, 한 명은 에비앙 생수를 건네고, 또 한 명은 털 달린 조그만 의상을 보여준다. 그녀가 의상을 받아 머리 위로 뒤집어쓴다. 비욘세다. 빌리가 마음먹고 손만 뻗으면 그녀의 허벅지에 닿을 것 같다. 그녀가 의상을 머리 아래로 끌어내리자 머리칼이 플레어*처럼 솟구친다. 통로보다 30센티미터쯤 낮은 곳에 서 있는 빌리의 눈에는 그녀가 로키산맥처럼 장엄해 보인다. 가까이서 보니 애플버터 꿀 같은 갈색 피부에 땀이 얇은 막을 이루어 윤곽을 그리고 있다. 미셸과 켈리도 저쪽 통로에 서서 진행요원들의 시중을 받고 있다. 아무도 말을 하지 않는다. 이 쇼 비즈니스 종사자들은 지극히 사무적이다. 마치 저격수팀처럼 조용하고 치명적이다. 비욘세가 재킷 소매에 팔을 끼운다. 어깨가 드러나는 새틴 크롭트 재킷으로, 칼라에 모피 트리밍이 되어 있다. 옷매무새를 가다듬던 비욘세의 눈이 빌리의 눈과 마주친다. 저, 빌리는 말을 걸어보고 싶다, 계속해 계속해, 그녀가 일에 너무도 맹렬히 집중하고 있어서 조금이라도 방해하기가 미안하다. 4000만 시청자 앞에서 쇼를 한다는 것 자체가 그녀를 세계 정상의 인물 중 하나로 만든다. 그것을 위해서는 얼마나 큰 용기가 필요하고 영혼과 에너지를 얼마나 집중해야 할까. 그녀는 숨차하지도 헐떡이지도 않는다! 요가 수행자처럼 정신과 육체가 완벽한 균형을 유지하고 있다. 그녀는 저 머나먼 별에 거주하는 존재다. 하지만 빌리와 눈이 마주쳤을 때 순간적으로나마 그를 인식하는 듯하다. 그 찰나

---

* 태양 표면에서 일어나는 폭발 현상.

의 순간, 빌리는 그녀의 눈에서 뭔가를 탐색한다. 자비나 연민 같은 거창한 것이 아닌, 그저 같은 인간에 대한 인정. 하지만 그녀는 이미 고개를 돌린 뒤다. 마이크를 받아든 그녀는 진행요원의 "끝내줘요"라는 찬사를 뒤로하고 좁은 틈 사이로 걸어나가 사라진다.

누군가 빌리를 통로로 밀더니 출입구 조금 못 미친 곳에 세운다. 바깥의 소음이 굉장하다. 오른쪽을 보니 다른 대원들도 그와 비슷한 위치에 서 있다. 차라리 전쟁터로 돌아가고 싶어, 순간 이런 생각이 든다. 그래도 전쟁터에선 기본적으로 내가 뭘 하고 있는지 아니까. 미리 훈련을 받을뿐더러, 젠장맞을 온 국민이 혹시 그가 실수하는지 지켜보지는 않으니까. 하지만 이건, 이건 완전히 긴급 착륙 상황에서 기도로 버티는 꼴이다. 중간 단. 왼쪽으로 돌아서 자주색 X 표시를 찾아요. 여자의 외치는 목소리가 그의 귓가에 울린다. 갑자기 음악이 고기 가는 기계 소리 정도로 느려진다. 크우우웅, 크우우웅. 용량이 초과된 쓰레기 압축기가 돌아가는 소리. 제일 아래 무대, 세 명의 프레리 뷰 고적대 드럼주자 앞에 데스티니스 차일드가 서 있다. 데스티니스 차일드는 멋쟁이 여자들이 잭으로 차를 들어올리는 것처럼 지휘봉을 잡고 박자에 맞춰 맹렬히 휘두르고 찌르는 자세를 취한다. 무대로 떠밀려나오자 빌리는 숨쉬기조차 힘들다. 햇살 가득한 뭉게구름 속으로 들어간 듯, 솜털 같은 눈부신 빛에 에워싸여 공기를 밟고 선 느낌이다. 그는 오른쪽으로 비스듬히 걸어 중간 무대로 향한다. 작은 기적이 일어나 다른 세 명의 대원과 함께 대충 발을 맞춰 행진해 차례로 목적지에 도착한다. 머릿속 급류 소리에 묻혀 다른 소리는 잘 들리지 않는다. 무대 바로 앞에서 의장대가 착검한 소총을 머리 위로 던져올리는 묘기를 펼친다. 젠장, 저러다 죽을 수도 있다. TV 생중계중 자기 총검에 눈을 찔린다면 그런 개같은 일이 또 있을까!

난 군인이 필요해, 군인이
그런 남자 어디 있나요, 어디 있나요

빌리는 줄 맨 끝이라 무대 중앙에서 가장 가까운 × 표시에 선다. 우향우, 정지. 나머지 브라보 대원들, 다임, 사이크스, 맹고, 어보트도 한 줄로 어찌어찌 맨 아래 무대에 모습을 드러낸다. 군인은 날 위해 진짜가 될 거야. 비욘세가 열창을 하고 미셸과 켈리가 저음으로 화음을 맞춘다.

군인은 날 위해 진짜가 될 거야
그래 그럴 거야, 그래, 그럴 거야
군인은 날 위해 최고가 될 거야
그래 그럴 거야, 그래, 그럴 거야

그들은 조심스러운 고양이처럼 사뿐사뿐 움직이며 교태 가득한 고양이 울음 같은 단조의 떨림음으로 맨 아래 무대의 브라보 대원들을 향해 세레나데를 부른다. 온 무대에서 전희의 에어로빅, 가슴 내밀기, 성행위를 닮은 동작, 엉덩이 돌리기 등 질펀한 춤판이 벌어지고, 중간 무대에서는 댄서들이 브라보 대원들에게 몸을 비벼

댄다. 브라보 대원들은 4000만이 지켜보는 앞에서 폴댄스 기둥처럼 꼼짝 못하고 서 있다. 이건 옳지 않다. 이런 꼴을 겪게 될 거라고 미리 알려준 사람은 아무도 없었다. 현실에서는 그냥 당혹스러운 정도의 일이 TV 화면에서는 음란하고 적대적으로 비칠 수 있다. 어머니와 누나들이 이 꼴을 볼 거라고 생각하니 빌리는 치가 떨린다. 남자 댄서 하나가 지나치게 가까이 다가와서 골반을 돌리고 쪼그려 앉기도 하며 춤을 춘다. 빌리의 거시기를 정말로 보고 싶은 것처럼! 빌리가 노려보자 남자 댄서는 히죽거리며 빙글 돌아서 멀어진다. 남자 댄서가 다시 다가오자 빌리는 감정을 잔뜩 담아서 이를 악물고 말한다.

　꺼져.

　남자 댄서는 웃으며 다시 멀어진다. 박자가 빨라지면서 프레리뷰 고적대 드럼주자들이 계단을 행진해 내려온다. 둥 두구 두구 두구 둥 두구 두구 두구. 의장대는 '앤 여왕 경례'를 하고, 댄스팀이 양쪽 가장자리에서 웃는 얼굴로 요란한 쿵푸 동작을 보여준다. 맨 아래 무대에서 사이크스가 울고 있다. 빌리는 왠지 놀랍지 않다. 브라보 대원들이 모두 무너지기 전에 이 시간이 끝나기만 바랄 뿐이다. 데스티니스 차일드가 중간 무대에서 다시 뭉치고, 점점 거세지는 조명과 폭죽의 폭풍이 클라이맥스를 알린다. 사이크스의 등짝이 흐느끼는 팬터마임을 하듯 들썩이지만, 그래도 아직 턱을 들고 가슴을 내민 채 차려 자세를 유지하고 있다. 지금 이 순간처럼 사이크스가 용감하고 사랑스러워 보인 적이 없다.

난 두렵지 않아요, 해내고 있어요,

난 두렵지 않아요, 두렵지 않아,

당신, 다 큰 남자가 내가 주는 이 좋은 걸 감당 못하나요?

필드 건너편에 카우보이스 치어리더들이 킥 라인 대형으로 서 있고, 먼 거리지만 빌리의 시선은 진눈깨비와 폭죽 연기를 헤치고 페이슨에게 곧장 날아간다. 그의 신음 소리는 바닷속 물방울 하나에 지나지 않는다. 데스티니스 차일드가 계단을 오른다. 그들은 몇 걸음마다 멈춰 서서 어깨 너머로 도도한 시선을 보낸다. TV 카메라들을 유인하는 미끼다. 그들이 같은 단에서 멈추자 빌리는 그대로 얼어붙고 폭발하는 동물적 열기가 맹렬히 전해진다. 그는 데스티니스 차일드가 서 있는 동안 꼼짝도 못하다가, 그들이 멀어지자 하늘을 올려다보며 날씨를 정면으로 맞이한다.

진눈깨비 때문에 눈이 따끔거리지만 그는 눈을 깜박이지 않는다. 무수한 바늘 같은 얼음 알갱이들을 고스란히 맞고 있자니, 허공에 매달린 진눈깨비 사이를 통과해 이름이 알려지지 않은 약속의 땅으로 날아가는 기분이다. 다른 모든 것이 멀어지자 그는 행복하고 자유롭다. 눈이 따끔거리는 건 빠르게 위로 움직이고 있기 때문이다. 중력탈출속도에 다다른 듯하다. 미래에 다다른 듯하다. 빌리는 거기 그대로 서서 다가올 세상을 향해 날아가고 있다. 그때 데이가 그의 어깨를 두드리며 하프타임이 끝났다고 말해준다.

나중에 당신이 이게 사랑이라고 말해준다면,
나도 당신을 실망시키지 않을게

아무도 그들을 챙기지 않는다. 브라보 대원들은 사이크스 주위에 모여 러시아 장교 모자를 쓴 여자가 시킨 대로 기다린다. 하지만 그들은 집단정신의 갈라진 틈새에 빠져 고립된 채 서 있다. 무대 위에서는 작업반이 떼 지어 몰려다니고, 폭죽의 재가 그들 머리 위로 내려앉는다. 세계적인 구경거리를 제공하느라 혹독한 시련을 겪었으니 브라보 대원들은 정신을 추스를 시간이 필요하다. 한 육년? 그들은 이리 시달리고 저리 시달려서 폭발 직전이다. 아니, 사이크스의 경우 이미 폭발해서 계단 발치에 앉아 가느다란 눈물 줄기를 대책 없이 흩뿌리고 있다. 로디스가 왜 우느냐고 묻자 꽥 소리를 지른다. "젠장, 나도 내가 왜 우는지 모르겠어! 그냥 울음이 나와! 그냥!"

"여기 있으면 안 돼요." 무대 작업반장이 브라보 대원들에게 소리친다.

"엿이나 먹어라." 맹고가 성큼성큼 걸어가는 그의 등뒤에 대고 웅얼거린다. 브라보 대원들은 그대로 버틴다. 데이와 어보트는 사이크스 양옆에 앉고, 나머지 대원들은 너덜너덜해진 기분으로 떨리는 손을 주머니 깊숙이 찔러넣은 채 서성거린다.

"드디어 우리가 비욘세를 봤어." 크랙이 지적한다.

"와, 대단하셔."

"가까이서 봤잖아."

"음, 비욘세가 섹시하긴 하지. 난 더 섹시한 여자도 사귀어봤지만."

대원들이 애써 웃어준다. 빌리는 다임이 옆에 서 있는 걸 알아차리고 그에게 털어놓는다.

"하사님, 몸이 안 좋습니다."

다임이 그를 쓱 훑어본다. "괜찮은 것 같은데."

"아픈 게 아니라요, 약에 취한 느낌입니다." 그러면서 빌리는 자기 머리를 툭 친다. "하프타임 때문에 정신이 나간 것 같습니다."

다임은 목구멍으로 기관총이 드르륵거리는 소리를 내며 웃는다. "젊은이, 이런 식으로 생각해봐. 미국의 정상적인 하루일 뿐이라고."

젊은이라는 호칭에 빌리의 마음이 조금 누그러진다. 그들 주위에서는 무대가 치명적인 손상을 입고 파도 속으로 가라앉는 배처럼 사라지고 있다.

"저는 이제 뭐가 정상인지조차 모르겠습니다."

"넌 괜찮아, 빌리, 괜찮아. 나도 괜찮고, 너도 괜찮고, 모두 괜찮아. 쟤도 괜찮고." 다임은 고갯짓으로 사이크스를 가리킨다. "모든 게 다 괜찮아."

빌리가 사이크스를 보면서 그를 어떻게 하면 좋을지 다임에게 물으려는데, 작업반장이 또다시 와서 무대에서 꺼지라고 딱딱거린다.

"아니, 어디로 가요? 어디로 가라고 아무도 얘기 안 해줬는데." 크랙이 응수한다.

작업반장이 멈춰 서자, 브라보 대원들은 어쩔 줄 모르고 그를 응시한다. 180센티미터가 훌쩍 넘는 키에 어깨가 벌어진 그는 턱수염을 기른 얼굴이 터진 에어백처럼 추레하게 늘어졌지만 눈에서 불꽃이 튄다. 베테랑 무대작업반 특유의 미친 벌목꾼 같은 눈길이 한심한 꼴을 하고 있는 사이크스에게 잠시 머문다.

"이봐, 당신들이 어디로 가야 하는지는 나도 모르지만, 어쨌든 여기 있으면 안 돼."

"좋아요, 루퍼스, 알았어요. 내 좆 좀 빨아주면 바로 가죠. 어때요?" 크랙이 말한다.

나중에 이 일을 돌이켜보며 빌리는 진짜 주먹이 오가는 광경은 펼쳐지지 않았다는 사실에 놀랄 것이다. 상황은 오래가지 않는다. 기껏해야 십 초? 십오 초? 하지만 그런 일이 으레 그렇듯 몇 시간처럼 느껴진다. 처음에 작업반장은 크랙을 번쩍 들어 무대 밖으로 패대기칠 요량으로 덤벼들지만, 크랙보다 덩치가 크긴 해도 그 정도는 아니어서 결국 젊은 놈에게 꼼짝없이 붙들린 상황이 정말이지 불쾌했을 것이다. 둘은 잠시 움직임이 거의 없다. 불거진 눈과 목만 그들이 얼마나 힘을 쓰고 있는지 보여준다. 이윽고 둘은 몸을 비틀면서 빙글빙글 돌고, 그들을 에워싼 사람들의 맹렬한 소용돌이가 무대에서 필드로 미끄러져내려간다. 가슴을 내밀고 거칠게 밀어대는 몸싸움이 벌어진다. 누가 누구를 디스했느니, 누가 선을 넘었느니, 말싸움도 요란하다. 물론 모두 제 식구 편을 든다. 그야 말로 아수라장이다. 충돌. 하지만 신성한 텍사스 스타디움 인조잔디에서 난투극까지 벌이지는 않는다. 사람들과 팔, 손, 얼굴을 부딪치니 아드레날린이 솟구친다. 다임이 급류에서 헤엄치듯 사람들의 물결을 헤치고 크랙을 구하러 간다. 무대작업반 사람 하나가 뒤에서 다임을 공격할 태세라 빌리가 뒷덜미를 잡으니 고개를 휙 돌린다. 그의 험악한 얼굴을 보고 빌리는 생각한다. 이런 젠장, 지금 손을 놓으면 안 되겠군. 그가 몸을 돌리려고 해서 빌리는 그의 등 뒤에 올라탄다. 꼭 그와 뒤로 하는 모양새로 보이지 않기를 간절히 바라면서도, 경찰이 나타날 때까지 그에게서 떨어지지 않는다. 다임의 한마디에 브라보 대원들은 싸움을 멈추고 물러난다. 분대를 두고 그가 즐겨 하는 표현을 빌리자면, "뛰어난 사냥개 무리처럼".

부상자들이 있지만 경상이다. 크랙은 팔꿈치에 눈을 맞았고, 로디스는 입술이 찢어져 피가 난다. 맹고는 헤드록을 당해서 귀가 얼얼하다. 경찰들이 브라보 대원들을 사이드라인으로 몰아놓고 이야기를 들은 뒤 필드를 가로질러 홈 쪽 사이드라인으로 보낸다. "그리 가면 어디로 가라고 알려주는 사람이 있을 거예요"라는 경찰의 말에, 브라보 대원들은 오래전 연락이 끊긴 정글순찰대의 잔류자들처럼 뿔뿔이 필드를 가로지른다. 첫번째 해시마크를 지날 때 빌리는 문득 고개를 든다. 오, 이럴 수가, 페이슨이 마중을 나오고 있다. 무슨 일이냐고 묻는 듯 고개를 갸웃거리는 얼굴에 걱정이 가득하다. 그녀가 흥분 상태임을 알 수 있다. 극적인 것을 좋아하는 여자다.

"무슨 일이에요?" 둘이 가까워지자 페이슨이 빌리의 팔을 만지며 그를 뚫어져라 본다. 나머지 브라보 대원들은 경건한 침묵에 빠져든다.

"별거 아니에요. 그냥 바보 같은 실수였어요. 저기서 무대작업반이랑 충돌이 있었어요."

"싸웠어요? 여기서 보면 싸우는 건지 그냥 모여 있는 건지 알 수 없거든요."

"싸웠다고 할 수 있죠. 뭐 대단한 건 아니었지만."

"우린 도와줄까 물어본 게 다라고요!" 어보트의 말에 사이크스만 빼놓고 모두 낄낄거린다. 사이크스는 또다시 울음이 터진다.

"다쳤어요?" 페이슨이 빌리에게 묻고는 브라보 대원들 모두에게 말한다. "다친 사람 없어요? 어머나, 입술 좀 봐!" 그녀가 로디스에게 외친다. "여러분 관리자가 누구죠?"

브라보 대원들이 무대 위에 방치되었다는 말을 듣고 그녀는 분개한다. "좋아요." 그녀가 돌아서며 브라보 대원들에게 따라오라는 몸짓을 한다. "나랑 같이 가서 어떻게 된 일인지 알아보자고요. 여러분을 여기 이렇게 내버려두다니 믿을 수가 없어요. 우린 절대 손님을 이런 식으로 대접하지 않아요."

브라보 대원들은 그녀를 넓게 둘러싸고 걸으며 고맙다고 웅얼거린다. 그녀가 말한다. "무대작업반 말이에요, 전에도 문제를 일으킨 적이 있어요. 자기들이 여기 주인인 줄 알죠. 이 주 전에는 라일

354

로벳을 폭행할 뻔했다니까요. 무대에서 내려가요! 당장 무대에서 내려가라고! 이러면서요. 장비가 다 무대 위에 있는데 라일이나 그의 스태프들이 어떻게 그냥 내려가겠어요. 보안팀이 있었으니 망정이지 큰일날 뻔했다니까요."

"그 사람들 약 하나봐요." 맹고가 말한다.

"진짜 그런 것 같아요. 꼭 뭐에 취한 것처럼 행동해요. 누가 관리자한테 얘기 좀 해야 해요."

더 많은 치어리더가 맞이하러 나오고, 브라보 대원들은 일이 잘 풀리겠다 싶다. 홈 쪽 사이드라인에서 사교의 장이 열린다. 브라보 대원들과 치어리더들이 이야기를 나누는 동안, 위쪽 관중석의 누군가가 브라보 대원들을 위해 전화를 걸어준다. 무대작업반과의 충돌이 화젯거리를 제공한다. 처음에 충격을 받았던 치어리더들은 자초지종을 듣고 분노한다. 그 일로 브라보 대원들은 더 큰 공감을 얻는다. 치어리더들이 크랙의 눈과 로디스의 입에 댈 얼음을 가져온다. 치어리더 두 명은 빨갛게 부어오른 맹고의 귀를 어루만져준다.

"저 사람은 왜 그래요?" 페이슨이 고갯짓으로 사이크스를 가리키며 묻는다. 그녀와 빌리는 다른 사람들과 조금 떨어져 서 있다.

"아, 사이크스예요."

"다친 거예요?"

빌리는 휴대용 장비함 뒤에 쭈그리고 앉아 조용히 울고 있는 사이크스를 바라본다.

"아내가 그리워서 그래요."

"와, 진짜요?" 페이슨은 감동받은 얼굴이다.

"감상적인 데가 있거든요."

페이슨은 자꾸 사이크스를 흘끗거린다. 그에게 반했거나 아니면 아무도 위로해주지 않는 것이 마음에 걸리는 모양이다.

"아이는 있어요?"

"하나 있고, 하나 더 태어날 거예요."

"어머 세상에, 말도 안 돼. 내가 가서 얘기 좀 해볼까요?"

"지금은 그냥 혼자 있고 싶을 거예요."

"그렇겠네요. 아, 당신들의 희생이 너무 커요! 거기 얼마나 오래 있어야 한다고 했죠?"

"내년 10월까지요. 전역 중단 명령이 또 내려지지 않는다면요."

"어머나." 페이슨은 자갈길에서 롤러블레이드를 타는 것처럼 덜컹거리는 신음 소리를 낸다. "거기 간 지는 얼마나 됐는데요?"

"지난 8월에 12개월 채웠어요."

"어머. 세상에. 돌아가는 게 두렵겠어요."

"그렇죠. 어떤 면에서는." 어쩌다 두 사람의 얼굴이 가까워지고, 그것이 세상에서 가장 자연스러운 일처럼 느껴진다. 바람, 조수, 자북磁北처럼 기본적인 것으로. "그게 현실인데 받아들여야죠. 하지만 우리 모두 함께할 거고 그건 의미가 있어요. 사실 아주 큰 의미죠."

"무슨 뜻인지 알 것 같아요. 함께 고생하면 끈끈한 뭔가가 생기죠." 페이슨이 말하는 동안 빌리는 그녀의 얼굴을, 그 빼어난 미모를 기억에 새긴다. 나비 집게핀처럼 섬세한 콧대, 이마에 살짝 흘

뿌려진 주근깨, 주근깨와 똑같이 불그스름한 카로틴 색의 머리카락. 빌리는 불쑥 욕망에 사로잡혀 입을 크게, 사자처럼 크게 벌리고 그 완벽한 얼굴을 입술로 지그시 무는 상상을 한다.

"가끔은 우리가 실수하고 있는 건 아닌가 하는 생각이 들어요. 물론 테러리즘과는 싸워야죠, 그래요. 하지만 일단 사담은 제거했잖아요. 그러니 이라크에서 군대를 철수시키고 그 나라 사람들이 알아서 하도록 내버려둬야 하는 게 아닌가 싶어요."

"우리도 가끔 그런 생각 해요." 빌리는 그렇게 대답하며 언젠가 슈룸이 했던 말을 떠올린다. 어쩌면 빛은 터널 저쪽 끝에 있는지도 몰라.

"하하, 그렇겠죠." 페이슨이 어깨 너머로 돌아본다. "곧 후반전이 시작돼요." 그녀는 뒤로 물러서며 빌리의 눈을 똑바로 본다. "저기, 개인적인 질문 하나 해도 돼요?"

"그럼요."

"만나는 사람 있어요?"

"없어요." 빌리는 기분좋게 체념하고 용감하게 털어놓는다. 자신이 선수가 아니란 걸 그녀가 알아도 상관없다.

"나도요. 그럼 우리 계속 연락하고 지내는 거 어때요."

"그으." 빌리가 반쯤 잠긴 목소리로 대답한다. "그래요. 그래야죠."

"좋아요." 페이슨이 갑자기 무척 딱딱하고 사무적인 태도로 돌변한다. "전화기 있어요? 이리 줘봐요. 내 번호 알려줄게요. 나한테 전화 걸어서 메시지를 남겨줘요. 나도 그쪽 번호 알 수 있게. 왜냐면, 솔직히 그쪽을 놓치고 싶지 않거든요."

그녀는 그런 엄청난 사실을 아무렇지도 않게 말한다. 나 빌리가 놓치고 싶지 않은 사람이라니! 빌리는 자기 삶이 기적처럼 느껴진다. 지금 당장 페이슨에게 청혼해야 하는지도 모른다.

"성이 뭐예요?" 빌리가 전화기를 꺼내며 묻는다.

"존Zorn."

빌리는 헛기침을 한다.

"나도 알아요, 다들 웃기다고 생각하는 거."

빌리는 아무 말도 하지 않는다.

"독일어로 '분노'라는 뜻이죠."

"알았다, 오버." 빌리가 무표정한 얼굴로 농담한다.

"그만해요! 당신 너무 웃겨요."

페이슨은 빌리와 머리가 닿을락 말락 가까이 붙어서서 그가 자기 전화번호를 입력하는 걸 지켜본다. 전화기 덕에 그렇게 가까이서 있어도 사회적으로 용인된다. 수천 명이 지켜보고 있는 지금 상황에서는 다행스러운 일이다. 빌리는 심호흡을 해 페이슨의 깨끗한 냄새를, 눈과 겨울바람의 알싸한 바닐라 향을 들이마신다. 그녀는 이 계절이 주는 가장 달콤한 정수를 흡수한 듯하다.

"캐스린이 누구예요?"

빌리가 연락처 목록을 스크롤하고 있다. "누나요."

"누나한테 전화 왔었네요."

"알아요." 빌리는 다음 이름에 강조 표시를 한다. "이건 다른 누나고요."

"둘 다 누나예요?"

"내가 막내예요. 이건 우리 엄마."

"드니즈? '엄마'라고 안 해놓고요?"

"그게 우리 엄마 이름이니까요."

페이슨이 웃는다. "아빠는 어디 있어요?"

"아빠는 장애인이에요. 휴대전화가 없어요."

"오!"

"이 년 전에 두 번이나 쓰러져서 언어기능이 손상됐어요."

"정말 안됐네요."

"괜찮아요. 그게 인생이죠."

페이슨이 빌리의 팔꿈치 바로 위를 잡고 있지만, 응원용 수술에 가려 남들에게는 보이지 않는다. "떠나기 전에 가족 만날 거예요?"

빌리는 갑자기 목이 멘다. "아, 아뇨." 목구멍의 응어리를 꿀꺽 삼킨다. 괜찮다. "어제 작별인사 했어요."

"말도 안 돼." 페이슨이 몇 밀리미터 더 다가온다.

"그쪽 번호예요." 빌리가 연락처 목록을 맨 끝으로 내린다.

"Zorn. 내 이름은 항상 맨 끝에 저장되죠."

"Anger로 바꿔야겠어요. 맨 처음에 오게."

페이슨은 웃으며 어깨 너머로 돌아본다. 치어리더들이 필드로 나오는 선수들을 환영하기 위해 터널 쪽으로 움직인다. "자기, 나 가야 해요." 페이슨이 이렇게 말하고는 빌리의 팔을 붙잡는다. 그녀의 손이 전기충격을 받은 듯 움찔하더니, 다시 빌리의 팔을 잡고 팔뚝 전체를 만져본다.

"세상에, 몸이 정말 좋네요. 지방이 조금이라도 있긴 한 거예요?"

"많진 않을 거예요."

"많진 않을 거예요." 페이슨이 걸걸한 목소리로 흉내내며 웃는다. 그녀는 아직도 빌리의 팔뚝을 만지고 있다. "당신은 자신이 얼마나 훌륭한지 몰라요, 그렇죠? 그래서 더 멋져요!" 페이슨이 놀라 우리만큼 열성적으로 말하더니 폭풍에 휩쓸려가기 전 부표를 잡듯 빌리를 와락 껴안는다. 빌리는 황홀해서 쓰러질 것만 같다. 매력적인 존재로 인정받고, 사랑의 손길을 받고, 갈망의 대상이 된다는 건 얼마나 멋지고 성스러운 일인가. "이제 가봐야겠어요." 페이슨이 포옹을 풀면서 말한다. "20야드 라인으로 와요. 같은 자리예요."

빌리가 그러마고 하자, 페이슨은 다른 치어리더들을 따라 종종거리며 사이드라인을 걸어간다. 지나가는 그녀를 좇아 브라보 대원들의 고개가 돌아간다. 그들의 시선은 조그만 컵받침이나 다름없는 반바지 속 실룩거리는 엉덩이에 속수무책으로 이끌린다. 빌리는 그녀의 번호를 누르고, 벨이 여섯 번 울리는 동안 그녀가 터널 입구에 자리잡는 모습을 지켜본다. 선수들이 코뿔소처럼 터벅터벅 경기장으로 나온다. 전광판에 건즈 앤 로지즈의 노래가 나오고, 치어리더들은 발꿈치를 들고 서서 응원용 수술을 높이 흔든다. 관중석의 요란한 박수갈채가 산에서 우르릉거리는 천둥소리처럼 울린다.

"여보세요, 페이슨입니다! 지금은 전화를 받을 수 없으니……"

가깝지도 멀지도 않은 거리에서 페이슨을 지켜보며 육체에서 분리된 그녀의 목소리를 듣고 있으니 기분이 묘하다. 그 상황이 프레임에 담긴 듯 초점이 맞춰지고 원근감이 생긴다. 그는 자신을 인식하고 있는 자신을 인식한다. 이런 인식의 쌓임이 왜 중요할까? 생각해볼 가치가 있는 수수께끼다. 지금 그가 아는 건 그 안에 구조가, 기분좋은 균형이, 혹은 정신적 질서가 있다는 사실뿐이다. 일종의 앎, 혹은 그 앎으로 가는 다리. 우리의 실존이 반드시 하나의, 불행에서 다른 불행으로 비틀비틀 향하는 머저리의 행보여야 할 필요는 없지 않을까? 삶에서 맥락이라는 것을, 그가 어른스러움과 연관짓는 문제를 얼마간 추구할 수도 있지 않을까? 이윽고 삐 소리가 나고 메시지를 남겨야 한다. 그는 익살스러운 말을 짧게 남기지만, 전화를 끊고 이 초가 지나자 자신이 뭐라고 했는지 기억나지 않는다.

일시적 제정신

마지막으로 선수 몇 명이 뿔뿔이 터널에서 나오고, 그들과 함께 폴로 광고에서 막 튀어나온 듯한 모습의 조시가 서둘러 걸어온다. 어쩜 저렇게 완벽할까? 머리칼 한 올, 실 한 가닥, 주름 하나까지 흐트러짐이 없다. 계집애처럼 완벽하게 때 빼고 광낸 듯한 모습. "내 잘못이에요, 내 잘못이에요, 내 잘못이에요." 그가 단조로운 목소리로 격하게 외친다. "여러분 정말정말 미안해요. 우리가 실수했어요. 실수했어요. 여러분을 시야에서 놓치면 안 되는 건데." 그러고는 하프타임 이후의 원래 계획을 자세히 설명하는데, 요지는 자신이 사전에 협의된 × 지점에서 이십 분 동안 기다리고 있었다는 것이다.

"그러니까 클럽보드 든 아가씨 중 하나가 우리를 데려가도록 되어 있었다는 말이군요." 다임이 명확히 한다.

"원래는, 그랬죠."

"그런데 왜 당신 잘못이에요?"

조시가 변명하려고 입을 열지만, 브라보 대원들이 단체 조롱으로 수고를 덜어준다. 재애애애애애시시시시시이이이이이! 조시스터. 재시. 조시는 너무 착하다. 그래서 브라보 대원들은 이 바보 멍청이를 사랑한다.

"어이, 조시, 우리 싸운 거 들었어요?"

"잠깐, 무슨 싸움요?"

"우리 방금 싸웠어요." 크랙이 씩 웃으며 얼음찜질팩을 들어 보인다.

"그래요, 조시, 그것도 당신 잘못이에요." 데이가 말한다.

"잠깐, 잠깐만요. 지금 농담하는 거죠. 젠장, 여러분, 도대체一"

"재시, 진정해요. 괜찮으니까."

"그래요, 조시, 우리 싸우는 거 좋아해요. 그게 우리가 주로 하는 일이지."

"우리는 기본적으로 원숭이 떼에 지나지 않는다는 걸 잊어선 안돼요."

데이가 뒤풀이에 대해 묻는다. 그에게 뒤풀이는 비욘세와 나머지 두 멤버를 만날 수 있는, 그래서 가고 싶은 자리다. 브라보 대원들 모두가 한마음이지만, 조시가 생각하기에 데스티니스 차일드는 이미 스타디움을 떠났을 것 같다. 애드빌이라면 이제 신물이 나서 빌리는 말도 꺼내지 않는다. 그들은 화물용 엘리베이터를 타고 1층 중앙홀로 올라간다. 크랙, 맹고, 로디스는 상처를 살피러 화장실로 향한다. 나머지 대원들은 중앙홀에 남아 집에 전화를 건다.

나 봤어? 어떻게 나왔어? 빌리는 이것이 군바리식 뒤풀이라고 결론
내린다. 집에 전화하는 것. 그는 전화기를 꺼내 캐스린의 번호를
누른다. 그런데 패티 누나가 받는다.

"안녀어어엉 내 동생." 패티가 거나하게 취해 혀 꼬부라진 소리
로 다정하게 말한다. "너 TV에 아주 미남으로 나왔어! 우리 모두
네가 정말 자랑스럽다. 막둥아."

"고마워."

"그래애애." 패티는 말을 끊고 술을 홀짝 마신다. "그 여자는 어
땠어?"

"누구?"

"비욘세. 멍청아!" 뒤에서 어머니가 나무라는 소리가 들려온다.
동생한테 멍청이라고 좀 하지 마.

"아, 비욘세." 빌리는 하품하는 척한다. "뭐, 괜찮았어. 엉덩이
가 좀 뚱뚱하더라고."

패티가 허! 하고 그 말을 무시해버린다. "비욘세랑 만났어?"

"그럴 기회가 없었어."

"하지만 너도 무대에 올라갔잖아!"

"그때밖에 기회가 없었는데 말을 걸기가……"

다른 유명인들은 만나지 않았는지 패티가 궁금해한다. 빌리도
유명인 이야기가 싫진 않지만 좀 실망이다. 그는 〈텍사스 레인저
워커〉*에 투지 넘치는 지방검사로 나온 금발 여배우를 만났다. 코

---

* CBS에서 방영한 드라마 시리즈.

니시 상원의원도 만났는데, 그렇게 머리가 큰 사람은 본 적이 없다. 중대형 컨트리뮤직 스타 지머 리 플래틀리, 〈서바이버〉*에서 최종 결승까지 올라간 포트워스 출신의 매력남 렉스도 만났다. 빌리는 1달러짜리 지폐의 잔돈이라도 내주듯 유명인 이름을 몇 개 더 댄다.

"근데 네가 끝에 한 거, 그거 뭐야? 우리 모두 궁금했어."

뭐 말이지?

"맨 끝에 네가 하늘을 올려다봤잖아. 기도하는 것처럼."

"그게 TV에 나왔어?"

"그래." 목소리를 높이는 빌리에게 패티가 웃으며 대답한다.

"클로즈업으로?"

"아니, 클로즈업은 아닌데 나오긴 했어. 잠깐 동안 거의 너 혼자 화면에 비쳤어."

빌리는 기겁하지만 그 이유는 자신도 모른다. "기도한 건 아니야." 그러고는 잠시 침묵 속에서 안달한다. "괴상해 보였어?"

패티가 웃는다. "아니, 사랑스러워 보였어. 귀여웠어. 우린 네가 정말 자랑스러워."

"기억이 전혀 안 나." 빌리는 완벽하게 기억하면서도 그렇게 말한다. "무대 위가 더웠어. 조명 같은 것 때문에. 시원한 공기를 마시려고 그랬을 거야."

정말 멋지고 용감해 보였다는 패티의 말이 다시 시작되려는 참

---

* CBS의 리얼리티 쇼.

에 캐스린이 전화기를 빼앗는다.

"야."

"어."

"비욘세랑은 안 된 거네, 응."

"그런 것 같아."

"잘됐다. 그 여자 아마 왕싸가지일 거야. 잠깐만……" 문 여닫는 소리가 들리더니, 집안의 소음이 멀어지고 끝없는 정적이 그 자리를 채운다. 캐스린이 집 밖으로 나온 것이다.

"아이, 젠장!"

"왜?"

"밖이 더럽게 춥네. 오늘 같은 날은 절대 야생동물로 살고 싶지 않다. 너 있는 데는 따뜻한 거야?"

"따뜻해."

캐스린은 아까 오후에 브라이언과 눈 속에서 몇 시간을 놀았고, 둘이 눈을 뭉쳐서 작은 눈사람도 만들었다고 했다. "브라이언은 지금 네 방에서 곯아떨어졌어. 나랑 노느라 엄청 피곤했나봐. 나중에 브라이언한테 보여주려고 하프타임 공연 녹화해놨어. 그건 그렇고." 캐스린이 목소리를 죽여 말한다. "언니한테 들었어. 네가 브라이언에 대해 한 말. 절대 군대 보내지 말라고 했다면서."

빌리는 눈을 감고 속으로 욕을 한다.

"난 네가 꼭 돌아가야 한다고 생각하지 않아."

"누나."

"잠자코 들어. 제발 내 말 좀 끝까지 들어, 알았어? 내가 그 사람들한테 연락했어. 전에 말했던 사람들. 오스틴에 있는 단체."

"그런 거 정말 관심 없다니까."

"제발, 잠깐만 좀 들어줘, 빌리. 그 사람들하고 두 번 얘기해봤는데, 좋은 사람들이고 자기들이 하는 일에 대해 잘 알아. 변호사도 있고 재원도 있어. 이상한 단체 아니야. 그리고 진심으로 널 돕고 싶어해. 그들은 너 같은 사람의 연락을 기다리고 있었어."

"나 같은 사람."

"전쟁 영웅. 지지자들을 집결시킬 수 있는 사람."

"맙소사."

"일단 들어봐! 거기, 그 단체에, 1만 에이커짜리 목장을 가진 사람이 있대. 넌 그곳에 머물면 돼. 그 사람들, 수완이 보통 아니야. 스타디움으로 사람들 보내서 너를 공항으로 데려간 다음, 전용기로 오늘밤 목장에 도착할 수 있게 해주겠대. 넌 이 주 정도 숨어 있으면 돼. 그동안 변호사들이 만반의 준비를 마칠 테니까."

"누나, 그건 탈영이야. 총살당할 수도 있다고."

"넌 아니야. 특별한 사람이니까. 빌리, 그 변호사들 유능해. 너 같은 경우에 맞는 전략을 철저하게 세워놨어. 홍보회사도 쓸 거야. 그 사람들, 프로야. 네가 기소되면 그들이 정부를 어떤 꼴로 만들어놓을지 상상이 되니? 이 빌어먹을 나라의 모든 국민이 네 활약상을 TV로 지켜본 마당에?"

"나 정신병자 아니야. 변호사들이 생각하는 전략이라는 게 그거라면 포기하는 게 좋을 거야."

"물론 넌 정신병자가 아니야. 하지만 또라이나 전쟁터로 돌아가고 싶어하지. 변호사들한테 일시적 제정신을 주장하라고 하자. 어때? 전쟁터로 돌아가기엔 네 정신이 너무 멀쩡한 거지. 빌리 린은 제정신이 돌아왔다. 그를 전쟁터로 돌려보내려는 국민들이 미친 거다."

"누나."

"빌리."

"나 이라크로 돌아가고 싶은 마음도 있어."

캐스린이 비명을 지른다. 뒷마당의 나무들 사이로 메아리치는 그 소리가 빌리의 귓가에 선하다.

"아니, 말도 안 돼. 난 받아들일 수 없어. 네가 그곳으로 돌아가고 싶을 리가 없잖아."

"하지만 사실이야. 우리 분대원들이 다 돌아가는데 나 혼자 여기 있을 순 없어. 그들이 거기 가서 총을 맞는다면 나도 그 현장에 같이 있고 싶어."

"그러면 브라보 대원들 전부 남는 거야. 어때? 부시가 너희 모두에게 훈장을 달아줬으니까, 이라크로 돌아가지 않는다고 너희를 겁쟁이로 생각할 사람은 아무도 없어."

"그게 문제가 아니야."

"좋아, 그럼 말해줘. 뭐가 문제인데?"

"난 계약을 했어."

"강요받았으니까! 나 때문에! 내 문제 때문에!"

"아니, 그건 내 선택이었어. 내가 원했다고. 이라크로 배치된다는 것도 알았어. 누가 나한테 거짓말을 한 게 아니라니까."

캐스린이 신음한다. "빌리, 그 개자식들이 하는 거라곤 거짓말 뿐이야. 그 자식들이 진실을 반이라도 말해줬다면 우리가 이 빌어 먹을 전쟁을 하고 있을 것 같아? 우리는 너 같은 군인들에게 우릴 위해 목숨을 바치라고 할 자격이 없어. 지도자들이 거짓말을 일삼 도록 그냥 놔두는 나라는 단 한 명의 군인에게도 그러라고 할 자 격이 없다고."

캐스린이 울음을 터뜨린다. 삽이 암반을 긁는 듯 소름끼치는 소 리가 터져나온다. "누나." 빌리는 잠시 기다렸다가 다시 부른다. "누나." 또다시 부른다. "누나. 괜찮아. 나 무사할 거야."

"미안." 캐스린이 물기 어린 목소리로 웅얼웅얼 말한다. "젠장. 네 앞에서 울지 않겠다고 다짐했는데. 모든 게 너무 그래서. 다 거 지같아서."

"그래, 그렇지."

"빌리, 화내지 마. 그 사람들한테 네 전화번호 알려줬어."

빌리는 이를 악물고 아무 말도 하지 않는다. 캐스린이 다시 울음 을 터뜨리지 않게 하는 것이 중요하다.

"얘기라도 해봐, 빌리, 응? 그 사람들이 뭐라는지 들어보기라도 해. 좋은 사람들이야. 널 도와줄 거야."

빌리는 그러겠다고도 싫다고도 하지 않는다. 캐스린이 집안으 로 들어가 드니즈를 바꿔주겠다고 한다. 빌리는 잠자코 기다리면 서 자신이 돌아오지 못하면 가족들은 어떻게 될까 상상한다. 캐스 린은 살아남을 것이다. 분노가 죄책감을 이길 테니까. 패티도 살아 남을 것이다. 브라이언이 있으니까. 하지만 어머니는? 모든 자부심을 버리고 끔찍하게 살 것이다. 어쩌면 죽음에 이를지도 모른다. 당장은 아니더라도. 빌리는 길고 느린 정신적 마비의 과정을 마음 속에 그려본다. 그건 날씨로, 그러니까 차디찬 비바람이 몰아치고 온종일 어스름의 장막이 걷히지 않은 채 캄캄한 밤이 내리는 모진 나날로 구체화된다. 마치 오늘 같은 날.

하지만 지금 드니즈는 괜찮다. 하프타임 때문에 흥분했다. 그녀가 빌리에게 말한다. "그 외설적인 춤 말이야, 민망하더라. 시골 장터에서 구경하는 저질 벨리댄스 같았어. 어떻게 그런 걸 TV에 내보내는지 이해가 안 간다."

"됐어요, 엄마. 그게 내 아이디어도 아니잖아요."

"전에 슈퍼볼에서 가슴 노출했던 그 여자 같아. 기억나니? 계속 이런 식이면 사람들이 더는 안 볼 거야. 이미 질린 사람이 많아. 너도 봤니? 그건 춤이라고 할 수도 없는……"

"엄마, 나 그 자리에 있었어요." 드니즈는 포도주를 한 잔, 아니, 석 잔쯤 마신 것이 분명하다. 엄마, 잘했어요, 한 잔 더 해요. 드니즈도 파티를 즐길 줄 아는 여자다.

"……내가 다 기억하는데, 톰 랜드리가 코치로 있을 때는 그런 모습 볼 수 없었어. 그땐 기준이 있었지. 팀을 엄격하게 관리했다고. 그런데 노먼 오글스비가 구단을 사들이면서인지 아니면 그가 영입한 코치나 새로 뽑은 사람들 때문인지는 몰라도……"

말이 길어질수록 드니즈는 불평과 정의감이 점점 더해가는 한편, 자신에 대한 관심은 잃어간다. 빌리는 조그맣게 음음 장단을 맞춰주며 어머니의 독백이 잦아들기를 기다린다.

"굉장한 파티를 준비하고 있나봐요."

"해마다 똑같지 뭐."

"그럼 멋지겠네요. 너무 무리하지는 마세요."

"그래, 엄마는 괜찮아. 누나들도 도와주고 있고. 추수감사절 파티는 했어?"

"그럼요. 아주 잘 얻어먹었어요. 여기 스타디움에 있는 클럽에서요."

"그래, 좋았겠구나."

내가 전사하면 어머니의 삶은 얼마나 비참해질까, 그런 생각이 또다시 든다. 장애인 남편과 죽은 아들, 산더미처럼 쌓인 의료비 청구서…… 빌리는 군인보험료를 더 올려 내야겠다고 생각하다가, 병원에서 다 받아줄지 걱정한다.

"아빠는 어때요?"

"잘 있어. 서재에서 네 매형이랑 경기 보고 있어."

"재미난 커플이네요."

"둘이 잘 지내는 것 같아."

불쌍한 엄마. 한 편의 코미디 같은 자신의 인생에서 진지한 역할을 맡은 배우로 살 수밖에 없다니.

"지금은 어디니?"

"중앙홀요. 이제 다시 우리 좌석으로 돌아갈 모양이에요."

"춥진 않아?"

"아주 좋아요, 엄마."

"아까 보니까 코트도 안 입고 있던데."

"괜찮아요. 스타디움 안은 아주 따뜻해요."

"그래, 바쁠 테니 이만 끊자."

"아니에요." 빌리는 짜증이 치민다. 이게 마지막 통화가 될 수도
있는데―호들갑 떨고 싶진 않지만!―어머니는 서둘러 전화를 끊으
려고 한다. 다른 뜻은 없다는 건 그도 안다. 어머니는 평생 절제가
몸에 밴 탓에 뭐든 판에 박은 듯 평범한 것으로, 미적지근하게 만
들어야 직성이 풀리는 것이다. 정상의 경계를 벗어나지 않는 것이
얼마나 중요한지 빌리도 익히 알지만, 이런 광적인 집착은 독이 될
수 있다.

어쩌면 그래서 그가 새로운 시도를 하는 건지도 모른다. "좋아
요, 엄마, 가족들한테 사랑한다고 전해주세요. 엄마도 사랑해요."

"그래 안녕 고맙다 잘 지내라." 드니즈가 서둘러 말한다. 작게 웃
음이 터져나오는 건 빌리도 어쩌지 못한다. 그냥 내버려두자, 그는
속으로 혼잣말을 한다. 그냥 내버려두자. 이 시점에서 어머니에게
현실을 강요하는 건 잔인한 짓이다. 빌리는 전화를 끊는다. 발작
같은 슬픔이 격하게 밀려와 다리 힘이 풀린다. 손으로 벽을 짚으며
그는 이라크로 돌아간다고 반드시 죽는 건 아니라고 스스로에게
상기시킨다. 데드 걸 로드에서 유산탄 파편에 맞았을 때 부상 입은
것을 제외하면, 확률적으로만 봐도 말 그대로 생채기 하나 없이 돌
아올 가능성이 높다. 무사히 돌아오면 정말 좋을 것이다. 엄마에게
도 좋고 가족들에게도 좋고. 게다가 페이슨에게도 엄청 좋을 것이
다. 빌리는 굳세고 남부럽지 않은 삶에 대한, 확신까지는 아니어도
자신감이 내부에서 샘솟는 것을 느낀다. 사실 살아보지 않으면, 오

랜 시간을 들이지 않으면 알 수 없지만—마치 전투병들에게는 특별한 구제 수단이 주어지기라도 하는 것처럼. 일상적인 것들을 뜨겁게 사랑하는 법을 배운 덕분일까? 적어도 그의 생각은 그렇다. 그것이 그가 느낀 것이다. 어쨌거나 답을 알아낼 기회가 있었으면 좋겠다.

먹을 걸 위해서라면
뱀파이어도 죽일 수 있음

브라보 대원들은 다시 움직이기 시작한다. 중앙홀은 악천후를 피해 들어온 풋볼 팬들로 북적이고, 벌써 출구 쪽으로 가는 사람도 적지 않다. 대원들을 본 사람들이 큰 소리로 말을 걸거나 돌아서서 악수를 청하지만 그런 이들이 아까처럼 많지는 않다. 맥 소령이 싸라기가 내려앉은 7열의 대원들 좌석 구역을 외로운 보초병처럼 지키고 있다. 빌리는 으레껏 통로 쪽에, 맹고는 그의 왼쪽에 앉는다. 싸움과 치어리더들로 인한 흥분이 가시자, 브라보 대원들은 자기들 처지가 얼마나 거지같은지 깨닫기 시작한다. 전쟁터로 돌아갈 날을 이틀 남겨놓은 지금, 그들은 눈비를 고스란히 맞으며 더럽게 지루한 7대 7 동점 경기 3쿼터를 지켜보고 있다. 젠장! 맹고가 신음하며 몸을 움츠린다.

"잠이나 자고 싶다." 맹고가 빌리에게 말한다.

"음. 귀는 좀 어때?"

"존나 아파." 잠시 후, 둘 다 그 일을 무척 재미있어한다.

"그 자식 뭘 하려고 한 거야, 네 귀를 잡아떼려고 한 거야?"

"그 자식이 할 수 있는 건 몸무게가 140킬로그램쯤 나가는 것밖에 없어. 쓰러뜨리려고 보니 다리통이 너무 굵어서 팔 하나에 다 안 감기는 거야. 한마디 해주고 싶더라고. 야, 넌 당뇨병 얘기 못 들어봤냐? 살 좀 빼. 당분간 슈퍼사이즈 끊고."

그들은 경기에 집중하려고 애쓰지만 너무 지루하고 다 소용없는 짓이다. 주위의 관중은 담요며 우산, 비닐봉지로 진눈깨비를 피하는데 대원들만 마치 목초지의 가축처럼 고스란히 맞고 있다. 빌리는 휴대전화를 꺼내 페이슨의 번호를 바라본다. 전화를 걸어 음성 메시지라도 듣고 싶은 충동이 인다. 페이슨의 녹음된 목소리는 실제보다 남부 사투리가 더 강하다. 모음도 더 굴리고 경구개음도 깊어서 힐컨트리* 지역의 깃털 매트리스를 연상시킨다.

"야, 나 아무래도 사랑에 빠졌나봐."

맹고가 웃는다. "안 그러면 게이지. 아까 경기장에서 둘이 붙어 있는 거 봤어. 남녀가 그러는 건 뭐가 있다는 거지. 서로 좋으니까 만지는 거 아냐."

빌리는 휴대전화를 뚫어져라 들여다본다.

"번호 땄어?"

빌리는 진지하게 고개를 끄덕인다.

"그 여자 널 좋아하는 게 확실해. 여행이 다 끝나갈 때 기회가 온

---

* 텍사스 중부 구릉지대.

게 좀 구리지만."

빌리는 기쁨과 고통에 신음한다. 상반된 그 격렬한 두 힘이 물리적으로 그를 새로운 존재로 만든다. 전광판에는 다시 미국의 영웅들 영상이 떴다가 귀청이 떨어져나갈 듯한 광고가 줄줄이 이어진다. 똑같은 광고들이 사람 미치게 똑같은 순서로 되풀이된다. 튼튼한 포드 트럭! 도요타! 닛산! 도요타! 닛산! 여러분이 원하는 은행 업무의 모든 것 덤 디 디 덤! 사이크스가 소름끼치는 가성으로 노래를 부르기 시작한다. 당신이 내 말문을 열 수 없다면 오오오! 그는 노래를 멈추고 앞뒷줄 관중에게 그들을 얼마나 사랑하는지 모른다고, 모든 미국인을 얼마나 사랑하는지 모른다고 말한 다음 다시 노래를 이어간다.

사아아아라아아앙이 그것과 무슨 상관 있나요, 무슨 상관이,
사아아아라아아앙은 그저 간접적인 가아아암정일 뿐

다임이 이십 분 전쯤 사이크스에게 커다란 발륨* 한 알을 먹였다는 이야기가 돌고 있지만 어쨌든 사이크스는 지금 미국을 통틀어서 가장 행복한 여자다.

갑자기 휴대전화가 울려 빌리는 흠칫 놀라 전화기를 떨어뜨릴 뻔한다. 그는 발신번호를 살핀다.

"그 여자야?" 맹고가 묻는다.

---

* 신경안정제.

빌리는 고개를 젓는다. 모르는 번호다. 벨소리가 끊기고 곧이어 음성메시지 알림음이 들린다. 빌리는 휴대전화를 노려본다. 그가 원하는 것을 휴대전화가 말해주면 좋겠다. 그는 음성메시지를 들은 뒤 뒤로 기대앉아 눈을 감는다. 슈룸이라면 어떻게 할까? 물론 전쟁터로 돌아갈 것이다. 하지만 그것이 이번 생에서 그의 운명이었다. 그는 전사의 삶을 수행하는 중이었고, 그것이 끝나야 다음 단계로 이동할 수 있었다. "그럼 전 무슨 단계입니까?" 빌리가 농담조로 물었다. 슈룸은 웃지 않았다. 스스로 노력하기 전에는 몰라, 그는 대답했다. 공부하고, 명상하고, 집중해야지. 허송세월만 하면 절대 알아내지 못해. 그래서 빌리는 눈을 감고 목장에 있는 자신을 상상한다. 매우 안전하고 외진 곳이에요. 좋은 곳이죠. 아무 부족함 없이 지낼 수 있도록 해줄게요. 음성메시지의 목소리는 그렇게 말했다. 상상 속에서 빌리는 오솔길을 걷고 있다. 청바지와 플란넬 셔츠, 코듀로이 재킷을 입고 팀버랜드를 신었다. 오솔길은 숲으로 이어지고 근처에 강이 있다. 급류 소리가 나고 이따금 나무들 사이로 물도 얼핏 보이지만, 영상이 한쪽으로 기우뚱하며 버벅댄다. 그러다 페이슨이 그의 옆에 등장하자 화려한 HD 영상이 펼쳐진다. 그는 안전한 장소에서 페이슨과 서로 사랑하며 조용히 살아간다. 하루에 여덟아홉 번 섹스를 하고, 요리를 하고, 영화도 보고, 개들을 데리고 산책도 나간다. 그곳에는 개가 여러 마리 있을 것이다. 책도 많을 것이다. 어디나 책이 쌓여 있을 것이다. 그는 슈룸의 전통을 이어받아 공부에 전념할 것이고, 그리하여 판사가 똥 같은 의사봉을 두드릴 때는 훨씬 더 많은 것을 알고 있을 것이다. 그때—

법정에서 입장을 진술할 때는? 페이슨과 변호사들, 은성훈장이 그의 편이 되어줄 것이다. 그는 할 수 있다. 그는 진술할 것이다. 전쟁 공부는 더이상 하지 않을 것이다.

로오오오옥새애애애앤, 그럴 필요 없어…… 사이크스가 악을 쓰며 노래한다. 그러더니 몸을 뒤로 돌려 8열 관중에게 자기가 브라보 대원들을 얼마나 사랑하는지 떠들어댄다. 전우들을 형제처럼 사랑한다고, 자신은 플로리다 쿤 코브 출신의 가난한 백인 멍청이일 뿐이지만 그래도 군인이라고, 후아! 이쪽 끝에는 로디스가 웅크리고 앉아 곤히 자고 있다. 어깨와 팔에 진눈깨비가 소복이 쌓인 모습이 코믹한 비듬 방지 샴푸 광고를 연상시킨다. 찢어진 입술 상처에는 피하조직이 튀어나와 있다. 앞줄에 앉은 마음씨 좋은 부르주아 부인이 무심결에 그를 봤다가, 자고 있는 군인의 모습이 놀라운지 아예 몸을 돌리고 자세히 살펴본다.

"귀엽지 않습니까?" 맹고가 말한다.

"어쩜 이런 날씨에 잠을 잘 수 있죠?" 부르주아 부인이 외친다.

"엄밀히 말하면 자는 게 아닙니다. 기절한 거죠." 크랙이 알려준다.

부르주아 부인이 웃는다. 성격 좋은 사모님이다. 그녀의 남편과 친구들도 킥킥거린다.

"하지만 너무 안쓰러워요. 하다못해 담요 같은 거라도 덮어야 하는 거 아니에요? 군대에서 코트는 안 나와요?"

"오, 부인, 걱정 마십시오. 저희는 보병이고 보병은 개나 노새와 같습니다. 저희는 무뎌서 날씨 같은 거 신경 안 씁니다. 괜찮습니다. 제 말 믿으세요. 이 친구는 아무것도 못 느낍니다." 크랙이 그녀를 안심시킨다.

"하지만 몸이 꽁꽁 얼 수도 있어요!"

그러자 맹고가 끼어든다. "아닙니다, 부인. 저희가 가끔 때려줍니다. 피가 계속 돌도록요. 이렇게." 맹고는 로디스의 이두박근을 찰싹 때린다. 로디스가 으르렁거리며 두 팔을 뻗지만 눈은 뜨지 않는다.

맹고가 활짝 웃는다. "보셨죠? 이 친구 괜찮습니다. 행복하답니다. 바퀴벌레 같아서 죽이려고 해도 죽일 수가 없죠!"

부르주아 부인이 짐을 뒤지더니, 좌석에 무릎을 꿇고 뒤를 향해 앉아서 로디스에게 스너기를 덮어준다. 멍청한 심야 TV 광고에 나오는, 소매 달린 1인용 담요다. 얼마 지나지 않아 브라보 대원들은 로디스의 턱밑에 대충 만든 피켓을 끼워놓는다. 노숙자 참전용사, 먹을 걸 위해서라면 뱀파이어도 죽일 수 있음. 그 밑에는 은총 가득한 하루 되세요라고 쓰고 웃는 얼굴을 그렸다. 카우보이스 라인맨이 상대편의 펌블* 공을 가로채 비틀거리다가 요리조리 피하고 슬라이딩을 하며 베어스팀 3야드 지점까지 들어가자 관중은 기운을 차리지만 심판이 끼어든다. 심판들이 사이드라인 비디오 판독기 앞에 모여 이야기하고, 판독기를 들여다보고, 손가락으로 가리키고, 또 이야기한다. 암 정복의 돌파구를 찾는 노벨상 수상 과학자팀이라도 되는 것 같다. 마침내 결정이 내려진다. 비디오 판독 결과……

---

* 인플레이중 공을 놓치는 것으로, 잡는 쪽이 공격권을 가지고 플레이할 수 있다.

펌블이 아닌 인컴플리트 패스[*]로 판명되자, 앞줄의 부르주아 부인 일행이 짐을 챙기기 시작한다. 맹고가 마음씨 좋은 부인에게 담요도 챙기라고 말해준다. "오, 그럴 순 없죠." 부인이 미소 띤 얼굴로 로디스를 내려다보며 말한다. 로디스는 속눈썹에 진눈깨비가 소복이 쌓이고 입술은 짓이겨진 곤충처럼 속살을 드러낸 채 곤히 잠들어 있다. "너무 편안해 보여서 그냥 두고 싶어요. 나중에 깨면 내 선물이라고 말해줘요."

브라보 대원들이 반발한다. 안 돼요오오오!

"공연히 버릇만 나빠집니다!"

"원래 개천에서 자라서 추운 것도 모르는 친구예요!"

"부인, 이건 돼지에게 롤렉스 시계를 주는 거나 마찬가지입니다. 이 친구는 그런 값진 것들의 가치를 몰라요."

부인은 웃으며 손을 흔든다. "감사합니다! 군 장병을 지원해주셔서 감사합니다!" 브라보 대원들은 자리에서 일어나 줄지어 통로로 나가는 부인과 일행을 향해 외친다.

"좋은 분이네." 맹고가 편히 기대앉으며 말한다. 빌리도 동의한다. 그들은 로디스를 보며 웃는다. 그러다 맹고가 진저리를 친다. 맹고는 몸을 잔뜩 웅크리며 깍지 낀 두 손을 허벅지 사이에 끼운다.

"오줌 마려운 사람 같네."

"진짜 마려워." 맹고는 움찔한 다음 다시 진저리를 치지만 그대로 자리를 지킨다. "떠나기 전에 페이슨 만날 거야?"

---

[*] 패스가 성립되지 않은 것.

"희망사항이지."

"병신, 무슨 방법이 있을 거야."

"난 그렇게 생각 안 해. 모르겠다. 밀어붙이고 싶진 않아."

맹고가 웃는다.

"아니, 농담 아냐. 정상적인 상황이라면 데이트할 때 어디로 데려갈까 고민하느라 여념없겠지. 도장 찍으려고 말이야. 무슨 뜻인지 알잖아. 하지만 우리는 안 지 네 시간밖에 안 됐어."

"빌리, 혹시 네가 모를까봐 말해주는데, 우리 상황은 정상이 아니야. 페이슨이 일 년 동안 계속 널 좋아해주고 넌 백만 킬로미터 떨어진 데서 한심한 이메일이나 보내면서 사귈 수 있을 것 같아? 잘 지내지 나도 잘 지내 오늘 우리는 집 한 채 부수고 나쁜 놈들을 최대한 많이 죽였어. 그런 얘기는 질려, 야, 진짜 금방 질리는 법이라고. 엄마라도 얼마쯤 지나면 그런 건 듣기 싫을걸."

"너 사람 기분 잡치는 데는 일등이야. 그거 알아?"

"너한테 절호의 기회가 왔다는 뜻이야, 등신아! 기회가 코앞에 왔는데 잡아야지. 페이슨이 좋은 여자고 군 장병을 지원해줄 마음이 있다면……"

"멍청한 자식."

맹고는 웃는다. 빌리의 휴대전화가 다시 울린다.

"그 여자야?"

"아니, 우리 누나." 빌리가 발신번호를 확인하며 말한다.

"안 받아?"

빌리는 어깨를 으쓱한다. 벨소리가 멈추고, 잠시 후 문자가 온다.

제발 가지 마.

여기 있어x2.

그 사람한테 전화해.

제발.

누난 널 사랑해.

빌리는 아까 그 음성메시지를 다시 들어본다. 이번에는 내용보
다 목소리에 더 집중한다. 음색과 성조에 담긴 정보를 얻기 위해서
다. 백인, 남성, 지식인, 중년. 텍사스 발음이지만 대도시의 산뜻함
이 느껴진다. 강하고 확신에 차 있으며 호의적이다. 젊은이, 새로운
인생을 살고 싶다면 우리가 확실히 도와줄 수 있어요. 좋은 목소리다.
다시 듣고 싶은 유혹을 느끼지만, 걸리적거리는 브라보 대원들의
무릎과 발을 헤치고 다임이 돌진해오는 중이다. 통로에 이르자 그
는 휴대전화를 꺼내며 빌리의 좌석 옆에 쭈그려앉는다. "사이크스
땜에 돌겠다." 다임은 이렇게 말하며 문자를 확인한다.

"화학을 통한 더 나은 삶*"이네요, 하사님." 맹고가 말한다.

"그래, 저 새끼 약을 먹이거나 재갈을 물려야만 했어. 괜찮아질
거야." 묻지도 않았는데 다임이 말한다. "이라크로 돌아가면 괜찮
아질 거야. 여긴 다른……" 다임은 말꼬리를 흐린다. 빌리가 헛기

---

* Better living through chemistry, 화학회사 듀폰의 광고 문구. chemistry는 약을
의미하기도 한다.

침을 한다.

"하사님, 선택권이 있다면 돌아갈 겁니까? 제 말은, 이라크로요."

다임이 고개를 든다. 유쾌한 표정은 아니다. "난 선택권이 없잖아, 안 그래? 그러니까 네 질문은 타당성이 부족하다."

"만약 선택권이 있다면요."

"없잖아."

"만약 있다면요!"

"없잖아!"

"만약 있다면요!"

"닥쳐!"

"전 그냥—"

"닥치라고!"

빌리는 입을 다문다. 맹고가 뭐야? 하는 시선을 보낸다. 다임은 코웃음 치며 고개를 젓는다.

"우리에게 선택권이 있었으면 좋겠어? 그 말이 하고 싶은 거야?"

"글쎄요." 빌리는 자신이 너무 나갔다는 걸 깨닫는다. "하지만 선택권은 없습니다."

"맞아, 빌리, 없어. 우리는 돌아갈 거고, 그게 어디인지도 모두 알고 있어. 거기 가면 우리 모두 정신줄 꽉 잡고 매순간 서로를 지켜줘야 하지. 그렇지만 이 말만은 해두겠어." 휴대전화가 울리자 다임은 말을 끊었다가 다시 잇는다. "앞으로 두 번 다시 총격전을 벌이지 못한대도 아쉽지 않다는 거." 그가 휴대전화를 귀에 댄다. "여보세요. 음. 음. 흥미롭네요. 이건 어때요? 힐러리 스웽크가 그 사람 얼굴에 앉는다고 하면, 그러면 그가 하겠다고 할까요?"

빌리와 맹고는 눈길을 교환한다. 빌어먹을 영화 얘기다.

"그러니까 그게 아니면……" 다임이 점수판을 올려다본다. "앨버트, 시간이 얼마 없어요."

맹고가 고개를 돌리고 스페인어로 조그맣게 욕을 한다. 저쪽에서는 사이크스가 신병 훈련소 노래를 불러젖히고 있다. 부상자를 챙겨라, 사망자를 챙겨라……

"여기 있어요." 다임이 빌리를 흘긋 보며 말한다. 그는 잠시 듣고 있다가 빌리에게 묻는다. "너 회의할 수 있지?"

빌리가 웃으며 묻는다. "뭘 할 수 있느냐고요? 물론입니다. 언제요?"

"지금. 놈이랑. 조시가 데리러 오는 중이야."

빌리는 목이 콱 멘다. "좋습니다."

"예, 가능하답니다." 다임이 휴대전화에 대고 말한다. "다른 사람은요?" 그는 상대의 말을 듣고 투덜거리며 전화를 끊는다. 그러고는 잠시 그대로 쭈그리고 앉아 경기장을 바라본다.

"하사님, 괜찮으십니까?"

다임이 얼른 정신을 차린다. "그냥 이런 생각이 들었어, 부자들은 미쳤구나." 그는 빌리에게 고개를 돌리고 감정을 실어 말한다. "절대 잊지 마."

"알겠습니다, 하사님."

돈이 우리를 진짜로 만든다

그들은 구단주실 앞 복도에 서 있는 앨버트를 발견한다. 벽에 기대서서 고개를 숙인 채 은색 터치펜으로 블랙베리를 두드리고 있다. 모퉁이를 돌아 나타난 다임과 빌리를 보고 그가 활짝 웃는다.

"어이! 어때?"

"좋기도 하고 나쁘기도 하고 뒤죽박죽이에요." 다임이 대답한다.

"우선 여기서 잠깐 상황 설명을 하지." 앨버트는 그렇게 말한 뒤 상냥하면서도 날카로운 시선으로 조시를 본다.

"저는 오글스비 씨에게 가서 도착했다고 알릴게요." 조시가 말한다.

"아주 좋은 생각이야." 앨버트는 다임과 빌리를 구단주실에서 멀찌감치 떨어진 복도로 데려간다. "하프타임 때 보기 좋았어. 자네들 훌륭하게 해냈어. 비욘세랑 데스티니스 차일드의 다른 멤버들은 만나봤나?"

"젠장, 아뇨." 다임이 투덜댄다.

"뭐야? 못 만났어? 저런. 그럼 그거 끝나고 필드에서는 무슨 일이 있었던 거지? 꼭 플래시몹 같던데. 블랙 프라이데이* 날 노스 저지 월마트인 줄 알았어. 무슨 일이 벌어지고 있는 건지 우린 모르겠더라고."

"아무 일 아니었어요. 그냥 남자들이 하는 짓거리죠." 다임이 대답한다.

"누가 자네들을 괴롭혔나?"

그러자 다임이 빌리에게 묻는다. "누가 우리를 괴롭혔나?"

"아닙니다. 굳이 따지자면요." 빌리가 대답한다.

"장차 크게 될 친구야." 앨버트가 빌리에 대해 다임에게 말하고는 덧붙인다. "좋아, 이렇게 하지." 그는 마침 지나가는 커플에게 미소를 보내고 그들이 모피와 캐시미어를 사르륵거리며 홀 저편으로 멀어질 때까지 기다린다. "놈이 들어왔어. 투자단을 조직해 우리 영화를 만들고 싶대. 그런데 그게 다가 아니야. 그는 필이 꽂혔어. 말하자면 오늘 자네들을 보고 필이 꽂혀서 원대한 생각을 품게 되었달까. 놈은 영화제작사를 만들기로 결심했어."

"잘 생각했네요. 풋볼팀은 영 아니던데." 다임이 말한다.

앨버트는 낄낄대며 좌우를 살핀다. "그런 생각을 한 지는 좀 된 모양인데, 우리가 나타나자 이건 행동에 나서라는 신의 계시라고

---

* 추수감사절 다음날인 11월 마지막 금요일로, 미국에서 연중 최대 세일이 시작되는 날.

여긴 거야. 솔직히 안 될 것도 없어. 요즘 영화사들은 어떻게든 리스크를 줄이려고 하거든. 그러니 자기 영화와 돈을 갖고 들어오는 사람은 할리우드에서 대단히 매력적인 상품이지."

몇 커플이 더 지나가고, 앨버트는 말을 멈춘다. 지나가던 남자 하나가 다임을 향해 손가락을 튕긴다.

"어이, 하프타임에 아주 멋졌어요!"

다임도 마주 손가락을 튕기며 대꾸한다. "어이, 그쪽도요!"

앨버트는 그들이 지나갈 때까지 기다렸다가 말을 잇는다. "그가 올인하면 우리에게 도움이 될 거야. 우리 영화를 팔 때 훨씬 높은 신뢰를 얻을 테니까. 일회성 거래라면 변변치 않은 취급을 받겠지만, 계속 영화판에 남는 걸 상대가 안다면? 그러니까 더욱더 놈은 이 영화로 제작사업을 시작해야 하는 거고. 아무튼 일이 성사되면 난 그가 제작사를 차리는 즉시 그쪽에 내 옵션을 양도할 거야. 모든 준비가 끝나고 회사에서 옵션을 행사하면, 자네들은 얼마간 돈을 받고 우린 제작에 들어가는 거지."

"멋진데요." 다임이 말한다.

"자네들이 옵션 양도에 동의해줘야 해."

다임이 주저한다. "하지만 앨버트가 계속 제작자인 거죠."

"그건 믿어도 좋아."

"스왱크 얘긴 어떻게 됐어요?"

"힐러리라면 놈이 여전히 부정적이지만 그 문제는 우리가 해결할 수 있어. 방법이야 얼마든지 있으니까. 힐러리가 들어오면 우리한텐 좋은 일이지. 그런데 말이야." 앨버트가 주먹에 대고 기침을 한다. "자네들이 알아둘 게 있는데, 놈한테 문제가 좀 생겼어. 옵션 가격 때문에."

"무슨 문제요."

"규모 문제지. 브라보 대원이 모두 열 명인데 1인당 10만 달러씩 줘야 하니 시작부터 난관에 부딪힌 거지. 시나리오에 50만은 들어갈 거고, 힐러리 스왱크나 조지 클루니 급 주연배우를 쓰려면 수백만 달러를 줘야 하니까."

다임이 빌리를 보며 말한다. "여기서 우리가 엿먹는구나."

"아니야!" 앨버트가 외친다. "아니, 아니, 아니, 아니라고. 데이브, 사람 좀 믿어! 여기까지 같이 왔는데 이제 와서 내가 자네들을 버릴 것 같아? 데이브, 데이브, 자네들은 내 사람이야. 흥해도 같이 흥하고 망해도 같이 망하는 거야. 그쪽에도 그렇게 얘기했어. 하지만 자네들한테 거짓말은 안 하겠어. 놈은 산타클로스가 아니야. 꼭 필요한 돈이 아니면 10센트도 안 쓴다고. 그가, 그들이, 그의 사람 중 하나가 말이야—이봐, 그들은 비즈니스맨들이라고, 알겠어? 발상이 상스러운 건 이해해줘야지. 그들이 자네 둘하고만 거래하는 안을 제시했어. 자네 둘 이야기가 메인이고 나머지 대원들은, 음, 부수적이라고 보는 거야. 그래서 내가 그랬지. 말은 해보겠지만—"

"안 돼요."

"—그래, 재고할 가치도 없지. 나도 그렇게 말했어. 브라보 대원들은 용사의 규칙에 따라 산다고. 절대 전우를 버리지 않는다고."

"브라보 대원들에겐 그런 생각을 한다는 것 자체가—"

"알아! 하지만 그게 그 사람들 사고방식이라는 걸 이해해야 돼. 경영 합리화니 자본이익률이니 하는 온갖 빌어먹을 MBA적 사고방식. 하지만 내 말은 알아들었을 거야. 브라보 대원들은 전부가 아니면 아무도 안 한다. 중간은 없다."

"바로 그거예요." 다임이 으르렁거린다. 복도 저쪽에서 그 소리를 들은 웨이터들이 킥킥댄다.

"데이비드, 진정해."

"완전히 진정한 상태예요. 빌리도 진정한 상태고요. 빌리, 안 그러냐?"

"완전히요, 하사님."

"그냥 나랑 같이 가면 돼. 자네들이 원하는 대로 되게 해줄 테니까. 일단 지금 그들이 제안하는 건, 그러니까 자네들이 해야 하는 건 계약금을 미루고 영화 순이익률에 따라 받는 거야. 자네들은 옵션 행사를 할 때 선금을 받고, 제작에 들어갈 때 또다시 받고—"

"얼마를요?"

"—데이비드, 부탁인데, 내 얘기 끝까지 들어. 대략 계산해보면, 내가 생각하는 정도의 만족스러운 성공만 거둬도 자네들은 10만 달러 이상을 챙기게 될 거야. 하지만 인내심을 갖고 기다려줘야 해. 이 주 전에는 영화사 돈으로 할 생각으로 계약금을 그렇게 정했지만, 독립 제작으로 가면 얘기가 완전히 달라져. 액수가 적어질 수밖에 없어. 대개 현금 대신 수익률로 가져가니까. 스타들도 영화가 정말로 마음에 들면 수익률을 택하지."

"좋아요, 알아들었어요. 그래서 얼만데요."

"그게, 처음에는 아주 적어. 수익률로 옵션 행사를 해서 5,500달러—"

다임의 목구멍에서 가르랑거리는 소리가 나기 시작한다.

"—하지만 제작이 시작되면 두번째 선금을 받을 거고—"

"5,500이라고요?"

"자네들이 희망했던 액수가 아니라는 건 알지만—"

"염병, 그건 아니죠!"

"—하지만 그다음에 두번째 선금을 받을 거고—"

"얼마요?"

"글쎄, 그 문제는 아직 얘기중인데, 보통 제작 예산에 따라 정해지지. 예산이 클수록 자네들이 받는 선금도 커지고—"

"우린 그런 거래 안 해요, 앨버트. 처음에 얘기할 땐 계약금이 10만 달러였잖아요."

"그랬지. 자네들 이야기에 대한 믿음이 그만큼 컸으니까. 그리고 우리가 홈런을 칠 거라는 생각은 지금도 변함없어. 이봐, 이 주전만 해도 난 영화사에서 너도나도 달려들 줄 알았어. 사람들이 자네들에게 엄청나게 열광했으니까. 하지만 두어 군데에서 거절당하고 러셀 크로도 안 하겠다니 타격이 커. 열광은 쉽게 식을 수 있는 거고, 솔직히 내가 좀 앞서갔나봐. 자네들 기대를 너무 키워놨어. 이제 우리 모두 현실과 타협해야 해. 게다가 전쟁물은 영화마다 관객 수가 들쑥날쑥하고, 그게 문제가 될 수도 있다고 얘기했잖나? 그러니 그런 어려움도 이겨내야 해. 처음에 얘기한 액수에 비하면 5,500은 변변찮지만 자네들 같은 젊은 친구들에겐, 월급을 받는 젊은 군인들에겐 아무것도 아닌 게 아니지, 안 그래?"

"앨버트, 그런 얘긴 하지 말죠."

"데이브, 장기적으로 생각하라는 거야. 이건 지분이야. 주식으로 생각하라고. 스톡옵션. 나중에 큰돈을 벌기 위해 선금을 뒤로 미루는 거야. 자네들은 뭔가 만드는 걸 돕는 거고, 지분이 바로 그런 거지. 회사가 돈을 벌면 자네들도 돈을 버는 거야. 자네들은 이 거래에서 레전즈Legends의 정식 동업자가 될 거고—"

"잠깐만요, 누구요?"

"레전즈. 놈이 생각하는 회사 이름이야."

"맙소사, 벌써 이름까지 지어놨단 말이에요?"

"그래, 이름까지 지어놨다니 정말 잘된 일이지. 난 불알이나 긁고 있는 사람과는 동업할 생각 없어. 그건 자네들도 마찬가지겠지. 놈은 시작할 준비가 되어 있어, 방아쇠를 당길 거라고. 그게 어떤 가치를 지니는지 모르겠어? 이 세계에서 그게 얼마나 희귀한 일인지? 이 업계에선 더딘 거절이 사람을 죽이지. 나중에 연락드리죠, 나중에 연락드리죠, 나중에 연락드리죠. 다들 어찌나 실패를 두려워하는지, 확실한 결정을 내리느니 차라리 신장 하나 떼어내는 게 낫다고 여긴다니까. 그런데 이곳 댈러스에서 놈을 만난 거야. 그가 상황을 가늠해보고, 이럴 수가, 시작해도 된다는 판단을 내린 거지. 내 말은 그 사람을 좋아하라는 게 아니라 그 추진력은 존경할 만하다는 거야."

존경해드려야지. 브라보 대원들이 그렇게 으르렁거리는 소리가 빌리의 귓가에 선하다. 다임이 고통스러운 듯 고개를 좌우로 꺾는다.

"하지만 앨버트."

"뭔가?"

"당신이 그랬잖아요. 사람들이 우리를 사랑한다고."

"그랬지, 데이비드. 하지만 그건 이 주 전이야. 사람들은 변한다고. 벌써 다른 일에 관심을 쏟기 시작했어."

"그러니까 그게 우리가 받을 수 있는 최고의 제안이라고요?"

"데이브, 그게 우리가 받은 유일한 제안이야."

"놈도 알아요?"

앨버트는 어깨를 으쓱한다. "우리가 여기저기 얘기중이었던 건 알지."

"그러니까 그의 제안은 기본적으로 1인당 5,500씩 주겠다는 거네요. 그가 던지는 미끼는 그게 다고요. 보증도 없고."

"데이브, 보증이 필요하면 가서 전자레인지나 사. 이 세계엔 보증 같은 거 없으니까. 톰 크루즈라면 몰라도."

다임이 한숨짓더니 빌리를 보며 묻는다. "어떻게 생각해?" 하지만 깜짝 놀란 빌리가 미처 대답할 틈도 없이 그들과 구단주실 사이의 아무 표시 없는 문이 벌컥 열리고 존스 씨가 고개를 내민다.

"래트너 씨, 3쿼터가 곧 끝나요."

"고맙습니다. 곧 들어가죠."

존스 씨는 문을 조금 열어두고 안으로 사라진다. 앨버트가 다임과 빌리에게 고개를 돌리고 소리 죽여 말한다. "자네들이 원하는 걸 말해봐. 안에 들어가서 얘기를 해볼 텐가? 아니면 안에서 다 들리게 내가 지금 소리칠까, 거래는 없다고?"

"아뇨." 다임이 말한다.

"뭐가 아니야?"

"엿같네." 다임이 빌리에게 말한다.

앨버트가 환한 미소를 짓는다. "사는 게 늘 그렇지. 정도의 차이만 있을 뿐. 직장출혈이 아닌 걸 감사하라고."

"우리가 싫다고 하면 나머지는 어떻게 되는 거예요? 놈의 거창한 제작사와 그가 만들고 싶다는 영화 둘 다."

앨버트가 미소를 흘린다. "그대로 밀고 나갈 것 같아. 열성적이거든."

"앨버트도 거기 낄 거예요?"

앨버트는 입술을 동그랗게 오므린다. "글쎄, 모든 기회를 고려하지 않는 건 바보짓이지."

"앨버트, 당신은 개자식이에요."

앨버트는 눈 하나 깜짝하지 않는다. "데이브, 난 자네들에게 놈의 제안을 받아다줬어. 그러니 더 나은 제안을 받아낼 수 있을 것같으면 안으로 들어가서 놈과 얘기해보자고."

"좋아요, 젠장. 가서 얘기해보자고요."

빌리는 복도에서 기다리겠다고 하지만, 다임의 매서운 눈길 한번에 쭈뼛거리며 안으로 따라 들어간다. 존스 씨가 문간에 서 있다가, 그들이 들어가자 문을 닫고 잠근다. 그들은 계단 두 개를 내려가 세차장 대기실처럼 임시로 꾸며놓은, 천장이 낮고 어두침침하고 비좁은 공간으로 들어선다. 바로 옆의 공식 구단주실에 딸린 매우 사적인 부속실로, 땀내와 커피 탄내, 희미한 담배 냄새에, 아마도 점심때 먹은 고기가 신선하지 않았던 듯 위장에서 올라온 가스 냄새까지 고약하게 뒤섞인 남자들의 공간이다. 모두 돌아보며 브라보 대원들에게 미소를 보낸다. "신사 여러분! 작전실에 온 걸 환영합니다!" 누군가 외친다. 그들은 브라보 대원들에게 어서 오라며 의자와 음료를 권한다. 브래킷으로 벽에 고정해놓은 TV들은 경기에 채널이 맞춰져 있고 아나운서들이 새장 안 앵무새처럼 재잘댄다. 방 한구석에 기본적인 것들만 갖춘 간단한 바가 설치되어 있다. 판유리로 된 전면을 따라 설치된 카운터에 놈과 그의 아들들이 앉아 있다. 카운터 위에는 노트북컴퓨터, 회계장부, 루스리프식 노트, 물병과 스포츠음료 병이 흩어져 있다. 어둑한 공간이 눈에 익자 빌리는 그곳에 알코올은 한 방울도 없다는 걸 알아차린다. 키가 크고 건장한 카우보이스 임원 둘이 이리저리 움직이고 있는데, 밑바닥부터 시작해 높은 자리에 오른 사람들 특유의 태도로 바지를 추켜올리고 거들먹거리며 걷는다. 바 스툴에 걸터앉은 존스 씨는 여전히 양복 상의 단추를 채운 모습이다. 다른 사람들은 모두 넥타이를 느슨하게 풀고 소매를 걷어올렸다. 방 뒤쪽에 마네킹처럼 서 있는 조시만 빼고.

다임이 커피를 달라고 한다. 빌리도 같은 걸 달라고 한다. 놈은 에어론 의자를 빙글 돌려 그들과 마주한 뒤, 눈을 문지르며 의자를 뒤로 젖혀 쿼터가 끝나가는 시점에서 마지막으로 점수판을 흘끗 본다.

그가 고갯짓으로 천장을 가리키며 말한다. "어두워서 미안하네. 경기중에는 불을 꺼놓거든. 안 그러면 어항 안에 있는 기분이라.

TV 화면에 TV를 보고 있는 자기 모습이 비치면 아주 짜증나지."

"아니면 욕 폭탄을 날리고 있는 모습이나. 여기서 그런 일이 있었다는 얘기는 아니고." 임원 하나가 말한다.

모두 웃음을 터뜨리지만 놈은 고개를 젓는다. "여기선 적어도 R등급*은 지키려고 노력하지."

자신을 짐이라고 소개한 또다른 임원이 말한다. "이 방을 구경한 사람은 많지 않아. 여긴 성소라고. 자네들이 있는 그 자리에 앉을 수 있다면 왼팔이라도 내놓을 사람이 많을걸."

"그럼 입장료를 받으셔야겠네요." 다임이 말한다. 모두 웃지만 그는 웃지 않는다.

놈이 말한다. "오늘 이길 수 있을지 모르겠어. 유감스럽지만, 우리의 눈부신 노력에도 불구하고 말이야. 자네들에게 멋진 경기를 보여주고 싶었는데. 그래도 어쩌면 4쿼터에서 전세를 뒤집을 수 있을지 몰라."

"스텐하우저가 패스 블로킹 좀 해주면 좋을 텐데." 아까 욕 폭탄 운운한 임원의 말에 시큰둥한 웃음이 터진다. 놈이 아들 한 명에게 고개를 돌린다.

"스킵, 리딕이 캐리**를 몇 번 했지?"

그가 노트북을 보고 대답한다. "열아홉 번요. 총 34야드고요."

여기저기서 신음 소리가 새어나온다. 짐이 말한다. "코치, 리딕

---

* 16세 이하 관람 불가 등급.
** 득점을 위해 상대편 골라인을 향해 공을 들고 돌진하는 것.

은 끝났어요. 버크너로 교체해봅시다. 최소한 지치진 않았으니 뛰는 건 잘할 테죠."

"뚫고 나갈 구멍이 없는데 잘 뛰어봐야 뭐해. 전위에서 몸싸움을 잘해줘야지." 욕 폭탄 임원이 말한다.

놈은 얼굴을 찌푸리며 피지 생수를 한 모금 마신다. 그러고는 스킵이 방금 인쇄해 건넨 종이를 들여다보면서 3쿼터 통계자료를 소리내어 읽는다. 웨이터가 옆문으로 들어오면서 구단주실이 살짝 보인다. 그쪽에서는 멋진 파티가 벌어지고, 이쪽에서는 사무실의 긴 하루가 이어진다. 빌리는 웨이터가 가져다준 커피를 몇 모금 마신다. 이곳이 마음에 든다. 비좁은 공간이 원초적인 안도감을, 남자들끼리 모닥불 앞에 옹기종기 모여앉은 듯한 친밀감을 불러일으킨다. 오래도록 찾아다닌 궁극의 안전이 보장된 장소로, 동굴 같은 그곳에 모인 사람끼리 똘똘 뭉쳐 풍기는 배타적인 분위기가 특히 마음에 든다. 잠시라도 뇌리에서 전쟁을 지워버리고, 자신이 영원히 이곳에 속한 사람인 척하는 사치를 누리고 싶다.

"상대 수비가 올해 우리랑 붙은 어느 팀 못지않게 강해." 놈이 경기 후 기자회견 연습이라도 하듯 말한다. 그는 종이를 옆으로 내려놓고 브라보 대원들을 지나쳐 앨버트에게 말을 건다. 앨버트는 다임과 빌리가 얼굴을 볼 수 없는 자리에 앉아 있다.

"앨버트, 우리의 젊은 친구들에게 그들 영화에 대한 우리 계획을 말해줬소?"

"그럼요!" 앨버트가 조금은 강한 활기를 퍼뜨리며 대답한다.

"영화사 설립을 축하드립니다. 대단하던데요." 다임이 놈에게 말한다.

"고맙네, 하사, 정말 고마워. 얼마 전부터 검토해온 사업을 이렇게 시작하게 되어 우리 모두 얼마나 신이 나 있는지 몰라. 분명 도전이 되겠지만, 앨버트가 팀에 합류했으니 난 기꺼이 모험을 해보고 싶어. 자네들 이야기를 스크린에 옮기는 것이라 특히 더 신나. 이 자리에서 맹세하지만, 우린 이 일에 전력을 다할 거네. 난 무슨 일이든 일단 마음먹으면 흐지부지하는 법이 없거든. 여기 이 사람들한테 물어보라고."

"놈은 일을 사랑하지." 욕 폭탄이 말한다.

모두 웃음을 터뜨리고, 놈도 아이처럼 킥킥댄다. 이런 식으로 자신의 워커홀릭 레퍼토리를 슬쩍 찔러주는 것이 싫지 않은 눈치다. 빌리는 놈의 물기 어린 푸른 눈에서 깊이를 발견하고 감명받는다. 놈의 눈에는 진실함이, 기꺼이 동조하고 연결되고자 하는 분명한 열의가 깃들어 있다. 가까이서 지켜보니 그가 사람들 말처럼 야비한 인간이라고 믿기는 어렵다.

놈이 경기장을 흘끗 확인하며 브라보 대원들에게 말한다. "난 자네들 이야기를 신봉하고, 그 이야기가 우리 나라에 도움이 될 수 있다고 믿어. 용기와 희망, 낙관주의, 자유를 향한 사랑, 젊은 자네들이 그런 용감한 행동을 하도록 고무시켜준 모든 신념이 담긴 이야기니까. 이 영화는 전쟁에 대한 우리 열정을 되살리는 데 큰 기여를 할 거야. 솔직히 많은 사람이 낙담한 상태지. 반군이 힘을 얻고, 사상자는 증가하고, 비용은 계속 올라가니 몇몇 사람들이 용기를 잃는 건 자연스러운 일이야. 그들은 애초에 우리가 거기로 싸

우러 간 이유를 잊어버렸어. 왜 싸우는 거지? 싸워서라도 꼭 지켜
야 하는 것들이 있다는 사실을 그들은 잊었어. 그래서 자네들 이야
기가 필요한 거지. 브라보 이야기. 할리우드에서 나서지 않겠다면,
좋아, 내가 기꺼이 대타로 나서지. 기꺼이. 그런 의무는 기쁜 마음
으로 질 수 있어."

놈의 아들 스킵은 노트북을 열심히 들여다보고 있다. 다른 아
들—토드? 트레이?—은 의자를 돌리고 아버지 말에 귀기울이는
것 같았지만 휴대전화로 문자를 보내고 있다. 짐은 바에서 소다수
를 따르고 있다. 욕 폭탄 임원은 벽에 기대어 샌드위치를 우적우적
씹으며 상사의 말에 박자를 맞춰 고개를 끄덕인다.

놈의 말이 이어진다. "어쨌거나 난 할리우드를 잘 못 믿겠어. 그
들의 정치도 그렇고, 문화적인 태도도 그렇고, 하는 생각들도 그렇
고. 힐러리 스웽크만 해도 그래. 물론 훌륭한 배우고 연기를 잘하
는 건 나도 알아. 하지만 여자를 주인공으로 쓰면 잘못된 메시지를
전달하게 돼. 이건 남자들 이야기라고. 나라를 지키는 남자들. 미안
하지만 그게 사실이야."

"그래도 힐러리는 여전히 주인공 후보예요." 앨버트가 항변하자
모두 웃는다.

"그렇지, 그렇지." 놈이 씩 웃으며 인정한다. "힐러리 스웽크는
안 된다는 뜻으로 한 말은 아니었어. 그녀를 캐스팅하는 게 우리
영화를 위해 최선이라면 그렇게 해야지. 난 좋은 영화를 만드는 데
는 관심 없어. 내가 원하는 건 위대한 영화야. 앞으로 백 년 뒤에도
사람들이 볼 영화. 미국 영화사상 최고 중 하나로 기록될 영화를

원한다고."

이 말로 모든 것이 깔끔하게 정리된 듯하지만 다임이 입을 열어 깽판을 친다.

"그럴 수 있다고 생각하는 이유가 뭡니까?" 다임이 경멸의 대상을 무시하듯 턱을 치켜들고 조롱하는 투로 따진다. 누군가 헉 소리를 낸다. 정말 그랬는지 아닌지는 몰라도, 나중에 이 순간을 회상할 때 빌리는 그런 소리를 들은 것 같다고 느낀다. 스킵이 화면에서 고개를 들더니 천천히 노트북을 닫는다. 토드는 휴대전화 문자반 위에서 손을 멈춘 채 뚫어져라 바라본다. 샌드위치를 씹던 욕폭탄 임원도 멈칫한다.

"뭐라고?" 멍한 미소를 띤 놈의 얼굴이 마치 푸딩처럼 보인다.

"그걸 정말 해낼 수 있느냐는 겁니다. 저희 이야기를 5,500달러에 사겠다고 하셨는데 제게는 푼돈처럼 느껴져서요. 그 정도 가격이면 아무한테나 팔 수 있습니다. 저희 할머니도 현금지급기에 한 번 다녀오면 그 정도 거래는 얼마든지 하시거든요. 오글스비 씨, 죄송합니다만, 이 일에 진지하게 임하고 있다는 걸 보여줬으면 합니다. 당신이 선수라는 걸 보여주세요."

한 방 얻어맞은 놈은 얼빠진 미소가 아직 가시지 않은 채 뒤로 기대앉으며 가슴 앞에 조심스럽게 팔짱을 낀다. 그는 아들들을 보았다가 두 임원을 본다. 그러자 모종의 비밀 신호라도 받은 듯 모두가 웃음을 터뜨린다.

놈이 따스하고 연민 어린 눈으로 다임을 보며 말한다. "젊은이, 주위를 둘러보게. 주위를 둘러보고 눈에 들어오는 것들에 대해 잠시 생각해. 그런 다음 대답해보게. 내가 선수인가?"

빌리는 자신이라면 당장 굽힐 거라는 걸 안다. 홈그라운드를 등에 업은 이 부유하고 강한 남자들의 어두운 마력은 너무도 강력하다. 그중에서도 놈은 자애로운 푸른 눈과 아버지 같은 인내심, 상대를 매혹하고 무력화하는 나르시시즘의 자장磁場을 지녔다. 빌리는 앨버트가 나서서 벼랑 끝에 선 자기들을 안전한 곳으로 끌어당겨주길 바라지만 다임은 계속 밀어붙인다.

"솔직히 말씀드려도 되겠습니까?"

놈은 미소지으며 손바닥을 펼쳐 보인다. "지금까지 솔직하게 얘기했는데 안 될 이유가 뭔가?"

야유 섞인 환호가 들린다. 빌리의 등허리가 땀으로 흥건하다. 다임은 이런 일을 미리 계획한 걸까, 아니면 즉흥적으로 행동하는 걸까? 즉흥적인 행동일 것이다. 빌리는 그렇게 결론 내리며 자랑스러움에 가슴이 터질 듯 벅차오르는 것을 느낀다. 다임 하사를 따라서라면 마흔 개의 지옥에라도 갈 수 있다.

"우리 영화를 만드는 데 예산이 8,000만 달러쯤 들 거라고 들었습니다. 앨버트, 맞나요?"

"이상적으로는. 일류 전쟁영화를 만들려면 6,000만에서 8,000만 달러 정도 들지." 앨버트가 브라보의 두 대원 남쪽 어딘가에서 단조로운 목소리로 말한다.

"엄청난 돈이네요." 다임이 다시 놈에게 고개를 돌리며 말한다.

"그렇지." 놈이 수긍한다.

"그 돈은 어디서 나오나요?"

"아." 놈은 껄껄거리며 아들을 본다. "스킵, 내게 다시 한번 말해줘라. 그 돈이 어디서 나오지?"

"자본시장이죠." 스킵이 활기차게 말한다. 그리고 아주 약간 거들먹거리며 다음 쪽으로 고개를 돌린다. "은행, 보험회사, 헤지펀드, 연기금 등 투자처를 찾는 돈은 널렸죠. 경기만 받쳐준다면 우리 레전즈는 일련의 사모를 통해 3억, 아니 3억 5,000만 달러 규모의 자금을 마련할 수 있을 겁니다. 아, 십팔 개월 정도의 기간 내에요. 필요하다면 추가 자금 모집도 가능하고요. 프로젝트 단위로."

"GE 캐피털에서도 투자하게 해달라고 사정하고 있어요." 토드가 덧붙인다.

"맞아요. 그리고 개인 투자가도 있죠. 옆방에 있는 우리 친구들만 해도……" 스킵은 구단주실을 고갯짓으로 가리킨다. "아버지는 마음만 먹으면 경기가 끝나기도 전에 2,000만에서 3,000만 달러 정도 투자 약속을 받아낼 수 있을 겁니다."

놈이 참을성 있는 목소리로 다임에게 말한다. "우린 자본을 모으는 방법을 알고, 그 방면으로 경험도 아주 풍부해. 따라서 우린……" 그는 말을 끊고 미소짓는다. "선수라고 할 만하지."

"예, 잘 알아들었습니다. 말씀하시는 액수들이 대단하네요. 그런데 죄송하지만, 저희 브라보 대원들에게 각각 5,500달러씩 준다는 건 좀…… 적은 것 같습니다."

"앨버트, 계약이 어떤 식으로 이루어질지 이 젊은이들도 알죠?"

"제가 설명해줬습니다." 앨버트가 중립적인 어조로 신중하게 말한다.

놈이 브라보 대원들을 보며 말한다. "그럼 5,500은 선금이라는 걸 알겠군, 맞나? 물론 한 번에 목돈을 주고 자네들 이야기를 살 수도 있지만, 그러면 영화 제작은 더 어려워져. 이 사업에서 최대한 융통성을 확보하기 위해 우리가 자네들에게 요청하는 건 현물 출자 비슷한 거야. 자네들 이야기에 대한 권리를 이 프로젝트의 이권과 교환하고, 흥행할 경우 수익을 우리와 나누어 —"

"흥행에 실패할 수도 있죠." 다임이 말한다.

"물론 그럴 수도 있지. 모든 투자에는 리스크가 따르는 법이니까. 하지만 자네들 리스크가 나를 포함한 다른 투자가들의 리스크보다 크진 않을 거야."

"오글스비 씨, 죄송한 말씀입니다만, 저희는 군인입니다. 이미 충분한 리스크를 안고 살죠."

"그건 나도 잘 아네만, 지금 얘기중인 문제와는 별개 아닌가. 투자가들에게 이 프로젝트를 팔려면 확실한 일괄안을 제시해야 해. 담합 같은 걸 할 수는 없어."

놈이 의자를 돌려 경기장을 내다본다. 빌리는 그가 4쿼터 시작 전에 협상을 마무리짓고 싶어한다는 걸 눈치챈다. 하지만 너무 늦었다. 선수들이 필드로 들어오고 있다. 놈이 다시 브라보 대원들에게 의자를 돌리며 말한다. "이 프로젝트에는 돈을 뛰어넘는 훨씬 큰 의미가 있다는 걸 자네들도 알 거야. 우리 나라에는 이 영화가 필요해. 아주 절실히. 자네들 이 영화 제작에 걸림돌이 되고 싶지는 않겠지. 너무도 많은 것이 걸려 있는 영화인데. 물론 나 자신도 걸림돌이 되고 싶진 않고."

"압니다. 그리고 확실히 말씀드리는데, 혹시라도 끔찍한 일이 생기면 저희 브라보는 모든 걸 책임질 준비가 되어 있습니다."

놈이 임원들을 흘끗 본다. 그 얼굴의 어렴풋한 미소를 빌리는 놓치지 않는다. 그는 이 상황을 즐기고 있다. 이곳의 역학관계에는 거대한 불균형이 존재하고 그것이 코끼리처럼 방 전체에 똥을 싸질러대고 있지만, 빌리는 뭐라고 딱 집어 말할 수가 없다.

놈이 말한다. "하사, 바로 그게 우리의 제안이네. 듣자하니 자네들이 받은 유일한 제안이기도 하다더군. 그리고 이제 자네들은 이라크로 돌아가야 해. 떠나기 전에 뭔가를 얻어야 하지 않겠나? 자네들의 노고와 희생, 국가를 위해 바친 위대한 충성에 대한 대가 말이야. 기대엔 못 미칠지 모르지만, 아무것도 없는 것보다야 조금이라도 있는 게 낫지 않은가."

다임이 대답한다. "조금이라도 있으면 좋죠. 좋고말고요. 그런데……" 다임은 목이 메어 헐떡거리며 말을 끊는다. "다만, 모르겠습니다, 너무 슬프네요. 저희는 오글스비 씨가 저희를 좋아하는 줄 알았습니다."

"좋아해!" 놈이 의자에서 상체를 벌떡 일으키며 외친다. "자네들을 정말 좋아한다고! 얼마나 훌륭한 젊은이들이라고 생각하는데!"

다임이 두 손으로 심장을 감싸쥐고 빌리를 향해 과장스럽게 떠벌린다. "들었어? 우리를 정말 좋아한대! 우리를 너무 좋아해서 대놓고 엿을 먹이시겠대!"

앨버트가 얼른 일어나 밝고 격한 미소를 지으며 브라보 대원들을 의자에서 거칠게 몰아낸다. 그러면서 놈에게 '우리 애들'과 이야기나눌 만한 곳이 있느냐고 묻는다. 오글스비팀은 모든 것에 대체로 침착하게 대응하지만, 다임 때문에 기분이 상한 건 분명하다. 그는 실례를 범했다. 무뚝뚝하기 짝이 없는 존스 씨가 그들을 이끌고 복도를 걸어가 창문도 없는 작은 방으로 안내한다. 욕조 없는 화장실이 딸린 그 방은 마사지실 겸 감압실처럼 생겼다. 빌리라면 '프랑스식'이라고 부를 베개가 잔뜩 있는 낮잠용 침대, 가죽과 강철로 된 의자 두 개, 마사지 테이블이 놓여 있고, 폭신한 페르시아 양탄자가 깔려 있다. 어디나 있는 TV가 여기도 구석 높은 곳에 한 대 설치되어 있는데, 오늘 본 여느 것들과는 달리 꺼져 있다. 존스 씨는 화장실로 고개를 들이밀고 쓱 살펴본 뒤 마사지 테이블을 한 바퀴 빙 돈다. 무슨 보안검색이라도 하는 듯하다.

"이봐요, 존스 씨, 여기 도청장치 있어요? 있어도 괜찮아요. 그냥 묻는 거예요." 다임이 말한다. 존스 씨가 말없이 나가자, 그는 빌리와 앨버트를 보며 묻는다. "여기 도청장치가 있을까요? 분명 있겠죠. 젠장, 분명 비디오로 찍고 있을 거예요. 분명 이 방에서 놈이 낮에 일하는 창녀들과—"

"데이비드, 진정해."

"—끙 끄응, 이 동작 좀 봐." 다임은 침대를 더듬어보고 엉덩이로 탄력을 시험한다. "여기서 비싼 엉덩이로 즐겨도 되겠어. 내가 장담하는데, 놈이 여기서 비디오 찍으려고—"

"진정 좀 해, 데이브, 제발—"

"원래 갑부들이 가장 변태—"

"데이브, 제발 좀 닥칠 수 없어? 그 입 좀 닥칠 수 없느냐고. 제발 부탁이야. 그럴 수 있지? 응? 고마워!"

다임은 침대 가장자리에 앉아 새침하게 다리를 꼬고 빌리를 건너다보며 웃는다. 앨버트도 빌리를 보며 눈을 굴린다. 빌리는 사정거리에서 되도록 멀리 떨어져 있으려고 화장실 문가의 가죽의자를 차지한다.

"당신도 그 사람의 팀이죠?" 다임이 으르렁거린다.

앨버트는 앞발을 들고 선 회색 곰처럼 보인다. "젠장, 그래, 영화를 만드는 데 필요하다면."

"그 사람은 개자식이에요."

"그게 무슨 대수야? 이건 비즈니스야. 전화기를 들 때마다 개자식과 상대하게 된다고. 그러니 멍청이처럼 굴지 말고 게임에 집중해."

"오 이런, 앨버트, 미안해요. 당신이 새로 시작한 동업을 우리가 망치고 있는 거라면 정말 미안해요."

"데이비드, 한번 대답해봐. 자넨 스스로 선수라고 생각하나? 선수가 되고 싶다면 말조심하는 법부터 배우는 게 좋을 거야. 자네가 아까 저기서 한 말은—이봐, 그렇게 감정적으로 나가선 안 돼. 거래를 원한다면 말이야. 징징거리고 투정하고 말싸움하고 뭐든 다 좋은데, 열받는다고 판을 엎어버리면 안 된다고."

"본인은 막말 안 하는 것처럼 말씀하시네요."

"난 다르지. 어디서 멈춰야 할지 아니까. 영화판에는 욕먹는 걸 좋아하는 사람도 있고. 하지만 자넨 너무 지나쳤어. 놈은 자네한테 그런 모욕을 당할 이유가 없어."

"놈은 내 어여쁜 분홍빛 엉덩이에 난 여드름을 죄다 핥을 수도 있어요."

"오, 멋지군. 대단해. 자네가 내 말을 얼마나 잘 듣는지 알겠어. 차라리 빌리가 브라보 분대 대표로 가는 게 낫겠는데. 데이비드, 자넨 여기 남아 있는 게 어때. 여기 남아서 뇌나 키우라고. 빌리와 내가 브라보 분대를 대표해서 협상할 테니까."

"전 안 갑니다." 빌리가 말하지만 아무도 듣지 않는다. 다임이 손을 든다.

"좋아요, 좋아, 알았어요, 휴전. 알았다고요." 그는 심호흡을 한다. "앨버트, 이거 하나만 말해줘요. 놈이 우리를 엿먹이는 거예요? 정말로 꼭 이렇게까지 우리를 밟아야 하는 거냐고요. 아니면 그냥 밟을 수 있으니까 밟는 겁니까?"

앨버트는 마사지 테이블에 기대어 입술을 빨면서 생각에 잠긴다. "아마 둘 다겠지. 훨씬 더 잘 대우해줄 수도 있었어. 5,500은 너무 약소하지. 하지만 자네들은 지분을 갖게 되잖아."

"그 사람은 지분 문제에서도 우리를 등쳐먹으려고 할걸요. 낌새가 그래요. 시작부터 이런 식이면 나중에도 뻔하죠. 그 사람한테는 그게 원칙이니까."

"절대 호락호락한 상대가 아니라는 건 나도 인정해. 놈과 싸우려면 사타구니 보호대를 꼭 차는 게 좋아. 하지만 핵심이 뭔지 알아? 그도 우리만큼이나 이 거래가 성사되길 절실하게 원한다는 거야. 그러니까 그를 협상 테이블에 최대한 오래 붙잡아둬야 해. 지치면 그도 생각을 바꿀 거야."

"시간을 끌면 그 사람이 유리해져요. 아까 뭐라고 하는지 들었잖아요. 그 사람은 우리 약점을 알아요. 우린 시간이 없다고요."

"어차피 난 자네들이 떠나는 날짜를 이론상의 기한으로만 생각해왔어. 서명은 팩스로 주고받으면 돼. 이메일로도 가능하고."

"우리가 죽지 않는다면요."

앨버트는 가슴 앞에 팔짱을 끼고 침울하게 신발을 내려다본다. 덩치 큰 앨버트가 비 내리는 어느 들판에 서서 고개를 떨구고 어깨를 웅크린 채 두 손을 주머니에 찌르고 우는 충격적인 장면이 빌리의 뇌리를 스친다. 앨버트가 정말로 눈물을 흘릴 거란 생각은 한 번도 해본 적이 없었다.

"이건 어때요? 그의 머리에 총을 겨누는 거." 다임이 제안한다.

"오, 데이비드, 그런 얘긴 하지도 마."

"좋잖아요, 벼랑 끝의 참전용사들! 참는 데도 한계가 있는 법이에요." 다임이 말한다.

"농담하는 겁니다." 빌리가 확실히 하기 위해 다임을 지켜보며 앨버트에게 말한다.

다임이 으르렁거린다. "다들 군대 지지, 군대 지지, 군대 지지 하면서 우리의 군이 존나 **자랑스럽다**고 외치지만, 돈 문제가 걸리면? 군인을 위해 자기 주머니에서 돈을 꺼내야 한다면? 그러면 갑자기 다들 인색해져. 말이야 쉽지. 하지만 다 개소리야. 말은 쉽지만 돈에는 당할 자가 없다. 이게 우리 나라야. 난 그게 걱정스러워. 우리 모두가 그걸 걱정해야 한다고."

앨버트는 이 마지막 말을 얼마나 진지하게 받아들여야 할지 몰라

눈을 깜빡거린다. "데이브, 내가 자네에게 할 수 있는 말은, 우리가 이 거래를 성사시키는 방법은 놈과 계속 대화하는 것뿐이라는 거야. 그가 조건을 제시했으니 그게 마음에 안 들면 우리 조건을 내세운 다음 반응을 지켜보는 거야. 그렇게 해야 하는 거라고. 그러니까 감정은 배제하고 거래에만 집중해. 알겠어? 그것만이 자네가 부하들에게 조금이라도 돈을 챙겨줄 수 있는 유일한 방법이야."

"대원들에게 전화해야겠어요." 다임이 휴대전화를 꺼내며 말한다.

"전화해. 난 오줌 좀 눌게."

앨버트가 화장실로 들어가자마자 빌리는 다른 의자로 옮겨 앉는다. 앨버트가 오줌 누는 소리를 듣고 싶지 않아서다. 다임이 데이에게 전화한다. 얼마쯤 지나자 수화기 건너편 데이의 목소리가 이쪽 다임의 목소리만큼 똑똑히 들려온다. 씨발 뭐야? 집어치워. 좆까라고 해. 씨발 좆까라고 해. 다임이 나머지 대원들에게 의견을 물어보라고 한다. 그들의 목소리가 도살장 암소의 절규처럼 터져나온다. 빌리는 휴대전화를 꺼내서 켠다. 캐스린과 모르는 번호로 전화가 여러 통 와 있다. 누나는 문자도 보냈다.

텍사스 스타디움으로 차 보낸다
그에게 전화해서 만나
일단 차에 타.

다임이 전화를 끊으며 말한다. "다들 싫대."

408

"들었습니다."

다임은 휴대전화를 주머니에 넣는다. "빌리, 네 생각을 말해봐. 어떻게 하는 게 좋겠어?"

빌리는 눈을 감고 오늘 일어난 일들을 하나하나 정리해보려고 애쓴다. 생각에 집중한 고요의 바다에 변기 물 내리는 소리가 흘러든다.

"그가 잘못했습니다."

"누가?"

빌리는 눈을 뜬다. "놈요. 아까 그가 한 말 기억나십니까? 이랬잖습니까. 너희는 내 제안을 받아들여야 한다. 다른 기회가 없으니까. 아무것도 없는 것보다야 조금이라도 있는 게 나으니까. 하지만 전 그렇게 생각 안 합니다. 아무것도 없는 게 조금 있는 것보다 나을 때도 있습니다. 그러니까 제 말은, 그에게 똥개 취급을 당하느니 차라리 아무것도 못 얻는 게 낫다는 겁니다. 게다가"―빌리는 주위를 둘러보며 목소리를 낮춘다. 실제로 그 방에 도청장치가 있는 것처럼―"전 그 개자식이 싫습니다."

무슨 이유인지 다임과 빌리는 그 말이 무척이나 우습다. 화장실에서 나온 앨버트는 비비원숭이들처럼 키들거리는 두 브라보 대원을 본다.

다임이 앨버트에게 말한다. "미안하지만 5,500은 안 되겠어요. 브라보 대원 모두가 같은 생각이고요."

앨버트는 포커페이스가 된다. "좋아, 그럼 얼마면 되지?"

"계약금으로 10만요. 그럼 더이상 놈을 성가시게 하지 않을게요. 그 멋진 지분은 안 줘도 돼요."

"내 생각엔 자네들이 조금만 굽혀야 해. 만일 우리가—잠깐만." 그의 휴대전화가 울린다. "호랑이도 제 말 하면 온다더니. 잠깐만…… 예, 놈."

빌리는 의자에, 다임은 침대에 앉아서 듣는다.

"농담이죠?"

"그럴 리가."

"그런 것까지 할 수 있나요? 무슨 근거로……" 앨버트는 웃지만 기분좋은 표정이 아니다. "국가적인 뭐요? 정말요? 난 그런 일은 들어본 적도…… 맙소사, 놈, 그래도 우리에게 기회는 줘야죠. 최소한 우리 의견을 들어보긴 해야요."

"오 분요?" 앨버트가 브라보 대원들에게 고개를 돌리고 묻는다. "자네들 루스벤 장군 알아?" 하지만 그들이 미처 대꾸할 새도 없이 전화기에 대고 말한다.

"놈, 그렇게까지 할 필요는 없는 거 아닙니까. 만일 단순히……"

"단순히 돈 문제가 아니라는 건 물론 나도 압니다. 내 말이 그 말이에요. 우리 브라보 대원들도 그렇고요. 그들은 목숨걸고 싸우는……"

"좋아요. 나도 그렇게 생각해요. 곧 알게 되겠죠."

앨버트는 통화를 마치고 휴대전화를 재킷 옆주머니에 넣는다. 그러고는 브라보 대원들에게 돌아서서, 뚜껑이 닫히기 전 관에 누운 그들을 마지막으로 내려다보는 듯한 시선을 던진다.

"뭔데요." 다임이 묻는다.

앨버트는 눈을 가늘게 뜬다. 다임이 입을 열어 말하는 걸 보고 놀라기라도 한 듯하다. "정말 믿기 어려운데, 그쪽에서 자네들의 지휘 계통을 끌어들였어. 놈의 절친들이 국방부 차관보 같은 사람을 잘 알겠지. 놈이 그 사람한테 포트후드의 자네들 상관에게 전화 좀 넣어달라고 부탁한 모양이야. 놈이 루스벤 장군과 통화했다는데? 그리고 장군이 이 분 내로 이리로 전화해 자네들과 통화하겠대." 앨버트는 고개를 저으며 떨리는 목소리로 말을 잇는다. "자네들이 거래를 받아들이도록 만들 작정인 모양이야." 그가 브라보 대원들을 보며 묻는다. "그럴 수 있는 건가?"

군은 원하는 게 무엇이든 하고 만다는 사실을 브라보 대원들은 잘 안다. 자신들이 권리를 주장해본들, 이른바 '부차적'이라는 딱지가 붙은 잡다한 사안으로 분류되어 때가 늦어버린 뒤에야 처리될 것이다. 존스 씨가 와서 그들을 다시 벙커로 안내하고, 브라보 대원들은 그곳에서 정중한, 거의 따뜻하기까지 한 환영을 받는다. 사람들이 음료를 권하고 아까 그 자리로 안내한다. 토드가 점수판을 가리키며 말한다. 베어스가 17대 7로 앞서고 있다. "엉망이야. 인터셉션에 펌블에, 이 분 만에 10점이나 뺏겼어요."

욕 폭탄 임원이 코웃음 친다. "이따가 경기 끝나고 수색대를 파견해야겠어. 비니 엉덩이 찾는 거 도와주라고."

씁쓸한 웃음이 터진다.

"조지는 도대체 왜 브랜트를 계속 슬롯*에 두는 거야? 브랜트가

---

* 공격진의 리시버와 태클 사이.

블로킹을 할 거라고 생각하나?"

"스프링 캠프 때부터 블로킹하는 꼴을 못 봤는데."

"2001년이었지."

조롱이 빗발친다. 놈이 헤드셋을 옆에 놓고 브라보 대원들을 향해 몸을 돌린다. "우리 날이 아니야." 그가 지친 미소를 지으며 말한다.

"그렇군요." 다임이 딱딱하게 대꾸한다.

"난 지는 게 싫어. 아주 질색이지. 아내는 내가 이기는 것에 중독돼 있대. 그 말이 맞을 거야. 아내는 지난 삼십팔 년간 나를 진정시키느라 애써왔지. 하지만 난 진정이 안 돼. 불같은 성격이라. 지느니 차라리 새끼손가락을 잘리는 게 낫다니까."

짐이 말한다. "이미 6월부터 이번 시즌은 힘들 거라고 예상했습니다. 에밋이 떠나고 무스와 제이가 그 큰 공백을 메워야 했으니까. 그런 식으로 핵심 선수를 잃으면……" 그는 아무도 듣고 있지 않다는 걸 깨닫고 말꼬리를 흐린다.

"자네들 지금 나한테 화가 나 있겠지." 놈이 말한다. 다임과 빌리는 침묵으로 응수한다. 놈은 그들을 한참 바라보다가 고개를 끄덕인다. 그들의 침묵에 마음이 움직인 듯하다.

"그럴 만도 하지. 내가 좀 가혹하다는 거 알아. 하지만 이 일은 반드시 성사시켜야 한다는 걸 본능적으로 알 수 있어. 이 영화는 꼭 만들어져야 해. 지금. 우리가 이야기한 그 모든 이유 때문에. 내 생각대로만 돼준다면 자네들도 크게 성공할 수 있어. 얼마 지나지 않아 나한테 고마워하게 될―"

방안 어딘가에서 전화벨이 울린다. 존스 씨가 받아서 짧게 통화한 뒤 놈에게 전화기를 가져다준다. 장군이다. 다임은 먼 곳을 바라보듯 앞을 똑바로 응시하고 있다. 빌리는 그가 깊은 숨을 침착하게 들이쉬었다가 잠시 참은 다음 정교하게 조절해 코로 내뿜는 소리를 듣는다. 한편 놈은 장군과 거물끼리의 농담을 주고받고, 시간내줘서 고맙다는 인사를 챙기고, 즐거운 추수감사절이 되길 바란다고 빌어주고, 언제 한번 경기를 보러 오라고 초대한다. 그럼요, 하하, 오시면 꼭 승리를 안겨드리도록 최선을 다하겠습니다. 장군이 방에 들어오기라도 한 듯 다임이 자리에서 일어선다. 이상한 움직임을 포착한 놈이 시선을 든다. 다임이 극단적인 행동을 할까봐 빌리도 덜컥 겁이 난다. 하지만 다임은 놈이 전화기를 내밀 때까지 군인다운 절도를 보이며 서 있을 뿐이다.

"다임 하사." 놈의 미소는 단순한 예의를 두어 단계쯤 넘어선 것이다. 득의만면하다. 누군가는 그렇게 말할 것이다. 또한 당당하고 너그럽다. "루스벤 장군이 자네와 통화하고 싶다는군."

다임은 전화기를 받아들고 어두운 방 뒤쪽으로 간다. 조시가 옆걸음질로 자리를 내준다. 잠시 후 빌리도 자리에서 일어나 그쪽으로 간다. 다임 곁에 있기 위해서일 뿐 다른 이유는 없다. 조시 옆에 자리를 잡으니 그에게서 맹렬한 동정의 시선이 쏟아진다. 방안에 있는 모두가 귀를 기울일 수밖에 없다.

"예, 장군님." 다임이 활기차게 말한다.

"예, 장군님."

"아닙니다."

"알겠습니다."

다임은 일 분 정도 아무 말이 없다. 그사이 베어스가 다시 득점한다. 스킵과 토드가 펜을 내던지지만, 장군에 대한 경의의 표시로 아무도 입을 열지 않는다.

"예, 장군님." 다임이 이내 말한다. "전 몰랐습니다."

"예, 장군님."

"그런 것 같습니다, 예, 장군님."

"감사합니다. 그렇게 하겠습니다, 장군님. 이상입니다."

다임은 빙글 돌아 팔로 높고 완만한 호를 그리며 존스 씨에게 전화기를 건넨다. "가자, 빌리." 다임은 그 말만 하고 방을 나가 씩씩하게 복도를 활보한다. 빌리는 뛰다시피 해서 그를 따라잡는다.

"하사님, 어디로 가는 겁니까?"

"우리 좌석으로."

"무슨 일입니까? 제 말은, 우리가……"

"괜찮아, 빌리. 아무 문제 없어."

"그렇습니까?"

다임은 고개를 끄덕인다.

"장군님께서 우리에게……"

"꼭 그렇게 말한 건 아니야." 몇 걸음 걷는 동안 다임은 침묵을 지킨다. "빌리, 루스벤 장군이 오하이오 영스타운 출신인 거 알고 있었냐?"

"아, 아뇨."

"나도 몰랐다. 방금 전에 알았어." 다임은 잠시 생각에 잠긴 듯하다. "펜실베이니아 주와 붙어 있지."

다임 하사가 미쳤을지도 모른다는 생각이 들기 시작한다. "피츠 버그 근처." 다임이 말을 잇는다. "장군은 스틸러스의 광팬이야. 빌리, 스틸러스, 응? 그 자체만으로도 카우보이스를 존나 싫어한다 는 뜻이지."

"저기요!" 뒤에서 누가 부르는 소리에 그들은 돌아본다. 조시가 빠른 걸음으로 쫓아오고 있다. "어디 가요?"

"우리 좌석요." 빌리가 대답한다.

조시는 잠시 속도를 늦추고 어깨 너머로 뒤돌아다보더니 다시 빠르게 걷는다. "기다려요. 같이 가요." 그는 한쪽 옆구리에 마닐 라 봉투를 한 묶음 끼고 있다. 그가 반대쪽 손을 코트 주머니에 넣 는다. 그리고 주머니에서 흰 물건을 꺼낸다.

그가 작은 플라스틱병을 내밀며 말한다. "빌리, 애드빌 가져왔 어요."

자랑스러운 작별

영화는 뭐하러 만드나? 어차피 원작이 떠돌아다녀서 누구나 볼수 있는 마당에 수고스럽고 부질없어 보인다. 인터넷에 '알안사카르 운하'나 '브라보 스너프*' '미국의 벌떡거리는 정의의 페니스' 또는 그 비슷한 검색어 이십여 가지 중 하나를 치면 폭스 뉴스 영상이 뜬다. 현장감 넘치는 흔들리는 시선에 포착된 삼 분 사십삼 초짜리 고강도 전투. 용감한 카메라 기자의 거친 숨소리와 욕설을 가린 삐 소리가 전투의 배경음으로 깔린다. 영상은 너무 생생해서 가짜 같다. 너무 현란하고 지나치게 흥분으로 가득차 있으며 영화적이다. 키치의 레퍼런스 범위를 도전적으로 혹은 수세적으로 넘나들면서 갖고 노는 B급 영화. 스토리 라인을 만들어 놓고, 캐릭터도 발전시키고, 멋진 조명과 다양한 카메라 각도를 더하고, 감성을

---

* 살인이나 강간을 실연한 영화.

자극할 사운드트랙까지 깔아서 한층 세련된 작품을 만든다면 더 나을까? 가짜보다 더 진짜처럼 보이는 건 없다지만, 그 영상을 본 후로 빌리는 도무지 자신이 참가한 전투 같지 않다는 사실에 당혹스러워하고 있다. 그러니까 진짜는 어떻게 봐도 가짜 같은 것이다. 너무 진짜처럼 보이는 진짜는 오히려 가짜 같고, 진짜처럼 보이지 않는 진짜는 고로 가짜라서 그걸 진짜로 만들기 위해 할리우드의 기술과 속임수가 필요한지도 모른다.

하지만 한편으로는 모두 그 폭스 영상이 정말 영화 같다고들 한다. 〈람보〉나 〈인디펜던스 데이〉 같다고. 6열에 같이 앉게 된, 남편과 다른 젊은 부부와 함께 온 활발하고 수다스러운 이십대 금발 여자는 이렇게 말한다. "구일릴을 다시 보는 기분이었어요. 그 뉴스를 보는데, 유선방송에서 틀어주는 영화를 보는 것처럼 기분이 이상하더라고요."

"진짜 멋졌어요. 우리가 당한 걸 드디어 되갚아주는 장면을 보니 기분이 끝내줬어요." 그녀의 남편이 말한다. 건장하고 잘생긴 남자로, 파타고니아 파카와 유산으로 물려줄 만한 카우보이 부츠 차림이다.

다른 젊은 남편과 아내도 같은 의견을 보인다. 위쪽 뒷좌석에 있다가 가비지 타임*에 비싼 좌석을 체험해보겠다고 이동한 이 두 쌍의 젊은 부부는 빌리보다 나이가 아주 많지는 않다. 그들을 보니 고등학교를 같이 다녔던 특정 무리가 떠오른다. 대학 진학으로 진

---

* 경기 후반, 승부가 이미 결정된 이후의 시간.

로가 확고히 정해진 소도시 컨트리클럽 엘리트 가문의 아들딸들. 이제 이십대 중반이 된 그들은 착실히 졸업해서 결혼까지 하고 예정대로 순조롭게 어른의 삶을 시작한 참이다. 그들은 텍사스 출신의 브라보 대원을 무척 만나고 싶어했지만, 막상 빌리를 보자 잠시 어쩔 줄 모른다. "정말 어리네요!" 두 여자 중 하나가 어색한 분위기를 깨며 외친다. 그들은 자기소개를 한 뒤 빌리에게 고마움을 전한다. 두 아내는 숨이 새는 소리로 말하며 다정하게 굴고, 남편들은 남학생 사교클럽 환영인사라도 하듯 열렬한 악수로 빌리의 팔을 아프게 한다.

그들이 말한다. "대단해요." "놀라워요." "만나서 영광이에요." 그들의 말은 부드러운 얼음 조각들처럼 빌리의 뇌에서 출렁인다.

용기

명예

희생

용맹

자랑스럽고

그리고

즐거운 시간 보내요!

빌리는 통로좌석으로 돌아간다. 진눈깨비가 고운 비료 알갱이처럼 퍼붓는다. "안 됐어?" 맹고가 묻는다. 빌리는 고개를 끄덕인다.

"얘기가 어떻게 된 거야?"

로디스와 어보트도 궁금해서 몸을 기울인다.

"놈은 쪼잔한 새끼야. 그러니 어쩌겠어."

"아까 데이가 그 얘기 할 때 장난치는 줄 알았어. 5,500—"

"—존나 춥네. 돈이 많아 주체를 못하면서 우리한테 줄 수 있는 건 그게 다야? 재산이 수백만 달러는 될 텐데." 어보트가 끼어든다.

"그래서 부자가 됐는지도 모르지. 돈을 함부로 안 써서." 맹고가 지적한다.

"나도 함부로 안 써. 돈 있으면." 로디스가 말한다. 그의 터진 입술이 크고 무른 코딱지처럼, 아니면 배의 상처에서 삐져나온 내장 끄트머리처럼 가늘게 떨린다. 조시가 줄을 따라 지나가면서 대원들 이름을 호명하고 마닐라 봉투를 나눠준다. 봉투 안에는 댈러스 카우보이스 기념품이 들어 있다. 머리띠, 손목보호대, 병따개 겸용 열쇠고리, 스티커 세트, 치어리더들이 모델로 나오는 내년 달력, 브라보 대원들이 놈과 악수하는, 위대한 인물 놈의 자필 사인이 있는 가로 20센티미터 세로 25센티미터 크기의 사진 한 장, 기자회견 후 대원들이 각자에게 배정된 세 명의 치어리더와 찍은, 역시 치어리더들의 자필 사인이 있는 같은 크기의 사진 여러 장. 브라보 대원들은 봉투 안을 살펴보고 어깨를 으쓱한다. 노골적인 조롱은 그들의 격에 맞지 않는다. 빌리의 휴대전화가 진동한다. 페이슨에게서 문자가 온 것이다.

경기 끝나고 만날래요?

네, 어디 있을 거예요? 빌리는 답장을 보낸다. 사랑이 녹아내리는 체더치즈처럼 심장을 감싼다. 휴대전화를 손에 든 채 기다리는 동안, 머릿속에서는 목장 판타지가 펼쳐진다. 어쩌면 가능한 일인지도 모른다. 페이슨은 그에게 반했다. 오르가슴까지 느꼈다. 페이슨과 함께 목장에 사는 건 최근 일어난 일들에 비하면 대단히 극단적일 것도 없다. 빌리는 통화 목록에서 모르는 번호를 찾아본다. 그걸 보면 어떤 느낌이 들지 확인하고 싶다. 하지만 번호를 찾기 전에 전화가 걸려온다. 그는 전화를 받는다.

"빌리."

"예, 앨버트."

"자네들 어디 있는 거야?"

"자리로 돌아왔습니다."

"다임도 거기 있어?"

"예, 여기 있습니다."

"전화를 안 받아서. 내 전화 좀 받으라고 해."

빌리는 저쪽에 앉은 다임에게 앨버트가 통화하고 싶어한다고 외친다. 다임은 고개를 흔든다.

"지금은 안 받겠답니다." 잠시 침묵이 흐른다. "그럼 장군님께서……"

"잘됐어, 빌리. 장군이 자네들한테 아무것도 강요하지 않겠대."

"놈은 뭐라고 합니까?"

앨버트는 주저한다. "글쎄, 그가 받아들이긴 힘든 일이지. 본인 말마따나 이기는 데 중독됐으니." 앨버트는 아주 조그맣게 비난을 실어 웃는다. "괜찮아. 그는 겸손을 좀 배워야 할 부류 중 하나니까."

"놈이 열받았군요." 빌리가 결론짓는다.

"조금."

"앨버트는요?"

"나? 아니. 빌리, 난 아니라고 솔직하게 말할 수 있어. 화가 나기엔 자네들을 너무 좋아하니까."

"아. 예. 고맙습니다."

앨버트가 껄껄 웃는다. "아, 뭐. 고맙긴."

"그래서 어떻게 됐습니까?"

"흠, 난 지금 구단주실에 있고, 놈은 은신처로 돌아갔어. 아마 때가 되면 새로운 제안을 들고 나올 거야. 두고봐야지."

"좋습니다. 저, 앨버트, 뭐 좀 물어봐도 될까요?"

"물론이지, 빌리."

"베트남전쟁을 피했을 때, 그러니까, 징병 유예받고 그랬을 때, 심정이 어땠습니까?"

앨버트는 용수철 덫을 피하는 코요테처럼 조그맣게 깽깽거린다. "어떤 심정이었느냐고?"

"그러니까 제 말은, 힘들었냐고요. 옳은 일을 하고 있다는 기분이었습니까? 지금은 어떻게 느끼는지, 그게 알고 싶습니다."

"글쎄, 빌리, 난 그때 생각은 별로 안 해. 대단히 자랑스러운 일이라곤 할 수 없지만, 그렇다고 부끄럽지도 않아. 아주 엿같은 시절이었지. 많은 젊은이가 어떻게 행동할지 몰라 고뇌하던."

"지금보다 그때가 더 엿같았다고 생각해요?"

"음. 글쎄. 좋은 질문이야." 앨버트는 생각에 잠긴다. "지난 사십 년 동안 엿같지 않은 때가 없었다고 해도 틀린 말은 아니지. 그런데 그걸 왜 묻지?"

"모르겠습니다. 그냥, 사람들이 어떤 행동을 할 때 왜 그러는지 궁금해서요."

"빌리, 자네는 철학자야."

"철학자는 무슨, 그냥 군바리입니다."

앨버트가 웃는다. "둘 다면 어떤가. 좋아, 빌리, 걱정하지 마. 다임한테 전화 좀 하라고 전해주고."

빌리는 그러겠다고 대답하고 전화를 끊는다. 그는 물 없이 애드빌 두 알을 더 삼킨다. 처음 먹은 세 알은 그의 두통을 감싼 장갑 판을 제대로 찌그러뜨리지도 못했다. 맹고도 좀 달라고 해서 빌리는 옆으로 약병을 전달하고, 약병은 다시 돌아오지 않는다. 출구를 향해 계단을 올라가는 관중의 줄이 끊이지 않고, 한편으로는 그보다 수가 적긴 하지만 경기가 끝나기 전 비싼 좌석에 한번 앉아보려고 내려오는 사람들도 계속 이어진다. 대여섯 명이 6열로 들어오는데 아까 온 두 부부의 친구들인 모양이다. 왁자지껄하게 웃고 떠들고 놀려대던 그들은 자리에 오자마자 와일드 터키 위스키병을 꺼낸다. "어이! 거기 몇 바늘 꿰매요!" 그들 중 하나가 로디스에게 까마귀가 깍깍거리듯 소리친다. 그들은 말쑥한 주류 백인의 용모라, 빌리가 짐작하건대 상사와 고객의 호감을 살 테고, 금융업이나 상업, 법조계처럼 돈이 모이는 직업에 맞을 것이다. 크랙 앞좌석의 남자는 완전히 뒤돌아 앉는다.

"어이, 눈이 왜 그래요?"

그 질문에 크랙이 대꾸한다. "늘 이래요. 어이, 그쪽 얼굴은 왜 그런데요?"

그의 친구들까지 왁자하게 웃어댄다. 젊은 남편들 중 하나가 말한다. "야, 브라보 대원들이야. 건드리지 마."

그러자 크랙의 새 친구가 외친다. "누구? 뭐라고? 아 그래 그래 그래 들어봤다. 그래, 젠장, 유명한 분들이지. 어이, 그건 그렇고, '묻지도 말하지도 마라' 정책*에 대해 어떻게 생각해요?"

---

* 미군의 동성애자 복무 금지 제도.

"그만해, 트래비스! 너 지금 멍청이 같아." 젊은 아내들 중 하나가 나무란다.

"멍청이 같은 게 아니라, 정말 알고 싶어서 그래! 이 친구는 군인이야. 난 그냥 이 친구가 군대 안 게이들을 어떻게 생각하는지 궁금하다고."

"군대 밖의 게이들보다 낫다고 생각해요. 적어도 입대할 배짱은 있었으니까." 크랙이 말한다.

소란스러운 무리가 또다시 왁자하게 웃어댄다. 트래비스가 웃으며 말한다. "무슨 뜻인지 이해해요. 이해해. 나라를 지키는 건 아주 멋진 일이지. 하지만 난 말이에요, 기분 더러울 것 같아요. 밤에 참호에 있는데 동성애자가 접근하면 어떡해요? 군인들이 참호에서 서로 빨아주는 거, 난 옳지 않은 것 같아요. 우리가 거기서 이라크 놈들한테 당하고만 있는 게 그것과도 무관하지 않을 것 같은데요, 아닌가?"

"그럼 입대해서 직접 확인하지그래요. 나랑 같이 참호에 들어가서 무슨 일이 벌어지는지 보자고요." 크랙이 말한다.

트래비스는 미소짓는다. "그쪽도 그거 좋아해요?"

그 얼간이에게 한 방 먹여서 끝내줬으면 하는 빌리의 바람과 달리, 크랙은 그냥 노려보고만 있다. 이번 추수감사절에 난투극은 한 번으로 충분한지도 모른다. 빌리는 휴대전화를 확인한다. 페이슨에게서는 답장이 없다. 아직. 그는 다시 목장 판타지에 빠져든다. 이번에는 페이슨과 하루에 열 번씩 섹스를 하면서 바이퍼 기지로 돌아간 브라보 분대 생각도 한다. 기지 밖으로 나갈 때마다 공격당할 그들을. 그는 그것도 판타지에 포함시켜 브라보 대원들을 그리워하고 그들이 살아 숨쉬고 있을 때조차 애도한다. 그들은 그의 친구이고 형제다. 브라보 대원들은 서로를 위해 목숨도 바칠 수 있다. 그들은 평생의 가장 진실한 친구이며, 그는 그곳에서 그들과 함께하지 못하는 죄책감과 슬픔으로 숨을 거두게 될 것이다.

전쟁도 엿같지만 그의 판타지도 마찬가지다. 그는 페이슨에게 다시 문자를 보낸다. 경기 끝나고 만나서 작별인사 하고 싶어요. 바로 답장이 온다. 그래요! 하지만 그가 언제, 어디서 만날지 문자 답이 없다. 다임이 다가와 그의 좌석 옆 통로에 무릎을 꿇고 앉는다.

"앨버트가 뭐래?"

"우리한테 화 안 났답니다."

"아니, 빌리, 루스벤 장군에 대해 뭐라고 말했느냐고."

"아. 잘됐답니다. 아까 하사님이 예상한 그대로였답니다."

다임은 미소짓는다. "장군님께 꽃이라도 보내야겠군!"

"앨버트 말로는 놈이 더 나은 조건을 제시할 거라고—"

"집어치워. 우린 그 작자랑 거래 안 해. 돈을 아무리 많이 준대도. 100만 달러를 준대도."

빌리와 맹고는 서로 눈길을 교환한다. "100만 달러라면—" 맹고가 입을 열지만 다임은 싹둑 자른다.

"이렇게 생각해봐. 우리가 거래를 해서 놈이 대단한 브라보 영화를 만들고, 그래서 다시 전쟁에 열광하도록 국민들을 충동질한다고 쳐. 그러면 어떻게 되지? 우리가 죽거나 배낭 하나 못 짊어질 정도로 늙어빠질 때까지 전역을 안 시켜줄걸. 집어치워. 난 그런 거래 필요 없어."

다임은 돌아서서 통로를 달려간다. 베어스가 31대 7로 앞서서 카우보이스는 공식적으로 완패를 기록하게 되었다. 6열의 소란꾼 중 하나가 술병을 떨어뜨려 유리가 박살나는 소리에 그의 친구들이 히스테리를 일으킨다. "병신들." 맹고가 웅얼거린다. 빌리도 같은 의견이다. 그들은 너무 취했고 너무 시끄럽고 너무 자기만족에 빠져 있다. 그들도 놈처럼 겸손을 좀 배워야 하는 부류일까?

빌리의 휴대전화가 문자 도착을 알린다. 그는 누가 보낸 문자인지 확인한다.

"페이슨이야?" 맹고가 희망에 차서 묻는다.

"누나." 빌리는 맹고가 딴 데로 고개를 돌릴 때까지 기다렸다가 문자를 열어본다.

그에게 전화해.
그들은 준비가 돼 있어.
널 기다리고 있어.

오, 주님. 오, 슈룹. 슈룹이라면 어떻게 할까? 만일 슈룹이 나라면 어떻게 할까, 이게 더 좋은 질문이다. 가장 내밀하고 절박한 영혼의 문제들과 자기인식, 삶의 궁극적 목적에 관심을 돌리게 되니까. 투 미닛 워닝 신호*가 울린다. 좋다. 이곳 지구에서 자신이 뭘

---

* 풋볼에서 전후반 종료 이 분 전을 알리는 신호.

하고 있는지 알아낼 시간이 백이십 초가량 남았다는 뜻이다. 오, 슈룸, 슈룸, 전쟁터에서 자신의 죽음을 예언한 비운의 위대한 슈룸. 승전여행의 끝을 앞둔 지금 그는 어떤 조언을 들려줄까? 상황을 제대로 이해하기 위해, 뒤죽박죽인 머릿속 혼란을 가라앉히기 위해 빌리는 슈룸이 필요하다. 하지만 지금 전광판에는 미국의 영웅들 영상이 나오고, 6열 소란꾼들은 악을 써대며 손뼉을 치고 발을 구른다. 젊은 부부들이 친구들을 조용히 시키려고 애쓰지만 역부족이다.

"브라아아보오오!"

"어이 거기 예!"

"우우우우 후우우우!"

"개인의 군대!"*

트래비스가 몸을 뒤로 돌려 히죽거리며 크랙에게 말한다. "봤죠? 여기 있는 사람들 다 대단한 애국자예요. 우린 군대를 전적으로 지지해요."

"아무렴." 그의 친구 하나가 외친다.

"아무렴." 트래비스는 으르렁거리는 소리로 말한다. "그 '묻지도 말하지도 마라' 있잖아요, 난 그거 완전 반대예요. 난 군인들이 동성애자든, 양성애자든, 성전환자든, 레즈비언 원숭이든 상관없어요. 내겐 당신들 모두가 종마 같은 남자니까. 당신들이 진짜 미국의 영웅이에요."

---

* 부시 정부의 군 사병 모집 캠페인으로, 전체보다 개인을 강조하는 군대를 의미한다.

그가 손을 들어 하이파이브를 청하지만, 크랙은 빤히 보기만 한다. 트래비스가 손을 달랑거리며 미소를 던진다. "싫어요? 싫어? 어쨌든 멋져요. 그래도 난 군대를 지지해요." 그는 웃으며 몸을 돌리고 좌석 밑으로 손을 뻗어 술병을 잡는다. 그가 똑바로 앉자 크랙이 앞으로 몸을 기울여 조직적으로, 거의 부드럽게, 두 팔로 그의 목을 감아 조르기 시작한다. 모든 군인이 기초 훈련 때 배우는 기술로, 뇌로 가는 경동맥을 팔뚝으로 압박해 몇 초 안에 적이 의식을 잃게 만드는 것이다. 트래비스가 몸을 조금 뒤치지만 저항이라고 할 수도 없다. 트래비스는 크랙의 팔을 붙잡고 앞좌석을 발로 차지만 그가 목을 더 세게 조이자 축 늘어진다. 일어서려는 소란꾼 몇 명에게 크랙은 끙 소리를 내 겁을 준다.

젊은 아내들 중 하나가 속삭인다. "지금 뭐하는 거예요? 누가 좀 말려요. 부탁이니 제발 말려줘요."

하지만 크랙은 미소만 짓는다. "이 새끼 목을 부러뜨릴 수도 있어." 그는 그렇게 선언하고 팔을 움직여 회전을 걸어본다. 트래비스가 경련하듯 발차기를 한다. 그의 친구들은 그냥 지켜볼 뿐이다. 자신들이 도울 수 없다는 걸 아는 눈치다.

데이가 말한다. "크랙, 됐어. 그 씹새끼 놔줘."

크랙은 킬킬거린다. "그냥 재미 좀 보는 겁니다." 그가 트래비스의 목을 이리저리 비틀며 조였다 풀어주고 조였다 풀어주면서 생리학적 귀환 불능 지점을 탐색하는 모습에는 흡사 자위행위 같은 느낌이 있다. 트래비스의 얼굴이 검붉은색에서 자줏빛으로 변해간다. 경동맥을 강하게 압박하면 몇 분 내로 사망에 이른다.

"젠장, 크랙, 그 개새끼 죽이지 마." 맹고가 웅얼거린다.

"제발 좀 말려요. 뭐라고 좀 해봐요." 아내들 중 하나가 애원한다.

빌리는 토할 것 같지만 한편으로는 크랙이 끝까지 밀어붙이길 바란다. 상황이 얼마나 엿같은지 온 세상이 알 수 있도록. 하지만 마침내 크랙은 팔을 푼다. 별안간 흥미를 잃은 듯 트래비스의 머리를 탁 치면서 풀어준다. 트래비스는 자동차 충돌 테스트용 인형처럼 좌석에 앉은 채로 축 늘어진다. 소란꾼들은 즉시 자리를 뜨기로 한다. 넋이 나간 친구를 부축해서는 브라보 대원들과 눈이 마주치지 않도록 조심하며 통로로 나간다. "당신들 미쳤어." 그들 중 하나가 옆걸음질로 지나가며 웅얼거리는 소리에, 사이크스는 젠장 그래 우리 완전히 미쳤다! 하고 외친다. 그러고는 진짜 미친 사람처럼 신경안정제에 취한 듯한 소리를 내며 웃어댄다.

마침 다임이 좌석으로 돌아오다가 소란꾼들이 황급히 통로를 올라가는 광경을 목격한다. 그는 손으로 턱을 문지르며 수상하리만치 조용한 분대원들을 살펴본다.

"내가 알아야 할 문제가 있나?"

브라보 대원들이 약한 친구 하나를 처리했다. "씹새끼가 자꾸 주둥이를 놀리잖아. 그래서 크랙이, 음, 훈련 맛 좀 보여줬지." 데이가 말한다.

크랙은 어깨를 으쓱하며 억지 미소를 짓는다. 후회하는 것 같으면서도 무척 만족스러운 얼굴이다. 그가 더없이 겸손하게 말한다. "하사님, 다치게 하진 않았어요. 그냥 머리 좀 갖고 놀았습니다."

아래쪽 필드에서는 마지막 이 분간의 경기가 이미 속행되었다.

다임은 손목시계를 보고 점수판을 보더니, 잠시 폭풍우 치는 하늘과 교감을 나눈다. 그러고는 브라보 대원들에게 돌아서서 말한다. "여러분, 여기서 우리가 할 일은 끝난 것 같다. 가자."

브라보 대원들은 나른한, 어쩌면 야유가 담긴 환호를 올린다. 조시가 서쪽 리무진 주차장에서 차를 타기로 했다며 거기까지 안내하겠다고 말한다. 마지막으로 브라보 대원들은 통로 계단을 터벅터벅 올라가고, 빌리는 자신을 잡아당기는 무시무시한 스타디움 공간에 맞서 싸운다. 중앙홀에 도착하자마자 그는 휴대전화를 꺼내 페이슨에게 문자를 보낸다.

서쪽 리무진 주차장에서 만날 수 있어요? 흰색 허머 리무진을 찾아요

브라보 대원들은 대열을 갖춰 조시를 따라간다. 사이크스와 로디스는 선수들의 사인을 받은 공을 아직 용케 갖고 있지만, 나머지 대원들은 기념품 봉투뿐이다. 그 봉투가 소중한 건 치어리더 달력과 이번 여행의 전리품인 가슴골이 깊이 팬 치어리더들의 사진 때문이다. 브라보 대원들은 이라크로 돌아가 길고 외로운 11개월을 보낼 것이다. 길고 외로운 나날이 최상의 시나리오다. 지금 마지막으로 스타디움 중앙홀을 걸어가는 브라보 대원들에게 고맙다고 인사하러 오는 사람은 아무도 없다. 사인을 해달라거나 휴대전화로 사진을 찍자고 성가시게 구는 사람도 없다. 카우보이스 왕국은 총퇴각중이다. 모두 춥고 젖고 지칠 대로 지친 몸을 이끌고 최대한 빨리 집으로 돌아가는 데만 골몰해, 지정학적 전략이나 자유 수호

는 안중에 없다.

오, 나의 국민들. 문이 보이는 곳에 이르자, 조시는 인파에서 멀리 떨어진 중앙홀 한구석으로 대원들을 이끈다. "여기서 기다리기로 했어요. 사람들이 여러분을 배웅하러 오는 중이에요." 그가 대원들에게 말한다.

누구?

조시는 웃는다. "몰라요!"

브라보 대원들은 서로 눈길을 교환한다. 누구든 상관없다. 이미 만원인 중앙홀로 인파가 밀려드는 걸 보면 경기가 끝난 모양이다. 무리를 지어 힘겹게 출구를 향해 움직이는 카우보이스 팬들은 그 수와 느릿느릿한 걸음이 마치 은유적인 짐을 진 듯한 모습이다. 그들의 우울함, 젖은 몰골에서 풍기는 비참한 분위기가 덜 고통스러운 삶에 대한 희망을 품고 고향을 떠나 타지로 가야 했던 모든 종족을 상기시킨다. 다시 말해 빌리의 눈에 그들은 흡사 피난민 같다. 휴대전화가 울리고, 그는 벽을 향해 돌아선 뒤에야 용기를 내 확인한다. 페이슨이 보낸 두 단어짜리 문자다.

갈게요. 기다려요.

빌리는 눈을 감고 머리를 앞으로 숙여 벽에 부딪는다. 무언의 감사가 억눌린 숨으로 흘러나온다. 하지만 이내 초조해진다. 이제 어떻게 해야 할지 모르겠다. 이런 상황에 대비한 훈련은 받지 않았고 의지할 데도 없다. 페이슨과 함께 목장에 있는 건 상상할 수 있지만, 그곳으로 가는 과정은 도무지 떠오르지 않는다. 정말로 벽에 머리를 박아볼까? 그때 갑자기 앨버트와 존스 씨가 만화처럼 군중 속에서 튀어나온다.

"하, 오셨군. 제 토사물을 찾아오는 개처럼." 다임이 윌 페럴*의 목소리로 꽥꽥거린다.

앨버트는 그런 인사가 아무렇지도 않은 듯 씨익 웃지만, 조심스럽게 다임과 거리를 둔다. 앨버트, 앨버트, 앨버트. 브라보 대원들이 으르렁거리는 소리로 합창한다.

"우리 영화는 어떻게 됐습니까?" 사이크스가 외친다.

"성사되도록 애쓰고 있어. 내 말 믿으라고. 죽도록 애쓰고 있어. 앞으로도 계속 애쓸 테니 그 문제는 나한테 맡겨둬. 영화로 꼭 만들어야 할 이야기가 있다면 바로 자네들 이야기지. 그 일이 성사되도록 난 전력을 다하고 있어."

"하지만—"

"알아, 알아, 실망이 크겠지. 자네들이 여기 있는 동안 해결하고 싶었는데. 내가 할말이 없네. 우린 최선을 다했어. 하지만 아직 끝난 게 아니야. 젠장, 아니라고. 난 일이 성사될 때까지 계속해볼 거야. 약속하지."

브라보 대원들이 수도승처럼 웅얼거린다. 감사감사감사. 앨버트를 공항으로 태워갈 차가 대기중이다. 그는 오늘밤 LA로 돌아간다. 계약 기간은 이 년이지만 마지막과 어울리는 향수와 우울이 밀

---

* 미국의 코미디 배우이자 각본가.

려든다. 뭔가가 끝난 기분이다. 앨버트가 리무진까지 배웅하겠다고 한다. 아무래도 브라보 대원들이 카우보이스 브랜드를 더이상 모욕하지 못하도록 감시하기 위해서인 듯 존스 씨도 따라나선다. 그들은 출구를 향해 움직이는 지친 군중의 대열에 합류한다. 위쪽 어딘가 문가에서 웅웅거리는 소리가, 최저 음역의 비브라폰* 소리가 들려온다. 소리가 더 가까워지면서 빌리는 깨닫는다. 그것은 줄지어 광장으로 나서는 카우보이스 팬들의 신음 소리다. 칼바람이 휘몰아치는 차가운 콘크리트 광장. 이곳과 북극권 사이에는 수천 킬로미터에 이르는 평원만이 존재한다. 브라보 대원들은 욕지거리를 내뱉으며 고개를 숙이고 손을 주머니에 쑤셔넣는다. 미세한 진눈깨비 알갱이들이 그들의 얼굴과 목을 때린다. 조시는 대원들을 불러모아 머릿수를 센 다음 그들을 이끌고 광장을 가로질러 리무진 주차장으로 간다. 어둠 속에 시야 끝까지 리무진이 늘어서 있는데, 맙소사, 잘 보이는 여남은 대 중 흰색 허머가 네 대나 된다.

"빌리, 자네 하사가 나한테 단단히 화가 난 모양이야." 앨버트가 나란히 걸으며 말한다.

"원래 감정 변화가 심합니다." 빌리는 앨버트가 반대쪽에 서서 바람을 막아주면 좋겠다고 생각한다.

"자네, 내 이메일 주소 갖고 있지, 그렇지? 나한테도 자네 주소 있어. 계속 연락하자고."

"그래야죠." 빌리는 리무진들을 훑어본다. 페이슨이 여기서 어

---

* 실로폰과 비슷한 타악기.

떻게 나를 찾는담⋯⋯

"난 데이브가 무척 좋지만, 믿을 만한 사람인지 미심쩍을 때가 가끔 있어. 그래서 하는 말인데, 데이브와 연락이 잘 안 되면 자네한테 할게. 자네가 나머지 대원들을 대표해 척후병이 되는 거지."

"좋아요." 빌리는 바람이 불어오는 쪽 어깨를 추켜올리고 가슴에 턱을 파묻는다. 바람이 단두대 칼날 떨어지듯 광장으로 돌진한다.

앨버트가 소리를 낮춰 말한다. "대원들 중 자네가 제일 양식이 있어. 자네와 다임. 난 자넬 믿어. 자넨 진짜 리더로 커가고 있어. 협상도 긍정적인 방향으로 흘러가도록 잘해줄 거야. 믿어 의심치 않아."

"그럼요." 빌리는 이곳을 떠나기 직전까지 페이슨이 나타나지 않으면 도망칠 생각을 하고 있다. 그 자리에서 바로 탈영할 작정이다. 오줌이 마렵다거나 하는 핑계를 대고 리무진에서 내릴 것이다. 그때쯤에는 거의 결심이 서 있을 테고, 페이슨을 찾아내 모든 걸 고백할 때쯤엔 더욱 그럴 것이다.

"내가 아까 우리 영화에 대해 한 말 진심이었어. 계속 추진할 거야. 조만간 성사되어야 해. 그냥 버리긴 너무 아까우니까." 앨버트가 말한다.

빌리가 그를 보며 묻는다. "정말로요?"

"아, 그럼. 힐러리 스웽크도 애착을 보이고 있으니 시간문제야."

교도소 운동장처럼 흰 조명이 환히 밝혀진 광장에서 그림자들이 휙휙 움직인다. 빌리는 페이슨을 찾으려고 광장을 둘러보다가 즉시 군중 속에서 하나의 패턴을 발견한다. 잔물결 같기도 하고 역류

같기도 한 것이 이쪽을 향해 움직이고 있다. 한순간 멍했던 빌리의 입이 떡 벌어진다. 무슨 일이 닥치고 있는지 머릿속에 생각이 떠오르기 직전에 직감으로 알아챈다. 군중 속에서 무대작업반이 모습을 드러내자 그는 소리를 지른다. 다음 순간 그가 아는 건 태아처럼 웅크린 채 망치 같은 둔기로 등을 두들겨맞고 있다는 사실뿐이다. 그는 둔기로 맞을 때마다 신음하는 목소리가 자기 목소리임을 깨닫는다. 아프지는 않다. 그 둔기는 이상하게 아프지 않다. 그리고 누군가에게 발길질을 당하고 있음을 깨달았을 때쯤 존스 씨가 빛 속으로 들어선다. 이 시점에서 시간은 느려진다기보다 일련의 덩어리로 엉겨 겹쳐진다. 존스 씨가 꼿꼿이 서서 양복 재킷에서 총을 꺼내고 있다. 그때 누군가 뒤에서 그를 덮치고 그의 손에 있던 총―베레타 Px4다. 정지된 듯한 그 순간 빌리는 똑똑히 본다―이 맹렬히 날아간다. 얼음판 위의 스케이트처럼 튀어나간 총은 빌리가 손을 뻗으면 닿을 수 있는 거리보다 조금 멀리서 회전하며 날아간다. 옆구리를 걷어차이면서도 빌리는 몸을 비틀어 총이 어디로 가는지 확인한다.

총은 똑바로 맥 소령에게 향한다. 소령은 베테랑 골키퍼의 타이밍과 효율성으로 발끝만 살짝 들어 총을 잡는다. 그러고는 안전장치를 확인한 다음 총을 몸에서 멀리한 채 총구가 아래로 가게 잡고 총알을 장전한다. 그리고 오랜 연습에서 나온 우아한 동작으로 팔을 들어 머리 위로 총을 발사한다.

탕.

내일 언론은 오늘의 경기를 갖가지 형태로 다룰 테지만―보도

기사, 인정에 호소하는 헛소리, 뇌를 고갈시키는 TV와 라디오 진행자들의 잡담―경기 후의 총소리에 대해서는 일언반구도 없을 것이다. 브라보 대원들은 참으로 이상한 일이라고 입을 모을 것이다. 분명 수천 명이 요란한 총소리를 들었다. 특히 광장에 있던 수백 명의 군중은 그 소리에 머리를 숙이고, 비명을 지르고, 몸을 웅크리고, 자녀들을 감싸안고, 도망치기 시작했다. 누구인지 몰라도 빌리를 사정없이 차던 사람 역시 바로 발길질을 멈췄다. 빌리는 잠시 그대로 누워 발길질이 그치고 찾아든 마음의 심오한 평화를 즐긴다. 그는 피가 눈으로 흘러들어가지 않게 살짝 고개를 들고 맥 소령을 지켜본다. 맥 소령은 베레타에 안전장치를 채우고 조심스럽게 땅에 내려놓는다. 그러고는 팔을 T자 모양으로 벌리고 똑바로 선다. 팔꿈치는 구부러지지 않았고, 항복의 표시로 양손을 머리에 대지도 않았다. 급히 달려오는 경찰들에게 이제 비무장 상태임을 보여주기 위해 두 팔을 옆으로 곧게 펴고 있을 뿐이다.

　"사나이 맥 소령님." 빌리는 그렇게 웅얼거린다. 자기가 들으려고, 스스로 지금 괜찮은지 확인하려고 한 말이다.

　경찰이 사건을 처리하는 데 시간이 좀 걸린다. 여러 종류의 경찰이 잔뜩 출동한 바람에 상황이 더 복잡해진 듯하다. 마침내 브라보 대원들의 리무진이 발견되어 불려오고, 대원들이 우르르 차에 타는 동안 근처에서는 경찰과의 대화가 이어진다. 앨버트와 다임, 조시, 존스 씨가 경찰 간부들과 이야기하는 중이다. 그들과 조금 떨어져 있는 맥 소령은 체포되진 않았지만 양옆에 경찰관이 한 명씩 배치되어 있다. 체포되어 수갑을 찬 무대작업반 몇 명은 고개를 숙인 채 바람을 등지고 비참하게 서 있다.

경찰관 하나가 리무진의 열린 뒷문으로 고개를 들이민다. "여기 병원 가야 하는 사람 있어요?"

대원들은 고개를 젓는다. 아닙니다아아아아.

경찰관은 머뭇거린다. 거의 모든 대원이 얼굴이나 머리에 피를 흘리고 있기 때문이다. 무대작업반이 스패너, 쇠파이프, 쇠지렛대 같은 것으로 공격한 것이다.

"그냥 확인차 왔어요." 경찰관이 그렇게 말하고 물러난다.

대원들은 리무진 구급상자에서 냉찜질팩 두 개를 찾아서 돌린다. 맹고는 왼쪽 눈 위가 깊이 찢어졌다. 크랙은 이가 두 개 빠졌다. 데이는 이마에 타박상을 입어 큰 혹이 부풀어오르고 있다. 사이크스와 로디스는 각각 코와 머리에서 피가 난다. 빌리는 뺨이 광대뼈를 따라 5센티미터쯤 찢어졌다―짐작건대 그 공격으로 땅에 쓰러진 듯하다. 몸통이 욱신욱신 쑤시는데, 지금으로선 심하게 아픈 데는 없지만 그는 속지 않는다. 내일이면 끔찍하게 아플 것이다.

다임이 타더니 좌석에 앉는다. "경찰이 모두의 이름과 연락처를 달래." 그가 데이에게 클립보드와 펜을 건네며 말한다.

"하사님, 우리 감옥에 가는 겁니까?" 맹고가 묻는다.

"아니, 우린 피해자야, 바보야."

"맥 소령님은요?" 로디스가 궁금해한다.

"맥 소령님은 국가의 보물이야. 그러니까 아무도 맥 소령님을 감옥에 안 보내."

"하사님, 저희 생각에는 음모 같습니다. 우리가 말을 안 들으니 놈이 무대작업반을 푼 거죠." 어보트가 말한다.

"경찰한테 말하지." 다임이 정색을 하고 말한다. 농담이 아니다. 빌리의 휴대전화가 울려서 보니 페이슨에게서 문자가 왔다. 흰색 허머 어떤 거요? 빌리는 페이슨에게 전화를 걸면서 리무진에서 뛰어나간다. 경찰관 한 명이 "지금 어디 가는 겁니까?"라며 씩씩거리지만, 진정한 단 하나의 것에 몰두한 빌리에게 감도는 신성한 기운 같은 것이 경찰관을 제압한다.

신호가 가기 무섭게 페이슨이 전화를 받는다. "여보세요!"

"경찰차 불빛 보여요? 경찰들이 모여 있는 데?"

"어, 예."

"그게 우리 허머예요. 나 차 밖에 서 있어요."

"거기 있어요. 그리로 가고 있으니까." 그러더니 페이슨은 잠시 후 말한다. "보여요! 그대로 있어요. 당신 보이니까. 보여요……"

빌리는 인파를 헤치고 오는 그녀를 본다. 검은 코트 아래 흰 부츠가 번쩍거리고, 끔찍한 교도소 불빛을 받아 은색으로 죽은 머리칼이 사방으로, 어깨 위로, 등으로, 가슴 위로 쏟아져내려와 있다. 그녀가 너무 아름다워 보여 빌리 자신은 텅 비어가는 느낌이다. 숨도, 고통도, 생각도, 과거도 다 사라진다. 눈부신 진눈깨비 반짝이를 달고 그를 향해 걸어오는 페이슨의 모습에 삶이 송두리째 증류된다.

그도 그녀를 향해 마주 걸어가고 있었던 모양이다. 두 사람은 격렬한 포옹으로 하나가 된다. 잠시 얼싸안은 그대로 있다. 그들 주위로 인파가 갈라진다. 너무 많은 사람이 지나가 오히려 군중 속의 프라이버시 같은 것이 생겨난다.

"얼굴 왜 이래요? 어머, 피 나요." 그녀가 뒤로 물러나 그의 뺨을 어루만지며 소리친다. 그러고는 그의 뒤에 있는 경찰들과 비상등을 흘끗 본다.

"하프타임 때 그 사람들 있잖아요, 무대작업반. 그들이 우리를 덮쳤어요." 빌리는 웃으며 말을 잇는다. "아직 화가 안 풀렸나봐요."

"오 세상에. 세상에. 당신 다쳤어요." 페이슨은 빌리의 뺨을 들여다보며 찢어진 상처 가장자리를 어루만진다. "당신들이 가는 데마다 문제가 생기는 것 같아요."

그들은 격렬하게 키스한다. 주체 못할 격정에 휩싸여 서로의 몸을 파고든다. "이거 짜증나요." 페이슨이 그렇게 웅얼거리며 빌리에게서 몸을 살짝 떼고 코트 단추를 풀더니 앞자락을 벌려 그의 몸을 감싼다. 그를 가까이 끌어당겨 가슴이 맞닿자 신음을 내뱉는다. 그녀는 아직 치어리더 유니폼을 입고 있다. 그는 코트 속에서 두 손을 움직여 그녀의 엉덩이를 움켜쥔다. 그녀는 몸을 부르르 떨더니 까치발로 서서 그의 바지 속 불룩한 부분을 찾아 골반을 맞추느라 애쓴다. 그녀가 너무 세게 무는 바람에 그의 입술은 감각을 잃어간다. "잘해봐요." 누군가 그들을 스치고 지나가며 말한다. 또다른 행인은 "방을 잡으라"고 충고한다. 몇 분, 어쩌면 몇 시간이 지난 후 페이슨은 발꿈치를 내리고 그에게 기댄다.

"맙소사, 당신은 왜 가야 하죠?"

"휴가 때 올 거예요. 아마 봄에."

그녀가 고개를 든다. "정말?"

"정말이에요." 그때까지 살아 있으면, 그는 생각한다.

"그럼 나한테 시간 좀 내줘요."

"그럼요."

"진짜예요. 그때 나한테 와서 지내는 건 어때요?"

빌리는 말문이 막힌다. 숨도 제대로 쉴 수 없다. 그녀는 그의 왼쪽 눈을 보다가 오른쪽 눈을 본다. 그렇게 왔다갔다, 왔다갔다, 계속 두 눈으로 그의 한 눈을 공략한다.

"미친 짓이란 건 알지만, 우리는 전쟁중이에요, 그렇죠? 내가 아는 건 그게 옳다는 것뿐이에요. 그냥 옳다고 느껴져요. 당신과의 시간을 단 일 초도 낭비하고 싶지 않아요." 그녀는 몸을 떨면서 고개를 젓는다. "나 원래 이렇게 쉽게 넘어가는 타입 아닌데. 지금껏 누구에게도 이런 감정을 느껴본 적이 없어요."

빌리는 그녀를 가까이 끌어당긴다. 그녀의 머리가 그의 가슴에 떨어진다. "나도요." 그가 웅얼거린다. 그의 목소리가 그들의 몸을 타고 흐르며 진동한다. "당신이랑 도망가고 싶어요."

그녀가 고개를 든다. 그 눈빛을 보고 그는 그래선 안 된다는 걸 깨닫는다. 그녀의 혼란이, 눈에 어린 근심이 그렇게 결정해버린다. 이 사람 지금 무슨 말을 하고 있는 거지? 그는 그녀를 잃을지도 모른다는 두려움에 다시 영웅의 자세로 돌아간다.

그녀가 그의 뺨을 어루만진다. "자기, 우린 도망갈 필요 없어요. 당신이 제대하고 돌아오면 여기서도 행복하게 지낼 수 있어요."

그는 저항하지 않는다. 잃을 것이 너무 많으니까. 그는 더 큰 모험을 포기하고 작은 모험을 택할 것이다. 그 작은 모험이 그의 목

숨을 앗아갈지라도―웃기는 일 아닌가, 웃긴다! 그는 그녀의 머리
칼에 얼굴을 묻고 깊은 숨을 쉰다. 그녀의 내음이 코에서 영원히
가시지 않도록 실컷 맡아두려고.

어이 브라아아보오오오오. 이이도오오오옹! 가자아아아! 다임 하
사의 연병장 고함이 광장에 울려퍼진다.

"나 부르는 거예요." 빌리가 속삭인다. 페이슨이 신음한다. 두
사람은 다시 멍이 들 것처럼 격렬한 키스를 시작한다. 그들은 몸을
떼려다가―격정에 휩싸여 서로를 움켜잡는다. 서로의 옷과 몸을
잡아뜯고 찌른다. 통제할 수 없는 기이한 분노가 활활 타오른다.
페이슨이 갑자기 얼굴을 일그러뜨리며 빌리에게 파고든다.

브라아아보오오오오! **빨리!**

빌리는 페이슨의 입술에 키스하고 몸을 뺀다. 이게 마지막일 것
만 같다. "몸조심해요!" 페이슨이 그의 등뒤에 대고 외친다. 그는
알았다는 표시로 주먹을 들어 보인다. "당신을 위해 기도할게요!"
페이슨이 더 크게 외친다. 그 말은 그에게 절망만 안겨준다. 그는
여기서 죽어가고 있다. 죽어가고 있다. 그리고 바지 속 물건 때문
에 걷기가 힘들다. 단단하게 곤두선 숫총각의 그것이 조의를 표하
기 위해 반만 올라간 채로 휘날리기를 거부하는 깃발처럼 버티고
있다. 그는 온 세상이 구경하기 전에 그것을 손목으로 찍어누른다.
바로 그때, 이런 젠장, 그들이 다가온다. 카우보이스 팬 일고여덟
명이 팸플릿에 사인을 해달라고 한다. 정말 고마워요. 정말 자랑스러
워요. 대단해요. 놀라워요. 그들이 말한다. 고작 몇 초지만 이름을 휘
갈겨쓰는 동안 빌리는 이 미소짓는 우둔한 시민들이 옳다는 걸 깨

닫는다. 지난 이 주 동안 그는 전쟁을 통해 배운 모든 것 때문에 자신이 대단히 똑똑하고 우월하다고 생각해왔지만 그렇지 않다. 칼자루는 순진하고 바보스러운 이들이 쥐고 있다. 이들이 후방에서 품고 있는 꿈이 지배적인 힘을 이룬다. 그의 현실은 그들의 현실의 불쾌한 부분이고, 그들이 알지 못하는 것이 그가 아는 모든 것보다 강력하다. 하지만 그는 자신의 삶을 살아왔고 자신이 아는 것을 안다. 그건 뭔가 끔찍하고 어쩌면 치명적인 것을 의미할 수도 있다. 전쟁에서 배워야 하는 걸 배우고 해야 하는 일을 한다면, 당신은 당신을 전쟁터로 보낸 모두와 적이 될까?

그들의 현실이 세상을 지배하지만, 그렇다고 그의 목숨까지 구해주지는 못한다. 폭탄도 총알도 막아주지 못한다. 그들의 꿈을 산산조각낼 전사자 수의 포화점이 존재할까, 빌리는 생각한다. 비현실이 얼마나 많은 현실을 취할 수 있을까? 빌리는 조금 혼란스러운 채로 마지막 팸플릿을 건네고 리무진을 향해 걷기 시작한다. 미친 발기를 감출 양으로 주머니 속 손을 오므려 주먹을 쥐고 있다. 고마워요! 나라를 지켜줘서 고마워요! 뒤에서 착한 사람들이 외친다. 진눈깨비가 눈을 쪼아대지만 느낌이 거의 없다. 그가 다가가자 경찰관들이 옆으로 비켜서고, 리무진 뒷문 옆에 선 조시와 앨버트가 보인다. 앨버트가 씨익 웃으며 그에게 손을 흔든다. "서둘러! 어서! 곧 떠날 거야!" 그가 장난스럽게 외친다. 리무진에 타는 것이 생명을 구하는 길이기라도 한 듯. 앨버트는 옆으로 지나가는 빌리를 빠르게 포옹한다. 조시도 그의 팔을 잡고 행운을 빌어준다. 빌리는 반쯤 넘어지다시피 리무진 뒷좌석에 앉는다.

앨버트가 문을 쾅 닫고 마지막으로 손을 흔든다. "됐어요. 갑시다." 다임이 운전기사에게 외친다.

"젠장, 그래요, 여기서 벗어나게 해줘요." 사이크스가 말한다.

"놈들이 우리를 죽이기 전에 안전한 곳으로 데려가줘요. 전쟁터로 데려가줘요." 크랙이 맞장구친다.

"다들 안전띠 매." 다임의 지시에 대원들은 주섬주섬 안전띠를 챙긴다. 다임이 빌리의 무릎 위로 솟은 첨탑을 발견한다.

"거기가 당당해 보이는데." 다임이 빌리만 들리게 웅얼거린다.

"세상에는 어쩔 수 없는 일들도 있습니다, 하사님."

다임은 끌끌 웃는다. "애인한테 작별인사는 했어?"

빌리는 고개를 끄덕이고 창 쪽으로 고개를 돌린다. 그는 두 번 다시 페이슨을 만나지 못할 것임을 안다. 하지만 그가 무슨 수로 알겠는가? 무슨 수로 사람이 앞일을 알 수 있는가? 과거는 환영을 토해내고 또 토해내는 안개, 현재는 시속 150킬로미터로 내달리는 고속도로이며, 이것은 궁극적으로 미래를 헛된 추측의 블랙홀로 만든다. 그럼에도 그는 안다. 안다고 생각한다. 슬픔에 대한 완전한 확신 속에 심긴 미래를 느낀다. 그는 안전띠를 찾아 철컥 채운다. 거대하고 복잡한 시스템의 마지막 잠금장치를 채우듯. 그는 그안에 있다. 전쟁터로 가고 있다. 안녕, 안녕, 안녕, 모두 사랑해요. 그는 뒤로 기대앉아 눈을 감는다. 그리고 리무진이 그들을 태우고 가는 동안 아무 생각도 하지 않으려 한다.

옮긴이 **민승남**
서울대학교 영어영문학과를 졸업하고 현재 전문 번역가로 활동중이다. 옮긴 책으로 『넛셸』
『상승』 『사이더 하우스』 『밤으로의 긴 여로』 『알렉산드로스 대왕』 『멀베이니 가족』 『동물 애
호가를 위한 잔혹한 책』 『파운틴 헤드』 『빨강의 자서전』 등이 있다.

문학동네 세계문학
빌리 린의 전쟁 같은 휴가

초판인쇄 2017년 10월 27일 | 초판발행 2017년 11월 10일

지은이 벤 파운틴 | 옮긴이 민승남 | 펴낸이 염현숙
책임편집 황문정 | 편집 박아름 홍지은 | 독자모니터 김나연
디자인 고은이 이원경 | 저작권 한문숙 김지영
마케팅 방미연 정진아 김혜연 | 홍보 김희숙 김상만 이천희
제작 강신은 김동욱 임현식 | 제작처 영신사

펴낸곳 (주)문학동네
출판등록 1993년 10월 22일 제406-2003-000045호
주소 10881 경기도 파주시 회동길 210
전자우편 editor@munhak.com | 대표전화 031) 955-8888 | 팩스 031) 955-8855
문의전화 031) 955-8896(마케팅) 031) 955-2659(편집)
문학동네카페 http://cafe.naver.com/mhdn | 트위터 @munhakdongne

ISBN 978-89-546-4879-0 03840

www.munhak.com